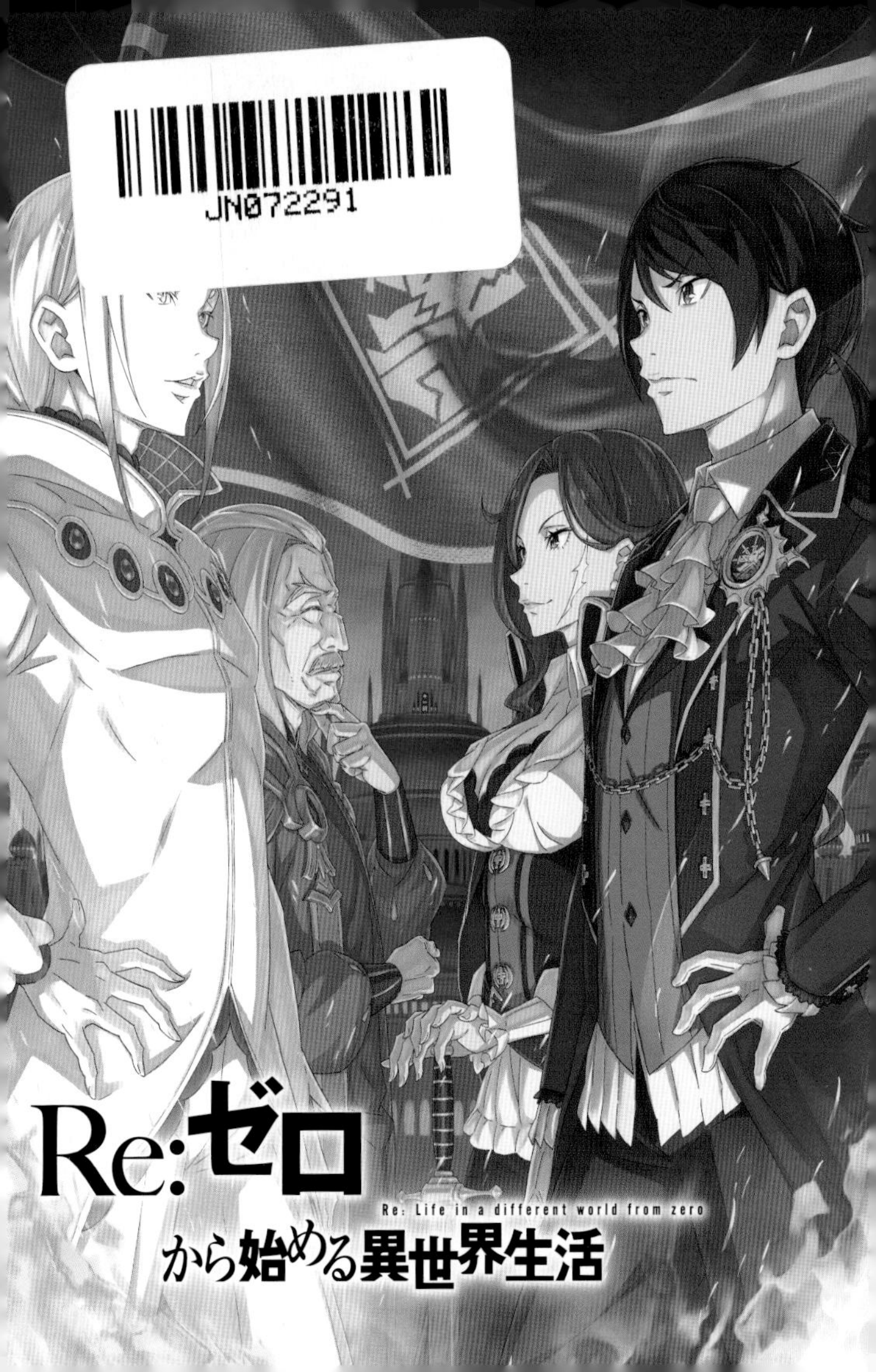

JN072291

じっと、プリシラを見つめ、
ヨルナの目は見開かれていた。
「ぷ、プリスカ……？」

そう、
プリシラのことを呼んだ。
――聞き覚えのない、
違う名前だ。
「――誰かと思えば、母上ではないか」

「ヴォラキア帝国二将、カフマ・イルルクスだ」

「俺様ァ、『ゴージャスタイガー』
ガーフィール・ティンゼルだ。
——本当は名乗るなって言われてんだが、
しょうがねェときってのがあらァ」

「――私たちが、この戦いに風穴を開けましょう」
「――また、お前だっちゃか」

「ただ、今はひたすらに走るのみですわ」
「ちゃんと役に立つと思います。例えば……」
「これは……陽魔法？」

Re: Life in a different world from zero

The only ability I got in a different world "Returns by Death"
I die again and again to save her.

CONTENTS

Re：ゼロから始める異世界生活32

長月達平

MF文庫J

口絵・本文イラスト●大塚真一郎

プロローグ　『帝都にて邂逅《かいこう》す』

1

その女性をレムが見かけたのは、軟禁された屋敷の中を散策していたときのことだ。

城郭都市《じょうかくとし》グァラルでの攻防の最中《さなか》、負傷したフロップ・オコーネルの治療のため、彼と一緒に都市から連れ去られたレム――その身柄は帝都ルプガナへ移され、都市でも有数の荘厳さを誇るだろう屋敷に軟禁された状態にある。

ただ、軟禁といっても、レムには比較的行動の自由が与えられていた。

狭い個室や牢獄《ろうごく》に閉じ込められたり、過剰な暴力や暴言に晒《さら》されることもない。毎食の食事と湯浴《ゆあ》みの用意もあり、ある意味、『シュドラクの民』の集落での暮らしよりも住みよい環境なのは間違いなかった。

とはいえ、不自由を強いられているのに変わりはなく、当然屋敷から外に出ることはできないし、行動は逐一、警備を担当する兵士――屋敷の主《あるじ》であるベルステツ・フォンダルフォンの私兵に見張られていて、息苦しさを忘れられるほどではなかった。

ともあれ、自由と不自由の均衡に拘《かかわ》らず、この状況はレムにとって不本意だ。

レムを連れ去られ、クーナやホーリィには力不足を味わわせてしまっただろうし、勝手にいなくなったとプリシラが憤慨していてもおかしくない。

何より、魔都に旅立った面々がヴァラルに戻ったあと、どんな反応をするものか。

ルイやミディアム、タリッタとアベル。そして、ナツキ・スバルという少年は——、

「——ぁ」

と、そんなか細い声を聞いたのは、レムが考え事に胸を痛める最中《さなか》のことだった。

声に顔を上げれば、屋敷の真ん中にある庭園——景観のためというより、飛竜の離着陸を目的とした中庭に、見慣れない人影があるのに気付く。

屋敷で働く兵士や使用人、そのいずれにも当たらない人物と一目でわかった。何故《なぜ》ならその人物は、車輪の付いた椅子に座る女性だったからだ。

「く、う……っ」

濃い発色をした癖のある茶髪、それを頭の左右で二つに分けた色白な女性だ。睫毛《まつげ》の長い青い瞳を揺らし、彼女は華奢《きゃしゃ》な肩に力を込める。震える腕は車輪付きの椅子の車輪部分の骨組みを握っており、座る当人が車輪を回して一人で動かせる仕組みになっている。

ただし、肝心の車輪が通路の溝に嵌《は》まり、女性は立ち往生している様子だった。

薄い唇をきつく結んで、何度も車輪に挑む彼女は誰かを呼ぼうともしなかった。

他人に頼るのを良しとしない。そんな頑《かたく》なさにレムは親近感めいたものを覚える。もちろん、それが彼女のどんな心情によるものかはわからなかったが——、

「――お手伝いしますね」

「あ……」

放っておけず、レムは溝に嵌まった女性の背後から声をかけていた。

とっさに女性は首だけで振り向いて、レムの存在に息を呑《の》む。が、すぐに彼女はバツの悪そうな顔になり、唇をもごもごさせて押し黙った。

その反応にますます親近感を募らせ、レムは微苦笑しつつ、車椅子に手を伸ばす。椅子の背部にある取っ手を握り、ぎゅっと力を込めて前に押し出した。

「せーのっ」

一瞬の抵抗のあと、ガタンと音を立てて車輪が弾み、溝から車椅子が脱出する。

余らせた勢いで前進する車椅子、その車輪を女性が手で止めると、彼女はその場でくるりと車輪を回転させ、レムの方に振り返った。

そして――、

「……余計な真似《まね》、しないでくれる？」

と、ずいぶんな挨拶を投げかけられ、レムは呆気《あっけ》に取られてしまった。

硬直するレム、その間に女性は目を逸《そ》らし、唇をもごもごさせて、

「あれぐらい、手助けされなくても大丈夫だったから、全然。大体、そっちも杖《つえ》ついてるくせに何なの？　じ、自分のことだけ精一杯やってなさいよ」

「ええと……？　ご心配、ありがとうございます」

「心配とかじゃない！　耳が腐ってるんじゃないの？　そうじゃないなら……そう、そうじゃないなら問題は頭の、頭の方でしょうね！」

たどたどしく言われるそれが、どうやら嫌味《いやみ》であるらしいとレムは遅れて気付く。口調は刺々《とげとげ》しいが、言葉に慣れが足りない。人を傷付ける才能の不足だ。正直、プリシラと接していたレムからすれば、子犬とミゼルダぐらいの迫力差があった。

「さ、さっさと消えなさいよ。私はあなたに……あんたに構ってるほど暇じゃない」

「暇じゃないということは、何かお役目を任されているということですか？」

「役目……!?　そ、そうよ。ちゃんとした役目があるの。あんたとは違って……」

レムに聞き返され、頬《ほお》を強張《こわば》らせながら女性が答える。と、その答えの途中で彼女は細い眉を顰《ひそ》め、レムを上から下までじろじろと眺めた。

そして、口元に運んだ右手の親指、その爪を軽く噛《か》むと、

「……見ない顔で、見かけない雰囲気ね。あんた、誰なの」

「——。レムといいます。事情があって、こちらの屋敷に誘拐されてきました」

「誘拐……」

「はい。あの、お名前をお聞きしても？」

爪を噛みながら呟《つぶや》いた女性に、レムは歩み寄るように名前を尋ねる。

もしかしたら、冷たく突っぱねられる可能性が高いかもと思われたが。

「——カチュア」

しかし、意外なほどあっさりと、彼女——カチュアはそう名乗ってくれた。

何か思惑があるのか、それとも考え事の最中で反射的に名乗ってしまったのか。後者なのではと疑うレムの前、カチュアはなおも爪を噛み続けながら、

「誘拐ってことは、あんたも人質ってこと？」

「人質、になるんでしょうか。私にその価値があるとはあまり思いませんけど……」

それこそ、レムがいなくなったことで激しく気を揉《も》むのはスバルくらいだろう。

もちろん、シュドラクの人々やシュルト、ミディアムらは気に病んでくれると思う。プリシラも、眉を動かすぐらいはするかもしれない。でも、大局に影響はないだろう。

レムの存在が大局を左右するとしたら、それはスバルが大局を左右するときぐらい。

「——でも、あの人にそこまでのことなんて」

できるとは思えないし、できるべきともレムは思わなかった。

力不足の中で不条理に苛《さいな》まれ、懸命に抗《あらが》う姿を短い間で何度も見せられた。何もかも自分でやらなくちゃいけないと、そう背負い込み続ける彼の姿を。

レムは、それがどうにも耐え難《がた》かった。彼を嫌い、憎らしく思っているからではない。

それがどうしてなのか、言語化はまだ難しいのだけれど。

「——」

「……ちょっと、黙らないでくれる？」

「あ、すみません。少し考え事を……カチュアさんは、ベルステッツさんとは？」

目つきを鋭くしたカチュアに呼ばれ、レムは沈黙を詫《わ》びてから質問する。

この屋敷にいる以上、主人であるベルステツの関係者ではあるはずだ。ただ、カチュアとベルステツがどう繋《つな》がるのかは想像しにくかった。

「思いつくのは、ベルステツさんの娘さんやお孫さん、ですか？」

「宰相様の？　やめてよ、そんな勘違い。第一、ベルステツ様は独り身で、ご家族はいらっしゃらないはずよ。私は、そんな大それたもんじゃない」

「そうなんですか？　それは意外でした」

「意外？」とカチュアが首を傾《かし》げるが、そう思った理由をレムは黙秘する。

一度、レムと正面から相対したベルステツは、皇帝への叛意《はんい》の理由が世継ぎを作らない皇帝への不信感だったと話した。国を支える立場にあるベルステツからすれば、皇帝のそれは職務放棄に思える不義理だったのだろう。

その理屈に、巻き込まれた側のレムは共感しづらくとも納得はできた。

ただ、そうした理由で叛逆《はんぎゃく》を決意したベルステツが、自分も家族を持っていないというのはなんだか釈然としない。もやもやする。

「でも、ご家族でないならカチュアさんはどういう立場で屋敷に？」

「……勘の鈍い女ね。私は聞いたはずよ。あんたも人質かって」

「——。それなら、カチュアさんも人質として？」

レムが聞き返すと、カチュアは渋い顔をしたまま、不承不承と頷《うなず》く。

カチュアも誰かの人質として囚《とら》われている。その答えにレムは思わず屋敷を見回した。広く、荘厳な雰囲気に包まれた帝都の大邸宅。しかし、その内にはレムとカチュア、それに怪我《けが》の療養中であるフロップを含め、他にも多くの秘密が眠っているに違いない。

対話した印象から、レムはベルステッツを理知的な怪物だと認識していた。だが、それは搦《から》め手《て》や謀略を辞さない彼の片鱗《へんりん》に過ぎないと、認識を改めるべきかもしれない。

「カチュアさんを人質に取られて、ご家族はさぞ心配されているでしょうね」

「……どうかしらね。あいつからすれば、私なんて取り換えの利く道具かもしれない。じ、邪魔になったら、それこそすぐに手放しても」

顔を背け、レムの言葉にカチュアがそんな風に吐き捨てる。

だが、悪態めいたそれが彼女の本心ではないのが、そのたどたどしい言い方を抜きにしてもレムにはわかった。カチュアの態度、それには心当たりがある。

「……まるで、鏡を見ているみたい」

カチュアの悪態は、相手に期待したくない気持ちの表れで、相手に遠ざけられることを恐れることの裏返し。――他者ではなく、『自分』を騙《だま》すための嘘《うそ》だった。

「カチュアさん、もう少しお話しませんか？」

「な、何よ……そんな勝手なことして、宰相様に……」

「怒られることはないと思います。もしも怒られたら、そのときは私が無理やり押しかけたって言ってください」

「実際、そうじゃない……あ、ちょっと！」

喋《しゃべ》らせておくと拒まれそうで、レムは強引に車椅子の取っ手に取りついた。杖《つえ》を小脇に挟んで車椅子を押し、後ろを向くカチュアに笑いかける。

「か、勝手なことばっかり！　私は、あんたとなんか」

「カチュアさんのお部屋はどちらなんですか？　私の部屋は西側ですけど」

「……は、反対の東側」

「わかりました。では、向かいましょう」

弱々しい返事と一緒に、車輪を止めようとするカチュアの指も外れる。そのまま、レムは車椅子を押して、ゆっくりと彼女の部屋へ向かい出した。

少し、強引に話を進めている自覚はあったが、レムは押しどころだと躊躇《ためら》わない。カチュアが屋敷の重大な秘密を握っているとか、彼女の存在が軟禁された屋敷からの脱出の鍵になるとか、そうした打算的な期待があるわけでは全くなかった。

たぶん、カチュアの存在は、状況を動かすために役立つことはないだろう。

それでも、レムがカチュアにこうして歩み寄ろうとする理由はいくつかあるが――、

「――私は、知らなくちゃいけないことがたくさんある」

囚《とら》われの身となり、自分を知る人たちに不安と心配の種をばら撒《ま》くだけの、そんな弱い自分でいてはならないのだと、そうした決心があった。

故に、レムは足掻《あが》く。方法がわからなくても、自分なりのやり方で。

『――誰しも、自分からは逃れられぬ。努々《ゆめゆめ》、妾《わらわ》の言葉を忘れず、精進せよ』

無力な自分を否定するよりもやるべきことがある。

そう、明瞭に言ってくれた人の言葉を実践し、足踏みしたままでいないために。

2

――人の気配を室内に感じて、フロップはゆっくりと瞼《まぶた》を開けた。

「――――」

絡みついてくる眠気と戦いながら、正面の見知った白い天井をじっと見る。

行商人という職業上、青空以外で見知った天井をお目にかかることは滅多《めった》にない。天気の機嫌や内紛が理由で街道が塞がり、同じ宿で何日も寝泊まりすることもあるが、そのときはこんな風に、手足を伸び伸びさせても平気なベッドの宿なんて選べやしない。

そうすると、自分がどうしてこんな寝台に寝ているのか疑問になってくるが――。

「――ああ、そうだった」

眠気と何とか和解して、フロップは自分が監禁されていたのだと現実に追いつく。慌てふためく必要はない。飛び起きると大変痛い思いをする。あの涙目はもう十分だ。

「涙目は十分だけれど、こう何日も寝たきりで過ごすのは商人心が焦ってしまうな」

その日、動かした口と足の頑張りが稼ぎに直結するのが商人という職業だ。

ただでさえ、稼ぎがいいとは言えないオコーネル兄妹《きょうだい》なので、こうも長く寝台に縛り付けられていると、体が回復しても心と懐《ふところ》が貧しくなってしまいかねない。

自分が囚《とら》われたと知れば、妹のミディアムがどう反応するかも大変心配だ。

「かといって、すぐに治してここを出ようと、そう奥さんに言えないのも困りものだ」

大怪我《おおけが》をしたフロップの治療のため、同じく屋敷に囚われの身となっているレム。

スバルや、彼女を心配する大勢の人のために、何としても無事に帰さなくてはならないレムなのだが、その立場は安泰とは言いづらい。

現在、レムの立場はフロップの癒者《いしゃ》であり、フロップの傷が完治してしまうと、途端にその後の扱いが心配になる立ち位置なのだ。とはいえ――、

「まさか、用済みだからと乱暴に扱いはしないと期待していいかな、マデリン嬢」

眠気と再会を誓って別れたフロップは、部屋の入口に佇《たたず》む人影にそう話題を投げた。

おそらく、マデリンだ。この屋敷でフロップを訪ねてくるのは、レムとマデリンの二人しかいない。たびたび顔を見せるのに、なかなか口が重たいのがマデリンだった。

だからって、思いつくままにぺちゃくちゃ喋《しゃべ》るのはさすがのフロップも勇気がいる。

なにせ、彼女は誇り高い竜人《りゅうびと》なのだ。幼い少女に見えようと、その爪はフロップを簡単に引き裂けるし、何がその逆鱗に触れてしまうのかちっともわからない。

それに、時と場合を考えろと言われてしまいそうだが、フロップはあまりマデリンを欺

いたり、嘘《うそ》で騙《だま》くらかすような真似《まね》をしたくなかった。

フロップだって、嘘をつかずにこれまで生きてきたわけではない。力がない分、言葉の力には帝国で人一倍頼ってきたという自負もある。

それでもマデリンを丸め込むような真似をしたくないのは、ひとえに彼女が純粋に、フロップのよく知る『身内』のことを大切に想《おも》ってくれているから。

頭の悪い生き方だと、また別の『身内』には呆《あき》れられてしまうのだろうが。

「それが、僕の生き方というものだからしょうがない」

開き直りと言われればそれまでの覚悟で、フロップはこの監禁生活を過ごしている。

故に、このときもマデリン相手に嘘のない、かといって彼女の興味がそこで尽きないよう話術と話力を駆使した戦いが始まるのだと――。

「マデリン嬢？　先日の話の続きをせがみにきたんじゃないのかい？　初めてカリヨンが空を飛んだとき、バルロイが言った驚きの一言とは――」

「――興味深い話ではあるが、今すべき話ではないな」

「――――」

寝台に寝そべったまま、いるだろう相手に話しかけていたフロップは、思っていた相手と違った声で返事されて黙り込む。てっきり相手はマデリンだと思っていたが、返ってきたのは男の声――それも、聞き覚えのある相手のものだった。

これは素直な自慢だが、フロップは一度聞いた声を決して忘れない。

賑々《にぎにぎ》しい市場の端っこから聞こえた声だとしても、一度聞いたものなら誰のものか聞き分けられる。なので、その声も聞き間違えなかったし、複雑な心境になった。

もう以前とは相手との関係が、少なくともフロップの中では激変してしまったから。

「村長くん……いや、皇帝閣下くんというべきか」

「言い直してそれか？　いずれであれ、不敬な呼び名に変わりはないな」

静かに呼びかけながら、フロップは上半身の引きつりを堪《こら》え、寝台に上体を起こした。

その視線の先、部屋の入口に佇《たたず》む姿がようやくはっきり見える。

そこに立っていたのは、黒い髪に色白な肌が印象的な鋭い目つきの男だ。

色濃い赤を基調とした装いとすらりとした立ち姿は、何度となく目にしたそれとピタリと一致する。顔つきも目鼻立ちも、その全てに見覚えがあった。

アベル——否《いな》、ヴィンセント・ヴォラキア。

神聖ヴォラキア帝国の現皇帝にして、追われた玉座の奪還を目論《もくろ》む反骨の狼《おおかみ》だ。

その張本人から不敬と言われ、フロップは苦笑しながら頭を下げる。

「失礼、言い直すべきなのだろうね。いいや、言葉遣いも改めるべきだろうか。ううん、困った。最初からやり直させてもらうのが一番いいかもしれないな」

「不要だ。やり直したとて、行いが帳消しになるわけでもない。まして、貴様はヴォラキア皇帝に忠誠を誓い、信義を捧《ささ》げる覚悟のある民か？」

「どうだろうか。自分の暮らしている国の皇帝なんだ。僕にも一応の愛国心と感謝の念はあるつもりだよ。ヴィンセント・ヴォラキア皇帝閣下の治世になってから、種族間の小競り合いを含めた諍《いさか》いは激減した。暮らしやすい国になった感謝があるとね」

「含みのある言い方だ。余を前にして、よくぞ空言を弄せたものよな」

細い肩をすくめて、ゆっくりと歩みを進めるヴォラキア皇帝。

その姿が間近に迫ると、フロップは思わず眉を上げた。どこからどう見ても、フロップの知るアベルその人だ。――だが、そうでないことはわかり切っている。

「勉強不足で甚だ恥ずかしいのだけれど、本当によく似せているのだね。そのぐらいでなければ影武者なんて役目は務まらないというわけか」

「軽々に物を語るようでは、その口を塞がざるを得なくなるぞ。貴様がこうして匿《かくま》われているのは、『飛竜将』たるマデリン・エッシャルトの望みに過ぎぬ。だが、一将の望みと余の気紛《きまぐ》れと、天秤《てんびん》はどちらへ傾くか、容易に知れよう？」

「口は慎めという忠告は受け止めるとも。だが、実践できるかは約束できないな！　なんせ、僕の心中はとても複雑でね！　君のその顔に色々物申したいのさ！」

ビシッと指差して、堂々とそう主張するフロップに相手が沈黙する。

目の前の皇帝――この場合、アベルではないアベル面の相手をなんと呼ぶべきなのか困りつつも、便宜上、ヴィンセントとそう呼んでおく。

そのヴィンセントが偽の皇帝であり、帝位の簒奪《さんだつ》を企む輩《やから》であることはフロップの知る事実だ。ただ、それ自体を糾弾しようという考えはフロップにはない。

フロップとアベルが固い友情で結ばれ、彼の代わりにあらゆる出来事に声を上げるだけの関係性が築かれているならまだしも、そうではなかった。

むしろ、フロップとアベルの関係はそういう角度からも複雑だ。

「生憎《あいにく》、僕が物申したい相手は同じ顔の、君とは別の彼の方なのだけどね。しかしよく似ている。僕も旦那くんを手伝って村長くんの化粧を手伝っていたが、瓜二《うりふた》つだよ」

「──。城郭都市《じようかくとし》の件は耳に入っているが、貴様も企ての関係者か。揃《そろ》って、皇帝の治世を下らぬ方法で歪《ゆが》めようとしたとしか思えぬ暴挙よ。度し難《がた》い、暴挙だ」

「そうかな？　楽しい試みだった。何しろ、犠牲者が出ない」

「結果論だな」

頬《ほお》を緩め、フロップは自分とスバル、それにアベルとが協力した城郭都市の計画を思う。

フロップすら度肝を抜かれるスバルの発想、あれは本当に愉快・痛快なものだった。あの作戦に関わった全員が、あの馬鹿げた作戦の成功を望んでいたはずだ。

「タリッタ嬢もクーナ嬢も、僕もそうだ。──だからこそ、解《げ》せない」

「──」

「旦那くん、皇帝閣下くん……なんと呼べばいいのか定まらない彼が、どうして帝位を追放され、ああした立場に置かれたのか。もっと言えば──」

そこで言葉を区切り、フロップは眼前の、皇帝と瓜二つの顔をした簒奪《さんだつ》者を見据え、

「何故《なぜ》、君たちは盤石な帝国を揺るがしてまで、事を起こさなくてはならなかったのか」

「――。よくよく、口の回る男よな」

「それが商売道具なんだ。商人なものでね。あとは妹からもよく褒められるんだが、なかなか美形らしい。それも商売道具だ」

「なるほど。ならば――」

歯を見せて笑うフロップ、その言葉に鷹揚《おうよう》に頷《うなず》くヴィンセントが、不意に伸ばした手でこちらの顔を掴《つか》み、無理やり引き寄せる。

突然の凶行に傷が痛み、「むぐっ」と呻《うめ》くフロップを、冷たい黒瞳が覗《のぞ》き込《こ》んで、

「その顔と口、不敬の贖《あがな》いにこの場で奪ってやってもいい」

冷たく鼓膜に滑り込む声は、口の減らない相手への――否《いな》、皇帝への不敬を許すまいとする怒りが滲《にじ》んでいた。ただし、その『皇帝』とはどちらを指すのか。

自分か、あるいは別の相手か、それを思案しながらも――、

「……口に気を付けろという意味なら、声を奪う方が理に適《かな》っているかもしれないね」

なおさら怒りを買いそうなことを、フロップは掴まれて不細工な顔で言ってのける。

一瞬、その答えにヴィンセントが黒瞳を細めるも、その奥を過《よぎ》った感情は表に出されることなく振り切られ、フロップの顔も乱暴に解放される。

そうされ、掴まれた顔を手で確かめるフロップに、ヴィンセントは鋭い眼光のまま、

「余の気紛《きまぐ》れとマデリン・エッシャルトの望み、どちらが重いかは知れたことだが、無下にすればあれの離反は免れ得ぬ。そこまで読んでの態度か？」

「え？　あ、あ〜、なるほど。確かにマデリン嬢は僕が死んだら怒りそうだね。囚《とら》われの僕が一矢報いようとすれば、そのぐらい思い切った手を打ったかもだ」

ヴィンセントに言われ、フロップは自分の命の価値を改めて計上し直した。

フロップとマデリンは共通の相手を理由に交流を重ねている。もしもみだりにフロップの命が奪われれば、獣のような彼女を飼い慣らすことは難しくなるだろう。

「というわけで、どうやら僕は無自覚に厄介な立ち位置に置かれてしまったようだ！　さあ、どうする、偽皇帝くん。僕はとても扱いづらいぞぅ！」

「貴様と共に連れてこられた癒者《いしゃ》の娘がいると聞く。その娘の身を案じるならば、余計な言葉も態度も慎み、大人しくしていることだ」

「完封されてしまった！」

レムのことを盾にされると、いきなりフロップに打つ手がなくなった。

だが、仕方あるまい。レムにはなんとしても、無事に帰ってもらわなくては。

それに――、

「僕自身、どうすべきかは決めかねているのだから」

究極、フロップはマデリンと同じ動機を得て、同じ立場になったと言えるのだ。

ならば彼女と同じように偽皇帝に協力し、追い落としたアベルを抹殺するべく、悪辣な策謀を次々と繰り出し、じわじわと彼に罪を償わせるべきだろうか。

一介の、妹に顔の良さを褒められるぐらいしか取り柄のない商人が。

「マデリン・エッシャルトのことがなくとも、ベルステツは貴様を悪いようにはせぬ。身の程を弁《わきま》え、せいぜい波風を立たせずに時を過ごせ」

押し黙ったフロップを見据え、ヴィンセントがそう言い放った。

その内容から、フロップは彼がこの対話を終わらせにかかっていると理解する。が、ここまでの会話の流れを踏んで、それは首を傾《かし》げざるを得ないだろう。

「だって偽皇帝くん、それじゃ君は何をしにこの部屋にきたんだい」

本物の皇帝を追い落とし、瓜二《うりふた》つの顔で玉座に座ろうと、謀反の成功とは言えない。本物の皇帝、アベルが健在である以上、その心に安寧が訪れることなんてないはずだ。

そんな身も心も多忙なはずのヴィンセントが、わざわざフロップの下へ足を運んだ。

それは――、

「もしや、皇帝閣下くんがどんな様子だったのか、僕から聞きたかったとかかい？」

「仮に貴様の戯《たわ》けた妄言が事実なら、その簒奪《さんだつ》者の趣向は悪趣味極まるものであろうな」

「そうだろうか？　情報収集の重要さは、商いでも戦いでもそう変わらないのではないかな。だとしたら、相手の状況を知ろうとするのが悪趣味と僕は思わない」

「――。だとしても、見当違いだ。わざわざ貴様の口から聞かずとも、あのものがどうしているかはこの目で見た。言葉も交わした上でだ」

「それは、そうなのか……」

苦し紛《まぎ》れの出任せを言ったと、とてもそうは見えなかった。

正直、ヴィンセントがアベルを直接目にし、言葉を交わす機会なんてどうしたら巡ってくるのか全く想像がつかない。一緒にいたはずのミディアムやタリッタ、スバルのことも気掛かりだが、聞いたら教えてくれたりするだろうか。

と、脱線しかけるのがフロップの悪癖だ。

ミディアムたちの安否も心配だが、ここで探るべきはヴィンセントの目的——彼は言った。アベルの話を聞きにきたのではないと。

聞きにきたのではないなら——、

「——話しておきたいことがあった、とかかな？」

「——。ベルステッツが貴様の立場を指して厄介と評したが、余の目から見ても、貴様の在り方は同じ枠組みに置かれて然《しか》るべきものだな」

「それは褒められていると思っていいのかな？　そう思った方が僕の精神的には前向きに働くから、そう思っておくことにするよ」

「——」

その言葉で、立ち去りかけたヴィンセントの足が止まったとフロップは考える。

正直、ここでヴィンセントの足を止めたことが、自分自身にとって良いことなのか悪いことなのか、フロップにはわからない。

ヴィンセントの目論見《もくろみ》が果たされ、帝位簒奪《さんだつ》が完全に成った場合、アベルは帝国だけでなく、きっとこの世界からも立場を追われることになる。

それが、自分の望みなのだろうか。

自分の大事な『身内』であった、バルロイ・テメグリフの死に関わった人物。彼が全てを奪われ、ついには命を失うことが自分の望みなのか。

「今まで、自分が何を欲しがっているのかわからなかったことなんて……」

あっただろうかと考えようとして、フロップはすぐに考え直した。

思い出すまでもない。他ならぬ、バルロイたちと出会う以前の自分は、ミディアムを守りたい一心で過ごし、それ以外の何も望めないでいた。

あのときの自分と同じだ。だったら、答えもあのときと、得方は同じだ。

『お前らは、なんだって選べるんだよ』

ぶっきらぼうな声が、そんな風にフロップの背中を押してくれたのが思い出される。

だから、何も知らないまま流されるより、何かを知って歩き出すのを選びたい。

「聞かせてもらえないだろうか、偽皇帝くん。君が、何を語りにきたのかを」

帝位の簒奪で多忙な偽皇帝を引き止め、フロップは真っ向からそう尋ねた。

その問いかけにヴィンセントは、フロップの見知った男と、ほんのわずかに印象の異なる歪《ゆが》みを口の端に湛《たた》え、言った。

それは――、

「――『大災』、それがもたらす滅びの理《ことわり》について、だ」

第一章　『運命の悪戯《いたずら》』

1

「――以上が、飛竜の襲来による被害の報告です」

そう言って、手元の資料を叩《たた》いたオットーの説明にエミリアは痛ましく眉を下げる。

城郭都市《じょうかくとし》グァラルを襲った『飛竜災害』――街の修復と負傷者の対応に追われ、一段落したと言えるまでかかった数日、その結果が知らされたのだ。

エミリアの目から見ても、都市の状況はひどいものだった。

都市を囲っていた立派な防壁は壊され、市内のあちこちに高いところから落とされた大岩が何個も転がったままになっている。建物の被害も大きく、無傷で済んだものは半分も残っていない。死んでしまった人も少なくなく、エミリアたちが寝泊まりする二階の潰れた民家も、帰ってくる住民のいなくなった一軒だった。

「もう少し……」

早く、自分たちが駆け付けていれば。

そんな後悔がエミリアの胸を鋭く針のようにつついてくるが――、

「僕たちがあと少し早ければ、という仮定は無意味なのでやめましょう」

そのエミリアの心中を読み取り、しかしオットーはぴしゃりと切って捨てた。その鋭さに鼻白むエミリアだが、オットーは顎をしゃくって窓の外を示し、

「あのとき、エミリア様やガーフィールに先行するのを許したのも、飛竜の群れに頭を追い越されたのが切っ掛けです。あれがなければ急ぐ選択肢自体なかった。つまり……」

「つまり？」

「未然に防ぐ手立てはなかった、ということですよ。因果関係の問題です。あちらを立てればこちらが立たない。それで悩むのは不合理というものでしょう」

ゆるゆると首を横に振り、そう述べるオットーにエミリアは苦笑した。

オットーらしい現実的な物の見方で、きっと彼なりにエミリアを慰めてくれたのだ。その心遣いを、エミリアは嬉《うれ》しく思うのだが――、

「でも、言い方ってものがあります。今の言い方、わたしは嫌いです」

ぷい、と顔を背けたペトラはご立腹な様子だった。

エミリアの手前、椅子に座ったペトラはその明るい茶髪に櫛《くし》を通され、普段からの可愛《かわい》さに磨きをかけている真っ最中。このところエミリアが任されているお役目だが、旅の間も身支度に手を抜かないペトラの姿勢には感心しきりだ。

昨日だって街の復興作業でへとへとになったはずなのに、新しい一日には新しい自分をちゃんと作り直している。ペトラの、自覚と責任感の賜物《たまもの》だ。

それも当然かもしれない。だって彼女は――、

「――主人であるペトラお嬢様にそう言われると、僕としても心苦しいですよ」

と、そうオットーがこぼした通り、ペトラはヴォラキア帝国に潜入中のエミリア一行をまとめる、『雇い主のお嬢様』という立場を任されているのだから。

――消えたスバルとレムの行方を捜し、ヴォラキア帝国に入ったエミリアたち。

道中、密入国を成功させるための紆余曲折《うよきょくせつ》も大変だったが、帝国についてからも気は抜けない。特にエミリアとロズワールは、正体がバレると戦争になりかねないのだ。

そんな事態を避けるために、一行は偽の身分と嘘《うそ》の目的をでっち上げた。エミリアも『エミリー』と偽名を名乗り、一行の護衛として同行している。

「その私が守らなくちゃな相手が、ペトラお嬢様とベアトリスお嬢様なのよね」

「あくまで、僕たちが帝国へきた目的はベアトリスお嬢様の体調回復のため……実際、本命を回収すれば叶《かな》う目的ですから、まるっきり嘘ってわけでもありません」

「わかりますけど、なんだかその考え……あ、やっぱりいいです」

「途中で止められると気になるので、いっそ言ってもらった方がいいんですが」

「そうですか？　なんかオットーさん、旦那様の悪いところがうつってませんか？」

「やっぱり聞かない方がよかった……！」

頭を抱えたオットーを見て、エミリアは言いかけた言葉を慌てて引っ込めた。ペトラと同じことを言おうとしたのだが、オットーはとても嫌そうだ。

エミリアはロズワールの頭の良さをとても頼りになると思っているので、陣営でも特に頭のいい二人が一緒の考えだと、すごく心強いと思ってしまったのだが。

そんな風に苦しんでいるオットーを横目に、エミリアはさっき彼が話してくれた街の被害に意識を向ける。窓の外、壊れた街並みは今も痛々しいが――、

「街の怪我《けが》した人たちも、ガーフィールのおかげでずいぶん減らせたのよね」

「それは間違いなく、そうですね。ペトラお嬢様やフレデリカさん、もちろんエミリーが手伝った功績も大きいと思いますよ」

頷《うなず》いたオットーの答えに、エミリアもようやく頬《ほお》の強張《こわば》りを解くことができる。

ガーフィールの頑張りも、フレデリカやペトラのお手伝いも、全部がエミリアにとって誇らしい。自慢の、大切な仲間たちの奮闘だった。

「オットーくんも、ズィクルさんたちと話し合うのにすごーく頑張ってくれたのよね」

「幸い、ズィクルさんは話のわかる方でしたので、苦労は最小限でしたよ。たまたま出くわして、話を通してくださったミゼルダさんには感謝ですね」

「ミゼルダさん、オットーさんの顔がお気に入りだもんね」

「あそこまであけすけに言われることってないので、かなり戸惑いましたけども」

小さな拳を掲げて、そう微笑《ほほえ》むペトラにオットーが苦笑した。

エミリアも言葉を交わしたミゼルダは、とても強くて親しみやすい女の人だ。知り合った最初からこちらに優しく、色々と配慮もしてくれている。

何故《なぜ》か、オットーとガーフィールで扱いが違っているのが気になるところだが。

「オットーくんの顔が好きなのはわかるけど、ガーフィールも可愛《かわい》いのに……」

「ガーフさん、眉間とお鼻のところに皺《しわ》を寄せてることが多いからかも。あと、ラム姉様と離れ離れでイライラしてるから」

「……僕は何も言わないでおきましょうかね」

ペトラが自分の形のいい鼻にちょんと指を置いて、ガーフィールをそう評する。

エミリアはコロコロと変わるガーフィールの表情も愛嬌《あいきょう》だと思っているので、もっとミゼルダにガーフィールのこともちゃんと見てほしいと思った。

そうした余談はさて置いて――、

「でも、街のお片付けが一段落したなら……」

「ええ」

エミリアの言葉にオットーが頷《うなず》いて、それからもう一度窓の外を見やる。そのオットーの視線の先に、被害を受けながらも佇《たたず》んでいる都市の顔――都市庁舎があった。

そこに集まるのは、この城郭都市《じようかくとし》グァラルの有力者たちだ。

つまり――、

「ようやく、先へ進むための話し合いを始められそうです」

と、オットーが言ってくれた通り、話し合いが始まるのだ。

2

「そォいやァ、礼を言われッてねェなァ、オッサン」

半壊した都市の城壁に上がり、ガーフィールは先客の背中にそう声をかけた。

正直、声をかけたい相手ではなかったが、背中が見えた途端に回れ右するのは負けた気分になるので、負けん気の方が嫌気に勝った。

そもそも、なんでこっちが引き返さなくてはならないのか。気まずさに耐えかねて逃げ帰るなら、自分より相手の方であるべきだろう。

そんな思いから、まるでチンピラみたいな冒頭の一言があったわけだが——、

「——ちっ」

返ってきたのが盛大な舌打ちで、ガーフィールは早々と自分の選択を後悔した。

つまらない意地を張った結果、より嫌な思いを味わう羽目になった。頭の中でオットーが「そりゃそうでしょう」と呆《あき》れた反応をするのがわかる。

そうでなくても嫌いな相手だ。

直接、この先客が身内に無礼を働くところにガーフィールは居合わせなかったが、あとから聞いた話だけでも嫌いになるのは十分すぎる。

それが、ガーフィール・ハインケル・アストレアへの動かざる印象だった。

「——」

腰に立派な剣《つるぎ》を下げ、革鎧《かわよろい》の軽装姿でいるハインケルは物見に立っている。

ただ、それは都市の平穏を守るためという見上げた思いより、手持ち無沙汰と居場所のなさを誤魔化《ごまか》すためのカッコつけだとガーフィールは判断する。

その背中から漂ってくる酒気と、周りに転がる空の酒瓶がその証《あかし》だ。

飛竜災害の折、押し寄せる飛竜相手に獅子奮迅《ししふんじん》の働きをしたらしいハインケルは、しかし『九神将』相手には手痛い敗北を喫したそうだ。

あのちんまいシュルトは色々と言葉を尽くしてハインケルを擁護していたが、ウタカタは「手も足も出てなかっタ」と率直だったので、それが事実だろう。

その証拠に、ガーフィールが負傷者に治癒魔法をかけて回る中、特に手がかかった重傷者の一人がハインケルだった。かなり手ひどいやられ方をしたようで、ガーフィールの治癒魔法がなければいまだにベッドの上で寝たきり状態だったろう。

「今の舌打ちが礼代わりだってのかよォ。そりゃァ、ずいぶんと俺様の知ってる常識と違っちまってるッもんだなァ、オイ」

そんな相手の事情を鑑《かんが》みながらも、ガーフィールはそう悪態をついていた。

ガーフィールも、負けた経験はある。その悔しい気持ちはわかるつもりでいるから、殊更に敗北した事実を性格悪くつつきたいとは思わない。

が、相手が礼を尽くさないとなると、嫌味《いやみ》の一つくらいは言いたくなる。ましてや、ガーフィールにはハインケルへの好印象がまるでないのだから。

「ここァ帝国だ。俺様の知らねェ常識もあるッかもだが……てめェは王国の人間じゃァねェか。それも、あの『剣聖《けんせい》』の親父《おやじ》って話だろォが」

「――――」

「俺様も話したが、ありゃァとんでもねェ野郎だぜ。あんッだけ強《つえ》ェなら、さぞかし親もすげェと思いきや、礼儀もなってねェたァ――」

「――親がどれだけすごかろうと、子がそうとは限らねえだろ」

振り向きもしない背中に、ガミガミと嫌味を続けたガーフィールが鼻白む。

そのまま無視を決め込むかと思いきや、不意の反論があったからだ。そうして目を丸くしたガーフィールに、ハインケルは振り向かないまま、

「逆もおんなじだ。化け物の親が化け物でなきゃいけない理由なんざない」

「お……」

「お前、悪態つくのが下手くそすぎるぞ。誰かを挑発したいならプリシラ嬢を見習え。その調子じゃ落第だ」

「ぬがッ」

悪態で優位に立とうとしたのを見透かされ、挙句に綺麗《きれい》にやり返される。

真の挑発とはこういうモノだとばかりに言い返され、ガーフィールは口ごもった。そのまま会話が終わるが、背中を向ければ本当に完敗する羽目になる。

結局、ガーフィールは意固地を貫いて、ハインケルから少し離れたところに腰を下ろす

と、城壁のない南の地平を眺め、無防備な都市の備えとなる。

無数の飛竜に襲われ、城郭都市《じょうかくとし》と名高いヴァラルの城壁は大打撃を受けた。

高空から落とされる投石の被害は大きく、崩れ、壊された城壁は急いで補修が進められているが、都市の防御力は著しく低下している。

とりわけ、都市で最大の被害を被ったのが、この南側の城壁だった。

最初の攻撃を受けた西の城壁もなかなか惨憺《さんたん》たる状態だが、こちらはその比ではない。

壁どころか、区画丸ごと更地にされている有様だ。

「エミリア様……じゃなく、エミリーとプリシラってお姫様が『九神将』とやり合ったって話ッだったが」

その戦いの激しさは、眼下の惨状がありありと教えてくれている。

建物の大半は原形をとどめておらず、凄《すさ》まじい衝撃波が一切合切を薙《な》ぎ払《はら》っている。

『九神将』たる竜人《りゅうびと》との戦いと、その決着を演出した白い光――ガーフィールも、都市の中であの衝撃波に揉《も》まれたが、その正体をエミリアはこう語った。

「――龍《りゅう》の咆哮《ほうこう》」

地竜や水竜、飛竜などと同じ竜種でありながら、その一段上の存在である『龍』。

いずれも理《ことわり》の外側にあるとすら言われる力を有する龍が、たった一度の息吹きで何もかもをちゃぶ台返ししていった。

エミリアとプリシラ、両者が抗《あらが》わなければもっと被害は拡大していた恐れがある。

「……どこッまでも、俺様ァ間が悪《わり》ィ」

エミリアと、ついでにプリシラの功績を称賛しつつ、苦々しい思いが胸にある。

プレアデス監視塔に同行できなかったことで、ガーフィールはエミリアが相見《あいまみ》えた『神《しん》龍《りゅう》』ボルカニカと対面する機会を逃した。それだけにのみならず、今度は同じ都市にいながら別の『龍』とも接触し損ねたのだ。

スバル流の言い方をすれば、引きが悪いと言わざるを得ない。

「――――」

何も、古《いにしえ》から語られる存在である『龍』と会えなかったから拗《す》ねているのではない。強敵と戦い、これを打ち倒すのがガーフィールの役割だからだ。陣営の目的を挫《くじ》こうとするものを倒し、武官としての役目を果たすことこそが。

断じて、傷を負ったものの治療をして回ることが役割なのではないのだ。

「ただでッさえ、帝国入りの何の役にも立っちゃいねェってのに」

ヴォラキア帝国への密入国において、ガーフィールは何の役にも立っていない。

国境を越える手引きをする輩《やから》との接触には、オットーの実家であるスーウェン商会を頼ったし、道中で彼らと揉めたときにはペトラが堂々と交渉をまとめた。

その後、帝国入りしてすぐに起こった問題に際して、自らに流れる血を用いて状況を打開したのはフレデリカであり、ガーフィールがしたことと言えば、最後に立ちはだかった相手を殴り倒して考えを改めさせただけ。

せめて、城郭都市《じようかくとし》で噂《うわさ》になった黒髪の戦乙女、『ナツミ・シュバルツ』の名前に希望を見出《みいだ》し、スバルとの再会が叶《かな》うと思えば――、

「大将ァ入れ違いで出てったあと……とことん間が悪《わり》ィのも、全部が全ッ部、俺様のせいに思えてッくるぜ……」

もちろん、それが考えすぎの被害妄想なのは重々承知だ。

ガーフィールたちが大冒険して帝国にやってくるのと同じぐらい、スバルも飛ばされた帝国で大冒険していたというだけの話。

飛ばされた先ですら、落ち着きなく大ごとに巻き込まれているのは、いかにもガーフィールの知っているスバルらしい状況だったが。

「――帝国のてっぺんの取り合いたァ、話がでけェよ、大将」

城郭都市――否《いな》、ヴォラキア帝国全土を巻き込む大いなる戦乱の兆《きざ》し。

いったい、何をどうすればそんな歴史の大異変のど真ん中に巻き込まれるのか。だが、ガーフィールは思う。これも、スバルが彼らしくあった結果なのだと。

懸命に、王国のエミリアたちの下へ戻ろうと必死に足掻《あが》き、その途中で出会った人々と心を通わせ、その人たちを見捨てておけなくて、走り続けているのだ。

今は遠く、南東にある大都市に有力者との交渉に赴いているらしい。

その成否に拘《かかわ》らず、無事に戻ってくれればいいのだが――、

「――おい、ガキ」

「あァん？」

「さっきからカチカチうるさいんだよ。大人しく口閉じてられないのか？」

考え事をしていたガーフィールに、いきなりハインケルがそう噛《か》みついた。

忌々《いまいま》しげにこちらを睨《にら》む赤毛の男は、自分の口に指を引っ掛けて犬歯を見せてくる。牙を噛み鳴らすガーフィールの癖、それが癪《しゃく》に障るとのご意見だった。

「ハッ、なんで俺様が言うこと聞いてやんなきゃなんねェんですかァ？　耳障りってんなら、てめェの方が勝手にいなくッなれや」

「口の減らねえガキが、精一杯の嫌味《いやみ》か？　先にいたのは俺だ。お前が弁《わきま》えろ」

「――ッ、『九神将』相手にビビった奴《やつ》が、偉そうにぬかすんじゃねェ！」

先ほどと同じようにやり込められるのを嫌って、ガーフィールが強くそう怒鳴り返す。

言い放ってから、ガーフィールは自分がかなりの暴言を口にしたと自覚した。だが、相手が相手だ。このぐらい言い返しても、気を咎《とが》める必要は――。

「……ああ、そうだな。俺はビビった。だから、この様《ざま》だ」

「オッサン……？」

「プリシラ嬢のご機嫌も損ねて飲んだくれてる。あぁ、救いようがねえ」

だのに、ハインケルから返ってくる言葉は弱々しく、ガーフィールは大いに戸惑った。

手にした酒瓶を呷《あお》り、ハインケルは低い声でこの世を――否、己を呪うようにこぼす。

まるで、世界そのものから見捨てられ、やけっぱちになったような態度で。

「……相手ァ帝国最強、『九神将』だ。オッサンが勝てねェのは当然じゃァねェのか」

その悲愴《ひそう》な様子が見ていられず、そんな慰めが口をついた。

自分で言っていて、どの面を下げて発言したのかとガーフィールは呆《あき》れる。直前に『九神将』に負けたことを罵って、今度は負けて当然だと慰める。

支離滅裂だし、たぶん慰めになっていない。もし、ガーフィールがハインケルと同じ立場だったら、同じことを言われたら怒り狂うかもしれなかった。

しかし、ハインケルはガーフィールの慰めに卑屈に笑い、

「勝てなかろうが、果たす役割があった。プリシラ嬢の道行きのおこぼれに与《あずか》ろうって立場ならなおさらだ。……くく、傑作だな」

「傑作、だァ？」

「十何年も追いかけてるもんが指の間をすり抜けてく。どこまでいっても、小便漏らしの性根は変えようがねえってこった」

自嘲の止まらないハインケルに、ガーフィールは彼を見る目が変わる。

最初、ガーフィールは水門都市での暴挙から、ハインケルに嫌悪感と敵愾心《てきがいしん》しか持っていなかった。それが、この短いやり取りと呪いの言葉で大きく変わる。

そこにいたのは弱々しく、くたびれてしまった憐《あわ》れな男だった。

口から吐かれる言葉は自分にも他人にも向けられた刃《やいば》で、その刺々《とげとげ》しさが痛々しい。それが他者にだけ向けられるものなら、ガーフィールも軽蔑するだけで済んだ。

だが、それが自分にも向けられたものとわかると、胸の悪い感覚を覚える。

「なんだって、てめェはそんな風に腐ってやがる。まァだ生きてんだ。だったら……」

「……なんで、まだ生きてるんだかな」

「──ッ、よくもまァ、助けた相手の前でそれッが言えるじゃァねェか」

ぶちぶちと、続けられる自暴自棄な言葉がガーフィールの憤怒《ふんど》を呼び込む。

そのガーフィールの反応に、ハインケルはちらとこちらに視線を向けると、そこで初めて思い至ったような顔で「ああ」と呟《つぶや》く。

「そう言えば、俺を治したのはお前か。次からは気を付けろ」

「あァ!?」

「気に入らない奴《やつ》を、後腐れなく見捨てられる機会を逃すなってな」

それを聞いた瞬間、ガーフィールは視界が真っ赤に染まる感覚を覚え、気付いたときには相手の胸倉を掴《つか》み、酒臭い男の顔を間近から睨《にら》みつけていた。

パリンと音を立て、城壁の下に落ちた酒瓶が割れる。強引に体を起こされたハインケルが、自分の手を滑り落ちた酒瓶の行方を目で追い、嘆息する。

「もったいないじゃねえか」

「てめェ、言うッことはそれだけッかよォ?」

無抵抗のハインケルが、無気力な目をガーフィールに向ける。

覇気のない青い瞳、それはガーフィールも言葉を交わしたラインハルトや、共に死線を潜《くぐ》ったヴィルヘルムと起源を同じくするものだ。

にも拘《かかわ》らず、ガーフィールにはそれらが同じものとでても思えない。

どうすれば、人間の瞳とはここまで濁ることができるのか。

その双眸《そうぼう》の奥深くで渦巻く感情は、どれだけの年月をかけて貶《おとし》められてきたのか。

「何がどうなりゃァ、そんな目ェすることになんだ」

『九神将』相手に喫した敗北が、プリシラの機嫌を損ねたとハインケルは語った。

実際のところは不明だが、『九神将』に善戦できなかったことを実力不足と責め立てられるのは、あまりにも心無い意見だともガーフィールは思う。

少なくとも、戦う機会にすら辿《たど》り着けなかったガーフィールからすれば、だ。

そのガーフィールの眼差《まなざ》しと言葉に、ハインケルの瞳がわずかに揺れた。

そうして——、

「——女房を」

酒を飲んでいたにも拘らず、掠《かす》れた声をこぼすハインケルの唇は渇き切っていた。

だが、ようやく意味のある言葉が聞けたと、ガーフィールはその先の言葉を待望する。

しかし、ガーフィールの期待した言葉は、またしても聞かれなかった。

「馬車だ」

「ア？」

胸倉を掴《つか》まれたハインケルの目が、ガーフィールを飛び越して向こうを見ている。その音が意味を結んだ瞬間、ガーフィールも振り返らざるを得なかった。

　ハインケルに掴みかかるため、ガーフィールが背を向けた都市の南側——その地平線の彼方《かなた》から、何かが街道を進んでくる。近付いてくるのが見える。

　まだ遠く、馬車か竜車かも区別がつかないそれは、ガーフィールの待望したものだ。

「おい、離せ、ガキ」

　期待と興奮に目を輝かせるガーフィール、そこに酒臭い息が吐きかけられる。とっさに顔をしかめると、ハインケルが首をひねってこちらの手を逃れた。

「待ち人来たるだろ。とっとと迎えにいったらどうだ？」

　下がり、ガーフィールの顔を覗《のぞ》き込《こ》むハインケル。そこにはもう、自分の胸中を吐露しかけた男の姿はなく、暴言と嫌気を振りまく憎たらしい中年しか残っていない。

　物理的にも精神的にも、指をすり抜けて取りこぼしたとガーフィールは感じる。

「……てめェは」

「物見の役目を果たすさ。何か見えたんなら報告するのが仕事だろ。酔っ払いだろうとそのぐらいはできる。……点数稼ぎにもならんだろうがな」

　ひらひらと手を振り、ハインケルが千鳥足でガーフィールに背を向けた。

　一瞬、その背を呼び止めようかと迷ったが、言葉は出なかった。ハインケルの言う通りだ。すでに、ガーフィールの心は地平線の向こうに奪われていて。

「機会を逃すと悲惨だぞ？　最後の言葉を、延々と追いかけることになる」

それだけ言い残して、ハインケルがガーフィールより先に城壁から飛び降りる。意外と危なげなく都市の中に着地した彼は、その足で街の中心へ向かった。

最後の一言、そこに込められた切実な感情、それがガーフィールの中に棘《とげ》のように突き刺さって存在を主張する。

「ッけど、今だきゃァ——」

棘の存在を棚上げにして、ガーフィールは城壁をハインケルの反対側に飛び降りる。

都市の外側に着地し、曲げた膝を伸ばす勢いでガーフィールは走り出した。蹴り足を爆発させ、風よりも速く、向かってくる影に一直線に走る。

「大将……ッ！」

鋭い牙の隙間から、ガーフィールの堪《こら》え難《がた》い感慨が漏れる。

エミリアやベアトリス、ペトラたちの心情を考えれば気後れするが、ガーフィールもスバルとの再会を待ち望んでいた一人だった。

だから、逸《はや》る気持ちを脚力に変えて、猛烈な勢いで馬車へと向かう。

あと少し、ほんの数十秒走るだけで、スバルとの再会が叶《かな》うと——、

「——あ？」

その、溢《あふ》れかけた期待が、不意打ち気味に戸惑いへと変わる。

風を置き去りにする速度が緩やかになり、やがて風に追い抜かれる。それどころか、風以外のあらゆるものに置き去りにされる速度になり、ついには立ち止まる。

揺れるガーフィールの翠《みどり》の瞳に、地平線の向こうからやってくる一台の馬車——否《いな》、多数の馬車や牛車が押し寄せてくるのが映っていた。

「こ、こいつァ……」

迷わずスバルと対面できると、そう期待したガーフィールは目を瞬かせる。

その光景は、スバルたちが城郭都市《じょうかくとし》を発《た》った目的を考えれば、ありえる可能性の一個ではあったのだが、このときのガーフィールにはそこまで考えが及ばなかった。

いずれにせよ、圧倒されて足を止めたガーフィールの前に、道なりに都市へと向かう一団の先頭、立派な疾風馬《はやうま》の引く馬車が堂々とやってくる。

そして——、

「——貴様、何を呆《ほう》けている。都市の使いなら、すべきことがあろう」

そう、馬車から顔を覗《のぞ》かせる鬼面の男が、ガーフィールに息を呑《の》ませるのだった。

3

「フレデリカ嬢、お疲れ様です」

そっと、疲れと喉の渇きを感じたところへ差し出される紅茶の香りに、フレデリカは微《かす》かな驚きを得ながら相手の顔を見た。

柔和な顔つきに微笑《ほほえ》みを湛《たた》え、フレデリカをねぎらったのは目線の低い男性だ。

元々、長身のフレデリカは男性と比べても背の高さで勝ることが多いが、目の前の相手はそれを抜きにしても背丈が低い小柄な人物――しかし、背丈と対照的に懐《ふところ》の大きく、好感の持てる相手であるとこの数日でフレデリカは知っていた。

「――ズィクル様、お気遣いありがたくいただきますわ」

都市庁舎の最上階、忙しく動き回る面々の中、男性――ズィクル・オスマンが手ずから淹《い》れてくれたお茶をありがたく受け取る。

柔らかな温《ぬく》もりを孕《はら》んだ香りが鼻孔に滑り込み、フレデリカは思わず微笑《ほほえ》んだ。

本来、こうした役割はメイドであるフレデリカがすべきもののはず。しかし、帝国でのフレデリカの役回りが、長年染みついた仕事に従事するのを躊躇《ためら》わせる。

一応表向き、帝国でのフレデリカの立場は要人の護衛役――今思えば、オットーやガーフィールの立場は変わらないのだから、フレデリカまでメイドの役目を離れる必要はなかったように思うが、気付くのが遅きに失した。

なので大人しく、この場は責任の重い指揮官が自らお茶を淹れてくれたという好意に甘えて、そっと舌と喉を潤すのに集中する。

実際、率先して手を出すだけあって、ズィクルのお茶を淹れる手腕は見事なものだ。

「帝国の『将』の方は、こうしたこともお得意でいらっしゃいますのね」

「はは、お褒めいただき光栄です。ただ、他の『将』のお茶の味には責任を持ちかねますな。私の場合、実家で大勢の姉や妹に鍛えられましたので」

「まあ。でしたら、ズィクル様のお姉様や妹様に感謝しなくてはなりませんわね。こんな慌ただしい状況でも、お茶の味を楽しませていただけるのですから」

「ええ、世の中何が役立つかわからぬもので……無論、家族のためより、フレデリカ嬢のような美しい方のために用意する方が力が入りますが」

　さりげないズィクルの言い回しには下心がなく、フレデリカもその称賛を自然と受け入れられてしまう。

　その言葉に偽りなく、大勢の姉妹と一緒に過ごしてきた影響だろうか。女性を褒《ほ》め称《たた》える彼の姿勢には、深い敬服の念が感じられてこそばゆいほどだった。

　最初、『女好き』と称される人物が都市の代表と聞かされたときには、かなりの緊張と警戒心を持って接さざるを得なかったのだが。

「エミリーやペトラお嬢様、ベアトリスお嬢様に何かあっては困りますものね」

　もっとも、それは実際のズィクルと会うことで払拭された懸念だった。

　飛竜災害の憂き目に遭い、混乱に陥る都市で人命救助に当たったことの影響もあっただろうが、ズィクルたちは快くフレデリカたちを受け入れてくれた。

　都市に到着して早々、街の代表者と話を付けたオットーの判断にも感謝だ。

「ミゼルダ様を会うなり口説き落としたそうですし、こういうときのオットー様は本当に頼りになりますわね」

　オットー本人が聞いていたら、「やや語弊があると思うんですがねえ！」と声を裏返らせただろう感想を抱きながら、フレデリカは静かに頷《うなず》く。

こんな風に考えるものの、フレデリカはオットーの存在にかなり助けられていた。

なにせ、現状のエミリア一行において、年長者であるフレデリカとオットーの二人が任されている責任はかなり重たい。――ロズワールとラムと、別行動中なのだから。

「――――」

スバルとレム、二人の行方を帝国で捜索するにあたり、密入国を果たした一行は二手に分かれて活動することとなった。

その内訳が、ロズワールとラムの二人と、それ以外のフレデリカたち六人だ。

地道な聞き込みでスバルたちを探すエミリア組と別れ、ロズワールとラムの二人が向かったのは、ロズワールと交流があるとされる帝国貴族の下だった。

元より、誰と親しくしているのか把握できないロズワールだが、その手が帝国まで伸びているのはフレデリカも想像もしていなかった。

ともあれ、知人を頼る選択肢のあるロズワールはそちらへと交渉に向かい、フレデリカたちとは別方面から二人の行方を捜すこととなったのだ。

結果、必然的にフレデリカとオットーの役割が重たくなったというわけだ。

「エミリア様は、ご自分が頑張らなくてはと奮起なさっていましたけれど」

一番の年長者は自分だと、やる気と責任感に満《み》ち溢《あふ》れたエミリアの意気込みを思い、フレデリカは唇を綻ばせる。年功序列をエミリア陣営に厳密に適用すると、一番年上なのはパックとベアトリスになり、その次がエミリアということになってしまう。

スバルと離れ離れの状況に置かれ、マナの補給に苦しむベアトリスは消耗を抑えるための『ショウエネ』状態が続いており、一日の大半を眠って過ごしている。そのため、次点で年上のエミリアがやる気に燃えていたわけだ。

その意気込みを買い、最終的な決定権をエミリアに委ねる形で、一行は帝国での迷子探しに取り組んできた。――耳を疑う噂《うわさ》を聞いたのも、その過程のことだ。

「帝国に反旗を翻《ひるがえ》した反乱軍と、その首謀者を支える黒髪の乙女……」

それが『ナツミ・シュバルツ』という名前の女性だと聞きつけたとき、フレデリカは意味のわからなさに完全に思考が停止してしまった。

まさか、フレデリカが知るのと同名の人物がいるのかと大いに混乱したが、その名前がスバルからの伝言だと、そう解き明かしたのはオットーだった。

『あの人、女装が万能の解決策だと思ってる節がありますからね……実際、少なからず役立ってそうなのが思い込みに拍車をかけそうで怖いんだよなぁ』

とは、呆《あき》れと納得の狭間《はざま》ぐらいの顔をしていたオットーの意見だ。

一応、スバルも王国と帝国の関係に配慮し、素性を隠そうとした結果と一行は結論付けた。なお、エミリアだけは最後まで「どうしてナツミの名前……？」と、知り合いの女性の名前が使われたことに首をひねっていたのだが。

いずれにせよ――、

「そう時を置かれず、ナツミ嬢も戻ってこられるでしょう。ようよう、エミリー嬢やペトラ嬢のお望みも叶《かな》うというものです」

「──ええ、本当に」

お茶の香りを楽しみながら、思惟《しい》に耽《ふけ》るフレデリカにズィクルが頷《うなず》きかける。

ナツミ・シュバルツの正体、それがフレデリカたちの知るスバルであることはすでに確認が取れており、彼との再会も遠からず叶う見込みだ。

問題は、もう一人の探し人であったレムを襲った事態──、

「……レム嬢を我々がお守りできていれば」

「あれほどの状況です。ズィクル様や他の皆様が責められる謂《いわ》れはありませんわ。もちろん口惜しくはありますが」

目を伏せるズィクルの言葉に、フレデリカはゆるゆると首を横に振った。

探し人は二人とも、確かにこの城郭都市《じようかくとし》にいた。しかし、他都市との交渉に出向いたスバルとは入れ違った上、レムはあの飛竜災害の只中《ただなか》に連れ去られたとのこと。

都市を襲った『九神将』を撤退させるため、自らを人質にしたというのだ。

「──。目覚めて早々に、ラムの妹だと確信させてくれますこと」

レムの身を案じながら、フレデリカの唇はそんな印象を口にする。

『暴食《ぼうしよく》』の大罪司教の権能により、その『名前』を奪われたレムのことをフレデリカは覚えていない。少なくとも、起きている彼女との思い出はないのだ。

知っているのはスバルの口から聞いた人となりと、その外見が双子の姉であるラムと瓜《うり》二《ふた》つであったこと。だが、どうやら豪胆なところもラムと同じらしい。

そうでなければ、『九神将』相手に一歩も引かない交渉を行い、その存亡を危うくされた都市を救うなんて真似《まね》、決してできなかっただろう。

その交渉を受け入れた以上、相手にはレムを生かしておく理由がある。

論理的に考えて、そう信じられることがせめてもの救いだった。それがなければ、フレデリカたちはすぐにでも消えたレムの行方を追いかけていたはずだ。

もちろん、本音を言えば今だって飛び出したくてたまらないけれど。

「ラムがいたら今頃は……いえ、あの子は聡《さと》いから、どうでしたでしょうね」

どちらとも言えない、というのがラムをよく知るフレデリカの考えだ。

ラムは賢い。だが、同時に愛情深くもある。フレデリカは彼女が、毎夜、レムの下を訪ねるスバルと同じかそれ以上、妹の部屋に通い詰めていたのを知っている。

再会させてあげたかった。──どれだけ生意気でも、ラムは可愛《かわい》い妹分だから。

「フレデリカ嬢、思い詰めすぎないでください。都市の状況もいったんは落ち着いた。ようよう、これからのことを話し合えるのですから」

そっと、自分の胸に手をやるフレデリカを気遣い、ズィクルがそう声をかけてくれる。

彼の言う通り、城郭都市を襲った飛竜の爪痕もようやく塞がり、先々のことを話し合える状況が整ってきた。無論、今後のことは話し合いの方向次第だが──、

「――ズィクル二将！」

ズィクルの言葉に、フレデリカが答えようとした瞬間だった。

鋭い、しかし切羽詰まっているのとは別の感慨に張り詰めた声が都市庁舎に響く。階段を駆け上がり、こちらへ駆け寄ってくるズィクルの部下だ。

彼は「何事だ」と振り向くズィクルに、自分の胸の前で手と拳を合わせながら、

「報告します。都市の南側に多数の馬車が到着、いずれも魔都からのものです」

「――！　魔都の。では！」

ズィクルへの報告に、思わずフレデリカが前のめりに反応してしまう。普段であれば気恥ずかしさが上回るが、このときばかりは気にならなかった。

そのフレデリカの勢いに、ズィクルも深々と頷《うなず》くと、

「お戻りになられたか。さすがは、時を過《あやま》たれない御方《おかた》だ。すぐにプリシラ嬢や、ペトラ嬢たちをお呼びしろ」

「は！」

件《くだん》の待ち人が帰ったと、その吉報にフレデリカも胸を高鳴らせる。

直前の、レムの安否を案ずることで沈みかけた気持ちが少なからず持ち直した。ひとまずせめてではあるが、目的の半分がこれで果たせるはずと。

「何よりです、フレデリカ嬢」

安堵《あんど》に胸を撫《な》で下《お》ろすフレデリカの様子に、ズィクルも柔らかく微笑《ほほえ》んでいる。

その彼の言葉に「ええ」と、フレデリカも感謝の言葉を返そうとした。

しかし——、

「——二将、実はそのことなのですが」

フレデリカの言葉を遮り、帝国兵の言葉が先に発された。しかもそれは、どこか不安になる切り出し方をされたもので、思わずフレデリカは息を呑《の》む。

ズィクルも同じ懸念を覚えたようで、低い声で言った部下に目を向けると、「どうした」とわずかに声の調子を落として問《と》い質《ただ》した。

それに対して、部下はわずかな躊躇《ためら》いを作ってから——、

「魔都から帰られた馬車ですが、ナツミ・シュバルツ嬢のお姿がなく……カオスフレームにて、行方がわからなくなられてしまったと」

そう、運命の悪戯《いたずら》がまた続くことを、残酷にも宣告したのだった。

4

息を弾ませ、腕に抱いた少女の頭を揺らさないようにしながら飛ぶように走る。

都市の南側に馬車の列が到着し、魔都カオスフレームから大勢がやってきたと耳に入った瞬間、エミリアは待ち望んだ再会のために銀髪を躍らせた。

「もうすぐ、スバルに会えるからね、ベアトリス……！」

抱き上げた腕の中、瞼《まぶた》を閉じて眠りについている少女――ベアトリス。

消耗を抑えるために長く眠り続けている彼女を目覚めさせるには、契約関係にあるスバルと接触し、彼からマナの供給を受けることが絶対条件だ。

スバル側も、ベアトリスにマナを引き取ってもらわないと大変なことになる体なので、まさしく二人は運命共同体というべき関係だった。

普段は仲良く手を繋《つな》いでいて微笑《ほほえ》ましく見えるその関係が、スバルが帝国に飛ばされて離れ離れになってしまった状況ではとても大変なことになってしまう。

一刻も早く、スバルとベアトリスにべたべたしてもらわなくては。

それに――、

「――スバル」

エミリア自身も、一秒でも早くスバルの無事なところを確かめたかった。

こんな風に落ち着かない気持ちになったのは、パックが一方的に契約を反故《ほご》にして、勝手に行方をくらましてしまったとき以来――違う、それ以上だった。

パックは一人でも大丈夫かもしれないけれど、スバルはそうじゃないのだ。

スバルをわかってあげられる誰かが、ちゃんとスバルの傍《そば》にいてあげないと。

「うう～、ごめんなさい！」

ぎゅっとつむった目を開いて、エミリアが正面の都市庁舎に近道を仕掛ける。

本当はちゃんと入口から入って、階段を上がって一番上までいくべきなのに、それがもどかしくて氷の足場を作った。ぐぐぐっと地面から伸び上がる氷柱の上に乗っかって、ベアトリスを抱いたエミリアの体が建物の上まで一気に上がる。

見張りの衛兵や街のみんなを驚かせてしまうけれど、とても我慢できなくて――、

「スバル！」

「ム、エミリーカ」

氷柱が最上階の高さになると、エミリアはそこから建物に飛び移った。

着地した都市庁舎にはすでに結構な人数が集まっており、みんながエミリアの勢いに驚いているようだった。そんな中、泰然とエミリアの登場を受け止めたのは、目力の印象が強い義足の女性――シュドラクの民をまとめているミゼルダだ。

彼女は木製の義足の先で床を突くと、エミリアの背後の氷柱を眺めて、

「ずいぶんと便利に魔法を使うナ。私たちとは根っこから違ウ」

「ん、すごーく急いでたから……あ、驚かせちゃってごめんなさい！　ええっと、すぐに消しちゃうから。えい！」

感心するミゼルダの反応に、エミリアは慌てて氷柱をマナへと分解した。

王国だと魔法であれこれするのはわりと一般的なのだが、帝国だと魔法使いはあまり数が多くないらしい。戦いたがる人が多いと聞く帝国なのに、不思議な感覚だが。

「大抵の場合、魔法など使われる前に殴ってしまえば話は終わル」

「それは私もわかるかも。遠くじゃなくて、近くにいる場合だけだけど」

「そのときは私の弓の出番ダ。もっとモ、弓の腕なら私よりもタリッタの方が達者だガ」

そう唇を綻ばせるミゼルダに、エミリアも「そうなのね」と微笑《ほほえ》み返す。

何度か聞いた『タリッタ』という名前は、ミゼルダの妹のものだったはずだ。ミゼルダの自慢の妹であるらしいタリッタ、彼女はグァラルを離れ、南東にある魔都へ向かった一行と一緒だったと――、

「――！　そう、そうだった。南にいってた人たちが帰ってきたのよね？」

一瞬、頭が別のところに気を取られてしまったが、そもそもエミリアが魔法を使ってまで大急ぎで駆け付けた理由はそこにあった。

ベアトリスを胸に抱え直しながら、エミリアはぐるりと最上階の広間を見渡す。

ちらほらと見知らぬ旅装の顔ぶれがいるのは、馬車旅をしながら城郭都市《じようかくとし》に辿《たど》り着《つ》いた人たちがいることの証拠だろう。

「スバル！　いる!?　みんなで迎えにきたのよ！　オットーくんと、ペトラちゃ……ペトラお嬢様も、すぐにきてくれるから！」

きょろきょろと、大勢の中に待ち望んだ黒髪の少年の姿を探す。

泊まっていた民家で馬車が到着した話を聞いたとき、エミリアは逸《はや》る気持ちでベアトリスを抱き上げ、ペトラやオットーに先んじて都市庁舎に急いだ。

二人も、大急ぎでスバルに会いに都市庁舎に走っているだろう。

その二人と同じ気持ちで、なのに息せき切って駆け付けた自分をエミリアはズルいとわ

かっていた。それでも、スバルと早く会いたかった。

ベアトリスのこともそうだけれど、エミリア自身がスバルと――、

「――っ、スバル！」

ふと、自分の肩を後ろから叩《たた》かれ、エミリアは弾《はじ》かれたように振り返った。

そのあまりの勢いに、肩を叩いた相手が驚いて目を丸くしてしまうぐらい。でも、そこで目を丸くしていたのは、探し求めたスバルではなくて。

「エミリー……」

「あ、フレデリカ……先についてたのね。ええと、あの」

なんだかバツが悪くて、エミリアはどんな顔をしていいかわからない。

もちろん、フレデリカだってスバルを心配していたのだから、先に都市庁舎にいたって不思議じゃないのに。

「その、スバルと話せた？　ほら、ベアトリスと会わせてあげたいの。私も、スバルとお話したいんだけど、先にベアトリスを……」

「――。伝えなくてはいけないことがありますわ」

「え？」

あせあせと、まるで言い訳みたいな言い方をしてしまうエミリアの前で、フレデリカがその綺麗《きれい》な翠色《みどり》の瞳の眦《まなじり》を下げ、沈んだ声でそう話す。

どうして、フレデリカがそんな態度をするのかわからない。

「あ、ガーフィール……」

見れば、先に都市庁舎にいたのはフレデリカだけでなく、ガーフィールもだ。遅れてやってくるペトラたちを合わせたら、グァラルへきたエミリアたちは全員揃《そろ》う。

その全員で、離れ離れになってしまったスバルを迎えてあげられる。

そう、エミリアが期待していたのに――、

「残念ですけれど、スバル様は魔都カオスフレームで再び行方不明に。……戻られた馬車の中に、スバル様のお姿はございませんでしたの」

と、フレデリカが伝えるのも辛《つら》そうに、悲しい報告をしたのだった。

5

「あんちゃんとレムちゃんが連れてかれちゃったって、どういうこと～!?」

大きな目を丸く見開いて、その少女はパタパタと足踏みしながら叫んだ。

長い金色の髪を編んだり結んだり、色んな結び目にしている不思議な髪形の少女だ。十二、三歳に見える少女は困惑いっぱいの顔で、周囲の大人を見渡している。

場所は城郭都市《じょうかくとし》グァラルの都市庁舎。最上層の大広間に集められたのは、この都市の、あるいはこの帝国の動乱において様々な役割を持たされたものたちだ。

そんな動乱の中に、どうしてか自分たちが巻き込まれている事実にオットー・スーウェンは頭を抱えたい気持ちになる。

もっとも、剣《つるぎ》に貫かれた狼《おおかみ》なんてものが描かれた国旗を掲げるものたちの前だ。そんな弱腰な姿を見せるなんて以《もっ》ての外《ほか》と、表情は引き締めておいたのだが。

「帰ってきたら街はめちゃくちゃで、壁もなくなってるし大変じゃん！　それであんちゃんたちもいないとか、ビックリで目が回っちゃうよ～」

「あー、うー！」

言葉通り、目玉と頭をぐるぐる回しながら少女が地団太を踏む。と、その傍《かたわ》らにいる同い年ぐらいの別の少女、こちらの金髪の少女が同調するように唸《うな》り声《ごえ》を上げた。

少女たち二人がかりの訴えに、大人たちは困惑や戸惑いを隠せない顔でいる。

状況的に誰かがまとめにかかる必要があるが、オットーはでしゃばるべきか思案していたのと、奇妙な引っかかりに支配されてなかなか動けなかった。

「……あの、唸ってる方の子、どこかで」

率先して声を上げる少女の傍ら、意味ある言葉を発さない方の少女に、オットーはどういうわけか見覚えがある気がしてならない。

基本、言葉を交わした相手のことは忘れないつもりでいるオットーだが、ものすごい深酒したときなんかの記憶は曖昧だ。エミリア陣営で働くようになってからは記憶をなくすほどの泥酔は極力避けているが、その酩酊《めいてい》気分で出くわした子だろうか。

「ねえ、あんちゃんたち元気かな？　誰か知ってる人……」

「――その前に一つ、確かめさせてもらっていいだろうか、お嬢さん」

「うん？　なになに、ズィクルちん」

考え込むオットーを余所《よそ》に、少女に声をかけたのは都市の代表のズィクルだ。

すでにオットーも何度も言葉を交わした人物で、信用できる相手とみなしている。少なくとも、帝国で話が通じるというだけで得難《がた》い人材だ。

そんなズィクルが太い眉を寄せ、少女をじっと上から下まで眺めると、

「私の認識に間違いがなければ、お嬢さんはミディアム嬢に相違ありませんか？」

「え？　そうだよ、どうしたの？　そんなの見たらわかるじゃん」「うー！」

腰に手を当てて、ぐいっと胸を張る少女――ミディアムと呼ばれ、頷《うなず》いた彼女の隣で、思い出せない方の少女も同じ姿勢を取る。

その言葉にズィクルは困り顔で、ミディアムの隣にいる人物に目を向けた。

そして――、

「――アベル殿、これは」

「オルバルト・ダンクルケンの術技によるものだ。返答が的を外したものであったのは元々の素養が理由で、この姿になったことが理由ではない」

「左様ですか。オルバルト一将の。……よくぞご無事で」

「これを無事と、そう言うのであればだがな」

説明を聞かされ、腑《ふ》に落ちた顔でズィクルが自分の顎にそっと手を当てる。ズィクルに

そうさせた人物は平然と腕を組み、ちらとミディアムに視線を向けると、

「居残ったものたちが困惑しているぞ。貴様が縮んだことに驚愕《きょうがく》して、だ」

「あたし？　……あ！　そっか！　ごめんごめん、みんな！　すっかり縮んだのに慣れちゃってたけど、あたしちっちゃくなっちゃったの！　スバルちんとかと一緒に！」

小さな体で手を上げて、ミディアムが自分の状況を説明する。それを聞いてもオットーは全くピンとこないが、元々の帝国組はどことなく納得した雰囲気だ。

困惑しているこちらの知識不足は否《いな》めないが、それよりもオットーたちが聞き逃せない内容が今の発言にはあった。

「──スバル」

「うあう……」

と、か細い声の呟《つぶや》きが同時に、おそらく同じ意味を伴うものとして発される。

それまでの唸《うな》り声《ごえ》と明らかに差別化された響きを音に込めたのは、ミディアムの隣で沈んだ顔をした少女。そして、そんな少女と同じ意味合いの音を発したのは、

「あなたも、スバルのことを心配してくれてるの？」

そう、少女の様子に眉尻を下げたエミリアだった。

その腕に眠るベアトリスを抱いているエミリアは、魔都から戻った一団の中にスバルがいなかったと聞いて、特に落ち込んでいたうちの一人だ。

彼女やペトラと比べたら、オットーの落胆なんてそう呼ぶのもおこがましい。そうすん

なり再会とはいかないかもしれないと、そんな予感があったわけではないが。

ともあれ——、

「うー、あーう」

「ううん、あなたが悪いんじゃないと思うの。スバルがいなくてすごーくガッカリしちゃったけど、でも、くよくよしてる場合じゃないわ。スバルの方が大変なんだから」

「うー……」

「心配してくれるの？　ありがとう。あなたも、大変だったのよね」

落ち込んだ様子の少女と、エミリアがそうして意思疎通している。

少女の口からこぼれるのは明瞭な意味を持たない言葉だが、エミリアはまるでその意味が通じているように、しっかり目を見て言葉を交わしていた。

それ自体は、落ち込んだエミリアの決意を物語っていて、オットー的にも安堵《あんど》を禁じ得ないやり取りだ。しかし——、

「——よもや、ナツキ・スバルの連れがはるばる訪れるとはな」

それはどこか、冷たく渇いた風のように大広間を吹き抜けていく声だった。

じっと、エミリアの視線が持ち上がり、その声を発した人物——先ほど、ズィクルやミディアムと言葉を交わした、その顔に鬼の面を被《かぶ》った男へ向かう。

顔を鬼面で覆った黒髪の男、その眼光にエミリアは紫紺の瞳を細め、

「あなたも、スバルのお友達？」

「俺に友人などいない。あれも俺をそうとは思っていまいよ。目的の途上、手を結んでいるだけの間柄だ」

「じゃあ、仲間の人ね。アベルって呼ばれてたけど、もしかして、ズィクルさんが前に話してくれてた人？」

硬く尖《とが》った男の返答だが、エミリアは動じないでズィクルの方に話を振る。その問いかけにズィクルは「ええ」と顎を引いた。

「こちらの方が、我々を率いる立場にある御方《おかた》、アベル殿です。私はあくまでこの方の指示で、都市をお預かりしていたにすぎません」

「そう述べるには、ずいぶんと損耗させたものだな」

「……それは面目次第もございません」

渋面を作り、ズィクルが都市の受けた被害のことで男――アベルに深々と頭を下げる。

苦々しげなズィクルの顔に浮かぶのは、理不尽な叱責への不満ではなく、自分の力不足を悔いる自責の念の色だった。

実際の現場に居合わせたオットーとしては、あの状況から都市を全滅させずに済んだのはズィクルを始め、都市の全員が最善を尽くした結果と思うが――、

「アベルちん、そんな意地悪なこと言わないの！　みんな頑張ったんだよ！」

「だが、貴様も兄を連れ去られ、憤っていたと思ったが？」

「あんちゃんも頑張って連れてかれたの！　あんちゃんが連れてかれなかったらきっと大

変だったよ！　さすがあんちゃん！　連れてかれてもかっけえや！」

　そのアベルの発言に、勢いよく食って掛かったのはミディアムだった。

　話の流れからして、彼女の兄というのは、レムと一緒に連れ去られたという行商人の男性だろう。柔和で親しみの持てる色男だったと、ミゼルダから聞かされていた。

　他のクーナやホーリィの話によれば、事実としてその男性とレムの二人が連れ去られたことが、敵の『九神将』が飛竜を引かせた決定打となったらしい。

　つまり、ミディアムの兄想《おも》いな発言は当たらずとも遠からずということになる。

　そんなこちらの事情を、魔都から戻ったばかりのアベルが知る由もないが――、

「ズィクル、先の言葉は聞き捨てよ。元より、マデリン・エッシャルトと飛竜の群れを相手にしたのだ。都市の放棄も辞さない状況下、貴様の働きは評価に値する」

「――っ、光栄です」

　澱《よど》みなく続けられた言葉は、ミディアムの説得に胸を打たれた結果、ではあるまい。

　元々、ズィクル相手にかけるべく用意されていた言葉だ。最初から、グァラルの受けた被害の件で彼を責めるつもりなどなかったのだろう。

「……アベルちん、性格悪い！」「うー！」

「やめよ」

　腕を組んで仁王立ちするアベルを、ミディアムと少女が左右から責める。二人にまとわりつかれ、袖を引かれたり腰をつつかれながらアベルは短く叱責した。

おおよそ、それであちらの関係性は見えた気がするが――、

「――それで？　いったい、いつになったら話は進みんす？」

その間、静かに推移を見守っていた女性が、いよいよその唇を動かした。

それはひどく場違いなほどの存在感と、過剰に華やいだ風格を纏《まと》った狐《きつね》耳の美女――ある意味、常識外れの美貌を持ったエミリアや、その奇抜な鬼の面が目を引くアベルらと同じように、ただいるだけで意識せざるを得ない人物。

はっきりと明言されなくてもわかる。この存在感を有する彼女こそが、アベルやミディアムが城郭都市《じょうかくとし》を発《た》ち、魔都カオスフレームへ向かった理由であると。

「ヨルナ・ミシグレ一将」

ぽつりと、そう口にしたのは誰だったのか。

おそらくは居並んだ顔ぶれの誰かが、口をついてその名前を呼んだのだろう。だが、誰も訂正の声を上げないのだから、それが正しいのは自明の理。

――ヨルナ・ミシグレ。それが魔都カオスフレームの支配者であり、帝国最強の武官である『九神将』の一員。そして、この動乱の勝敗を握る絶対条件の一人。

彼女を味方に付けることが、この広い帝国の在り方を揺るがす大きな核となる。スバルが行方知れずになった旅路も、元を辿《たど》れば彼女を勧誘するのが目的だったと聞く。

「ヨルナ一将、まずはご足労に感謝いたします。私はズィクル・オスマン、ヴォラキア帝国にて二将の立場に与《あずか》る身でございます」

「道中、名前は聞いているでありんす。実物を見れば、ミディアムやタリッタの言うように見所のある殿方のようでありんすな」

「ミディアム嬢とタリッタ嬢が」

厳かに話し始めたズィクルが、ヨルナの返答に目を瞬かせる。

そんな場合ではないだろうに、彼の視線がミディアムと、もう一人長身の女性へと向けられた。男装めいた褐色肌の女性、彼女が話題のタリッタだろう。

その二人がズィクルの視線に、笑顔と頷《うなず》きで応える。その紳士的な立ち振る舞いから『女好き』と呼ばれるズィクルだけに、こそばゆくも嬉《うれ》しかったのかもしれない。

彼は「こほん」と自らの気持ちを引き締め直すように咳払《せきばら》いを入れると、

「それで、ヨルナ一将もアベル殿と共に戦ってくださると？」

「そう思ってもらって構いんせん。わっちにはわっちの思惑がありんすが、それがこちらの……アベルと利害は一致しておりんす」

「話は取り付けた。ヨルナ・ミシグレとの協定に問題はない」

豪奢《ごうしゃ》なキモノを纏《まと》い、その手に金色の煙管《きせる》を持ったヨルナ。前評判からは不安要素がかなり大きく感じられた女性だが、その態度は落ち着き払ったものだ。

オットーたちの耳にも、カオスフレームが大きな被害を受けたことは届いている。

だからこそ、このグァラルへ辿《たど》り着《つ》いた馬車も長い列をなし、大勢を一挙に受け入れなくてはならない状況となったのだ。

そして、その魔都が受けた大被害の最中《さなか》に――、

「――スバルが、どこかに飛ばされちゃったのね」

そう、話に割って入ったのは銀鈴《ぎんれい》の声音、エミリアだ。

別の角度から話に入られ、鬼面越しのアベルの視線がエミリアへ向く。明らかに歓迎していない眼差《まなざ》しだが、エミリアは身じろぎもしない。

その腕にベアトリスを抱いているのもあるし、彼女の傍《かたわ》らにそっと立っているペトラやフレデリカ、それに厳しい表情のガーフィールの存在もある。オットーも、そこに多少は貢献しているだろうか。

確かに、エミリアの発言は彼らにとっては雑音かもしれない。

しかし、こちらにはこちらの事情がある。わざわざ国境を跨《また》いでまで駆け付けたこちらを蔑《ないがし》ろに、話を進められては困るというものだ。

「もう一回、ちゃんと最初からやり直しましょう。――私はエミリーで、あなたはアベルでいいのよね？　スバルのお友達……じゃなくて、仲間の」

「――。そうだ」

「スバルはあなたと一緒に別の街に……その、ヨルナさんのところにいったのよね。そこで大変なことが起こってはぐれちゃった。で、合ってる？」

「合っておりんす。大変なこと、というのはいささか言葉が足りんでありんすが」

形のいい眉を寄せ、事実を確かめるエミリアにアベルとヨルナが頷く。二人の反応、特

にヨルナの言葉を受け、エミリアは「そうよね」と素直に受け止めた。

当事者からすれば、外野の上っ面な言葉は気分を害するものだろう。エミリアも、自分の言葉がそれに該当したのだと、気を付けて言葉を選びながら、

「はぐれたあと、スバルがどこに飛ばされちゃったのかはわからない。探しても見つからなかったし、家のない人もたくさんいる。だから、こうしてこの街に戻ってきて、ここで話し合いをしてる……それでいい？」

「訂正すべきことはない。とはいえ、あれだけの惨事だ。規模を考えれば、行方知れずとなったあれが無事とは考えにくいが――」

「――スバルは大丈夫。それは絶対」

アベルの言葉を遮り、エミリアがそれほど大きくない声で、しかし力強く言い切った。

その声に込められた確信めいた信頼に、鬼面越しの黒瞳が細められる。思案の色が過《よぎ》るアベルの瞳は、エミリアの返答の根拠を求めていた。

案の定、アベルは一拍おいて「何故《なぜ》言い切れる」とエミリアに問《と》い質《ただ》した。

「魔都で起こった出来事の詳細を貴様らは知るまい。あの状況下、一手誤れば命を損なう現場で行方をくらまし、あれが生き残るなどと何故言える。――あれが、あの状況で生き残る確信が、貴様らにはあると？」

あくまで、オットーたちの耳に入っているのはカオスフレーム壊滅の報《しら》せと、それが途《と》轍《てつ》もない厄災によって引き起こされたという噂《うわさ》に過ぎない。

アベルの言葉の真偽は不明で、彼が事実をどれだけ脚色したかは測りかねる。ただ、無意味なハッタリではないだろうと、それはオットーにも確信できた。

同時に、彼の口ぶりにはささやかな引っかかりを覚える。

アベルの物言いは冷淡だが、こちらを探ろうとする思惑が感じ取れた。——否《いな》、正しくはこちらをというより、オットーたちを通してスバルを、か。

彼は、スバルが何かを隠し持っていると思っているらしい。もしそれが王国でのスバルの立場云々《うんぬん》であるなら、迂闊《うかつ》に情報は引き渡せないが。

「エミリー、ここは……」

「確信は、スバルを信じてること。スバルはちゃんと、私たちが迎えにいくまで頑張ってくれてるって信じてる。もし、そこがどんなに大変なところでも」

誘導尋問を恐れ、話を制そうとしたオットーに先んじてエミリアが答える。ただ、それは精神論からくる信頼であって、具体的な根拠とは言えない発言。

オットーの恐れたものではないし、アベルの求めたものでもない。なので当然、アベルは失望したように目線を落とし、

「説得力を伴わぬ希望的観測の類《たぐい》か。それが根拠とは失望させる」

「そう？　信じてるって、私はすごーくいいことだし大事なことだと思うけど。信じられたら安心できるし、信じてもらえてたら力が出る。あなたは違うの？」

「所詮、心持ちは心持ちだ。そこから先の決定打には到底なり得ん」

首を横に振り、片目をつむったアベルの答えにエミリアの瞳が揺れる。

口を挟む機を逃したが、オットーはそれだけで二人が水と油だと理解した。言ってしまえば、心の価値を信じるエミリアと信じないアベルの違いだ。

この溝は人生観の違いである可能性が高く、容易《たやす》く埋まるとも思えない。

故に――、

「――ナツキ・スバルの生死に関して、確証は誰にも断言できまいよ。たとえあれが、常に死の可能性を紙一重で避け続けてきたとて、此度《こたび》も同じとは限らん」

その断言が、この会話におけるアベルの結論であるらしかった。

そして、それを聞いたエミリアが唇をきゅっと結び、

「あなた、もしかしてスバルのこと――」

すっとアベルを見据え、何かを口にしようとした。

しかし、その言葉の先が続けられるよりも、一人の少女が身じろぎするのが早かった。

それは、エミリアの腕の中で目を閉じていた少女で。

「……スバルが生きてることの確証なら、ちゃんとベティーが持っているのよ」

「ベアトリス！」「様！」

抱いた胸の内、特徴的な紋様の浮かんだ瞳を開いた少女、ベアトリス。とっさに目を見開いたエミリアが彼女を呼んで、そこにフレデリカが慌てて敬称を追加。

それで誤魔化《ごまか》し切れるかはともかく、ベアトリスの言葉はアベルや、事情を知らない他

の面々の気を引く一定の効果があった。

「ナツキ・スバルの生死の確証を持つとは、何故《なぜ》だ？」

「簡単な話かしら。ベティーとスバルが、魂で繋《つな》がっているからなのよ」

「──。ああ、そういうことでありんすか。この童《わらわ》とあの童、子らが深いところで通じているなら、その理屈はわかりりんす」

「ええ、二人は契約関係なの。だから……」

「衰弱し切ったその娘の様子か。合点がいくな」

はっきりとした説明はないにも拘《かかわ》らず、アベルとヨルナがその事情を把握する。

ベアトリスが精霊である事実の露呈は、帝国に偽証した身分で入っているオットーたちにとって都合が悪いが、少なくとも件《くだん》の二人には気付かれていそうだ。

もっとも、帝都の皇帝に逆らう目的でいるアベルたちが、帝国の決め事に反したという理由で自分たちをどうこうするとは考えにくいが。

「納得いただけたならおわかりでしょう。僕たちにはナツキさんの安否や居場所はともかく、その生死に関しては掴《つか》む手段があります。ベアトリス様がそう仰《おっしゃ》る以上、ナツキさんがどこかで……飛ばされた先で生きているのは確かかと」

「──。そうでありんすか。なら、タンザも少しは浮かばれるでありんしょう」

補足したオットーの言葉に、ヨルナがほんのりと眉尻を下げて俯《うつむ》いた。

囁《ささや》くような声量で紡がれた単語は、おそらく人の名前だと思われる。その言いようから命を落とした誰か。――それも、魔都の崩壊と無関係ではなさそうだ。

深く掘り下げるには、それこそヨルナに踏み込む覚悟がいるだろうが。

「あの、ちょっと話を戻してもいいですか？」

「ペトラちゃん」「様！」

ふと、一瞬の沈黙を見逃さず、挙手して発言権を求めたペトラ。エミリアがまた迂闊《うかつ》に彼女を呼び捨てたので、すぐさまフレデリカの援護が入る。

それを横目に、ペトラは見知らぬ大人たちの注目を集めながら堂々と、

「さっき、そのミディアムちゃんが言ってましたけど、ちっちゃくされちゃったって。それって本当なんですか？」

「あ、うん、本当だよ！　あたし、元々はすっごい背が高かったんだから！　そこの金髪の男の子と……ううん、女の人とおんなじぐらい！」

「なァんで一回、俺様ァ外されッてんだよォ」

「わかるでしょうに。とはいえ、わたくしも背丈のことを言われるのはあまり嬉《うれ》しくはありませんけれど」

ミディアムに順番に指を差され、ガーフィールとフレデリカが各々の反応。

ただ、ミディアムの話が嘘《うそ》ではないのは、誰も反論しないことから事実だろう。信じ難《がた》いことだが、人の体が縮められるなんて不思議なことが起こったらしい。

しかもそれが――、

「スバルも、ちっちゃくされちゃったんですか？」

真剣に、わずかに硬い声でペトラが尋ねる。

それこそが、オットーたちにとっても聞き逃せない大問題だ。帝国に飛ばされたスバルと合流困難なだけでも大変なのに、体が縮むなんて事態は想定していない。

聞き間違いであれ、と祈るような心地のオットーは、しかし自分の祈りが全面的に受け入れられたことはなかったし、これからもないだろうと確信する。

オットーの気持ちも知らず、ミディアムが「そだよ～」と軽々しく頷《うなず》いたから。

「スバルちんもあたしとおんなじ！　もうちょっと小さいかも？　とにかく、ちっちゃくされちゃったの！　でも、ヨルナちゃんと一緒におっかないお爺《じい》ちゃんもこらしめたって聞いたから、スバルちんすごいね！」

「ええ、スバルはすごいの！」

「うん、ミディアムちゃんの言う通り」

「当然かしら。それがベティーのパートナーなのよ」

内容自体は歓迎しづらいが、ミディアムの躊躇《ちゅうちょ》ない称賛は耳に心地いい。実際、スバルを褒められて、エミリアとペトラ、ベアトリスは上機嫌。

ガーフィールとフレデリカも、オットーも悪い気はしない。しないが、その称賛に歓迎できない情報が付随していると、オットーはそちらの方が気掛かりだ。

「ナツキさんも縮んでる……察するに、子どもになってる？　女装だけに飽き足らず、今度は子ども化……幼児化？　落ち着きのない人だな……」

「さすがに、相手のあることでスバル様を責めるのは気の毒と思いますけれど……でも、心配ですわね。クリンドとはとても会わせられませんわ」

「それはそれで、もっと別の心配があると思いますが……」

どんな方法でそんな現象が引き起こされたのか。

あまりにも現実離れした事象だけに、元に戻れるのかも、戻した場合の後遺症の有無なども不安がらなくてはならない。最悪、今後のスバルは小さいまま、エミリアの騎士としてルグニカ王国へ凱旋《がいせん》する可能性すらあるのだ。

「まぁ、実力的にはあまり変わらないからともかく」

スバルが聞いたらさすがに憤慨するだろうが、彼の身柄が無事なら許容できる範囲の被害と言える。そこからちゃんと成長できるなら、ハーフエルフのエミリアとの関係においてもあまり問題はないだろう。彼女は大きくなるまで待てるだろうから。

「……いけないな。僕も少し冷静じゃないかもしれません」

憂慮すべきことの優先順位が乱れている気がする。

ひとまず、スバルと合流できなかったのは痛手だが、ベアトリスのおかげでその生死に関してだけは確証が得られている。あとは彼を捜索するため、ズィクルたちと——否《いな》、代表がアベルであるなら、彼らと協調路線を続けていくかどうか決めるべきだが。

「——ベアトリスお嬢様？　呆《ほう》けたッ面して、どォした？」

「――？」

顎に手をやり、選択肢を検討しようとしたところで、オットーはガーフィールの発した言葉に何げなく意識を向けた。

ガーフィールの視線は、エミリアの腕の中のベアトリスに向いていた。目を覚ましたものの、消耗を避けたい彼女はエミリアに抱き上げられたままでいるが、さっきのスバルを褒められたことの上機嫌も束《つか》の間《ま》、その目を丸く見開いている。

揺れる彼女の瞳が見ているのは、件《くだん》のミディアム――ではない。

彼女の傍《かたわ》らで、まるで姉妹のように仲睦《むつ》まじく寄り添っているもう一人の少女だった。まだ名前も聞いていない彼女を、ベアトリスは凝然と見つめ、

「……なんで、ここにお前がいるかしら」

「う？」

「答えるのよ！　いや、余計なことはするんじゃないかしら！」

震える声で問《と》い質《ただ》した直後、血相を変えたベアトリスが声を高くする。

その響きに、首を傾《かし》げた少女がぴょんと跳ねて仰天し、当然ながらオットーたちもベアトリスの反応に驚かされる。

「べ、ベアトリス……様、どうしたの？　急にあの子に怒鳴って……」

「怒鳴って当然なのよ！　オットー！　お前は気付かなかったのかしら!?」

「僕が？　何に……ぁ」

叱責の矛先を向けられ、困惑しかけたオットーの頭の奥で何かが主張する。

それは最初、あの少女を目にしたときから存在を訴えていた引っかかりで、はっきりした形にならなかったそれが、ベアトリスの態度で徐々に明瞭になり出した。

そう、あの少女にオットーは見覚えがあるのだ。そしてそれは、今回がほとんど初めての来訪になる帝国で、あるはずがない既視感であって——。

「まさか」と驚くべき可能性が頭に浮上し、オットーも凝然と少女を見た。

浮かんだ可能性は、オットーの掠《かす》れて曖昧な記憶の隅に置かれているような代物。あのときオットーは足を抉《えぐ》られ、痛みと出血で意識が朦朧《もうろう》としていた。

だから、それをしでかした相手のことをはっきりと見ていなかったが——、

「ベアトリス、オットーくん、なんなの？　二人とも、あの子を見て……」

オットーたちの反応に戸惑い、ベアトリスを呼び捨てにするエミリアを他の誰も補足できない。そして、それは不要となった。

それ以上、困惑を困惑のままに留《とど》めておく必要はなくなったからだ。

「——『暴食《ぼうしょく》』なのよ」

「え……」

静かに、硬い声音でベアトリスが発言し、そのことにエミリアが目を見張る。

だが、固まったのはエミリアだけでなく、その声が届いた全員であり、そしてベアトリスの声はこの瞬間、この場の全員の注目を集めていた。

故に、あの少女の素性について、全員が耳にすることとなった。

「あの娘は、『暴食』の大罪司教……ルイ・アルネブと名乗った娘かしら」

6

――ベアトリスの一言が発された瞬間、一触即発の空気が場を支配した。

「冗談じゃァねェぞ。大罪司教たァ、なァに考えてッやがる」

ベアトリスの言葉が響き渡ると、当然ながら驚愕《きょうがく》と戦慄、困惑が広がる。

幼い少女が言ったことだ。それを頭からすぐに受け入れるなんて、まともな判断力のある大人ならしない。だが、オットーたちはそうではない。

少女――ルイの姿におぼろげな見覚えのあったオットーはもちろん、ベアトリスが嘘《うそ》を言わないと信じられる陣営の仲間は、すぐそれが事実と受け止めた。

故に、ガーフィールは拳の骨を鳴らし、牙を見せながら前に進み出たのだ。

そのまま、ガーフィールはその翠《みどり》の瞳の瞳孔を細め、ルイを睨《にら》みつける。

「しッかも、よりによって『暴食』だァ？　そいつァ、俺様たちがぶっちめてェ野郎の上位独占ッしてる奴《やつ》の一人じゃァねェか！」

「ま、待って！　違うの！　ルイちゃんは、悪い子じゃないの！」

そのガーフィールの視線を遮り、ルイを庇《かば》うようにミディアムが両手を広げる。

背後の少女を守る意思は立派だが、彼女がガーフィールの怒りを止められるとはとても思えない。そもそも――、

「悪い子じゃないと言いますが、本気ですか？　ちなみに僕は彼女にこの両足を痛々しく抉《えぐ》られています。傷跡も派手に残っていますが、お見せした方が？」

「それは……る、ルイちゃんじゃなくて、別の子かも……」

「生憎《あいにく》と、はっきりそう名乗っていかれましたよ。被害者は僕以外にも……それこそ、数え切れないほどいます。僕たちの身内にも、同盟相手の身内にも」

「で、でも、でもでも……っ」

目を潤ませながら、ミディアムが懸命に反論の言葉を探している。

が、彼女が見た目通りの幼い知恵しかないなら、あるいは縮んだのが外見だけだったとしても、オットーはこの舌戦を封殺するつもりでいる。

第一、大罪司教を擁護することができる人間なんてこの世界にいるはずがない。

大罪司教とは、魔女教徒とは、それほどまでに忌み嫌われるものだ。

だから、その切っ掛けを作った『嫉妬《しっと》の魔女』と、その外見の特徴が瓜二《うりふた》つのエミリアは、見果てぬ夢を見ていると嘲笑《ちょうしょう》を免れないのだから。

「前の、ルイちゃんはそうだったのかも……でも、今のルイちゃんは違うよ！」

「前と違うだァ？　何を根拠に言ってッやがんだ」

「だって！　あんちゃんともスバルちんとも、レムちゃんとも仲良しだったもん！　あた

しともずっと一緒で……悪さなんて、一個もしてない！　してないの！」

「──ナツキさんと？」

必死に言葉を探しながら叫んだミディアム、その苦し紛《まぎ》れの悪足掻《わるあが》きは、しかし聞き流すには大きすぎる異物を耳に放り込んできた。

スバルが、ルイと一緒に行動を。──まさか、ルイが何者かわからなかったわけではないだろう。スバルはルイの正体をちゃんと察せていたはず。

「オットーさん、スバルまで記憶をなくしてたりしないよね？」

「一瞬、不安は過《よぎ》りましたが、ミゼルダさんやズィクルさんから話を聞いた限り、その心配はギリギリないと思います」

不安げなペトラの言葉に、オットーは考察材料から不安を否定する。

この場に『暴食《ぼうしょく》』の大罪司教がいたとなると、確かに怖いのは『記憶』をスバルが奪われている状況。スバルを覚えていることから、『名前』を喰《く》われた恐れはないだろうが、『記憶』の方は当人の自覚症状の問題だ。しかし──、

「──この街で聞けたスバルの話は、私たちが知ってるスバルのまま。だから、その心配はいらないわ、ペトラちゃん。……ペトラお嬢様」

「エミリー、ありがとう」

同じ結論に達したエミリアの言葉に、ペトラもようやく安堵《あんど》の表情を見せる。

が、それはスバルの『記憶』が喰われていないことの根拠であって、この場にいるルイ

の進退を決める判断材料とは言い難《がた》い。

もちろん、スバルがルイをどうともしなかった疑問はあるにはあるが――、

「ナッキさんのことですから、幼い見た目の彼女に手を下せなかったとかそういう話でしょう。――権能の解除条件、それを懸念した可能性もありますか」

「前に話していましたわね。たとえ『暴食《ぼうしょく》』の大罪司教を倒したとしても、それで失われたものが全て戻ってくるかは確証が持てないと」

「厄介ですが、それなら早まった行動をしなかったのも頷《うなず》けます」

ガーフィールの言った通り、『暴食』の大罪司教の撃破はオットーたちも、そして王選候補者たちも、世界にとっても外し難い悲願だ。しかし、それは単純な復讐心《ふくしゅうしん》が理由ではなく、『暴食』の生み出した被害の回復こそが本命の目的である。

ルイの命を奪い、それで権能の被害者たちが元に戻るなら問題はない。

だが、もしも戻らなければどうする。早まった真似《まね》をして、被害者を元に戻す方法が永遠に失われればと、スバルはそれを警戒したのかもしれない。

「――オットー兄《あに》ィの考えッはわかるぜ。けど、それでもあのチビを自由にしとかなきゃならねェって話じゃァねェだろ」

そのオットーの考えを理解しながらも、ガーフィールは傲然と言い放った。

事実、そうだ。命を奪うことで可能性が消えるのは怖くても、その身柄を拘束することで問題が生じるとは考えにくい。

むしろ、大罪司教を放置しておくことの危険性の方がはるかに大きいはずだ。故に、こういうときに即断傾向のガーフィールは頼もしい。

じりじりと、危険な大罪司教を押さえ込むためにガーフィールが距離を詰める。そんなガーフィールの接近に、「うー」とルイが小さな体を縮めた。

「アベルちん！　何とか言ってよ！」

そのルイを背後に庇《かば》い、ガーフィールと向かい合うミディアムがアベルを呼ぶ。

成り行きに口を挟まずにいたアベルはミディアムの訴えに視線を向け、

「俺が何を言う。それの扱いは貴様の領分であろう」

「でも、あたしじゃうまく説得できないの！」

「貴様の不徳の責を俺に押し付けるな。そもそも、不要だ」

不要、と言われたミディアムの瞳が揺らぐ。

アベルの酷薄な言い方が、彼女にルイを見捨てたと思わせたのかもしれない。が、事実はそうではなかった。

アベルは、自分が手を出す必要はないと言ったのだ。

「おォ、俺様ァ相手が女ッでも手加減ァしねェぞ」

「それは重畳にありんす。そうでなくては、わっちが美しいのが理由で手を抜いたと言い訳をされてしまいんすから」

足を止めたガーフィール、その正面に割って入ったのはゆるりと立つヨルナだ。

元々の長身に加えて履いた厚底もあり、煙管《きせる》を手にしたヨルナはガーフィールを見下ろす。その視線を真っ向から見返し、ガーフィールも獰猛《どうもう》に牙を剥《む》いた。

ヨルナはルイを庇《かば》うと、そうした意思表明だ。

元々、魔都からルイと一緒にヴァラルへきた以上、彼女を排除する意思がないのはわかっていたが、それ自体が信じ難《がた》い。

「重ねて言いますが、彼女は大罪司教ですよ。まさか、ヴォラキア帝国では魔女教の恐ろしさが知られていないとでも仰《おっしゃ》いますか？」

「あれら狼藉者《ろうぜきもの》の行いも、その在り様のおぞましさも知れたこと。無論、大罪司教なる奴《やつ》輩《ばら》の悪質さもだ」

「城塞都市ガークラは、現在も傷が癒え切っていないと聞きます」

魔女教の大罪司教、『強欲《ごうよく》』が暴れたことで滅んだとされる帝国の大都市。

その下手人である『強欲』はプリステラで討たれたが、魔女教が暴れる場所を選ばないのは世界中で周知の事実だ。当然、帝国でも。

だというのに、ルイを野放しにしようというのは正気の沙汰ではない。

「まさか手懐《てなず》けられるとでも？　それは短慮と言わざるを得ない」

「有用であれば使い道を一考する。貴様らの方こそ、全てが自分たちに味方するというのは勘違いも甚だしいぞ」

オットーの追及を躱《かわ》し、アベルが軽く顎をしゃくる。

彼の言う通り、都市庁舎の最上層に集まっている面々の反応は色々だ。ルイが大罪司教と聞かされ、嫌悪と敵愾心《てきがいしん》を発するものはもちろんいる。しかし、ミディアムやヨルナのように、ルイの排除に抵抗感を示すものも少なからずいる。

特に——、

「——言っておくガ、スバルとレムの二人と我々は仲間ダ。その二人が連れていたのがルイである以上、ルイの行く末を決める資格は二人にあル」

「ミゼルダ様……」

「無論、族長の意見が違うなら従うガ」

目力の強い視線でこちらを射抜き、ミゼルダもルイを守る側につこうとする。その強い眼差《まなざ》しに、都市庁舎で言葉を交わす機会の多かったフレデリカが息を呑《の》む。

ミゼルダはシュドラクの代表格であり、他のシュドラクも彼女に従う。——否《いな》、正しくは彼女らが従うのは、都市に戻った本物の族長だ。

ミゼルダの言葉と視線を向けられ、判断を委ねられる黒い礼装の女性。シュドラクの新たなる族長のタリッタは、「どうすル」と姉に問われ、

「私の意見も姉上と同じでス。でモ、姉上が言うから決めたわけではなク、私自身の考えでルイを守ル。ルイにハ、恩がありますのデ」

「フ、そうカ」

はっきりしたタリッタの答えに、ミゼルダは唇を緩めて頷《うなず》いた。

この姉妹の仲がどうなのかはわからないが、心なしかミゼルダはタリッタの主張を嬉《うれ》しく受け止めた様子だ。

もっとも、それを微笑《ほほえ》ましく思う余裕はオットーたちにはない。

「大罪司教、それも『暴食《ぼうしょく》』なんて見逃せんのよ。お前たちも頭を冷やすかしら」

エミリアの腕の中、ベアトリスの言葉に力が入る。

消耗を抑えてここまでやってきたが、危急の事態となれば腕を振るう必要もある。そうなれば躊躇《ためら》わないのは、スバルとよく似たベアトリスの悪癖だ。

「ダメよ、みんな落ち着いて！　そんな風に暴れちゃ――」

臨戦態勢のベアトリスとガーフィール、ヨルナやシュドラクたちの意気が上がる中、エミリアだ。ミリアが悲痛な顔で諍《いさか》いを止めようとした。

実際、本気で諍いを力ずくで止めるなら、一番適した能力の持ち主はエミリアだ。

彼女がその絶大なマナでグァラルを氷漬けにするなら、オットーはその間にルイの確保を狙えばいい。最悪、グァラルの面々と決裂したとしても。

「大罪司教を見逃す危険よりは――」

と、そうオットーが隙を窺《うかが》ったときだった。

「――なんじゃ、貴様ら、まだ戦い足りぬのか。血気盛んなことよな」

不意に、力ある新たな声が都市庁舎の大広間の空気を揺らした。

それは高い靴音を立てながら、ゆっくりと階段を上がってくる女のものだ。先ほど、オットーはエミリアやアベル、それにヨルナを無視できない存在感の持ち主と言ったが、この声の主もその印象にそぐわぬ空気を纏《まと》っている。

血のように赤いドレスの裾を揺らし、ゆるりと姿を見せる美しい女。

白い肌と橙色《だいだいいろ》の髪、装飾品の数々で大胆に己を飾り立て、それら宝石すらも煌《きら》びやかさで後れを取るような天性の美貌――プリシラ・バーリエル。

この城郭都市《じょうかくとし》グァラルで、発言力を持った最後の一人の登場だ。

ゆっくりと歩く彼女の背後からは、ちょこちょこと細やかな動きが目を引く小姓のシュルトと、忘れ難《がた》い奇抜な外見をしたアルがついてくる。

アルも、アベルやミディアムたちと一緒にスバルとカオスフレームへ向かった一人。戻った足でプリシラに会いにいき、今一緒に上がってきたようだ。

本来、ここにいるはずのハインケルの姿が見えないが、それは些細《ささい》なこと。

それよりも、オットー的にはこの一触即発の空気をより悪くしそうな存在が入ってきたことの方が重要だった。

気紛《きまぐ》れな上に実力者であるプリシラは、どちらへつくかまるで読めない存在だ。

いっそ、敵と断定できた方がマシと思えるぐらいに。

「アベルらが戻ったと聞いて足を運べば、早々にこの空気とは恐れ入る。都市がこれだけ荒らされようと、飢えた犬は吠《ほ》える場所も選べぬらしい」

「プリシラ！　今、すごーくみんなピリピリしてるの！　変なこと言わないで」

「たわけ。妾《わらわ》がこなんだら、貴様が再び雪を降らしておったろう。言っておくが、いくら冷やそうと妾は肩をはだけるのをやめぬ。だが、冷えるのは冷える」

「それはごめんねだけど……」

入ってくるプリシラに、エミリアがトンチンカンなやり取りで謝る。

しかし、その言葉尻が力を失ったのは、エミリアの反省が理由ではない。

甲高い、硬いものが落ちる音が大広間に響いたからだ。

「――ヨルナちゃん？」

ふと、首を巡らせて呟《つぶや》いたのは、すぐ前に立った女性を見上げるミディアムだ。彼女の青い瞳に見つめられるヨルナの足下、一本の煙管《きせる》が落ちている。

ヨルナが手の中で弄んでいた、安物とは思えない逸品が。

「うー」

そう唸《うな》りながら、落ちた煙管を話題の中心にいるルイが拾う。しかし、拾った煙管を差し出されても、ヨルナはそれを受け取らない。

それどころか、ルイやミディアムを見てもいなかった。ヨルナの視線は一点、今しがた大広間に足を踏み入れた存在、プリシラへと向けられている。

じっと、プリシラを見つめ、ヨルナの目は見開かれていた。

泰然自若と、動じる姿が浮かばないような印象を与えるヨルナが、愕然《がくぜん》と。

その、紅を塗られた唇がおずおずと開かれ、

「ぷ、プリスカ……？」

そう、プリシラのことを呼んだ。――聞き覚えのない、違う名前だ。

似ているが、異なる名前で、凝然と驚きに目を見開いたヨルナがプリシラを呼んだ。その呼び名に反応したのはこの場で三人。

一人はズィクル、もう一人はアベル、そして最後の一人は言わずもがなプリシラだ。

ズィクルは思わしげに、アベルは思案げに、プリシラは不機嫌に、ヨルナを見る。

「なんじゃ、貴様、何故《なぜ》に妾をそのように……いや」

不機嫌を隠さない様子で、プリシラが紅の瞳でヨルナを見返す。

そのまま、彼女の鋭い舌鋒《ぜっぽう》がヨルナへ降りかかるかと思われたが、それは直前で切り上げられた。プリシラもまた、じっとヨルナを見つめる。

ヨルナの青い瞳と、プリシラの血色の瞳が見つめ合い、しばしの沈黙が流れた。

そして、プリシラは「あぁ」と吐息のようにこぼし、

「――誰かと思えば、母上ではないか」

と、一触即発とはまた異なる爆発の起きる発言を、淡々と言い放ったのだった。

第二章　『アイリスと茨《いばら》の王』

1

――突如現れたプリシラの言霊は、その場に大旋風を巻き起こした。

「――――」

その瞬間、確かな沈黙と空白が大広間を支配し、時が止まった錯覚を皆が味わう。

聞き間違えようのない発言だが、それが意味するところをイマイチ理解できない。音から正しく意味を汲《く》み取《と》れない、そんな感じの印象だ。

『ハハウエ』と、その音が意味する言葉を、頭の中で探し回るような時間が生まれる。

しかし――、

「――？　ヨルナが、プリシラの母様なの？」

不思議そうに首を傾《かし》げ、別の『カアサマ』という音がエミリアから飛び出した途端、『ハハウエ』と『カアサマ』が結び付き、『母上』と『母様』の実体を得た。

「はは、おや……」

唖然《あぜん》と呟《つぶや》きながら、オットーは注目を集める両者――プリシラとヨルナを見比べる。

髪の色も瞳の色も違うし、そもそも人種も違っている二人だ。

もちろん、混血の場合、父母のどちらの血が濃く出るかは個人差があるが、プリシラとヨルナの外見的特徴には似通った部分がまるでない。

強いて言うなら、二人とも艶っぽい美貌の持ち主だが――、

「その程度で家族扱いしていたら、この世は大家族だらけですよ」

そう結論付けて、オットーは自分の混乱を抑え留《とど》める。

とはいえ、プリシラとヨルナの関係性を聞いて、合点がいくこともあった。――プリシラの苛烈な姿勢と性格は、確かに帝国流が色濃く感じられるものであると。

「妾《わらわ》を見定める不愉快な視線を感じるが、まぁよかろう」

視線の意を読み解き、警告するプリシラの眼差《まなざ》しにオットーは息を呑《の》む。と、そんなオットーを余所《よそ》に、プリシラはエミリアの方を見やり、

「半魔、貴様の言いように相違ない。よもや、母上が『九神将』の一人になっておったとはな。幼少のみぎりから思ってはいたが、何とも奇妙な在り様よ」

「そうなんだ。驚いちゃった。でも、言われてみたら二人ともよく似てるかも」

手にした扇で己の顎先を支えたプリシラ、その答えにエミリアが頷《うなず》く。

直前、オットーが内心で否定した外見的特徴の似てなさに、エミリアが真逆の判断を下しているのは気になったが、それはひとまずさて置こう。

問題は――、

「――待つでありんす」

プリシラの物言いに、思わぬ指摘を受けたヨルナ自身が待ったをかけた。彼女は一度目をつむり、それまでの動揺を表情から打ち消してみせると、

「少々驚きはしたでありんすが、いただけぬ言いようでありんしょう。何ゆえ、わっちが主さんの母などと……」

「つまらぬ言い逃れはやめよ。妾《わらわ》を謀《たばか》るつもりがあるのなら、魂の在り様を変えねば話にならぬぞ。姿形が変わろうと、妾の緋色《ひいろ》の瞳は欺けぬ」

「――っ」

平静を装ったヨルナの表情が、プリシラの断固たる返答に再び強張《こわば》る。

プリシラの言葉は概念的で、おまけに他者に歩み寄る意思が全くない。そのせいで正確な意味を取りづらいが、ヨルナには致命的に響いたらしい。

プリシラの眼差《まなざ》しと舌鋒《ぜっぽう》の切れ味に、ヨルナは明らかに動揺していた。

ただし、この場で強い動揺を露《あら》わにしたのはヨルナだけではなく――、

「――馬鹿な」

はっきりと、目の前の事態への驚嘆がこぼれる。

微《かす》かな、聞き逃してしまいそうなほど微かなものだったが、発した相手が相手だ。鬼面の向こうからこぼれた一声を、オットーは聞き逃さなかった。

冷静というより冷徹で、動揺と無縁の印象があった人物、アベルのその一言を。

直後、彼はその動揺を面の裏に隠し、「プリシラ」とそう呼びかけると、

「貴様、本気で言っているのか？　ヨルナ・ミシグレが、サンドラ・ベネディクトだと」

「——なるほど、貴様もそれを知らなんだか、アベル。無理もないがな。自己申告以外で知る方法など持ちようもない」

「でも、プリシラは何にも言われてないのに気付いたのよね？」

「話の腰を折るでない。半魔は黙っておれ」

「そんな言い方しなくても……」

アベルの問いに淡々と応じたプリシラが、口を挟んだエミリアを睨《にら》んで黙らせる。

どうあれ、オットーを含めた王国組と、帝国組でも事情のわからないものたちは置き去りのやり取りだ。プリシラの内情へと踏み込む内容に、同じ王選候補者を擁する立場としてオットーも興味はある。興味はあるが——、

「——思わぬッ再会の話ァ後回しにしろや。今ァ、このガキの話が優先だろォが」

空気の変化に呑《の》まれず、牙を見せるガーフィールがそう唸《うな》る。

その翠《みどり》の瞳が突き刺す相手は、なおもヨルナとミディアムに庇《かば》われているルイだ。ガーフィールの言う通り、彼女の扱いを決めなくては前にも後ろにも進めない。

無論、ルイを拘束し、自由を奪うべきというオットーの中の結論は揺るがないが。

「息の根を止めろたァ言わねェ。ッけどなァ、ふん縛って転がしとくってのが俺様の譲れねェ一線……『ティノスの手足は遠ざかる』って話だ」

「──そいつはたぶん、兄弟の望まねぇ話になるぜ」

「あァ?」

オットーと同意見のガーフィールが、その物言いに牙を鳴らした。

口を挟んだ相手、それはプリシラと一緒に最上層に上がってきたアルだ。変わらぬ奇抜な外見の彼は、どこか気乗りしない風に隻腕で自分のうなじを掻《か》きながら、

「オレも、姫さんの突然の告白に驚いちゃいるが、そこは置いといて……まずは一個、先に嬢ちゃんに謝っとくわ。──一緒にカオスフレームくんだりまでいったってのに、兄弟を連れ帰れなくてすまねぇ」

「アル……ううん、謝ってくれてありがとう。でも、スバルと会えなくてガッカリしたのは私だけじゃないし、一番はベアトリスだから」

「あー、ならベアトリスにも、他の連中にも一緒にごめんなさいだ」

不在のスバルの件について、謝罪を口にするアルが頭を下げる。

普段のアルの軽薄な態度はともかく、その謝罪の念には嘘《うそ》がないように思われた。ただし、誠実な謝罪が必ずしも許しや好印象に繋《つな》がるわけではない。

「むしろ、安易な謝罪は付け込まれる要因を増やすだけですよ。実際、謝罪する気持ちがあるなら口出ししないでもらいたいと僕は思いますから」

「手厳しいね。けど、さっきも言ったが、このチビッ子をどうこうするってのは兄弟……ナツキ・スバルは望まねぇ話だぜ」

「だァから、なんでッだよ！　適当なこと抜かしてやがると……」

「──オレも、そのチビを殺そうとして兄弟に邪魔されたからさ」

いきり立ったガーフィールの言葉が、渇いたアルの一言に封じ込められた。息を呑《の》んだこちらの反応に、アルは肩をすくめながらルイを顎で示し、

「お前らがそうなんだ。オレが殺そうって考えるのも当然だろ？　だってのに……」

「ナツキさんはそれを拒んだ？」

「正直、耳を疑ったね。元々、知らねぇチビを連れてるなぐらいの気持ちでいたんだが、その正体が大罪司教ときたもんだ。それを体張って守ろうとしやがる。兄弟の考えが色々とアレなのはわかってたつもりだったが、想像を超えてったぜ」

言いながら、アルの兜《かぶと》越しの視線がルイを射抜く。その視線を浴びながら、ルイは「うー……」と小さく唸《うな》り、しかしミディアムらに隠れず、真っ向から見返した。

その青い瞳に宿った光は、卑屈でも貧弱でもないものだ。

「────」

その様子を眺めながら、オットーはアルの証言を吟味する。

彼の言葉が出任せでないのは、スバルをよく知る人間なら頷《うなず》ける話だ。オットー自身、スバルがルイに手を下せなかった理由は『甘さ』だと考えている。

実に愚かしく、馬鹿馬鹿しい感傷的な拘《こだわ》りだと言わざるを得ない。だが、そのスバルやエミリアの持ち合わせる『甘さ』は、弱味《よわみ》であると同時に強味《つよみ》でもある。

一度手放せば取り戻せないそれは扱いづらく感じても、なくしてほしいとオットーは決して思わなかった。

「そういう『甘さ』の介在しない判断は、僕たち周りがすればいいことですから」

「わかるぜ、お兄ちゃん。けど、もう難しいだろ。なんせ、これだけ大勢が見てるところで話してんだ。取り返しがつかねぇよ」

「……オットー様」

じり、と靴で床を踏みしめ、フレデリカがオットーの横顔に呼びかける。彼女の美しい瞳を揺らがせるのは、ここで事を起こすことへの懸念と不安だ。

オットーも、ここでルイの正体に言及したのは失敗だったと感じている。――否《いな》、それを言い始めれば、すでにルイが関係者に受け入れられていたことが問題だ。

タリッタとミゼルダが語った結論、それが城郭都市《じようかくとし》ではまかり通ってしまっている。

故に――、

「では、彼女を野放しにすると？」

「もちろん、何かしでかすならオレだって容赦しなかったさ。だが……」

「ルイちゃんは、ずっとスバルちんを守ろうとしてたよ。あたしたちといる間も、一回も悪さしてなかった。これからもしないよ！」

アルの言葉を引き取り、ミディアムが必死な声を上げる。

彼女の言い分は希望的観測であり、これまでのルイの行動が未来のルイの行動を約束できるわけではない。それこそが、この問題の最大の焦点なのだ。

「わたし、旦那様がやるの見てたから、誓約の呪印《じゅいん》できるかも……」

「──。やめましょう。一瞬、それもありかと思いましたが」

おずおずと提案したペトラだが、その案をオットーは却下した。

ペトラの話した『呪印』とは、対象に約束事を守らせるための魂の縛りだ。

以前、『聖域』と旧ロズワール邸で起こった被害に際し、それを企てたロズワールが陣営に対する降伏を示すため、自らに刻んだモノ──誓いを破れば相応の代償を支払うことになり、ロズワールの場合は命を落とすことになる。

その字が示す通り、呪印とは明確に『呪い』だ。

迷信めいた考えだが、呪いとはいずれ使い手に跳ね返るものという話もある。便利さにかまけて他者を呪いで縛り続ければ、いずれ呪縛は自らの魂も焼くだろう。

ペトラにそんな宿業を背負わせるつもりはないし、仮に実行してルイの行動を縛る呪印を刻めたとしても、それは保険以上の意味合いを持たない。

「何故《なぜ》なら、何を縛れば安心を買えるのか、僕たちは全容を把握できない」

大罪司教の権能、その全貌は誰にもわからないことだ。

どんな隠し球が飛び出すかわからない以上、究極的には何を縛ったところでオットーのルイへの警戒は解けない。それこそ、命を取らない限りは。

だとしたら、油断に繋《つな》がりかねない呪印などない方が警戒は安定する。

「口惜しいですが、それが僕の結論です」

「オットー兄《あに》ィ！　それッでいいのかよ!?　大罪司教だぞ!?」

オットーの考えを聞いて、ガーフィールが悲鳴のように声を張り上げる。

絶対に自分が正しいのに、無理やり封殺されそうな空気を嘆く気持ちはわかる。オットーも弟分の悲痛な気持ちを汲《く》んでやりたい。

「ですが、この場で議論しても賛同は得られません。聞くべき話が残っている現状、皆さんと決裂するのも避けたい」

「故に、実力行使するならば話を聞き終えたあと、か。強《したた》かなものよな」

「そんな物騒なことはしないつもりですが、それ自体は褒め言葉と受け取っておきます、プリシラ様」

オットーの心中を見事に言い当てるプリシラに、せめてそう強がっておく。

どうあれ、ガーフィールに答えたことが悔しいながらも実状だ。

この都市で発言力を有するアベルと、ルイの扱いに対する譲らない姿勢を示している『シュドラクの民』――それらの考えを崩す方法がない。

大罪司教であるという以上に、ルイを排除する根拠は存在しないのだ。

それが通用しなかった時点で、こちらには実力行使以外の手段がなくなる。だが、ルイを殺しても『暴食《ぼうしょく》』の権能の影響が消えるとは限らないのと、以降、帝国の全てを敵に回すことの瑕疵《かし》を抱えてまでやる価値があるだろうか。

「そんな風にケンカしても、私たちの不安が少し減るだけ。そういうことよね？」

牙を軋《きし》らせるガーフィールと、片目をつむったオットー。

その話の流れを辿《たど》りながら、そう結論へ至ったエミリアの紫紺の瞳が揺れる。彼女の腕の中、抱かれるベアトリスが「エミリー」とその名前を呼んだ。

「ごめんね、ベアトリス……お嬢様。心配してくれてるの、わかってるから」

「……ちゃんとわかってるなら、いいかしら」

そう言って、ベアトリスが丸い瞳を伏せる。そのベアトリスの気持ちを汲んで、頷《うなず》いたエミリアはじっと、姉妹のように寄り添うルイとミディアムを見つめた。

「その子……ルイはすごーく危ない子かもしれない。それはオットーくんたちが言ってくれた通りで、そのことはわかってるのよね」

「……うん、わかってる」

「でも、あなたはルイが危ないこととか悪いことをするところを見てない。ルイはあなたのことも、スバルのことも？」

「うん、守ろうとしてくれたんだ。本当に、嘘《うそ》じゃないよ。アベルちんもアルちんも、タリッタちゃんもヨルナちゃんも、知ってるよね？」

エミリアに真《ま》っ直《す》ぐ見つめられ、ミディアムが一生懸命言葉を選んでいる。選びながら彼女は、一緒に魔都から戻った面々に同意を求めた。

アベルとヨルナ、先ほどのプリシラとのやり取りから立ち直り切れていない二人の反応は鈍いながらも、アルは肩をすくめ、タリッタは頷《うなず》いてみせる。

「えエ、ルイは確かに皆を守ろうとしていましタ。中でもスバルにはよく懐いていたト、私はそう考えていますス」

「さすが『幼女使い』の面目躍如、なんて茶化《ちゃか》せる空気じゃなかったがな」

「……その異名、ベティーはあまり気に入ってないのよ。気を付けるかしら」

不満げなベアトリスの低い声は、直前までの戦意をわずかに緩めている。ルイの扱いについて、ベアトリスはエミリアの判断に委ねると決めたのだろう。

同じ結論でも、オットーやベアトリスの出したそれを、エミリアは柔らかく整える。

だから、とエミリアはルイの方を見て、

「あなたは、スバルを心配してくれてた。私はそれが嘘《うそ》とは思えないの。だから、あなたを一生懸命信じてあげてるこの子みたいに、私もあなたを信じたい」

「――ッ、エミリー、そいつァ」

「ガーフィールだって、最初は私たちにすごーく噛《か》みついてきたじゃない。でも、今は私たちと仲良しでしょう?」

ガーフィールとルイとでは立場も事情も違う。エミリアの言説は、そういう意味では少し卑怯《ひきょう》だ。が、エミリアがそう言い切ると、言い返し難《がた》く思われるのも事実。

状況がそれを手伝うのもあり、ガーフィールは苦しげに頬《ほお》を硬くした。そんなガーフィールの反応に、エミリアは「ごめんね」と小さく謝り、

「難しいことかもしれない。でも、私は最初にえいってぶちにいくんじゃなくて、ちゃんとお話しできるならそこから始めるのが一番いいと思う。もちろん、そうじゃなくて、いきなりぶつからなきゃいけないこともあるけど……」

「――――」

「私はここにいるみんなと、仲良くできたらいいなって思うの。そのために、仲良くしたいってちゃんと伝えたい。だったら、先にぎゅって握った手を開かなきゃ」

そう言いながら、エミリアは自分の腕の中のベアトリスを見下ろした。その視線にベアトリスは軽く目を見張り、それから小さく頷く。

そのベアトリスの頷きを見て、エミリアはゆっくりと前に進み出た。

ヨルナの目の前、彼女と睨《にら》み合《あ》うガーフィールの横を抜け、小さなルイを背に庇《かば》っている小さなミディアムの前に。

そして――、

「すごーく回りくどいけど……私は、スバルとレムによくしてくれたズィクルさんやミゼルダさんたちを信じてて、そのみんなが信じてるミディアムちゃんたちを信じたい。だから、ミディアムちゃんが信じてるあなたを、信じさせてほしいの」

「……あ、うー」

「私たちじゃなくて、あなたにうんとよくしてくれてるこの子たちのために。信じてくれてる人がいるのって、すごーく嬉《うれ》しいことだから」

言いながら、エミリアがそっとルイへと右手を差し出した。

左手にベアトリスを抱えたまま、腰を落としたエミリアがルイの方へと。そのエミリアの行動に、ルイを守ろうとしていたミディアムも振り向き、

「ルイちゃん」

と、そう声をかける。

その呼びかけが切っ掛けか、あるいはエミリアの言葉が人の心を持たない大罪司教にも何らかの意味を働きかけたのか、ルイがおずおずと手を伸ばした。

差し出されるエミリアの右手に、ルイが自分の右手を重ねる。

一瞬、そこからエミリアへ権能が振るわれる可能性を懸念するが、それを懸念する自分をオットーは心底軽蔑すべきだなと弁《わきま》える。

いずれにせよ――、

「うあう」

「ん、私もスバルのこと、心配」

手を握り合い、そう答えたエミリアの微笑が、オットーにとっても、エミリア陣営にとっても結論になる。あくまで、『保留』という結論だ。

――だが、同じ落とし所でも、エミリアが言うのと自分が言うのとでは落とし方が違っただろうと、オットーはエミリアを誇らしく思うのだった。

2

「──俺様ァ、目ェ離さねェからなァ」

ルイの扱いについて、いったん『保留』が確定した。

それに対し、最後まで納得できないと言い張ったガーフィールは、エミリアと握手を交わした少女にもそう強く言い放つ。

ガーフィールの懸念と警戒は当然のモノなので、オットーも口を挟まない。

「魔女教の、ましてや大罪司教の改心なんて想像もできませんから」

オットーの、渇いた現実的な思考はそんな風に結論付ける。

たとえ、エミリアとルイとの間に感動的で歴史的な交流があったとしても。ただ、同時に自分らしくないとも思いつつ、オットーはこうも考える。

──白鯨《はくげい》や大兎《おおうさぎ》、大罪司教の『怠惰《たいだ》』や『強欲《ごうよく》』の討伐も、想像できないことだった。

それを、この一年と少しの時間で何度も起こしたのがナツキ・スバルだ。

世間はエミリア陣営の功績として見るが、陣営の全員がスバルの貢献こそが大きいと理解している。故に、可能性には思いを馳《は》せてしまう。

また、ナツキ・スバルがとんでもないことをしでかしたのではないかと。

「嫌だな……」

実際にそれが起こったとき、周囲がスバルをどう評するのか、気が重い。

とっとと、本当のナツキ・スバルを他の人々も知るべきだと思うが――。

「一度、話が落ち着いたところで、よろしいですか？」

そう言って、議論の空気が緩んだ大広間に、ズィクルが挙手して話を始めた。

彼は自身に注目を集めると、「僭越《せんえつ》ながら」と前置きして、

「プリシラ嬢とヨルナ一将、お二人の関係には私も大いに興味を引かれるところですが、いくつかアベル殿に確認しておきたいことが残っております」

「――。話すがいい」

「は」

話題の矛先を向けられ、口を閉ざしていたアベルが首肯する。

ルイの扱いに口を挟まなかった彼だが、先の衝撃には一旦の区切りを付けたらしい。呼びかけにズィクルを見やり、黒瞳が話の先を促す。

「ヨルナ一将の協力が得られたことと、魔都カオスフレームの崩壊……そのために、ナツミ嬢の身に危難が降りかかったことは承知しました。その上でお伺いしたいのは、ここ数日で広まった噂《うわさ》――」

「――噂」

「は。――皇帝閣下の御子《おこ》、黒髪の皇太子がいらっしゃるという御噂《おうわさ》です」

恭しく頭《こうべ》を垂れ、ズィクルがアベルにそう告げる。

その噂――皇帝であるヴィンセント・ヴォラキアの御子、その存在をちらつかせる噂が

帝国に混乱を広げていることは、オットーの耳にも入っていた。

現皇帝、ヴィンセント・ヴォラキアは世継ぎをまだ持たない。

その認識が覆されたばかりか、あろうことか皇帝の御子は反乱軍――すなわち、この城《じょう》郭都市《かくとし》に端を発した反乱の首謀者として、皇帝に反旗を翻《ひるがえ》したなどという話だ。

もっとも、それらしい人物を、この都市で目にした覚えはないのだが。

「報告によれば、その噂は東の地から流れてきたと。すでに帝国の各地へ広まっているものですが、この出所は……」

「貴様の察する通り、魔都より広めたものだ。――玉座を脅かすには力がいる。そして力は大義の下にこそ集う」

ゆるゆると首を振り、腕を組んだアベルが淡々と答える。

その答えは納得がいくが、そもそも皇帝の座を脅かそうとする試み自体、こちらの陣営的にはあまり関わりたい問題ではない。エミリアが、一度知り合った人たちを見捨てられないと言い出さないか、それをどう躱《かわ》すかもオットーの悩みの種だった。

結果、普段ならオットーが気付いただろう可能性に、別の人物が先に気付く。

「……黒髪の、皇太子」

ぽつりと、考え込むようにそう呟《つぶや》いたのはペトラだった。

可憐《かれん》なかんばせの眉間に皺《しわ》を作り、考え込んでいた少女は「あの」と皆の注目を集め、

「あの、さっきのミディアムちゃんたちのお話だと、スバルって小さくなってるんですよ

ね。わたしとか、ベアトリスちゃんくらいに」

「そう言われてましたわね。あまり想像がつきませんが、スバル様でしたらそうしたこと
に見舞われる可能性も……ぁ」

ペトラの言葉に頷《うなず》いたフレデリカが、何かに気付いて目を見開く。そのフレデリカの気
付きと同時にペトラの考えに達し、オットーは自分の的外れな考えを呪った。

そんな二人の反応を追い風に、ペトラの視線が真正面からアベルを捉え、

「もしかして、噂《うわさ》の皇帝の子どもって、スバルのことですか？」

静かな熱を孕《はら》んだ少女の問い、それをアベルが鬼面越しの黒瞳で受け止める。鬼面の隠
さない頬《ほお》や口元に欠片《かけら》の動揺も見せず、彼は淡々と顎を引いて、

「そうだ」

「――っ、そんなのっ」

短い答えに目つきを鋭くして、ペトラが声を高くしようとした。

しかし、そのペトラの反応より早く、

「――く、ははははは！」

そう、心底愉快そうな声が響き渡る。

状況を弁《わきま》えない笑い声、それが大広間の空気を壊す。しかし、その暴挙にとっさに誰も
声を上げられなかったのは、その大笑がプリシラのものだったからだ。

彼女はその口に扇を当てて、笑う己の歯を見せないようにしながら、

「あろうことか、あの凡愚を皇太子とは笑わせる。ああ、アベルよ、貴様、妾《わらわ》を笑い殺すつもりか？　ずいぶんとやり口が変わったものよな」

「姫さん？」

「なんじゃ、貴様も笑え、アル。いいや、貴様はこの謀《はかりごと》に加担した立場か。となれば、よくぞここまで妾を笑わせた。道化の務め、見事と言わざるを得ぬ」

驚いているアルに振り向き、プリシラが目尻を下げながら称賛を口にする。そのプリシラの反応の予想外さが、一時の熱を大広間から奪い去った。

もちろん、それで混乱の全部が消えるわけではないのだが。

「えっと、どういうこと？　スバルが皇帝の子どもって、そんなはずないでしょ？　だってスバルは、大瀑布《だいばくふ》の向こうからきたって」

「エミリー、それはスバル様の冗句ですわ」

「そうなの？　じゃあ、ホントに？」

「皇帝の子どもなのか、という疑問については嘘《うそ》ですよ。偽りです」

「え？　え？　え？」

わけがわからない、とエミリアが目を回している。

彼女の混乱も無理はない。つまるところ、スバルが見舞われた幼児化という事態と、アベルたちの目的とがうまい具合に噛《か》み合《あ》ったのだ。

「正確には、そうなるよう利用したという方が適切かと思いますわ」

フレデリカの言いようにオットーも同意見、これは状況の恣意的な利用だ。

アベルたちは反乱を起こすにあたり、それらしい大義名分を欲していた。そのための御《み》輿《こし》として、皇帝の子ども以上の説得力は他にない。

もちろん、存在しないものを旗頭にするのは諸刃《もろは》の剣《つるぎ》となりかねないが。

「ナツキさんは実在するんですから、諸刃の剣も使いようですか」

「その物言い、無礼だが俺好みではある。ならば、貴様もわかっていよう」

「――悔しいですが」

本来、スバルの状況を利用されたと憤るのがオットーたちの正しい反応だ。

しかし、悔しいと言い返したことに偽りなく、アベルの仕組んだ流れに一定の価値が見《み》出《いだ》されるのは事実だった。それというのも――、

「――行方のわからないスバル様が、命を落とされる可能性を大きく減らせる」

「……そうです」

フレデリカの理解に、オットーは渋い心情で頷《うなず》いた。

そのオットーとフレデリカの考えに、エミリアやガーフィールの理解が遅れる。二人は困惑を顔に浮かべながら、「どういうこと？」と首をひねった。

「全然、話がわからないんだけど……」

「大将が妙な肩書きッ付けられてんのァわかった。けど、それが反乱の大将にされッてんだったら余計に危ねェんじゃァねェのかよ」

「いいえ、注目は集めますが、大なり小なり命の危機は薄くなる。この『皇太子』の価値は、生きていてこそ効果を発揮しますから」

ヴィンセント・ヴォラキアの治世を脅かす不穏分子である『皇太子』。

反乱軍の大義名分であるこの存在は、現皇帝の味方にも敵にも利用価値がある。反乱に与《くみ》する側には言わずもがな、皇帝側にも生かしておく方が使い道が多い。

処刑して反乱軍の勢いを削《そ》ぐのも、調略して大義名分を失わせるのも、生きた『皇太子』を使えてこそだ。

「つまり、ナツキさんがどこへ飛ばされ、誰に身柄を確保されたとしても、その場で殺されるような事態は避けられる可能性が高い。その代わり――」

「その代わり？」

「……ヴォラキアの帝位争い、この大乱から逃げる道は消えました」

恩恵を受けるということは、それに伴う責任も負わされる。

望むと望まざるとに拘《かかわ》らず、スバルはヴォラキア帝国の大乱の真《ま》っ只中《ただなか》に、それも一番高い場所にある御輿に乗せられることになったのだ。

それ故に――、

「――どうじゃ、笑わずにはおれぬであろう？」

と、先んじて答えを得ていたプリシラが、意地悪く笑う理由をようやく察したのだった。

3

「はっきり言って、状況は当初の我々の想定と大きく違ってしまった。ただ、城郭都市《じょうかくとし》の陥落を避けられたことと、ヨルナ一将の協力を得られたことは確かな成果と言えます」

紛糾する大広間の話し合い、その一端の大詰めに向かって情報を整理したのは、てきぱきと話をまとめにかかったズィクルだった。

髪の毛をモコモコさせた彼の一同への言葉、それにエミリアは「そうね」と頷《うなず》く。

「しょんぼりなこともあったけど、ここでみんなが集まれてるのは頑張った成果よ。それを頼りにして、今度こそみんなの目標を叶《かな》えましょう」

「美しいお答えをありがとうございます、エミリー嬢。あなたの仰《おっしゃ》る通り、我々全員の目的の成就を目指しましょう。――そのためにも、共有しておくべきことが」

「伝えておくこと？」

微笑《ほほえ》んだズィクルが付け加えた一言に、大広間を再び緊張が広がる。その雰囲気を余所《よそ》に首を傾《かし》げるエミリアに、ズィクルは「ええ」と頷いた。

「先の話の続き……黒髪の皇太子扱いされる、ナツミ嬢とも関わりのあるお話です」

「ナツミ……え？　でも、皇帝の子ども扱いされてるのってスバルなんじゃ……」

「エミリー、スバル様が帝国ではなんと名乗られているか、知っているはずですわよ」

「あ、そっか。そうよね。ごめんなさい、頭の中でこんがらがっちゃった」

話の腰を折ってしまったと、エミリアは自分の口に手を当てる。

帝国でのスバルは『ナツミ・シュバルツ』の偽名を名乗り、自分の居場所と無事をエミリアたちにこっそり伝えてくれていたのだ。ズィクルたちが出会ったのは、その偽名を名乗っているスバルだったので、『ナツミ』と呼んでいるのだろう。

そのせいで、エミリアの頭の中でスバルとナツミがこんがらがってしまった。

「あれ？　だけど、それならナツミ嬢って呼んでるのはどうして……」

「話すのよ、もじゃもじゃ頭。ベティーも、そろそろまたおねむの時間かしら」

「あ、そっか。そうよね。ごめんなさい、今はベアトリスのことを考えなくっちゃ」

エミリアの中に浮かびかけた疑問、それは腕の中のベアトリスの声が内に沈めた。スバルと関係のあることなら、エミリア以上にベアトリスが聞きたくて当然だ。

あまり長く起きていられない彼女のために、今の疑問はうっちゃっておかなくては。

そのベアトリスとエミリアの視線に促され、ズィクルは「実は」と切り出した。

「厳密には、ナツミ嬢ご自身のことではありません。行方のわからない彼女の安否は心配ですが、おそらくどこで見つかったとしても手厚く保護されるとは思います。ただ――」

「何か、スバルが危ないって不安要素があるんですか？」

「ナツミ嬢ご自身というより、そこから別の問題が波及しました。皇帝閣下の御子《おこ》の存在が市井に知れ渡ったことで、帝国の内情に動きが。つまり――」

「――他の地でも、火の手が上がったか」

ズィクルの言葉を割って、そう静かな声で言ったのはアベルだった。

それにズィクルが「は」と恭しく頭を下げると、そちらを見もしないアベルが自分の鬼面の頬《ほお》に指を這《は》わせ、自分の表情を押し隠す。

しかし、その手が表情を隠し切る寸前、エミリアの目は確かに捉えていた。

――アベルの唇が、ほんのわずか、意地悪く笑みを象《かたど》ったことを。

「全然、面白そうな話じゃないと思うけど……」

「半魔の言う通り、不愉快な話じゃな。日和見《ひよりみ》共が、都合よく尻馬に乗り出すとは」

表情を隠したアベルを見て、そう呟《つぶや》いたエミリアにプリシラが首肯する。

彼女は、どれだけ寒くても上着を羽織らないと、そう宣言した白い肩をすくめながら、

「大義名分があり、己の欲得を叶《かな》える機会を得たとあれば、あとはどの『たいみんぐ』で動くかを選ぶだけ。早ければ自らも出血を強いられるが、遅すぎれば参じても空手で帰ることとなる。見極めの時期とでも思っていようよ」

「各地で反乱……ヴィンセント・ヴォラキア皇帝の治世は安定し、帝国民は平穏を享受していると聞いていましたが」

「所詮、平穏など仮初の、泡沫《うたかた》の夢のようなものでしかない」

プリシラとオットー、二人の言葉にアベルが面に当てた手を下ろす。すでにエミリアの見た笑みの残滓《ざんし》が消えた唇から、アベルは淡々と言葉を続ける。

「帝国民の――否《いな》、人間の本質は闘争にあり、闘争心という炎は命ある限り消えはせぬ。

たとえ蓋をしようと、熱は内にこもり続けるものだ」

「そしてやがて、逃げ場を失って大爆発ですか」

「すごく間が悪い……」

アベルの物言いに、オットーとペトラがそれぞれ感想を述べる。

エミリアも、難解なアベルの言い回しの意図するところはわかったと思う。起こった結果を見たら、その考えを否定できないことも。

人間は戦うのが当然なんて考え、好きではないけれど。

「なんだか、それってすごーく寂しいわね」

「寂しい？　何ゆえにそう思う、半魔」

「だって、帝国の皇帝は一生懸命頑張ってきたはずなのに。それが全部壊れちゃうなんて、頑張ったのが報われないのは寂しいじゃない。勝っても負けても、辛《つら》いと思うの」

直接、会ったこともないヴォラキアの皇帝が、エミリアにはとても可哀想《かわいそう》に思える。

こうしてアベルやズィクルたちに反乱を起こされているのもそうだし、そのことに帝国の人たちが乗っかって、一緒に声を上げ始めたのもそう。

この数年、ヴォラキア帝国で大きな戦いが起こっていないのは、皇帝であるヴィンセント・ヴォラキアの功績だとエミリアも学んでいる。ヴィンセントがどう思っているかはともかく、少なくとも彼は戦いのない世の中を作り続けてきたのだ。

それが壊されて、負ければ国を奪われるし、勝っても自分自身も戦ってしまった。

「こんなの、誰かが怒ったときに、もう辛《つら》くなるのが決まっちゃってるみたい」

だから、エミリアはヴィンセントが可哀想《かわいそう》に思えてならないのだ。

できるなら、いったい彼が何を思い、どうすれば誰にとってもいい結論に辿《たど》り着《つ》けるのか、ちゃんと話し合えたらいいのにと思う。

「──。なるほど、どちらが先なのかはともかく、あれの在り方も腑《ふ》に落ちた」

「え?」

「疑うべくもなく、貴様たちがナツキ・スバルの同類ということだ」

腕を組んだアベルの一言に、エミリアは静かに息を詰めた。

鬼面の奥に見えるアベルの黒瞳、その光と向き合い、エミリアは気付く。──やはり、さっき言いかけたこと、感じた印象は間違っていなかったと。

スバルとアベルの二人は仲間同士で、エミリアたちがこうしてヴォラキア帝国に乗り込んでくるまで、ずっと協力していた関係なのに──、

「──あなた、スバルのこと、すごーく嫌いなの?」

「────」

「間違ってたらごめんなさい。でも、間違ってないと思う」

黒瞳が細められ、エミリアの問いかけを受け止めたアベルが無言となる。その彼の反応を目の当たりにして、エミリアは意見を引っ込めなかった。

アベルは、スバルのことを嫌っている。──エミリアは、そう感じる。

それはアベルが物静かで、どこかプリシラと似た風に居丈高にものを言う相手だからではない。オットーやズィクルたちと話すときと、確かな違いがあった。

エミリアはそれを、アベルがスバルに抱いた嫌悪だと感じたのだ。

「――ズィクル、反乱の声を上げ始めたものたちと連携せよ。より強い風を起こし、火勢を増す。帝都へと黒煙が届くまでだ」

「よろしいのですか？　当初の目的では『九神将』を……」

「あくまで、それは副次的な目標だ。重要なのは戦局を成立させること。グルービーやモグロの立ち位置は憂慮すべきだが、状況が変わった」

ふいと、エミリアから視線を外したアベルが、傍《かたわ》らのズィクルに指示を出し始める。

無視されたとエミリアは思ったが、それはこれ以上、今の話を続けるつもりはないというアベルの意思表示だ。

言い返さなかったのは的外れだからか、それとも別の理由なのか。

いずれにせよ――、

「――予定より早く、帝都へ仕掛ける用意が整うやもしれん。努々《ゆめゆめ》、気を抜くな」

――スバルとレムと再会するためにも、エミリアたちもアベルたちと、道を違《たが》えて離れ離れになるという選択肢はないのだった。

4

「エミリア、気を付けるのよ。どこまでいっても、この国で本気でスバルだけを心配してあげられるのは、ベティーたちしかいないかしら」

大広間での話し合いを経て、再びの眠りにつく直前、ベアトリスはそう言い残した。

話が右に左に散らかってしまったが、スバルのことだけに焦点を絞れば、彼にとって最善の状況とは言いにくい。たとえ、命の危機がちょっとでも減らせていても。

「それで自分の周りでみんなが争って、平気でいられるスバルじゃないもの」

「なのよ」

帝国のどっち側の人間に捕まっても命は保証される、とオットーやアベルは推測した。頭のいい子たちが考えることだから、それは正しいのかもしれない。

でも、スバルがエミリアたちの思い通りにぴったり動いたことがあっただろうか。

周りが危なかったら、すぐに自分のことはほったらかしで動くのがスバルだ。

自分だけは安全なんて、そんな状況を受け入れるとはとても思えなかった。

だから——、

「——私たちは、やっぱりスバルとレムのことが大事だから、それを一番にするつもりで動くってことを覚えておいてほしいの」

「何ゆえ、それをわざわざ妾《わらわ》に宣言する？」

「だって、誰にも言わないで勝手にしちゃったら、みんな困っちゃうでしょ？」

自分たちの目標、方針をちゃんと伝えておくのは大切なことだ。

晩ご飯までに帰ってくるかどうかを伝えないでいたら、フレデリカやペトラが作ってくれた食事を無駄にしかねない。

「スバルもよく、ホウ・レン・ソウが大事って言ってたわ。ホウレンソウが何なのかはよくわからないんだけど……」

「そのあやふやな知識を基に、よくもまぁ妾に話を持ちかけられたものよ。貴様のその度胸、半魔として迫害された経験が培ったものか？」

「ううん、違うと思う。故郷の森でみんなに嫌われてた頃、ちっとも慣れたり、強くなった気なんてしなかったから」

エリオール大森林で細々と過ごしていた頃は、誰に何を言われても傷付いていた。ちょっとのことで期待して、裏切られて、繰り返してもちっとも学ばなくて。

だから、もしも今のエミリアが少しでも強くなっている風に見えるなら。

「それって、スバルやみんなのおかげ。……森を出て、王選に参加して、大変なことをたくさん経験して、今の私になったのよ。プリシラもそうでしょ？」

「貴様と妾を一緒にするな。妾は生まれながらに完璧である」

「そう……でも、私も負けないからね」

「過ぎた口に見合うかは己で証《あか》すがいい。妾《わらわ》の目の端に入るかはそれ次第じゃ」

きゅっと拳を固めたエミリアの宣言に、プリシラは肩をすくめてそう答えた。

大広間の話し合いが一段落して、眠ってしまったベアトリスを宿に戻したあと、エミリアはさっきの方針を伝えようとプリシラの姿を探していた。

しばらくうろちょろしたところで、都市庁舎から出てきたところを捕まえられたのだ。

もしかしたら忙しいかとも思ったけれど、幸い、彼女は話を聞いてくれている。そう考えてから、ふとエミリアはこれまでを振り返り、

「思い返してみたら、プリシラって話はいつもちゃんとしてくれるのよね」

「ほう、何やら妾にとって不愉快な話が始まると見える」

「やめる？」

「よい、許す。続けるがいい」

片目をつむり、先を促すプリシラにエミリアは頷《うなず》いた。

都市庁舎を離れ、通りを行く彼女と並んで歩く。お供のシュルトやアルも見当たらず、エミリアはきょろきょろと二人の姿を探しながら、

「王選が始まったときからそう。プリシラは嫌なことを言うし、相手の言葉を途中で遮ったりするけど、話はちゃんとしてくれる。耳も貸してくれるわよね」

「妾とて、この世の全てを推し量れるわけではない。妾以外のものの口からどんな戯言《たわごと》が飛び出すか、興味を抱かずおれようか」

「そう？　でも私、アナスタシアさんに『あなたと話すつもりはない』って風に言われちゃったこと、覚えてる」

「あの女狐《めぎつね》めか」

「ええ。あ、恨みに思ってるってお話じゃなくてね？」

悠然と歩くプリシラを横目に、エミリアはアナスタシアとのやり取りを思い返す。

最初、王選の場で、アナスタシアはエミリアを議論の場から爪弾《つまはじ》きにしようとした。それ自体は珍しい扱いではないので、アナスタシアを恨んではいない。

ただ、何が言いたいかと言えば――、

「――私、アナスタシアさんとお友達になったの」

「――――」

「ちゃんと言うなら、お友達になるって約束したの。王選が終わったら、そうしましょうって……最初がどんなでも、そういうことができるって思えたの。だから」

「まさか、妾とも友誼《ゆうぎ》を結びたいとでも？」

「ええ。ダメ？」

アナスタシアとの成功体験があるので、エミリアは勇気を振り絞ってみた。

多くの人は、アナスタシアとプリシラの二人であれば、プリシラの方が扱いづらいという印象と評価を持つはずだ。しかし、エミリアは違った。

人間関係に乏しいエミリアにとって、アナスタシアとプリシラの評価はほぼ同じだ。

なので、こんな申し出に繋《つな》がったと言える。

そして、プリシラはエミリアの申し出に、自分の胸の谷間から扇を抜くと、

「そら見よ、やはり妾《わらわ》ですら思い浮かばぬ戯言《たわごと》が飛び出した」

音を立てて扇を開き、エミリアの言葉をざっくりと切り捨てた。

そのプリシラの返答に目を丸くして、エミリアは小さく苦笑する。その笑みを見て、プリシラが「なんじゃ」と目を細めた。

「戯言の次は純然たる戯れか？　いずれにせよ、妾の不興を買うぞ」

「あ、違う違う、ごめんね。ただ、プリシラには断られるかもって思ったから、やっぱりってなっただけ。また明日、聞いてみるわね」

「明日になろうと、妾の答えは変わらぬ」

「でも、明日の明日はわからないから」

とりあえず、果敢に挑むことは間違いではないと、エミリアはそう思う。

もちろん、それを嫌がらせだと思われて、もっと嫌われる心配はあるけれど。

でも、エミリアが思った通りならプリシラは――、

「好きにするがいい」

「ええ、そうさせてもらう」

無駄だとバッサリ言い捨てても、力ずくで押さえ込むことをしてこない。お互いの立場がそれをさせづらくしているのはわかっているので、なんだか悪い子になった気分だ。

でも、そのおかげで押しのけられずに済むから、プリシラともこうして話し合える。

それは明確に、エミリアの中でプリシラとの関係――違う、もっと大きな物の見方が変わった証拠。それが誰の影響なのかを思うと、ほっこり胸が温かくなる。

「それで？　妾を待ち伏せた用はそれで終わりか？」

「ううん、それはまだ一個目……じゃなくて、スバルのことがあったから二個目ね。他にもまだ、話したいことはあるけど」

「そも、最初の話題も何ゆえに妾に話した。貴様らの立てた方針など、妾の道行きの邪魔にさえならなければ何の関わりもあるまい」

「でも、プリシラってアベルとかズィクルさんと仲良しでしょ？　色々話し合ってるみたいだし、みんなに伝えてもらえるかなって」

「前言の撤回じゃ。貴様の戯言は妾の想像の外側で踊る。妾が言葉を翻《ひるがえ》すことなど滅多《めった》にないことじゃぞ」

「――？　それ、喜んでいいこと？　ダメなこと？」

紅の瞳に流し目にされ、エミリアは答えがもらえなくて唇を曲げた。

たぶん、あまり歓迎されていないのだが、具体的に何が悪かったのかわからないと、直せと思われても直しようがない。

プリシラがアベルやズィクルと仲良しなのは合っているはずなので、それ以外の、エミリアたちの方針をみんなに伝えてほしいというのが間違いか。

でも、エミリアたちが直接話しにいくより、ずっといいと思う。

なにせ――、

「私、あんまりアベルと仲良くできるかわからなくて……」

「く」

「プリシラ？」

開いた扇を自分の口元に当てて、プリシラが小さく喉を鳴らした。その横顔を覗《のぞ》き込《こ》むと、プリシラはわずかに目尻を緩めながら、

「妾《わらわ》とさえ話そうとする貴様に嫌われるとは、あれの不器用さも極まったものよな」

「む、嫌ってるわけじゃありません。ちょっと苦手かもって思っただけなんだから」

「苦手意識や嫌悪の要因、その積立てを好悪と呼ぶのじゃ。だが、貴様らがアベルをそう評するのも当然であろう。――貴様の見立ては正しかろうからな」

「……プリシラも、そう思う？」

エミリアの問いかけに、プリシラが無言のまま何も答えない。

でも、エミリアにはその沈黙が、アベルがスバルを嫌っているというエミリアの考えと同意見だと、そう言っているように感じられた。

「プリシラは、その理由がわかる？　さっきまで、アベルたちと話してたんでしょう？」

「生憎《あいにく》と、妾が引き止められたのは貴様のところの凡愚と関係ない話じゃ。凡愚のことなど欠片《かけら》も話題にならぬ……いや、魔都を滅ぼした大災の話を聞いた以上、凡愚とまるで無

関係というわけではあるまいが」

「魔都の……あ、じゃあ、ヨルナさんと話してたの？　プリシラの母様の」

大広間で話し合う途中、話題に挙がったプリシラとヨルナの親子関係。結局、ルイの扱いのことで話は流れてしまったが、当事者はそうはいかないだろう。

当然、再会した母子はそのことを話し合ったはずで。

「でも、私も驚いちゃった。プリシラも半分、亜人の血が……」

「たわけ。妾と貴様とを同じにするな。まさかとは思うが、妾にすり寄ってきたのはそれで親近感でも覚えたからか？」

「それもないじゃないけど、違うの？　じゃあ、ヨルナさんはプリシラの育ての母様？だったら、それも驚いちゃう。だって私も……」

「何度もたわけと言わせるな、たわけ。それも貴様の勇み足よ」

「ええ？　じゃあ、どういうことなの？」

ヨルナと実の親子なら、プリシラには狐人《きつねびと》である彼女の血が流れているはずだが、そのことは否定されてしまった。

それなら育ての親という意味なのかと思えば、それも真っ向から否定される。

ハーフエルフであり、フォルトナという血縁上は叔母である母親に育てられたエミリアは、プリシラとどこかしら同じだと思っていたのだが。

「血は繋《つな》がってなくて、育ての親でもない……それで母様って、どうしたら？」

「妾《わらわ》が全て、語って聞かせねばならぬ理由があるか？」

「ううん、ないと思う。でも、教えてもらえないとすごーく気になるから」

ワガママなのは承知で、エミリアはプリシラに真相を尋ねてみる。もちろん、友人関係を断られたのと同じように、この答えも拒まれる可能性は高かった。

しかし、プリシラはほんのわずかに沈黙を作ると、

「——『アイリスと茨《いばら》の王』」

「え？」

「古い物語よ。知っておるか？」

「ええと、知ってるわ。その、ペトラお嬢様がそういうの好きだから」

不意にプリシラの唇から漏れた単語に、エミリアは目を丸くしながら頷《うなず》いた。

『アイリスと茨の王』とは、ずっと昔から語り継がれている古い物語の一つで、ヴォラキア帝国を発祥とする史実なのだと教わった。

エミリアも、ちらっと概要を聞いただけだが、ペトラから聞いた話だと、『茨の王』と呼ばれた昔のヴォラキア皇帝と、アイリスという少女の恋物語らしい。

残念ながら、エミリアにはまだ面白さがわからないと言われてしまったが——、

「そのお話がどうしたの？　プリシラが好きなお話？」

「文脈が読めぬ半魔よな。当然、これまでの話の流れと関係があるに決まっておろうが」

「これまでの……プリシラとヨルナさんの親子関係と、昔話が？」

「──アイリスと茨の王は手を取り合い、多種族を巻き込む帝国の内乱を終戦へ導いた。じゃが、想《おも》いを通じる二人は結ばれる直前、裏切りに遭い、物語は幕となる」

「……悲しいお話なのね」

プリシラの語った物語のあらすじに、エミリアは眉尻を下げてそう呟《つぶや》く。

頑張った人が報われないのはとても寂しい。今、ヴォラキア皇帝が置かれている状況を儚《はかな》んだように、すでに物語とされた二人の男女の最期にも同じ思いを抱く。

そんなエミリアの感想に、プリシラは「ふ」と息を吐き、

「しかし、物語と史実は違う。史実では、裏切りによってアイリスを失った茨の王は凶気に落ち、刃《やいば》を向けた狼人《おおかみびと》と土鼠人《もぐらびと》を根絶やしにした。逃げ延びた少数を含め、帝国ではいまだに此奴《こやつ》らは見つけ次第、火炙《ひあぶ》りとされる」

「それは、怒るのも無理ないけど……でも、今の時代の人たちは」

「何の関係もない、か。自身も半魔として迫害された身には他人事《ひとごと》ではあるまいよ」

「──────」

プリシラの言い方は切れ味が鋭かったが、その手の悪口に対するエミリアの肌は鉄みたいに硬い。ただし、血は流れなくても叩《たた》かれて痛いのは同じだ。

そのことはあとでちゃんと文句を言うとして、エミリアはプリシラの話の続き、そこから先がもっと気になった。

アイリスを失い、裏切者に復讐《ふくしゅう》をして、茨の王はどうしたのだろうか。

「それで、茨《いばら》の王のお話はおしまい？」

「──。ただ怒りに身を任せただけでは、凶気に落ちたとは到底言えまいよ。故に、茨の王の凶気はこのあと、失われたアイリスへ向けられた」

「アイリスに？」

思いがけない話の流れに眉を上げ、エミリアが耳に入った単語を繰り返した。その言葉にプリシラは頷《うなず》くと、その紅の瞳を空へ向ける。

もどかしく、エミリアはプリシラの言葉の先を求めて唇を震わせ、

「茨の王は、アイリスに何をしたの？」

「呪いをかけた」

「呪い？　それって……」

大切な人に、ましてや失って辛《つら》い思いをした相手にかけるものなのか。

そんなエミリアの疑問を余所《よそ》に、プリシラは呪いの詳細を語る。

それは──、

「──死した魂をオド・ラグナへ引き渡さず、再び地へと引き下ろす秘術」

「死んだ人の、魂を？」

「死者さえ蘇生《そせい》させる『不死王の秘蹟《ひせき》』なる秘術も存在すると聞くが、その実在は眉唾とされる。じゃが、この『茨の縛《いまし》め』は尽きぬ渇愛が生んだ呪いと言えよう」

死んだ人が蘇《よみがえ》る、という話も驚くが、この場で重要視されているのはそちらではなく、

もう片方の『呪い』と呼ばれたものの方だ。

死んでしまった人の魂、その扱いについてはプレアデス監視塔でも、その生前の記憶が焼き付いた『死者の書』で話題になった。

その『死者の書』の存在が、人間の内側にある魂の存在を確信させる。

「でも、魂を引き下ろすってどういうことなの？　生き返るってこと？」

「そう都合よくはゆかぬ。死したアイリスの体は引き裂かれ、たとえ魂が戻ろうと命を繋《つな》ぐこともない。そもそも、『茨の縛め』にそんな力はない」

「だったら、どうなるの？　体がなかったら――」

戻った魂の入る場所がなかったら、魂はどこへいけばいいのか。

そんなエミリアの疑問に、プリシラは静かに視線を下ろした。空を眺めるのではなく、紅の瞳がエミリアの紫紺の瞳を見据え、そして――、

「決まっていよう。魂がオド・ラグナへ還《かえ》らぬならば、その魂は本来の措置を受けぬまま地へ戻り、次の器へと入る。――再誕とも、転生とも言えような」

「――――」

「呪いの解けぬ限り、絡みつく茨の縛めが解けぬ限り、死した魂の再臨は繰り返される。幾度となくそれを繰り返し、何度も生と死を重ねゆく。――そのうちの一度、ヨルナ・ミシグレの一つ前の人生が、妾《わらわ》の母上であったということじゃ」

5

「──サンドラ・ベネディクトとは、意表を突かれたぞ」

「主さんの方こそ、プリスカのことを隠していたのは人が悪すぎるでありんしょう」

硬く、冷たい声音がぶつかり合い、石造りの一室で静かな熱が交錯する。

互いに視線を向け合い、その腹の内を探るように言葉を選ぶのは、顔を覆った鬼面を外し、素顔を見せたアベルと、煙管《きせる》の紫煙をくゆらせるヨルナの二人だ。

つい先頃まで、この場には三人目のプリシラもいた。

しかし、彼女は必要な話を終えたとみなすと、すぐさまこの場を辞していった。その態度をアベルは受け入れるが、ヨルナの方の動揺は掻《か》き消えていない。

当然だろう。──魔都の女主人も、実子の変わりようを容易《たやす》くは受け止められまい。

「お互い、秘密主義が仇《あだ》になったと素直に認めてはいかがでありんす？」

「秘する理由はあった。貴様も、想像はつこう」

「──。それは、そうでありんすな」

アベルの答えに目を伏せ、長い睫毛《まつげ》を震わせながらヨルナも思案する。

プリシラとの思わぬ遭遇は、ヨルナの心に大きな波紋を生み出した。それは、決して叶《かな》わぬと、期待どころか欠片《かけら》の希望も抱けずにいた現実だったからだ。

それが否定され、ああして健在のプリシラを前にしたことは、ヨルナにとって望外の喜びであったと同時に、アベルにとっては恐ろしい博打《ばくち》だったに違いない。

プリシラ＝プリスカが生きていることなど、あってはならないことなのだ。

そのありえない出来事の裏に、アベルの関与があったことは間違いないのだから。

「主さんは、いったい何を――」

「――俺が貴様に約束したのは、その縛《いまし》めを解く術《すべ》だ。もしも、貴様が問いの答えを欲するならば、それ以外の褒美を与える理由はない」

「――」

真っ向から、アベルはヨルナの問いかけを拒絶した。

その答えを口にすることをアベルは拒み、ヨルナの最大の願いと天秤《てんびん》にかけさせる。

もう長く長く、何度となく生と死を重ね、この魂で世界を眺め続けてきた。

あの人の面影も、ほとんど思い出せなくなるようになってなお、だから――。

「ヨルナ・ミシグレ――否《いな》、茨《いばら》の王に見初められし、アイリスよ」

そう、ヨルナのずっと昔の、愛《いと》おしい人が何度も呼んでくれた名前で、愛おしい人の血を何代も重ねた先にある男が、ヨルナを呼んで。

「より一層の奮起をせよ。己の悲願と、何より――プリスカ・ベネディクト、貴様の失われたはずの娘を未来に生かすために、な」

愛しい人とは比べ物にならないぐらい冷たい声で、そう強いたのだ。

幕間《まくあい》『女傑と道化』

1

――神聖ヴォラキア帝国、当代の皇帝であるヴィンセント・ヴォラキアの統治により、帝国は建国以来例を見ない安寧の時代を迎えていた。

小さな、小競り合いのような争いはあっても、数千人規模が矛を交えるような事態なんて、それこそヨルナ・ミシグレの謀反以外には記憶にも上らない。

内乱はもちろん、他国との領土争いへ陥る状況も、長年の睨《にら》み合《あ》いが続くルグニカ王国との関係が停滞し続ける以上、起こりようがなかった。

それを時代が味方したと語るのは容易《たやす》いが、それではこの平穏を維持するために費やされた労苦の数々が浮かばれまい。

第一、時代が味方するだけで果たせるような偉業だろうか。

この争いと、争う理由の絶えないヴォラキア帝国から、在位して八年間、戦争という戦争を取り上げ続けるなんて、薄氷の上で焚火《たきび》をするような矛盾した行いを。

それをやってのけたのが、当代の皇帝であり、『平和主義』とさえ呼ばれるヴィンセント・ヴォラキア皇帝の手腕なのだ。
もっとも――、

「――閣下はご自身が『平和主義』なんて呼ばれているのを、決して快く思ってはいないだろうがな」

「そうかーぁな？　行いの是非はどうあれ、自分の所業が評価されて悪い気はしないんじゃないかい？　事実、国の安定は皇帝閣下のお望みだろう？」

「ならば、お前は『亜人趣味』という呼ばれ方を誇らしく思っているとでも？」

「紛《まぎ》れもなく。そもそも、その呼び名は私自身が広めたものだからねーぇ」

「やれやれ、これは例えた相手が悪かったと見える。このところ、私を訪ねてくる旧友は変わり種ばかりだ。おかげで退屈はしないのだがな」

そう言って、自分の額にかかる前髪をかき上げながら、その女性は美しい顔貌《かおかたち》に野性味のある笑みを浮かべ、澄んだ緑翠《りよくすい》の瞳にロズワールを映した。

すらりと背が高く、しなやかに鍛えられた体つきをした人物だ。

女性的な起伏に富んだ肉体を商船の乗組員のような衣装に閉じ込め、腰掛けた上等な椅子の傍《かたわ》らには鞘《さや》に入った曲刀を置いている。それが飾りでなく、実戦的な得物であることの証《あかし》に、彼女の全身は戦士特有の覇気がみなぎる。

何より、女性の左の頬《ほお》には、眉から顎にかかるほど長く、大きな白い刀傷があった。

一度見えれば目に焼き付いて離れない刀傷、それすらも『灼熱公《しゃくねつ》』と呼ばれる彼女にとって、その高潔な美しさを際立たせる装飾品に過ぎない。

――『灼熱公』セリーナ・ドラクロイ上級伯。

それが目の前にいる女傑、ヴォラキア帝国でも指折りの大貴族の名前と肩書きだ。相対するロズワールにとっては、国を隔てた古くからの友人といった間柄である。

「もちろん、君が私を旧友と呼んでくれたのを真に受ければだーぁけどもね」

「友人か否《いな》か、そんなことでつまらない駆け引きをするつもりはない。第一、上級伯なんてやっていると、ただでさえ誰と会っても損得の話ばかりだ。たまにはそういうもののない、贅沢《ぜいたく》な世間話がしたい。それは私の高望みか？」

「高望みとは言わないが、悲哀のこもった訴えに胸が痛むとーぉも」

小さく笑い、ロズワールは配膳されたカップを取り、温かな香りを楽しみながらお茶を口に含んだ。香り高く、温かな液体が舌の上を踊る。――生憎《あいにく》と、ロズワールには食べ物や飲み物からそれ以上の情報を汲《く》み取ることができない。

何を飲み食いしても味を感じないのは、ロズワールが今の自分に辿《たど》り着《つ》くために支払った代償の一部だ。なので、歓待の謝辞の詳細は隣に座る少女に期待する。

ロズワールに代わり、お茶の味を堪能した少女は静かに吐息をこぼし、

「せっかくの茶葉が死んでいますね。給仕の担当者は変えることをおススメします」

その切れ味の鋭い紅の瞳を細め、もっと切れ味の鋭い発言でお茶の感想を言った。

容赦と手心を投げ捨てた彼女の物言いに、ロズワールは思わず額に手をやり、セリーナは「は」と愉快げに笑う。

「はっきり言うものだ。給仕は変えるべきか」

「ええ、茶葉に失礼が過ぎますね」

「実は家中のものが忙しくしていて、このお茶を淹《い》れたのは私なんだ」

「そうでしたか。では、金輪際やめた方がよろしいかと思います」

「忖度《そんたく》を知らぬ娘だ、気に入った。いい奥方を迎えたじゃないか」

立て続けの返答に歯を見せながら、セリーナが悪戯《いたずら》っぽくロズワールを見る。

相変わらず、度量が広いというべきか、失礼や無礼に寛大な姿勢を示す女性だ。大貴族の立場でありながら、権威に固執するありがちな性格を持ち合わせない。

そうした考え方や在り方は、それこそ出会った頃から変わりがなかった。

「とはいえ、無礼と侮辱の区別がつかない相手じゃーぁないんだ。ギリギリの諧謔《かいぎゃく》をわかってくれただけなのだから、過ぎた口は慎みたまえよ、ラム」

「承知しました、アナタ」

「――。セリーナ、訂正しておくけれど、彼女は私の従者で、妻ではないからね」

「なるほど、『亜人趣味』がついに捕まったというわけではなかったか。両国の関係がキナ臭いとはいえ、式の招待がないのは水臭いと思っていた」

指摘を平然と受け入れ、その上で淡々と距離を詰めるラムにロズワールは嘆息。ほくそ笑むセリーナの答えも、ロズワールの意図と微妙に外れていた気がした。

ただ、この話は深掘りすればするだけ自分が不利になると、ロズワールはここしばらくの経験で承知している。なので、それ以上の掘り下げはしなかった。

ともあれ――、

「それにしても、聞いてはいましたが驚きました。ロズワール様とドラクロイ伯が、こうも親しい間柄だったというのは」

「平気で何年も連絡の途絶える間柄を親しいと言っていいかは疑問だな。かと思えば、この慌ただしい情勢で連絡なしに訪ねてくる……あんまり無礼だと、我が父のように焼き殺してやりたくなるだろうに」

「セリーナ、その冗句は帝国以外の人間だとあまり笑えないよ」

「うん？　そうか。社交界では大抵の相手を笑わせられる鉄板なんだがな」

思わずラムも鼻白んだ発言は、セリーナの家督争いの一幕を揶揄《やゆ》した冗句――実際に、父親を焼き殺してドラクロイ家を掌握した彼女の実話からきたものだ。

その頬《ほお》の刀傷も、殺す前の父親から浴びたものだというのだから、それを笑い話にしてしまう彼女の胆力と、笑い飛ばす帝国の姿勢には考えさせられる。

ロズワールが彼女と知り合ったのは、まだ十代の頃――セリーナが所用でルグニカ王国を訪れ、そこで起こったいざこざの解決に尽力したのが理由だった。

端的に言えば、刺客に狙われたセリーナの命を助け、しかもそれが彼女の存在を疎んだ

父親の差し金だったことを暴いたので、ドラクロイ家との縁は案外深い。

もっとも、その壮絶な経験の前後でセリーナの人柄が変わるようなことはなかったので、剛毅《ごうき》な炎のような在り方は生来のものだ。

「君の社交界での振る舞いや、昔話に花を咲かせたいのは事実だが……お察しの通り、連絡もなしに突然訪ねたのは事情があってねーぇ」

旧友との談笑も魅力的だが、ロズワールにとって大事なのは悲願の成就に他ならない。

ロズワールの人生は全て、自分の心の一番奥に沈めてある願いのためにある。――故に帝国を訪れたのも、瞬《まばた》きや呼吸すらも、悲願のための一助なのだ。

――現在、ロズワールとラムの二人はエミリアたちと別れ、帝国の北西部にあるドラクロイ上級伯の領地を訪ね、領主であるセリーナ・ドラクロイと接見している。

目的は言うまでもなく、帝国の地に消えたスバルとレムの捜索――ロズワールとしてはスバルの身柄の確保が最優先なのだが、それを口に出す愚は犯さない。ともかく、そのための助力を得たい目論見《もくろみ》だが、そう単純に運ばないのがヴォラキア帝国だ。

ルグニカ王国以外の三大国、それらとの行き来はいずれもそれぞれの理由で難しい。

ツテと大金を必要とするカララギ都市国家はまだマシで、グステコ聖王国も時期と信仰に対する接し方を間違えなければ、わかりやすさで許せる範囲と言えるだろう。

その点で見れば、王国と水の合わない帝国の在り方は群を抜いて難易度が高い。

ルグニカとヴォラキアの関係は歴史的に見ても長く悪く、今でこそ奇跡的に不可侵条約が結ばれているが、それもどこまで手放しに信じられるか疑わしい代物だ。

結ばれた不可侵条約も、友好関係の証《あかし》や兆《きざ》しというより、お互いに内側に目を向けるべきときだから、余計な茶々を入れないよう留意しろという警告の色が強い。

今回、国境が封鎖された一件と、不可侵条約の背景には繋《つな》がりがあるように思える。

あるいは——、

「——帝都を揺るがすこの一大事も、不可侵条約を反故《ほご》にしたい一派の目論見だとでも？　疑《うたぐ》り深《ぶか》いにも限度があるぞ。王国の人間らしからぬ考えだ」

ロズワールの心中をぴたりと言い当て、セリーナが緑の瞳をすっと細める。

この女傑、こうして人当たりがよく、お茶を淹《い》れる腕前は壊滅的だが、帝国でも数少ない上級伯を任されるだけあって、その眼力に偽りはない。

王国とは在り方の異なる帝国主義は、能力があれば年齢や出自を問うことをしない。必然的に、有能なものほど上の立場を手に入れる仕組みだ。

故に、セリーナ・ドラクロイは上級伯の地位を得、守り続けている。

今しがたの彼女の指摘も、ロズワールが一考し、胸に留めている可能性の一つだ。

ロズワールたちが帝国入りした時点で、すでに反乱の火種は煙を立てていた。これまでは兆しの時点で行われていた火消しも、今回に限って実を結んでいない。

本格的な反乱へ結び付く公算が高いと見るなら、当然そこには大義がいる。

それが——、

「――ルグニカ王国との領土戦争、それを見据えてのことではないかと」

疑《うたぐ》り深《ぶか》いと指摘したセリーナに、己の膝に手を置くラムが静かな声で言った。

「ヴィンセント・ヴォラキア皇帝の治世が脅かされた以上、作られた安寧を望まないものがいた。だとしたら、そのものは安寧を壊したあと、何を望むのか。それがルグニカ王国ではないか、と考えるのは自然の成り行きです」

「そうか？　ただ自分より偉いものがいるのが気に食わないから反乱する、という手合いも実在するぞ。昨年、私に剣を向けた輩《やから》の頭目がそうだった」

「そういう特殊な事例の話は置いておきましょう」

「特殊というほどでもないが、確かに趣旨からは外れるか」

形のいい顎に指を這《は》わせ、セリーナがラムの意見を吟味する。

途中でロズワールが口を挟まなかったのは、ラムの意見に訂正すべき点が見当たらなかったからだ。この懸案をラムと話し合ったことはなかったが、彼女が自分と同じ可能性を懸念していたことに驚きはなかった。

「いずれにせよ、君もルグニカ王国との戦争は望まないはずだ、セリーナ。もっとも、皇帝に謀反したいほどの怒りがあるなら話は別だが」

「幸い、能力主義の閣下に不満を覚えたことはないよ。時たま癇癪《かんしゃく》を起こすヨルナ一将の行動も、魔都と離れた領地持ちの私には他人事《ひとごと》だ。ただ――」

「ただ？」

「王国との戦争を望まない、というのはどういう思惑から出た意見だ？　もしも、我々の分が悪いと言い出すなら、私の心中にも風が吹くことになるぞ」

唇を緩めながら、こちらを見るセリーナの視線にピリッとした感覚が混ざった。

それはロズワールの言葉に対する、彼女なりの矜持《きょうじ》の表れだ。『灼熱公《しゃくねつこう》』と呼ばれ、その実力で上級伯の地位を守る彼女にとって、侮られるのは許し難《がた》い。

それこそ、お茶に対するラムの指摘とは比べる土台が違っている。

セリーナはお茶に心血は注いでいないが、己の家名には心血を注いでいるのだから。

「どうなんだ、ロズワール。私の勘違いか？　それとも、お前の言い間違えか？」

「ふむ……」

逃げ道を塞ぐようなセリーナの追及に、ロズワールは思案する。

答えを誤り、彼女の機嫌を損ねると大ごとだ。ロズワールたちは受けられるはずの支援と助力を失い、その素性を暴かれた上で大幅に行動を制限されてしまう。

それを防ぐために旧友を消し炭にするのは本末転倒で、できれば避けたい結末だった。

「そうだね、誤解させてすまなかった。訂正しよう。――王国と戦争になれば、無用な血が大量に流れる。それも帝国のね。だからおススメしない」

「ほう？」

淡々と答えたロズワールに、セリーナの眉がピクリと上がった。

彼女の顔に入った白い刀傷が震え、その瞳の瞳孔がわずかに細まる。まだ、感情の激発には繋《つな》がっていないが、続く言葉次第で、といったところか。

だが、続く言葉はもう決めている。彼女に嘘《うそ》やおためごかしを試すつもりもない。

第一、その必要もなかった。

「なにせ、王国には『剣聖《けんせい》』ラインハルト・ヴァン・アストレアがいるのだからね。国境を跨《また》いでやってくる帝国兵はことごとく、血の大河を築くことになる」

「おいおい、それは禁じ手だ！」

「禁じ手と言っても、実在する以上は議論のテーブルに乗せるしかないだろーぉ？　君の言う通り、議論をぶち壊してしまう奥の手だがね。ただし」

「ただし？」

「この奥の手は、最初に切られることを一切躊躇《ためら》わない」

本来、切り札や奥の手というものはできるだけ温存しておくものだが、これが『剣聖』に限ってはそうではない。最初に繰り出すのが最も有効的で、見返りも大きい。

何より、当人も喜んでその役目を受け入れる。

「やれやれ、思考実験もまともにやらせてもらえないとは、軍略家泣かせめ」

ふと、直前の空気を霧散させ、セリーナがどっかりと背もたれに体重を預けた。彼女はまるで童女が拗《す》ねるように唇を尖《とが》らせ、

「帝国にいては、あくまで噂《うわさ》で聞くしかない風評だが……お前の目から見ても、『剣聖』というのは規格外の怪物か？」

「先代までの『剣聖』には可愛《かわい》げもあったけーぇれど、当代の『剣聖』はその表現が適切と言える。実物を知らなければ実感も湧かないだろうが」

「まるで、これまでの『剣聖』を全て見てきたように言う。しかし、そうか……」

ロズワールの返答に苦笑した上で、セリーナは形のいい眉を寄せた。

この場でロズワールが出任せを言うことはありえないと、長い付き合いを理由にセリーナは信じ、しっかり検討してくれている。

だが、彼女以外の帝国人が全員、聞き分けがいいわけでは決してない。

「自国の力を過信するか、『剣聖』の力を過少に推し量れば悲劇は免れない。だから、私はあえて君の心に逆風を吹かせよう。戦うべきじゃーぁない、とね」

「――――」

「あとまぁ、もしも王国に戦争を吹っかけてくるなら、そのときは私も相手になる。お目にかけようか？　手も足も出ない高高度からの、容赦のない魔法攻撃の無慈悲さを」

肩をすくめておどけてみせるが、ロズワールも戦略上の戦力はなかなかのものだ。

『剣聖』ほどとはいかなくとも、空を飛びながら魔法を振る舞うだけで、雑兵の数千は封殺できる。相性のいい戦場を選べば、一人で戦線を押し切ることも可能だ。

「それについてはすんなり信じられる。なにせ、私のこの目で片鱗《へんりん》を見たからな」

「今なら、あのときよりもはるかに円熟した魔法をお目にかけられるけーぇどね」

「底知れん奴《やつ》だ。とはいえ、突出した力には相応の枷《かせ》が伴う。お前が帝国で自由気ままに振る舞えないのも、それが理由だろう」

「ご名答」

これは今度はやり込められたと、ロズワールの方が両手を見せる番だ。

実際、ロズワール単体で千人単位の帝国兵を足止めもできる。が、魔法でそんな真似《まね》ができるのは、今の世広しと言えどもロズワール以外にいない。

ロズワールの正体を明かせば、それは即座に王国と帝国の関係の発火を意味する。

無論、同じ条件は別行動中のエミリアにも課せられている。――エミリアの暴走は、おそらくオットーやペトラがうまく制御してくれると信用しての分担だ。

「探し物……いや、探し人か。お前たちにとって、よほど大事なものと見える」

己の頬《ほお》の刀傷を指でなぞりながら、セリーナが本命に深く切り込んでくる。まだ主導権は渡したくないと、ロズワールも居住まいを正して黄色い方の目を残してつむり、

「私と君の仲でも、頷《うなず》きづらい聞き方だーぁね」

「だが、行動が証《あか》しているだろう。そうでもなければ、わざわざ封鎖された国境を越えてまでヴォラキアへはこない。――天命でもない限り」

ほんのわずかに目を細め、セリーナが静かな声で呟《つぶや》く。

その内容に思い当たる節がなく、ロズワールは違和感に眉を寄せた。しかし、その言葉の真意を問《と》い質《ただ》すよりも、「ええ」とラムが頷く方が早く、

「どうしても連れ戻したい相手が。ラムにとっては、命も同然の」

「ラム」

「誤魔化《ごまか》しても伏せても、この方には通用しないかと」

あっさりと、弱味《よわみ》になりかねない情報をさらけ出したラムを窘《たしな》めるが、彼女は薄紅の瞳にロズワールを映し、そう言い返してくる。

「とはいえ、弱味を見せるにしても見せ方があるだろう」

「そうラムを責めるな。健気《けなげ》なモノじゃないか。それよりも驚いたのは、お前が彼女の大事なモノのために無茶《むちゃ》をしたことだ。よほど彼女が大事と見える」

「ええ、ラムの代わりはいませんから」

「否定できない事実だが、いささか言い方が気になるねーぇ」

連れ戻したい相手がいると、そう主張する対象はロズワールとラムとで異なる。が、そうとはわからないセリーナには誤解を生んだようだ。

助力を得たい関係上、探し人に関しては詳しい情報をあとで共有するとして。

「――どうあれ、お前が戦争を始めるべきではないと警告した理由はわかった」

直近よりさらに前、ロズワールの警告まで話を戻し、セリーナが表情を引き締める。自然、緊張の高まるロズワールたちを見据え、「だが」と彼女は言葉を継ぐと、

「お前の忠言に耳を傾ける私と違い、他の帝国民の態度は保証できんぞ。『剣聖《けんせい》』と戦えば勝ち目がないからと言われても、逆上するものが大半だ」

「その点が、『剣聖』の実力を説明する必要がない王国との違いなのだーぁね」

「そうですね。王国では一目、『剣聖《けんせい》』ラインハルトを目にする機会があれば、それ以上の説明は必要ないのですが」

四大国同士の条約もあり、ルグニカの国外へ出ることを禁じられているラインハルトを他国の人間が目にする機会はほとんどない。

もしもその機会が得られれば、わざわざこんな迂遠《うえん》な説得の必要もないのに。

――『剣聖』ラインハルト・ヴァン・アストレアを一目見れば、あれと敵対することがどれだけ愚かなことなのか、誰でもすぐに感じ取れる。

それがわからないのは、真っ当な理《ことわり》から外れた世界を生きる凶人たちだけだ。

「そうしみじみと話されると、私としては閣下が反乱を何事もなく制圧してくださることか、取って代わる反乱側に一定の理性があることを期待するしかないな」

すでに起こってしまった反乱、その目的の先にあるものが話題の発端だ。

反乱側に確かな考えがあり、王国と相争うなんて無茶《むちゃ》な野心がないのであれば、ロズワールの語った両国の戦争と、大量の血が流れることは避けられる。

もちろん、皇帝側がきっちりと反乱を制圧できればそれに越したことはないが。

「この内乱がどう決着を迎えるのであれ、その後の矛先をルグニカへ向けられては困る。帝国との諍《いさか》いは、私の予定にない出来事だからね」

――ロズワールの行動は、その全てが叶《かな》えるべき悲願へ至る道だ。

ロズワールの辿《たど》るべき道筋に、王国と帝国との戦争など含まれない。『親竜儀』が執り行われ、王国と龍《りゅう》との盟約が更新される日まで、邪魔などあってはならない。

王選を妨害しかねない要因、その全てを取り除くためにも——、

「——皇帝閣下には早々に反乱を制圧してもらい、ヴォラキア帝国建国以来、初めての安寧の時を長く続けてもらわなくては、ね」

「ふうん？　その悪い顔、久々に見たな。悪巧みか？」

ロズワールの言葉を聞きつけ、セリーナが楽しげに眉を上げた。

指摘された悪い顔に自覚はないが、彼女が言うからにはそんな顔をしていたのだろう。

とはいえ、帝国貴族であり、皇帝側に与《くみ》する彼女にとって悪いことではないはずだ。

「ドラクロイ伯、少しよろしいですか？」

と、己の顔に触れるロズワールの隣から、ラムがそうセリーナに声をかけた。

ラムに呼ばれ、セリーナはちらとその目を彼女に向けると、

「ああ、構わない。というか、ドラクロイ伯というのもやめてくれ。私は知己と世間話がしたいだけ……セリーナの方で頼む」

「では、セリーナ様と。——ロズワール様と、本当に親しげでいらっしゃいますね」

「うん？」

呼び方を改めたラムの発言、それにセリーナは目を丸くした。ロズワールも、ラムが何を言い出したのかと訝《いぶか》しむが、直後のセリーナの表情変化に嫌な予感を覚える。

セリーナは悪戯《いたずら》っぽく笑い、「そうかそうか」と何度も頷《うなず》いたのだ。

「私がこの男とどう知り合ったのか気になるらしいな。見たところ、お前たちもそれなりに付き合いは長そうだが……」

「十一年になります」

「なら、私との付き合いの方が少し長い。ラム、酒は飲めるか？」

「お茶ほどではありませんが、うるさいですよ」

「よしきた」

掌《てのひら》で膝を叩《たた》いて、我が意を得たりとセリーナがラムに笑いかける。

どうやら思い出話を肴《さかな》に、酒を飲む流れに突入しそうだ。しかも、セリーナと出会った頃と言えば、ロズワールの若気の至りもいくつかある。

「セリーナ、誘いはありがたいが、私たちは急ぎの用事があるんだ。その件について――」

「そのために、私の力を借りたいんだろう？　だったらなおさら、私の機嫌は損ねるべきではないはずだ。久々に会ったなら酒ぐらい付き合え」

「……ラム」

聞く耳を持たない姿勢のセリーナの説得を諦め、ロズワールはラムを見た。

スバルを連れ戻したいロズワールと同じように、ラムも半身であるレムを連れ戻すために帝国へやってきた。彼女の懸命な訴えなら、セリーナに響くかもしれないと。

しかし――、

「バルスはともかく、レムのためを思えばこそ、セリーナ様の申し出を断るのは得策ではないと思いますが」

「本当に、それだけかーぁな？」

「もちろん、ラムたちと出会う前のロズワール様のお話も聞けるなら、同じ足踏みをするにしても上策と言えます」

目的と実益を兼ねていると、ラムは悪びれもしない。

そしてロズワールにとっては痛恨だが、ラムとセリーナの相性は殊の外いい。きっと酒飲み話も弾み、意気投合するだろう。――頭の痛い話だ。

「ちょうど別の客人がお前たちと入れ違いに出ていったばかりでな。それが賑《にぎ》やかな相手だったものだから、寂しい思いをしていたところだったんだ」

「その方々も、親しくされていたので？」

「厳密には、私が親しくしていたのはその客人の夫だったが、そうだ。遠からず戻ってくるはずだから、そのとき紹介しよう。今はそれよりも――」

立ち上がったセリーナが、部屋の片隅にある飾り棚へ向かう。扉が開かれると、中には大小様々な酒の瓶が並べられていて、彼女の好事家ぶりが窺《うかが》えた。

その中の一本を選び、セリーナは同じ棚からグラスを三つ持って戻りながら、

「私がロズワールと出くわしたのは、使節として父の名代を務めたときだ。向かった先の王国で刺客に狙われ……それが父の差し金だったんだが、そこを助けられてな」

「なるほど。続きを」

そうして、テーブルに置かれるグラスに酒が注がれ、昔語りが始まってしまう。

興味津々なラムと、話好きなセリーナの話題は弾み、ロズワールは肩身の狭い思いを味わいながら、これも必要な時間だと身を任せることになった。

全ては悲願の成就と、そのために必要な駒を取り返すために――。


しかし、その二日後、ロズワールのその健気《けなげ》な願いは完全に思惑を外すことになる。

反乱軍に与《くみ》する『黒髪の乙女』ナツミ・シュバルツ――その名前がドラクロイ伯の館に届いて、セリーナ・ドラクロイの身柄をラムが制圧したそのときに。

2

「――究極、私の身柄を押さえればドラクロイ領の動きを封じられるか。やはり、いい奥方を迎えたじゃないか、ロズワール」

「……もう何度目の訂正か数えるのも面倒だが、ラムは私の従者だーぁよ」

置かれている状況を思えば、異様なほど肝が据わったセリーナの発言に、ロズワールは頭を抱えたい気持ちで苦々しくそう答えた。

「ラム、一応聞いておくけれど、この暴挙の理由は……」

「――ナツミ・シュバルツです」

「だーぁよね」

ラムの唇が紡いだ音は、ロズワールにとっても無視し難《がた》い名前を意味した。

それは帝国へ飛ばされ、孤立無援となったナツキ・スバルが、その名前の意味のわかる相手へと向けた救難信号――ロズワールとラムも、すぐにその意図を拾った。

自分はここにいると、そう示したスバルの判断力は珍しく称賛の要素しかない。そう、スバルの行動自体には、何の落ち度もなかった。

問題があったとすれば、その救難信号という狼煙《のろし》が上がった『側』だ。

それにより、ラムは奇襲とも暴挙ともいうべき手段に打って出た。

その結果が、ラムに杖《つえ》を突き付けられ、ソファに座らされるセリーナという図を生んだのである。しかし、これを一概にラムの暴走とは責められない。

「――つまり、反乱に与すると噂《うわさ》の『黒髪の乙女』がお前たちの探し人か」

「厳密には、そちらはラムにとっておまけです」

「だが、ロズワールにとってはそうではない。そして、ロズワールにとってそうではないということは、お前には殊の外大事なことのはずだ」

杖を向けられ、行動を制限されるセリーナの言葉にラムが口を噤《つぐ》む。

ラムに身動きを封じられながらも、セリーナの頭の回転は衰えない。この状況でも余裕を失わない彼女は、こちらの事情をおおよそ把握している。

ただ、その把握された事情というのが、ロズワールたちにとっても想定外だった。

「まさか、反乱軍側とは……」

偽名を名乗った意図は拾えても、狼煙《のろし》の上がった方角が予想外だった。

ただでさえ、帝国に密入国している最中に起こった反乱は悩みの種であったのだ。それが芽吹いたどころか、毒花を咲かせたと言っても過言ではない。

良くも悪くも、こちらの思惑通りに運ばないのが如何《いか》にもスバルらしいが。

「ラム、君もスバルくんの悪い影響を受けてやしないかーぁい？」

「心外です。ラムの行動に、バルスが影響することなんて吐息一つ分もありません」

「そもそも、この状況が彼の動きを受けてのものだというのに？」

「ロズワール様、セリーナ様とお話を」

都合が悪くなった途端、しれっと話を変えた上に主導権を押し付けてくる。

ラムのその大胆な話術に片目をつむり、ロズワールは改めてセリーナと向き直った。

現状、ロズワールとラムは彼女の執務室で、彼女自身の口から『黒髪の乙女』の話題を聞いたところだった。探し人であるスバルとレムの特徴は話してあったので、セリーナからすれば『黒髪』部分だけを意識した笑い話くらいのつもりだったのだろう。

その『偽名』が、ロズワールたちにとって聞き逃せない意味を持っていただけで。

「城郭都市《じょうかくとし》で起こった問題に際し、私も上級伯として何かしらの意思は表明しなくてはならない」と、セリーナが主張した直後のことだ。――ラムが制圧に動いたのは。

豪胆な性質のセリーナ、彼女が執務室に護衛を立たせていなかったのも災いした。

私兵は部屋の外の廊下に待機しており、室内の緊迫感には気付けていない。無論、セリーナが一声上げた途端、執務室に雪崩《なだ》れ込んでくるだろうが。

「その場合、セリーナ様を八つ裂きにします」

「おお、恐ろしい。脅しでなく本気だとわかるのが私好みだ。ロズワール、お前は――」

「伴侶ではなく、従者……もうその話はいいだろう。それよりも、我々三人の関係性が変わらず、穏やかな間柄に戻れる努力をしたいところだーぁね」

「我々、という言い方が何とも健気《けなげ》だな。何でも他人事《ひとごと》のようにみなしていたお前が、問題を我が事と抱えようとしているのが新鮮に映るぞ」

含み笑いするセリーナに、ロズワールは片目をつむったまま嘆息する。

確かにラムの行動は早まったものではあったが、同時に拙速を尊んだが故の暴挙であったとも言えるのだ。なにせ、ラムがセリーナを押さえていなければ――、

「君の有する自慢の『飛竜隊』が、あっという間に反乱分子を焼き尽くしてしまう」

「――――」

そのロズワールの言葉に、セリーナ・ドラクロイが薄く目を細めた。

ドラクロイ伯が所有する『飛竜隊』――それは、ヴォラキア帝国に多数生息する飛竜を従え、意のままに飛び回る帝国最高峰の攻撃部隊だ。

元来、人に懐かない飛竜を従える『飛竜繰り』の技術、それを有する飛竜乗りは戦場において圧倒的な戦闘力を発揮する。自身も飛行し、大抵の相手を完封できる力量を持つロ

ズワールだからわかる。——制空圏とは、戦況を押さえる究極の一手だと。

故に、ヴォラキア帝国では優秀な飛竜乗りを持つ家ほど戦果を挙げやすい。

ドラクロイ伯は先代以前からその方向性に優れ、セリーナ・ドラクロイの代になって最強の『飛竜隊』を有しているとされる。

彼女が本気で『飛竜隊』を動かせば、大抵の反乱など物の数ではない。

「思いがけず、探し人が反乱軍にいると知ったお前たちは、私の兵を動かされては困るというわけだ。だが、ここで永遠に私と睨《にら》み合《あ》うだけにもいくまい？　どう従える？」

「セリーナ様、ご家族は？」

「縁者を探すなら無意味だ。ロズワールに振られてから良縁がなくてな」

「ロズワール様？」

「冗談を真に受けない。大体、王国と帝国の大貴族同士なんて、両国の関係的にありえないでしょーぉよ。セリーナ、悪ふざけしてる場合じゃないんだ」

ロズワールとセリーナの関係を抜きにしても、今のラムは我慢強いとは言えない。

パッと見ではわかりづらいが、ラムはプレアデス監視塔の出来事を強く悔やんでいる。

スバルとレムを見失い、離れ離れになったのは自分の落ち度だと責めているのだ。

今回の極端な行動の裏側にも、そんな彼女の焦りがあるのは間違いない。

「徒《いたずら》にラムを刺激しないで、お互いのいい着地を目指そうじゃないか」

「お互いのいい着地、か。それなら、具体的にお前たちは何を望む？」

「――――」

「目的地を定めずに飛竜を飛ばす愚者はいない。あれは燃費が悪くて乗り手も貴重だ。徒にと言うなら、それこそというもの。私の苦労もわかるだろう。なぁ？」

片手で頬杖《ほおづえ》をつき、挑発的な態度に出るセリーナをロズワールは静かに見据える。

その気になれば、セリーナを害し、混乱に乗じて領地を脱する術《すべ》はある。

しかし、それは当初の目的を放棄し、余計な敵を作るだけの愚行だ。力がモノを言う帝国といえど、騙《だま》し討《う》ちで主人を討たれて喜ぶほど兵たちも愚かではない。討たれた主人の敵討ちを望む領地の兵、その全てを焼き滅ぼす覚悟がいるだろう。

無論、悲願のために必要な犠牲なら、ロズワールはセリーナの命を躊躇《ためら》わない。

だが、出さなくていい犠牲なら、わざわざ出そうとは思わないのだ。

故に、ここでロズワールがセリーナに差し出す言葉は――、

「――ここは一つ、君も私たちと一緒に反乱軍に与《くみ》してみないかい？」

「は」

「そうすれば、君と私たちとの間の軋轢《あつれき》は埋まるだろう。目的が同じとなれば、ラムが杖を向けている理由もなくなる。お互い、丸く収まるというわけだ」

胸の前で手を合わせ、そう言い放ったロズワールにセリーナが目を見張った。

その瞳を過《よぎ》ったのは驚きと呆《あき》れ、それといくらかの好奇心だ。興味を引けたという意味で、全くの的外れな発言をしたわけではないと、可能性を手繰り寄せる。

「丸く収まるとお前は言うが、それはあくまでここだけの話だろう。お前の誘いの先に待ち受けるのは内乱への誘いだ。我が領地は皇帝閣下から安堵《あんど》されているのに、それこそ徒《いたずら》に事を荒立てて何の得が――」

「――皇帝閣下に不満はない。本当にそうかい?」

理路整然と、自らの足場の安泰さを語ったセリーナ。しかし、その言葉を途中で遮り、ロズワールは真《ま》っ直《す》ぐに彼女の瞳を覗《のぞ》き込《こ》んだ。

帝国の上級伯だけに、豪放磊落《ごうほうらいらく》に見える彼女も腹芸の達者な人材だ。だからこそ、この話はしっかりと目を見てしなくてはならなかった。

『誰かと話してるときは、話してる相手の顔をちゃんと見て話すの!』

ふと、ロズワールの頭の中をそんな言葉が過《よぎ》る。

思いがけず、その言葉に背中を押された気分になりながら――、

「私もこの二日、安穏とここで過ごしていたわけじゃーぁない。君が忙しくしている間、なるべく耳をそばだてていてね」

「私の酒に朝まで付き合わず、盗み聞きに精を出していたというわけか」

「あの仕事量で、毎日朝まで飲んでいる生活は改めるのをおススメするよ」

あえて口には出さないが、お互いもう若くはない。酒量を抑えてほしいのが昔馴染《むかしなじ》みとしての切なる願いだ。ともあれ、セリーナの肝臓の心配は余所《よそ》に、ロズワールは聞き耳を立てていた成果を披露する。

「──一昨年《おととし》の暗殺未遂、『九神将』が加担したと噂《うわさ》の一件、それがずいぶんと尾を引いているると聞いたよ」

「────」

「その事件の実行犯であり、命を落とした『九神将』が飛竜乗り……それが、君の配下だった人物とも聞いた。名前は……」

「──バルロイ・テメグリフ」

低く、静かな声音でそう言って、セリーナがロズワールを遮った。

彼女は頰杖《ほおづえ》をついたまま、しかしそれまでと瞳に宿した熱を変える。どことなく、この状況をも楽しんでいた色が消えて、風のない湖の水面を思わせる静けさに。

その静やかな瞳のまま、彼女はロズワールの斜め後ろにいるラムを見やり、

「杖を下ろせ、ラム。それがなくても話はしてやる」

「ですが……」

「ラム、彼女の言う通りに。セリーナは言葉を違《たが》えないよ」

ロズワールがそう手で制すると、ラムは不承不承杖を下ろした。

もちろん、すぐに構え直せる姿勢だが、セリーナもその警戒を見咎《みとが》めはしない。ただ、その顔を窓の方へ向け、そこに広がる景色──否《いな》、空を仰ぐ。

飛竜が翼をはためかせ、自由に飛び回る空を。

「自由と思うか？　この空が」

「……君の口ぶりだと、そうでもなさそうだーぁね」

「帝国は水も土も空気も、人の血肉さえも全て皇帝閣下の所有物だ。それは空さえも例外ではない。——誰が口を割った？」

「誰、と限定するのは難しいんじゃーぁないかな。なにせ、皆が思っていることだ」

肩をすくめたロズワールに、セリーナは「そうか」と短く答える。

彼女が口にした名前——バルロイ・テメグリフとは、元『九神将』の一人であり、一昨年《おととし》に帝都で起こった皇帝暗殺未遂の実行犯だ。

元々はセリーナがドラクロイ領で重用していた人材で、その非凡な実力と卓越した飛竜乗りの技量から、叩《たた》き上《あ》げで一将へ昇進した有望株だったらしい。

当然、バルロイが皇帝に刃《やいば》を向けたことで、彼を推したセリーナの立場も悪くなった。

上級伯の地位こそ取り上げられなかったものの、帝都の覚えは悪く、彼女の有する飛竜隊にかけられる期待も失われ、挽回《ばんかい》の機会を与えられることもない。

そして極めつけが、バルロイの代わりに『九神将』に収まった人材——、

「——『飛竜将』マデリン・エッシャルトとは、当てつけのような人選だーぁね」

「従軍経験なく、宰相の推薦で一将へ成り上がった存在、その素性はなんと驚きの竜人《りゅうびと》だそうだ。『飛竜繰り』の秘術なくして飛竜を操る竜人にかかれば、わざわざ手間暇かけて乗り手を育てる飛竜乗りなど、迂遠《うえん》の一言だろうさ」

ヴォラキアの秘伝である『飛竜繰り』——凶暴で人に懐かない性質の飛竜を使役する術

の詳細は、ロズワールですらも掴《つか》んでいない。だが、一頭の飛竜を躾《しつ》けるのに、才能ある飛竜乗りが付きっ切りになる必要があるとは聞いている。

つまり、飛竜乗りとは一頭の飛竜と一人の人とが対にならなくてはならない。

対して、時間をかけずに無数の飛竜を従える『飛竜将』の存在は、飛竜隊を強みとするセリーナの天敵であり、目の上のたんこぶだろう。

「バルロイは長く、私のところにいた腹心だ。それが閣下に逆らい、あまつさえ槍《やり》を向けたとなれば私に咎《とが》が向くのは必然と言える。だが――」

「その屈辱に甘んじるかは、話が別では？」

「――。いちいち、私の腹の底をくすぐる物言いをする」

「恐縮です」

平坦《へいたん》な声音で一礼するラム、彼女の言葉にセリーナが深々と息を吐いた。

ロズワールとラムの指摘、それぞれ異なる声音による追及をセリーナは否定しない。ラムに杖《つえ》を下ろさせた時点で、ある種の覚悟を彼女は決めていた。

それは、脅されて事情を明かすのではなく、対等の目線で話をする姿勢の表れだ。

すなわち――、

「――これでも、お前たちのいる間は波風を立てるつもりはなかったんだぞ？」

そう言って、セリーナ・ドラクロイが顔の白い刀傷に触れ、獰猛《どうもう》に笑う。

野性味の溢《あふ》れるその笑みは、若き日のロズワールが彼女と出会ったとき見たものと同じ、父親から家督を奪う前に見せた野心的なそれだった。

しかし、此度《こたび》の彼女の笑みが向く先は、家臣の信頼を娘が自分から奪っていくと目が濁った父親ではなく、この広い帝国を治める畏れるべき存在——。

「——そうか、セリーナ、君は」

その笑みを見て、ロズワールは遅まきながら自分の考え違いに気付いた。

ラムの即断による状況の悪化を避けようと、ドラクロイ領の置かれた立場を明確化することでセリーナの考えを誘導しようとしたが、誤りだ。

反乱に与《くみ》する方向へ誘導する必要などない。

『黒髪の乙女』を交えた反乱軍の台頭、それさえ彼女にとっては切っ掛けに過ぎない。すでにセリーナは立ち位置を決めていて、彼女なりにロズワールたちに配慮したのだ。

何も知らず、尋ね人をしにきた旧友を巻き込むまいと、彼女なりの配慮を。

しかし、ロズワールたちはのこのこと土足で相手の陣へ踏み込んだ。すでに魔石に火が入っていると気付かず、マナを追加で注ぎ込むような真似《まね》までして。

「私はできるだけ気を使った。今回ばかりは気の利く嫁を迎えたことを恨むがいい。あるいは巡り巡って、私の求婚を断ったことをだな」

「セリーナ」

「安心しろ。お前の素性を明かせば、王国との内通を疑われる。そうなって二正面作戦など正気の沙汰ではない。やるなら勝ち目のある戦いをする」

話の主導権が奪われ、セリーナとの形勢は逆転していた。

立ち位置が重なった以上、ロズワールたちがセリーナに危害を加える理由はない。一方でセリーナには、事情あるロズワールたちをどうとでもする猶予があった。

「ロズワール様、もしかして……」

「ああ、まんまと獣の狩場に踏み込んだよーぉうだ。——セリーナ、もしも私たちが言い出さなかったら」

「そのときは適当に数日歓待して、内乱が本格化する前に外へ逃がしてやったさ。だが、旧友から一緒に戦おうと誘われては是非もないな」

「白々しい……」

今回の反乱に呼応するつもりがあったのか、あるいは別口で何らかの行動を起こすつもりだったのか定かではない。だが、セリーナはすでに抗《あらが》うと決めていた。

それが皇帝の冷酷な仕打ちに対する怒りなのか、彼女の腹心が命を落とした事実と関係しているか、そのどちらであるのかはわからなかった。

一つだけ、確かなことがあるとすれば——、

「ヴィンセント・ヴォラキア皇帝閣下、その安寧の治世に不平を溜《た》めているものは殊の外多い。一度、大きく火の手が上がれば一挙に燃え広がるぞ」

「……その火の手、君は心当たりがあるのかーぁな」

「どうだろうな。お前の方こそ、思い当たる節があるんじゃないか？」

含み笑いのセリーナは、ロズワールの知らない隠し球のありそうな様子だ。

一方でロズワールも、この見知らぬ土地でどこまでの力を発揮するかは不明だが、放置しておけば只事《ただごと》では済まさないだろう特異点に心当たりがある。

彼であれば、どんな苦境に陥ろうとどうとでも切り抜ける。あとは、その苦境の中で彼が誰と出会い、どれだけ救いたいと願い、その影響を波及させるか。

「——あるいは、帝国全土を燃え上がらせることもあるのかな、スバルくん」

もし、仮にそうなった場合、ロズワールはどう動くべきなのか。

無論、果たすべき悲願のためにも、欠けてはならない面子《メンツ》で王国へ戻る必要がある。そうでなくても、スバルとは交わした約束があった。

一方的に押し付けたものだが、それを反故《ほご》にできるスバルではない。誰かの欠けた未来など、全てを拾い切ると決めた彼には受け入れ難《がた》いモノ。

ロズワールとの約束を抜きにしても、彼は伸ばした腕の分だけ足掻《あが》くだろう。

ならばせめて、ロズワールはその試行回数が減るよう、動くだけ。

自分の望まぬ形になっていると、スバルに気付かせなければいいだけの話だ。

「さて、ラムが私の命を危うくしたおかげで、結果的にわだかまりが消えたな。今日はもう執務は忘れて、祝いの酒を開けてしまうか」

「杖《つえ》を突き付けたラムが言うのもなんですが、それでよろしいのですか？」

「お互い、同じ目標に向かってより強い団結力を養う必要が生まれた。だから、酒を飲んで親交を深める。挑む相手を思えば、ひどく自然な営みだろう」

直前の暴挙をけろっと忘れた顔で、セリーナが平然とラムを酒に誘っている。

きっぱりと腹を割り、ロズワールたちに隠し立てする必要もなくなったと、晴れ晴れしい様子でいるセリーナの大物ぶりに、ラムが珍しく戸惑っている。

とはいえ、ここでセリーナが口八丁でロズワールたちを騙《だま》し、こちらの寝首を掻くような浅はかな真似《まね》をするとも思わない。

そんなことをすれば、ロズワールの帝国での自由と引き換えに、セリーナは目的を叶《かな》えるための戦力も、自分の命さえも危うくすることになるのだから。

「それで、君は火の手が上がるのを待つのかい？　それとも火の手となる？」

「自分の立ち位置ぐらい把握している。焦る必要はない、遠からずだ。――それとも、お前の心当たりは大人しくしている性質《たち》なのか？」

「……それはないね」

「だろう？　私もだ」

お互い、違った『火の手』を思い浮かべているだろうに、その心当たりに対する心証は似通ったものがあるらしい。

その事実を留めながら、ロズワールは思案げに腕を組む。その傍《かたわ》ら、セリーナは平然と自分の飾り棚に向かい、口を開ける酒を選び始めていた。

「ロズワール様、城郭都市《じょうかくとし》には」

「位置的には、東から攻めるエミリア様たちの方が近い。同じ噂《うわさ》はあちらの耳にも入るだろうから、合流できるならそうするはずだ。もちろん、君にはもどかしいだろうが」

「……いえ」

首を横に振り、ラムは内心のもどかしさを押し隠して答えた。

本音では一刻も早いレムとの再会を望んでいるはずだ。城郭都市《じようかくとし》でスバルの噂が立ったなら、レムがそこにいる可能性が最も高い。

一方で、ロズワールの飛行魔法を駆使したとしても、空振りした場合の痛手が怖い。

広い帝国での人探しには、ある種の心を押し殺した合理性が求められる。

「だからこそ、待つとしよう。彼女の言うところの、火の手が上がるのを」

「——はい」

幾許《いくばく》かの逡巡《しゆんじゆん》と躊躇《ためら》いを噛《か》ませながら、ラムは健気《けなげ》にそう頷《うなず》いた。


——数日後、セリーナ・ドラクロイが言うところの『火の手』が上がる。

皇帝、ヴィンセント・ヴォラキアの御子《おこ》を旗頭とする反乱軍の勢い、それは一挙に帝国全土に燃え広がり、各地の反乱分子たちへと伝播《でんぱ》していった。

その中でひと際早く、反乱軍への合流を宣言したのがドラクロイ上級伯であり、勇ましい女領主の傍《かたわ》らには、見知らぬ美丈夫と可憐《かれん》な従者が控えていたとされる。

第三章　『ユージン』

1

――着々と、ヴォラキア帝国を反乱の火の手が燃え広がっていく。

ここ数日、帝国はこの数年の安寧が嘘《うそ》だったかのように賑々《にぎにぎ》しく、その内にドロドロになるまで溜《た》め込《こ》んだ血の渇望を訴えている。

これまで代を重ね、血の大河を築いてきたヴォラキア皇族の歴史――今代の皇帝は、そのおぞましい因習に終止符を打つ存在と期待されていたはずだ。

事実、皇帝の治世では小競り合いこそあれど、大乱とされる事態は避けられた。

帝国民は建国以来、初めての『平穏』を甘受していたはずだったのだ。

しかし――、

「蓋を開けてみれば、帝国の人間は平穏無事な日々なんて求めちゃいなかったと」

椅子に座る膝の上、戦況を示した地図を眺めながら同情的な気分で呟《つぶや》く。

皇帝であるヴィンセント・ヴォラキア、彼がどんな理念を以《もっ》て国家運営を行っていたのか知る由もないが、たまたま平穏が勝ち取れましたなんて話ではないだろう。

年単位で心身を消耗し、これまで帝国で前例のない平和な時代を築いた。

それがこうもあっさりと望まれていなかったとわかれば、その心中の落胆は想像に余りある。——まったく、国民は愚かで、皇帝は哀れだ。

「俺からすれば、なんでわざわざ死ぬかもしれない可能性を増やすのやら……頭のイカれた奴《やつ》らの考えはわからん。あいつも……あー、えー、そう、ジャマルとかも」

ジャマルも、暇さえあれば帝国民の誇りがどうとか主張していた覚えがある。

もはや顔もぼやけている男の記憶を辿《たど》りながら、トッド・ファングは気を引き締めた。迂闊《うかつ》な発言をして、ジャマルを忘れているとバレたら面倒だ。

少なくとも、大事な女と丁重に扱うべき女の前で、まだジャマルには心の中で生きていてもらわなくてはならないのだから。

「——トッド、疲れてる？」

ふと、地図を広げるトッドの視界の端、体を傾ける女の顔が見えた。

正直、心臓に悪い。彼女は直前まで、馬車の屋根の上にいたはずだ。いつの間に隣にやってきたのか、トッドの知覚では把握できなかった。

もっとも、そんな達人は世の中に数え切れないほどいる。まともにやり合って勝てない相手の存在に怯《おび》えていたら、世界はとても生きづらい。

大抵の人間が躓《つまず》くのは、勝てないと殺せないを混同しているからだ。

絶対に勝てなくても、容易《たやす》く殺せる相手はいる。

トッドはそんな相手を脅威だとは思わない。故に、隣の女——アラキアもそうだ。

「トッド？」

開いた窓から滑り込み、アラキアが馬車の長椅子に座る——否《いな》、行儀悪く、座席に膝を畳んでしゃがんだ。

それなりに帝都暮らしが長いと聞くが、ちっとも都会の行儀が身についていない。

これは当人にその手の教養がないか、周りがちゃんとしなかったのが原因だ。彼女のような強者にありがちなのが、強いのを理由に放っておかれること。

ヴォラキアでは強者こそが全ての条件で優先される。

それ故に、強いアラキアが見苦しいことや無礼な振る舞いをしても、誰もそれを咎《とが》められない悪循環が成立する。無論、彼女よりも強い存在であれば、その作法に関して苦言を呈することが許されるはずだが——、

「名にし負う『青き雷光』は、アラキアに輪をかけて異常者って話だからな」

ヴォラキア帝国にいれば、帝国最強の『壱《いち》』の噂《うわさ》はいくらでも聞く機会がある。

良くも悪くもと言いたいところだが、とても、『壱』の噂なんて人外魔境の帝国の価値観でも悪いとされるものばかり。とても、アラキアの教育に適しているとは思えない。

その結果、アラキアのこうした振る舞いは矯正されずにきたのだろう。

無論、トッドもそれを是正してやる理由などないが——、

「アラキア、ちゃんと座れ。見苦しい」

「座る？　わたしが椅子に？」

「他にあるか？　椅子をなんだと思ってるんだ」

きょとんとした顔で聞き返され、トッドはそう苦言を返す。それを受け、アラキアは不思議そうに椅子に座り直した。足を開いていたので、膝を叩《たた》いて閉じさせる。

「下の人間は強者の振る舞いを見てる。帝国じゃ強ければ何でもまかり通るが、それはそれとして兵にも心があるんだ。好感と嫌悪、上官にどっちを抱いてる方が戦いやすいか、お前さんでも考えるまでもないだろ」

「……意味ある？　それ。どうせ、わたしは一人で戦うのに」

「お前さんが戦場を荒らしたあと、生き残りを狩り尽くすのは？　死体を片付けるのは？降伏した連中と交渉するのは誰だ？」

「────」

「大体、一人でいいならなんで俺がいる？　お前さんの言葉は矛盾だらけだ」

適度に論破してやると、難しい顔をしたアラキアが黙り込む。

幸い、それが帝国二位の実力者が虎視眈々《こしたんたん》と不満を溜《た》め込《こ》んでいる顔ではなく、こちらの意見に一理あると受け止めている顔だと今はわかっている。

最初の頃は指摘にもいちいち注意がいったが、今ではそこに遠慮はない。

扱いに慣れれば、アラキアも牧羊犬を躾《しつ》けているようなものだ。牧羊犬と違うのは、その犬自体が途轍《とてつ》もなく強い力を持った狼《おおかみ》でもあること。

などと、そんな風に考える自分に嗤《わら》ってしまうが。

「トッド、疲れてる？　やっぱり」

「もしも疲れてるとしたら、移動続きの旅疲れだ。お前さんは働き者だな。皇帝閣下やら宰相やらが重宝するのもよくわかる」

「……必要、だから」

押し黙ったトッドを案じて、再度心配を口にしたアラキア。その彼女の憂慮を真っ向から否定して、切り返したトッドにアラキアが俯《うつむ》く。

アラキアも、自分が便利に使われている自覚はあるのだろう。

自分から身の上話を振ってくる性質《たち》ではないし、トッドも興味がないので話題を掘り下げてこなかったが、今後の扱いを考えると聞いておくべきかもしれない。

知った方がトッドを勝手に身近に感じてくれるなら、聞いて損のない取引だ。

「お前さん――」

「地図、何を見てたの？」

しかし、話をしようとした出鼻を、話題を変えたアラキアにまんまと折られた。「む」と言葉を詰まらせ、トッドはアラキアにも見えるように地図を傾ける。

ヴォラキアの全土を示した地図だが、主要都市と地形がわかるだけの簡易的なもので、そこにトッドが自分の感覚であれこれと書き込んでいるものだ。

それをじっと眺め、アラキアが形のいい眉を大いに寄せると、

「……わからない」

「だろうな」

無理解を口にするアラキアだが、それを無教養だとトッドは責めなかった。

それはアラキアの学習能力への諦めではなく、単純に地図の書き込みがトッド以外には読み解けないように書かれたものだからだ。

特別な言葉や記号が使われているわけではないが、意味の読み替えや意図的に間違った記号を使って、他人が見ても情報を取り出せないようにしてある。

うっかり地図を落としても、ここからトッドの行動が割れることはない。また、万一捕《ほ》虜《りょ》にされても、地図の解読を目当てに生かされる可能性もある。

やっておいて損のない、躓《つまず》かぬための三本目の手というやつだ。

「意味のある書き込みは、戦いの起こった場所と規模の記録だ。意味のない書き込みは単なる目くらまし。どれがどれか、お前さんに説明はしないが」

「わからないから、言われても。……多い？」

「ああ、今の皇帝閣下になってから、ここまで手の付けられない状況は初めてだ」

主語のない問いかけだが、アラキアの疑問は帝国全土で起こった反乱のことだ。

皇帝への叛意《はんい》の表明にとどまらず、実際の帝国兵と反乱軍との衝突もたびたび発生しており、各地に反乱の呼び声が高く広まっている。

その呼び水となったのが、帝位の簒奪《さんだつ》を目論《もくろ》む反乱軍の大義の象徴——、

「皇帝閣下の御落胤《ごらくいん》、黒髪の皇太子」

「閣下に子ども……本当に？」

「さてな。重要なのは事実かどうかじゃなく、そういう風聞が流布されて、挙句に立ち消えずに火勢を強め続けてるところにある」

「――――」

「だから、働き者が各地に駆り出されるんだ。ついでに俺もな」

皇帝が直々に選んだ『九神将』の一人であるアラキアは、当然ながら雲の上の存在のはずのヴィンセント・ヴォラキア皇帝とも話せる間柄だ。

アラキアの価値観をどこまで信じていいのか謎だが、彼女の目から見ても、反乱軍が掲げる皇帝の御落胤の存在は眉唾であるらしい。

ただ、その真偽はトッド自身も口にした通り、重要ではない。

「重要だと思われたくないなら、噂《うわさ》は小火《ぼや》の間に消すべきだった。それの後手に回った結果が、このどんちゃん騒ぎなんだから」

「――。関係ある？　剣奴《けんど》孤島のこと」

「そいつは……」

片目をつむったトッドの傍《かたわ》ら、アラキアの呟《つぶや》きに言葉が途切れた。

彼女の口にした剣奴孤島ギヌンハイブの一件、それは帝国宰相であるベルステツから秘密裏に命令され、そして華々しく失敗したトッドたちの初仕事だ。

ほんの数日前の出来事だが、トッドとアラキアは剣奴《けんど》孤島の剣奴の皆殺しを命じられ、意気揚々と現地に向かい——上陸寸前に撤退し、事なきを得た。

当然、役目を果たせなかったことでベルステツの叱責は受けたが、危険を嗅ぎ分けるトッドの本能が、あの島への上陸を断固として拒否した。

絶対に対峙《たいじ》してはならない脅威が、あそこにあったと感じ取ってしまったのだ。

「——」

この感覚に絶対の信頼を置くトッドは、島に上陸しなかったことを悔いていない。

その後、あの剣奴孤島が剣奴に支配され、各地で起こる反乱の一個として広がる火の手に貢献している事実も、自分の命とは比べるべくもない。

もしも仮に、トッドがあのときの判断を悔やむとしたら、それは——、

「馬鹿馬鹿しい。俺らしくもない」

「トッド？」

「何でもないさ。お前さんの心配しすぎだ。反乱なんてあちこちで起こってるが、どれも長続きしやしない。——夢を見てるだけだ」

先のアラキアの問いかけ、それを時間をかけて否定して、トッドは肩をすくめる。

誤魔化《ごまか》すつもりも、お為《ため》ごかしのつもりもない。真実、反乱軍は夢を見ている。それは夢見心地の間は気分がいいが、覚めれば自己嫌悪で死にたくなる類《たぐい》の悪夢だ。

あるいは、覚める間もなく終わりへ堕《お》ちる悪夢かもしれなかった。

「──アラキア一将！　ファング上等兵！　到着します！」

馬車の御者台から鋭い声が届いたのは、トッドが吐き捨てた直後のことだった。

尻の下から伝わる揺れが徐々に収まり、目的地に向かっていた馬車の速度が緩む。そうしてゆっくり馬車が止まると、トッドとアラキアが扉の外へ。

「──────」

二人が並んだのは小高い丘、厚い雲のかかる空模様はどんよりと暗い。まるで、内乱に揺れる帝国、その先行きを空が不安視しているかのようにトッドには見えた。

その空の下、だだっ広い平原でぶつかり合うのは見慣れた兵装と、見慣れない兵装の集団──帝国軍と反乱軍、西の平原を戦場とした衝突はすでに始まっていた。

「相手はクノエレメンテの住民だ。執政官を殺し、勢いに乗っている。執政官は赴任したばかりだったそうだ」

戦場を見下ろす二人の下に、すでに陣を敷き終えた『将』の一人がやってくる。その言葉にトッドは「運がないな」と呟《つぶや》いて、

「情勢の悪いときに動かされて可哀想《かわいそう》に。……それで、例の疫病神は？」

「確認されていない。我々はいないと考えている」

「いるなら最初から顔見せしてくるはずだしな。──アラキア一将」

「ん……」

『将』からの報告を受け、顎を引いたトッドがアラキアを呼ぶ。吐息のような返事をして

振り向く彼女、帝国第二位の性能を遺憾なく発揮できる場面だ。

ともなれば、あとは余計な障害が入らないよう、トッドの方で取り計らうだけ。

「合図を出して、兵を撤退させてくれ。脇目も振らずに下がるのをおススメする。そうでないと——」

「そうでないと？」

「アラキア一将の炎は、焼き尽くす相手を選ばない」

特段、脅しつける目的でもない発言だったが、それを聞いた『将』にとってはそれに等しい効果を生んだようだった。

「太鼓を鳴らせ！　兵を引かせろ！」

躊躇《ちゅうちょ》は一拍、すぐさま切り替え、『将』が陣内の部下たちに鋭い声の指示を飛ばす。

聞き分けのない兵卒たちと違い、真っ当な『将』がいる戦場は話が早くて助かる。とはいえ、それで戦場が楽しいとはならないので、嫌な役目は早々に終えよだ。

「アラキア、太鼓の音を聞いて下がってくる兵には当てるな」

「他は？」

「好きにしていい」

好きに、と言われてアラキアがわずかな困惑で瞳を揺らがせる。

言い方が悪かったと、すぐにトッドは自省した。とんでもないことをやらかす力を持った女だが、アラキアは別に戦いが好きではないらしい。

なので、戦場で好きにしろというのは適切ではなく――、

「――逆らう相手は全員殺せ」

こう、命じるのが一番正しい。

太鼓の音が響き渡り、途端、丘から見下ろせる戦場に変化が生じる。

聞こえていた鋼と鋼の打ち合う剣戟《けんげき》の音が遠ざかり、代わりに怒号と雄叫《おたけ》び、追うものと追われるものの大音量が戦場を席巻《せっけん》し始める。

しかし、それも長くは続かない。

――降り注ぐ爆炎が、逃げ出す背中を追いかける狩人《かりうど》気取りを灰へと変える。

目の前の味方が、すぐ横にいた同胞が、自分の手足のいずれかが、炎に呑《の》まれ、狂奔から解き放たれて彼らは気付くのだ。

自分たちが狩るものではなく、狩られるものに過ぎない立場であることを。

「――――」

その片手に子どもが遊ぶような木の枝を握り、その両膝から下を炎と変えながら、丘の上へ、上へ上へ、高い高い空へと上がるアラキアが、空から炎を降り注がせる。

世界の色を変えるような恐ろしい戦術兵器、この光景の表現にはそれが相応《ふさわ》しい。

炎はまっしぐらに地上へ向かい、トッドの命じた条件付けに従って敵を焼く。焼かれる敵を見て、足を止めて色気を出したものは判断を誤った。

足を止めれば、アラキアの炎は焼き焦がす相手を選別できない。その場に残っても、ま

さしく野良犬が焼け死ぬ以上の成果は得られないのだ。

　故に——、

「——ファング上等兵！　アラキア一将を止めてくれ！」

　反乱軍の陣形が崩壊し、戦場が炎の悪魔に舐《ねぶ》られていくのを眺めながら、すでに仕事を果たした気分でいたトッドの鼓膜を怒号が打った。

　振り向けば、兵の撤退を指示する『将』とは別の帝国兵が、その顔を煤《すす》で黒く汚しながら必死の形相で叫んでいた。

　何事かとトッドが顔をしかめると、兵は炎に顔を赤く照らされながら、

「相手が降伏を訴え出てきた！　戦いは終わりだ！」

「そんな都合のいい申し出を許していいのか？　今なら一方的に全滅させられる。余計な禍根を断つのと、見せしめはしておいた方がいい」

「ダメだ！　降伏した奴《やつ》らが、『皇太子』を連れてる！」

「——なんだと？」

　その帝国兵の報告に、トッドは思わず相手の胸倉を掴《つか》んだ。兵が「ぐっ」と喉を詰まらせるが、トッドは構わず顔を近付け、

「どうしてここで『皇太子』が出てくる。いないって話だっただろう」

「や、奴らが隠していた……今さら、出てきたんだ……！」

「ちっ、切り札のつもりだったのか？　手札の価値もわからない奴らめ」

胸倉を掴んだ兵を解放し、トッドは深々と息を吐いた。

それから、頭上を旋回しているアラキアを見上げ、彼女に呼びかけるか逡巡《しゅんじゅん》する。そうしてしばし思案し、

「使者を引っ張ってこい」

「え？　だが……」

「連れてこい。全滅したくないならって、必死に走らせろ」

トッドの淡々とした指示に、兵は反論しかけ、すぐに無意味と悟って背を向ける。

トッドも、アラキアの武力を背景にした強権は振るいたくないが、話を早く進めるのに役立つうちはどうしてもそうせざるを得ない。

——特に、相手が『皇太子』を抱えているなんて最悪の事態に際しては。

「ファング上等兵」

そうかからず、トッドの下へ先ほどの兵が戻ってくる。

その傍《かたわ》らにはボロボロの格好をした若者がおり、身に着けた具足の勇ましさと裏腹に、敗北を悟った表情はみっともなく落《お》ち窪《くぼ》んで見えた。

無理もない。トッドだって、相手方でアラキアの暴力を見れば同じ気分になる。

そんな彼を憐《あわ》れむ気持ちはあるものの、確かめるべきことがあった。

「お前さんたち、『皇太子』を抱えてるそうだな。それが反乱の大義名分か？」

「そ、そうだ。『皇太子』は、帝位を望まれている。自分たちはその志に共感し、あの御《お》

方《かた》の道を切り開くために……」

「──嘘《うそ》だな」

大仰な大義を口にする男が、その一言に「あ？」と困惑した。その、忠誠心溢《あふ》れる男の顔を覗《のぞ》き込《こ》み、トッドは「もう一度だ」と告げて、

「何のために反乱を起こした？」

「だから！　皇帝の行いに失望した『皇太子』のために……」

「嘘だ。忠臣を気取るな。お前自身の目的を話せ」

「お、俺はドライゼン先帝閣下の御心《おこころ》をも踏《ふ》み躙《にじ》る現皇帝の考えが悪だと」

「それも嘘だ。──お前、嘘ばかりだな」

紡がれる言葉の上滑りすること上滑りすること。

そう言われ、頰《ほお》を硬くした男の反応がトッドに確信させた。──警戒は不要だと。

「か」

次の瞬間、トッドは腰に下げた斧《おの》を振るい、棒立ちの男の頭を叩《たた》き割《わ》る。

頭頂部に斧を刺した男は小さく呻《うめ》くと、目をぐるりと回してその場に倒れ込んだ。使者を即座に討ったトッドの行為に、兵が軽く目を見張り、

「上等兵！　勝手な真似《まね》を……」

「こいつは嘘をついた。相手に『皇太子』なんていない。降伏するにしても下策を選んだ連中だ。──アラキア一将には、あのままやらせる」

「ぐ……もしも、もしも本当に『皇太子』がいたら」

「いない」

断言するトッドに、それ以上の言葉を継げず、兵は押し黙った。そのままトッドが顎をしゃくると、足下に倒れ伏した敵の亡骸《なきがら》を引きずって運び出す。

トッドは斧に付着した肉と血を指でこそぐと、長く息を吐いた。

アラキアと共に、こうして各地を巡って反乱の芽を潰して回っているが、そのたびに立ちはだかるのが『皇太子』の存在だ。

ヴィンセント・ヴォラキアの落とし胤《だね》であり、帝国の各地で起こった反乱に正当性を与える唯一の可能性――その御落胤《ごらくいん》を名乗り、反乱を企てるもののなんと多いことよ。

もっと始末に負えないのが、その『皇太子』を可能な限り生きて捕らえ、帝都に連れ帰れと命令する宰相ベルステツの指令だ。

「ああ、まったく、お話にならん。――いつになったら帝都に戻れる」

帝都に戻るための企てはことごとく外れ、どうしてか帝国全土を回る旅路になった。

今も、帝都で帰りを待たせている婚約者のことを思い、トッドは唇を噛《か》む。

炎が、戦場を何もかも舐《な》め尽くし、抗《あらが》いを選んだものたちを後悔で焼き尽くす。

そうなる未来が見えず、立ち位置を誤ったものたちを憐《あわ》れみ、同時に軽蔑する。

反乱は潰《つい》える。どれだけ気勢を上げようと、帝国という重みには勝てようはずもない。

そのことに一切の疑いはないと、そう考えていながら、トッドはふと思う。

「──」

本格的な内乱の始まりと、各地で広がる反乱の火の手。

まるで誰かが意図したように、燃え広がっていく戦乱の炎の向こうに、誰かがいる。

延々と、延々とトッドの生存本能を疼《うず》かせる、誰かが。

「──」

燃え広がる戦乱と、実際に燃え上がる戦場を眼《まなこ》に収めながら、トッドは佇《たたず》む。

この、ヴォラキア帝国を呑《の》み込《こ》む戦乱を、いったい誰が望んでいるのか。どうあれ、それを読み切り、トッドは何としても望みのモノを手に入れる。

そのための手段も、思案も何も惜しまない。強いて、気掛かりがあるとすれば。

『──。関係ある？　剣奴《けんど》孤島のこと』

脳裏を過《よぎ》る、戦場へ到着する寸前のアラキアの問いかけ。

基本的に、過ぎたことをトッドは振り返らない。自分の行いがどうあれ、それが正しかったと後々に正すだけ。にも拘《かかわ》らず、あの出来事だけは引っかかり続ける。

上陸せずに、トッドは剣奴孤島を放棄し、撤退した。

あの判断は正しかったはずだ。悔やむはずもない。

だが、もしも、万一、何かの理由で悔やむことがあるとすれば、それは──。

「──あの日の撤退が、俺の人生を詰ませたときだけだ」

2

――ヴォラキア帝国各地に反乱の火が広がり、日に日に不穏の気配は増していく。

ヴィンセント・ヴォラキアが皇帝に即位し、八年余りの月日が流れたが、国内の情勢がこれほど焦げ臭くなったのは初めてのことであり、人心は大いに乱れている。

ヴォラキア帝国の歴史とは、戦乱の歴史だ。

たとえ、史上類を見ない平穏な時代が訪れたとしても、帝都の目や耳の届かぬところで起こる争いまでは防ぎ切れない。故に、全ての民が安堵《あんど》していたわけではない。

だがそれでも、帝都ルプガナで暮らす民にはある種の安寧があった。

皇帝の膝元である帝都、その雄大な都市でだけは争い事は起こらない。そんな、ヴィンセント・ヴォラキア皇帝の威光への安堵――しかし、それも過去の話。

一昨年《おととし》の皇帝暗殺未遂、それは他ならぬ帝都で起こった出来事だ。皇帝が傷を負い、命を危うくし、その実行犯は『九神将』であったと。

その出来事があって以来、人々は帝国に真の安堵が訪れることなどないのだと、そう学んだ。学んだ上で、期待もしていた。

帝国の武、その頂点である『九神将』の叛意《はんい》にも揺るがなかった皇帝の在り方、それはどれほどヴォラキア帝国が揺れようと瓦解しないのだと――。

「――そんな民の安堵《あんど》と期待が、このところ大いに揺らいでおります」

帝国に敷かれた大前提、そこに亀裂が見られるとの報告。

耳心地の悪い言葉は全て撥《は》ね除《の》ける相手であれば、容赦なく首を斬られかねない報告だと、そう躊躇《ちゅうちょ》するものがいて不思議のないそれが、堂々と玉座の間で音になる。

居並ぶ文官と武官、ここ帝都の水晶宮《すいしょうきゅう》――ヴォラキア帝国の本丸に集められたものたちは、その戦場を違《たが》えようといずれも兵には違いない。そのものたちですら逡巡《しゅんじゅん》を禁じ得ないのは、ここで弱卒とみなされることがすなわち死へと直結するから。

いずれも、死を恐れているわけではない。彼らが恐れるのは犬死にだ。

ヴォラキアの勇士として、相応《ふさわ》しく在れない死を迎えること、それを恐れるのだ。

故に、将官たちはそう進言した白髪の賢老、宰相ベルステツ・フォンダルフォンに一目を置く。そして、宰相の報告を向けられた相手、ヴィンセントの返答を待つのだ。

「――――」

大きく、その細身の体全体を押し包むような玉座は、初代のヴォラキア皇帝時代から綿々と受け継がれてきた権威の象徴でもある。

玉座の背後には国旗が掲揚され、剣《つるぎ》に貫かれた狼《おおかみ》の国紋が雄々しく将兵を見下ろす。その剣狼《けんろう》を背後に従え、ヴィンセントは悠然と座している。

居並ぶ将兵の誰もが気圧《けお》され、身動きを封じられる眼光を宿しながら。

「民の安堵、か」

不意に、それまでの沈黙を破り、皇帝の唇が言葉を発した。

途端、玉座の間に蔓延《まんえん》する緊迫感が緩むかと思えば、それは張り詰める代わりに重みを増して、将兵たちの心の臓を締め上げる。ヴィンセントはその切れ長な黒瞳を細め、胸の前で掌《てのひら》と拳を合わせる臣下の礼を取り続けるベルステッツを眺めやると、

「いつから、余の国では皇帝が民草の顔色を窺《うかが》うようになった？」

「……閣下の仰《おつしや》りようもわかります。しかし、民草の噂《うわさ》に閣下の治世の不安が上っているのは事実。これを放置すれば、病を孕《はら》んだ毒の血は帝国全土を巡りましょう」

「そのために毒の血を流し切れ、と余に進言するか」

「恐れながら、帝国を統べる皇帝閣下ですら、首を落とせば命が落ちる。手足を落とすのを惜しんで首を落とすのは、心得違いというものでは？」

「――――」

「無論、指や耳、爪で済むうちに抑えられればこれに越したことはありません」

最後の一声に一礼を添えて、ベルステッツが自らの意見をそう述べる。

その忌憚《きたん》のない、言い方を変えれば忖度《そんたく》抜きの発言は将兵たちを慄《おのの》かせる。しかし同時に、言うべきことを代弁してくれたと感嘆することもできた。

ベルステッツの言いようは、帝国に広がる反乱に対する将兵たちの総意だ。

これまでヴィンセントの治世に甘んじてきたものたちが、ひとたび声を上げたものに便乗し、次々と各地で反乱の声を上げる姿に帝国兵たちは怒りを覚える。

その最初の一人であれば、勇猛なる敵として舞台に上がる資格もあるだろう。だが、それに続いたものたちの浅ましさはどうだ。

戦い、勝利し、手に入れるのは帝国民の基本原則。

帝国民は精強たれ、その志を履き違え、いいように利用するものが多すぎる。それを撃滅してこそ、帝国民は精強たれの志を真に体現できるのではないか。

しかし、ヴィンセントはこれらの反乱に対し、各地の守備兵による防衛に徹し、積極的な対策を打っていない。もっとも――、

「一将各位を派遣し、反乱の芽を摘むばかりでは根本的な解決にはなりませぬ」

「――ずいぶんと弁が立つな、ベルステツ。居並んだ将兵を味方に付けて余に相対するとは、まるで貴様こそが反乱の筆頭のような顔つきだ」

「お戯れを。私奴《わたくしめ》に謀反を企て、閣下を玉座から追いやる気構えなどございません」

「ふん」

小さく鼻を鳴らし、ヴィンセントがベルステツの抗弁を聞き流す。

とはいえ、ヴィンセントがああした言を発する理由もわかろうというもの。なにせ先ほどから、ベルステツの言葉はいずれも将兵の心の代弁だ。

先んじて一将の派兵に触れ、それでは足りないと諫《いさ》めた点も含めて。

その後の、血で濡《ぬ》れたような鋭い舌鋒《ぜっぽう》のやり取りはともかく――。

「閣下、此度《こたび》の反乱は……」

「貴様の進言は聞きとめた。だが――」

「――」

「――余にも考えがある」

一言、片目をつむり、そう述べたヴィンセントの視線がベルステツを、そして集められた将兵たちをなぞり、もたげかけた皇帝への不信がへし折られる。

召集がかかり、玉座の間に集められた当初、将兵たちの間にはこの反乱に対するヴィンセントの消極的な姿勢に、それぞれ思うところがあった。

実際、将兵たちの代わりに進言したのはベルステツだったが、彼が伝えた言葉と同等の思いがいずれの将兵にもあり、それは進言を聞いてより肥大化した。

その、ある意味で反乱と同じように燃え広がりかけた思いが、消される。

大火が風や水を浴びたように、その火勢を緩め、弱らせ、掻《か》き消《け》された。

そして――、

「それとも、余の言葉を疑うか？」

「「――断じて、否《いな》！」」

将兵が声を揃《そろ》え、皇帝の問いかけに雄々しくそう答えていた。

足を踏み鳴らし、武官は腰の剣《つるぎ》を抜いて掲げる。文官は胸の前に掌《てのひら》と拳を合わせ、それぞれが立場に応じた最敬礼をし、皇帝閣下の問いにそう応じる。

ヴィンセント・ヴォラキア皇帝の考え、それは誰にも読み解けない。

しかし、理解できないものを信用ならないと切り捨てるのか問えば、それは否《いな》だ。

信頼に必要なものが言葉と実績だとすれば、ヴィンセントは実績を示してきた。

始まりは皇帝の座に就くための『選帝《せんてい》の儀』であり、その後の大乱のない治世を実現せしめた手腕こそが、その実績に値する。

その実績を示してきた皇帝が、信頼に必要な言葉をも口にした。

――余の言葉を疑うか、と。

「この反乱に際する対処も、余に考えあってのこと。それを一から十まで言って聞かせてやらなければ、従うことさえ満足にできぬのか？」

「「――断じて、否！」」

「であれば、耳をそばだて、視線を彷徨《さまよ》わせる前に為《な》すべきを為せ。すべきことを果たせぬものに、立場という衣を着せたつもりはないぞ」

皇帝の物言いは冷たく鋭利で、だからこそ将兵たちには身近に感じられた。

ヴィンセントの眼差《まなざ》しと声色には、他者の魂の熱を操る力がある。熱くもなれば冷たくもなり得るその魔性は、このときは将兵たちの胸を熱くした。

何を考えているのかと、そうした不安と疑念が将兵の目を曇らせた。

それに対する具体的な回答は得られなかった。が、将兵の曇った目は晴れた。――彼らの皇帝が、その深謀遠慮を働かせていると明言してくれたから。

それだけで、多くの帝国兵は勝利を信じて戦える。

「その胸の内、私奴《わたくしめ》や将兵にわずかばかりでも明かしていただくことは？」

「何のためにだ？　明かせば余の方策に陰りが生じる。代わりに得られるのは、先々に怯《おび》える貴様や将兵の安寧か？」

比べる価値もない、とヴィンセントは酷薄な口調でベルステツを払いのける。

だが、そのヴィンセントの返答を将兵は支持する。先ほどまでの、ベルステツの言葉が自分たちの代弁だと、そう感じた心はすでになかった。

むしろ、ベルステツの進言に怒りや苛立《いらだ》ちさえ覚えてしまう。ヴィンセントは自らに考えがあることを明かした。それで、十分ではないかと。

「不服はあろう。余も、帝国の威光のみで全ての説明を付けるつもりはない」

沈黙したベルステツを見据え、ヴィンセントは言葉を重ねた。

納得できない相手に言い聞かせる皇帝の声音に、将兵の多くが内心で首を横に振る。それ以上の言葉は必要としない。それなのに、皇帝は続ける。

「だが、告げた通りだ。余の思惑をつまびらかにするつもりはない。その代わり、余から貴様たちにかける言葉は一つだ」

「閣下……」

「帝国民は精強たれ」

「――――」

「――その剣狼《けんろう》の在り方に相応《ふさわ》しい、戦場をこそ用意してやろう」

深く頷《うなず》いて、ヴィンセントがベルステッツの向こう、将兵たちにそう約束した。

一拍遅れ、身を焦がすような熱情が将兵たちの全身へと燃え移る。それは帝国全土に広がる反乱の火に劣らず、猛々《たけだけ》しさを纏《まと》った業炎だ。

反乱が皇帝への不信の炎なら、将兵を焼くのは皇帝への信頼の炎となった。

「――――」

静かに熱を増していく将兵の中、ヴィンセントとベルステッツが無言で視線を交わす。

皇帝と宰相、どちらもその智謀で帝国の最上位にある両者、その二人が交わした視線の意図を、周囲の将兵が察することはできない。

ただ、ベルステッツはそれ以上の、皇帝の意を損ねる発言を重ねなかった。

その代わりに――、

「――閣下、恐れながら、もう一つだけお伺いしたきことが」

「問いと疑惑を重ねるか？　初めのときと違い、背後のもの共は貴様の味方という目つきでもないようだぞ」

「味方の有無で進言するしないを決めるのは、宰相の立場にあるものとはとても」

「口の回る。言ってみろ」

細い顎をしゃくり、ヴィンセントがそう促す。

それを受け、ベルステッツは「では」と前置きしてから続けた。

それは――、

「──黒髪の『皇太子』」

「──」

「各地で反乱を起こすものたちが、自分たちの旗頭として標榜《ひょうぼう》する存在です。黒髪に黒瞳の男児で、その出自は……公にされていない閣下の御子《おこ》であると」

マナを注いだ火の魔石、それを投げ込むようなベルステツの行いに、良くも悪くも周りの見えなくなっていた将兵たちが再び絶句させられる。

件《くだん》の噂《うわさ》、それについては将兵たちも聞き及んでいた。その真偽は彼らにとっても、気にならぬと言えば嘘《うそ》でしかない風聞だ。だが、確かめる勇気などなかった。

それを真っ向から問《と》い質《ただ》したベルステツに、反感の勝っていたはずの将兵たちが掌《てのひら》を返したようにまた期待をかける。

今や、帝国民の全てが注目している『皇太子』の存在。

それがヴィンセントの目にどう映り、耳がどう聞いて、口がどう語るのか。

しばしの沈黙のあとで、ヴィンセントは「ベルステツ」と宰相を呼んだ。

そして──、

「くだらぬ噂に振り回されるな。余に子などおらぬ。どうせなら、その風聞の出所を押さえ、世継ぎとやらを余の前に連れてこい。遊興ついでに道化として飼ってやろう」

と、酷薄な笑みさえ湛《たた》えて、黒髪の皇帝はそう言い切ったのだった。

3

「──本当に、『皇太子』は閣下の御子《おこ》ではないのですな？」

数刻前、大勢のいる場で放たれたのと同じ問いかけ。

しかし、声に込められた感情の色はわずかに違い、その分だけ重みが増していた。それだけ本気の問いかけと、聞いたものにだけわからせる一声だ。

それもそのはず、問いを発した老人にとって、それはまさしく死活問題だった。

場所は玉座の間でも水晶宮《すいしょうきゅう》でもなく、帝都内にある宰相の邸宅だ。

共に帝国の政《まつりごと》を執り行う関係だが、ヴィンセントとベルステツの間には油断ならない緊迫感が常に張り詰め、有体に言えば両者は不仲というのが周囲の認識だった。

それだけに、見るものが見ればその対談には大いに仰天することだろう。

ベルステツ・フォンダルフォンの邸宅を、密《ひそ》かにヴィンセント・ヴォラキアが訪問し、こうして一室で向かい合っている場面など。

もちろん、仰天という意味で言えば、その実態の方がよほどであるだろうが。

「────」

問いに黒瞳を細め、じっと相手を見据えて押し黙るヴィンセント。思案というより、相手を追い詰めるための間を取る皇帝の態度に、ベルステツは急がない。

沈黙と間、いずれの効果も熟知した老人だ。

　実際のところ、『死活問題』などと称しはしたが、問いを発し、答えを待つベルステッツの姿には不安や動揺、あるいは保身的な色は微塵《みじん》も見当たらなかった。

　そう、保身など微塵もない。それが、この老人の最も警戒すべきところでもある。

「無論」

「――――」

「答えは変わらん。余の世継ぎなどおらぬ。全ては世迷言《よまいごと》の類《たぐい》であろう」

「以前にもお伝えした通り、ここでの話は外に漏れません。たとえ、オルバルト一将であろうと聞き耳は立てられない。ご存知《ぞんじ》でしょう」

　たっぷりと間を持たせ、応じたヴィンセントにベルステッツがそう返す。

　ベルステッツの邸宅に用意された『茶室』と呼ばれる部屋は、ただ密談を交わすためだけにあらゆる儀礼が施された小さな砦《とりで》だ。ヴォラキアでは稀有《けう》な魔法を用いた結界に、得体の知れない呪術や『ミーティア』の類も使われていると聞く。

　聞いた話では、この『茶室』だけで都市一個買い取れるだけの金がかかっているとか。

「必要な俸禄《ほうろく》はいただいております。私の亡き後は献上いたしますので、有効活用されるとよろしいでしょう」

「水晶宮に茶室などという名の部屋が似合うと思うか？」

「名前や内装が重要ではありませんので、好きなように模様替えされるのがよろしいかと。大事なのはその機能……ここでは、偽りの皮を被《かぶ》る必要もないのです」

言外に含めるのではなく、ベルステッツが端的な物言いで仮面を剥《は》ぎにくる。

ある種の挑発だ。その思惑に乗るつもりはないが、問い返してやりたくなった。遊び心は大事だと、気楽な古馴染《ふるなじ》みに言われた言葉が過《よぎ》ったわけではないが。

「仮に、皇帝に子がいたとすれば貴様はどうする」

「閣下に御子《おこ》がいたのであれば、閣下には皇帝の務めを果たされる意思があったということ。早々に御子の身柄を確保し、本物の閣下に玉座に戻っていただく」

「ふ。ならば、余はどうなる？」

「逆賊が如何《いか》なる最期を遂げるか、あなたも私奴《わたくしめ》も承知の上では？」

淡々と、当然のように答えるベルステッツの姿勢は徹底していた。

いっそここまで、滅私の果てに帝国の在り方に仕える姿は清々《すがすが》しい。一点の曇りも見当たらないせいで、かえって異常性というものは際立つものだ。

そんな、ベルステッツの考えはともあれ――、

「――『皇太子』の風聞は、逃げ続ける当人が広めたものであろうよ」

「それが各地の反乱の呼び水になると考えて、ですか。あなたやセシルス一将にすら、知らせていない子がいたとは考えられませんか」

「ありえぬことだ」

「あなたとて、閣下の全てを知り得るわけではないでしょう」

「――ありえぬことだ」

細部を潰したがるベルステッツ、彼の言葉にヴィンセントは首を横に振る。

これは希望的観測や願望、あるいは理解者を気取って言っているわけではない。起こり得ないことはありえない。一片の曇りもなく、断言できる。

真贋《しんがん》問わず、ヴィンセント・ヴォラキアに子はいない。

そうした疑惑や一片の可能性すら残さぬよう、あの男は徹底していたはずだ。その疑いを排除するため、女と閨《ねや》を共にしたことさえ一度としてあるまい。

人前で決して両目をつむらぬようにする鋼の意志、それが彼に在り方を貫かせる。

「故に、ヴィンセント・ヴォラキアに子はいない。貴様の行いは正当なものだ」

「正当？　これが正当と言うなら、私奴がこの手で玉座を簒奪《さんだつ》すべきでしょう。それが叶《かな》わぬ時点で、正当ではない。第一」

「――――」

「この老木の枯れ枝のような腕では、帝国の権威を守ることはできない」

凶気じみた執着が、老人の平坦《へいたん》な声音にはかえって滲《にじ》んでいるように思われた。

多くの人は、自らの行いが正しいと信じて行動するものだ。そうでなくては実力を発揮し切れず、当然ながら己を肯定もできない。

いったい、どれだけの人間が自らが過《あやま》ちを犯していると、そう気付いていながら迷わずにいられる。何を信じていれば、迷わず突き進めるというのか。

過ちを犯しながら進んだ先に、何が待ち受けていると信じていれば。

「疑念が払拭されたなら、私奴《わたくしめ》の為《な》すべきは変わりません」

思いを巡らせるヴィンセントを余所《よそ》に、ベルステッツが淡々とした声を漏らす。

元々、『皇太子』の存在に期待などなかったのだろう。その可能性はないと疑心を潰せれば、ベルステッツの興味と話題もすぐに次へと移っていく。

「あえて、謁見の間では将兵の代弁者を務めましたが、閣下の慧眼《けいがん》と威光を信頼し切った彼らと私奴とでは見解が異なります。──アラキア一将と、マデリン一将の両名を各地へ派遣し、反乱の芽を潰してはいますが、それだけでは追いつきません」

椅子に頬杖《ほおづえ》をついて、ベルステッツの報告をヴィンセントは黙って聞く。

実際、玉座の間でのベルステッツの振る舞いは打ち合わせたわけではなかった。だが、帝国の情勢とヴィンセントの立場を考えれば、最善の妙手だったと言える。

あれで、将兵の不満と疑念の矛先は逸《そ》らせた。ただし、玉座が空である事実を知るベルステッツは、空位に尻を乗せただけのヴィンセントの威光では納得しない。

「本来なら、チシャ一将とゴズ一将の指揮能力が求められる局面です。その両名が動かしづらい以上、次善策……グルービー一将を戻されては？」

「──北西の動きがどうにも臭い。カララギか、あるいは別の思惑があるのか知れぬが、現時点であれを国境から動かす選択肢はない」

本来の一将の役目には、国内の治安の維持と国外への牽制《けんせい》というものがある。

此度《こたび》の事態はヴィンセントとベルステッツが結んで引き起こしたものだが、それが帝国の足下を危うくすれば本末転倒――故に、身勝手な采配は首を絞める。

　グルービー・ガムレットの派兵もまた、帝国防衛のために欠かせぬ役割だ。

「では、オルバルト一将はいかがです」

「あれを迂闊《うかつ》に帝都から離し、みだりに反乱軍と接触させるのも避けたい。あれは帝都に留め置いて、要所に投入するのが肝要だ。少なくとも、従う気の今は」

「魔都の一件で失った片腕の療養もあります。理由を付け、帝都に留め置くのは難しくはないでしょう。であれば、モグロ一将は」

「奴《やつ》には、奴にしか果たせぬ役割がある」

　爪先で床を叩《たた》いて、ヴィンセントはベルステツの提言を次々切り捨てる。

　並べられた『九神将』はいずれも動かし難《がた》い役目を与えられ、配置されている。唯一、その例に該当しない『九神将』もいるにはいるが。

「セシルス一将は、やはり未知数ですか」

「あれに敵味方の判別を付けさせるのは至難の業だ。あれの信条は主義主張、大義の有無で変わるものではない。故に、盤面から除いた」

　付き合いは長いと言える。だが、理解できたと思ったことは一度もない。

　おそらく、セシルスを理解できるものは、セシルス以外にはいないだろう。その剣力こそ確かでも、立ち位置の不確かなものを置いておく猶予はない。

　大舞台に立つことを望むセシルスには、何とも恨まれそうな話だが。

「いずれにせよ、あれが戻る公算はない。使いこなせぬ上、使われれば厄介な手駒など計算を狂わせるだけだ。大方、叛徒《はんと》共も同じような見方をしていようよ」

「盤面に戻らないならば私奴《わたくしめ》も異論はございません。なれば、閣下の御子《おこ》を騙《かた》る不届きな『皇太子』と、勢いづく叛徒。そして、ヨルナ一将を迎え撃つ戦力としては」

「アラキア、オルバルト・ダンクルケン、マデリン・エッシャルト」

「――――」

「不足と思えば、チシャ・ゴールドとモグロ・ハガネも加えておけ」

不足、の一言にベルステツは「まさか」と首を横に振った。

どこまで素直に受け止めていいか疑問だが、『九神将』を五人揃《そろ》え、敵対者を迎え撃つ状況というのは破格だ。それ以外の二将にも、カフマ・イルルクスを始めとして戦力的に準一将とでもいうべきものは少なからずいる。

故に――、

「――帝都ルプガナにて、叛徒を迎え撃つ」

「叛徒も、数が揃えば戦い方を変えるかと思いますが」

「戦力集めに黒髪の『皇太子』を利用し、欺瞞《ぎまん》の看板を掲げる輩《やから》同士でか？　実在しない皇太子の真贋《しんがん》を主張し、足並みなど到底揃えられまいよ。短期的に見れば、反乱の火を強める妙手だが、中長期的に見れば不備は増える」

この機に乗じて声を上げた叛徒たちは、その多くが偽物の皇太子を旗頭に据えた。

仮に各地の反乱軍が揃って帝都へ集おうと、足並みを合わせるなどできはしない。

ただ、そのぐらいのこと、ヴィンセント・ヴォラキアが思い至らないはずもない。そう思えば、いくらかの不安要素は残す。そして、不安要素と言えば——、

「——帝都での決戦、ですか。神聖ヴォラキア帝国建国以来、叛徒の群れが帝都へ押し寄せるようなこと、それこそ『マグリッツァの断頭台』の如《ごと》く」

「ベルステツ」

「は」

「貴様、ずいぶんと愉《たの》しげのようだな」

ヴィンセントの指摘に、ベルステツは「は？」と極めて珍しく困惑した。が、彼は自分の頬《ほお》を指で挟むように触れ、初めてその感情を自覚した様子になる。

じっくりと、わずかに滲《にじ》んだ喜悦、その正体を彼は探り、

「大変失礼しました。私奴としたことが、心よりお詫《わ》び申し上げます」

「謝罪は不要だ。何ゆえに笑う」

「笑いなど。……ただ、やはりと思っただけです」

「やはり？」

「やはり、戦乱渦巻く絵図であってこそ、ヴォラキア帝国そのものだと」

それは、帝国以外の人間が聞けば、老人が口にするには馬鹿げた話と笑ったろう。

しかし、それはおそらく、ヴォラキア帝国の人間であるなら、おおよそほとんど老若男

女が抱く感情であり、ベルステツが特別なのではなかった。

――否《いな》、もちろん、この地位に与《あずか》ってなお、そう口走るものは稀《まれ》ではあるが。

「そうあってこその、ヴォラキア帝国か」

「それぞれが描く未来の絵図がある。閣下……いえ、あなたもそうでしょう」

「――――」

茶室の中、周りに聞かれる余地がないとはいえ、少々喋《しゃべ》りすぎている。

ベルステツらしくない多弁は、あるいは彼の如《ごと》きものにも人の血が流れている証左。そうだとしたら、やはり自分には人の血が流れていないのかもしれない。

何故《なぜ》なら――、

「――口が過ぎるぞ、ベルステツ。余を誰と心得る」

そう、静かに応じる言葉には、あるべき高揚も悲嘆も、いずれもありはしなかった。

4

「ここ数日、屋敷の中にも物々しい空気が広まっていますね」

ピリピリと、空気の張り詰める感覚にレムはぼそりと呟《つぶや》いた。

渇いた空気と冷たい風、外からもたらされるそれらには、ほんのりと人間の不安や苛立《いらだ》ち、戦場に湧き出すものが交えられている気がする。

一応、ほんの短い時間ではあるが、レムは何度か戦地というものを経験した。

その感覚に従えば、肌で味わう緊迫感は日毎《ひごと》に増し、破裂のときを待ち構えている。屋敷を警護する兵たちの様子も、じりじりと余裕がなくなってきていた。

それというのも、やはりこの情勢が影響しているのだろう。

「反乱軍が優勢……今や、帝国の色んな場所で反乱が起きていると聞きます。帝国軍はその対処に追われ、積極的な動きができていないとか」

皮肉にも、そうした叛徒《はんと》の一斉蜂起の切っ掛けとなったのが、レムたちが帝都へ連れ去られる原因となった城郭都市《じょうかくとし》グァラルの攻防――『九神将』まで出動した帝国軍の本格的な攻勢、それを寄せ集めの反乱軍がかろうじてしのいだ事態だった。

反乱軍――それを率いるアベルこそが本物の皇帝と、その事実を知るレムにはややこしい呼び方だが、その抵抗勢力は拡大の一途を辿《たど》っていると聞いている。

『飛竜将』による情け容赦のない攻撃、それを見事に撃退した都市の鉄壁さを称《たた》え、むざむざ追い返された帝国軍など恐るるに足らず、という風説だそうだ。

「嘘《うそ》はついていない、と言えるかもしれませんが……」

当事者のレム的には、飛竜を率いたマデリンの撤退は戦略的な理由によるものではなく、あれだけやられた都市側を勝者だと評するのはいかがなものかと思う。

もちろん、反乱軍からすれば勝利は勝利、言いたい放題に喧伝《けんでん》できる絶好の機会を見逃す理由もない。実際、そのおかげで各地の叛徒が反乱の勢いに便乗したのだ。

作戦的におかしなことは何もない。――そう、おかしなことなんてないのだ。

叛徒たちが盛り上がっている、他の要因の方にも。

「――――」

叛徒の反乱が空前の盛行を見せる背景には、城郭都市の辛勝以外にも理由がある。それが魔都カオスフレームの支配者、ヨルナ・ミシグレ一将の合流だ。

移り気な一将が反乱に与《くみ》したことで、叛徒は一挙に勢いづいた。それこそがアベルの計画であり、ナツキ・スバルが彼と同行した理由でもあった。

「……ただついていっただけで、役に立っていない可能性もありますが」

何の役にも立たなかった可能性を口にして、レムは自分でもその言葉に説得力がないことを認める。仮に役立たずだとしたら、スバルの言動を全部封じた場合だ。

そして、スバルが口を閉じ、動かないでいる姿なんて欠片《かけら》も想像できないのだから、何かしらの働きはしただろう。――あるいは、一将を寝返らせたのも。

などと、さすがにそれは考えすぎだと思うが。

「――――」

当初、『シュドラクの民』の集落から始まったささやかな反乱は、このまま帝国全土を呑《の》み込《こ》み、後々にまで語られる政変へと変わるのだろうか。

だとしたら、その中心にいたアベルやスバルは、どう語られることになるのか。

そしてその渦中で、自分はいったい何を果たすべきなのか――。

「——ちょっと」

「あ……」

「何を、ボーっとしてんのよ。あ、あんたがやりたいって、言い出したんでしょうが。ちゃんと、そう、ちゃんと責任持って最後までやんなさいよ」

と、思料に耽《ふけ》る意識が呼び戻され、レムは丸い目を瞬かせた。

見れば、レムの手元にはその焦げ茶色の髪を弄ばれる女性——カチュアがいる。彼女は正面の化粧台、その鏡越しにレムを厳しい目で見つめていた。

彼女の癖のある髪はレムの指先に絡んでいる。それも当然で、レムは今まさにカチュアの髪結いの真っ最中だったのだ。

「ごめんなさい。考え事をしていました」

「言われなくても、誰でもいつでも何かしら考え事はしてるに決まってるじゃない。そんなこと、いちいち言い訳がましく報告しないでよ」

「————」

「——ぁ、別に、言うなってわけじゃない、けど」

謝るレムに強く出すぎたと思ったのか、カチュアがたどたどしく言い直す。

目を伏せる彼女の小動物めいた態度に、謝る気持ちでいたレムはうっかり微笑《ほほえ》ましさのようなものを覚えてしまう。

数日前の出会いと比べ、彼女ともずいぶんと打ち解けた。なんて言おうものなら烈火の如《ご》く怒られ、せっかく縮めた距離の倍ぐらい離れてしまいそうな性格の持ち主だが。

「……なに、その顔。あんたのその顔、イライラする」

「ごめんなさい。私も、いまだにちゃんと見慣れないんです。まるで他人の顔みたいで」

「こ、怖いこと言わないでくれる？　あんたの、その、記憶がないとかそういう話聞いちゃうと、本気かどうかわからなくて怖いのよ」

ぶすっとした態度で鏡を睨《にら》み、カチュアが口元に運んだ自分の指を噛《か》む。

何事かあると、そうして爪を噛むのがカチュアの癖だ。短い付き合いだが、良くも悪くも感情がささくれ立ったときにそうしていることが多い。

爪を噛み、恨めし気なカチュアの視線が鏡に映る自分と、後ろに立つレムを睨む。車椅子に座った彼女の後ろ、レムもまた化粧台の鏡に映った自分を眺めた。

さすがにレムも、鏡に映った顔が自分の顔であることはとっくに受け入れている。

目に見える全てを疑い、噛みついて生きるのは誰でも不可能だ。

ルイやシュドラクの人々、ミディアムにフロップ、プリシラやシュルトたちからの厚意さえも疑い、空っぽの自分に何が残るというのか。

だからいい加減に、一番最初に手を差し伸べてくれた相手のことだって――。

「……あんた、髪結うの上手よね」

「え？」

「だから、髪を結うのが上手って言ったのよ。元々、何もかも忘れる前もそういう仕事してたとか……わけないか。髪結うだけの仕事なんてないでしょ。ば、馬鹿なこと言ったわ。忘れなさい。忘れろ、忘れろっ」

鏡の中の自分から目を逸《そ》らし、無心で髪を結っていたレムにカチュアが顔を赤くする。

いつの間にか髪を結い終わったレム、その手腕を褒めてくれていたらしい。

それを無下にされたと、自分のお下げ髪を両手で押さえてカチュアが涙目になる。

「またボーっとして……わ、私の相手なんか退屈なんでしょ。だったら！　こんな風に私に構ってなんてないで、他の、そう、他の相手のとこいきなさいよ」

「いえ、屋敷にいる他の皆さんは仕事の最中ですから」

「じゃあ、暇してるのが私だけってこと？　それで、私のとこに……」

「そういうわけじゃありません。困らせないでください」

「ど、どっちが……！」

車椅子の車輪を回して、カチュアが部屋の奥へと逃げ込んでいく。そこで爪を噛《か》んで上目遣いに睨《にら》んでくる姿は、まるで縄張りを荒らされた猫のような凶暴さだ。

レムのはっきりしない態度が、カチュアを不安がらせてしまっていた。

「カチュアさん、誤解させてしまってごめんなさい。私がカチュアさんのところにくるのは、屋敷で暇なのがカチュアさんだけだからじゃありません」

「じゃあ、じゃあ、なんだっていうのよ。なんで私のところに……」

「それは……」

適切な理由を求められ、レムは少し考え込んだ。

カチュアに答えた通り、この状況で退屈しのぎの相手を求めるほど、レムは自分の置かれた立場を軽く見てはいない。ただ、少し接してわかったが、カチュアは特にこれといって重要人物ではなく、帝国の機密を握っているわけでもない。

何かしなくては、と急き立《せ　た》てられる心情にあるレムからすれば、接して得られるものの少ない相手なのは間違いなかった。

それでも、レムが積極的にカチュアと関わろうとするのは——、

「な、なんでなのよ。言ってみなさい！　言えないなら……」

「それは、私とカチュアさんが友人だからではないかと」

「——」

「カチュアさん？」

真剣に自分の心中と向き合い、それらしい言葉を探してみたが、出てきたのはそういったざっくりした考えでしかなかった。

カチュアに対して、レムはこれといった打算的な考えの持ち合わせがない。なので、カチュアが欲しがる『これだ』という理由を出せなかった。

それではカチュアを納得させられないだろうと、レムも困ってしまうのだが。

「ユージン……ユージンって、誰よ！」

「え？　あ、人の名前じゃありませんよ。友人、友達という意味です」

「ユージ……え、ともだ、ち……?」

愕然《がくぜん》と目を見開いて、信じられない言葉を聞いたような顔をするカチュア。そのカチュアの反応に、レムはいきなり友人は馴《な》れ馴《な》れしかったかとも思った。

そもそも、カチュアとの関係はレムが無理やり押しかけているものだ。

お互い、不本意にベルステッツの邸宅に軟禁されている同士、そこで生まれた関係を友人と呼ぶのは、少し考えなしだったかもしれない。

「ごめんなさい、勝手でした。人質にされている同士、軟禁仲間と言い換えた方が……」

「ゆ、友人!」

「はい?」

「友人って、言った。言ったじゃない。……別に、いいわよ、それでも」

顔に両手を当てて、カチュアが目を逸《そ》らしながらそう言った。

その言葉にレムが目をぱちくりさせると、カチュアは「あ」と息を吐いて、

「でも、あんたが、嫌だって思ったら、その、いつでもやめれば?」

「わかりました。では……」

「や、やめるの?」

「やめませんが。そうじゃなく、私とカチュアさんは友人ということです」

思いがけず、当人の了承が得られたならとレムが頷《うなず》く。すると、カチュアはその目を丸くして、それから自分のお下げ髪を引っ張り、爪を噛《か》んで「そう」と呟《つぶや》いた。

爪を噛《か》むのは感情がささくれ立ったときと分析していたのだが、今、目の前で噛まれたのは彼女を怒らせたか、不安がらせたのだろうか。

ただ、悪い気はしていない顔に見えたので、爪を噛む理由は検討し直しだ。

そのわかりづらいところも含めて、レムはカチュアに放っておけないものを感じる。レムも詳しくはない。だが、これは十分、友人の条件を満たしているだろう。

「……それにしても、あんた、あれね」

「あれですか？」

「そう、その、あれよ。……やけに外の、反乱のことに詳しいじゃない」

爪を噛んで目をつむっていたカチュアが、ふと思い出したように話題を変える。

一瞬、何を言われたのかときょとんとなるレムだったが、すぐに先ほどまでの、カチュアの髪を結いながら物思いに耽《ふけ》っていたのを言われたのだと気付かされた。

「詳しいと言えるほどかはわかりませんが、私は元々、戦っていたところから連れてこれましたから関心はあります。カチュアさんは違うんですか？」

「……なくは、ないけど。だけど、あんまり考えたくない。兄さ……馬鹿な兄貴が、死んじゃったし、戦争とかは嫌い」

視線を落として、膝の上で両手の指を絡めながらカチュアが呟《つぶや》く。

カチュアの兄の死、それはレムにとって初耳の話ではない。よほど、カチュアにとって大事な相手だったのだろう。彼女は頻繁に、こうして死んだ兄のことを口にした。

直近の、アベルの起こした反乱の一端がカチュアの兄の死を招いた。もしかしたら、その死はレムが関わった戦いと無縁ではないかもしれない。

レムも、身近な誰かが命を落とせば、戦いを嫌うようになるだろう。今だって、戦いなんてなければいいと思っている。それでも、耳を塞いでも消えてはなくならない。

「カチュアさんの婚約者も、戦場へ出ているというお話でした。心配、ですよね」

「あいつは……！　な、何したって死ななそう、だし。でも」

「それはお兄さんも、だったんですよね」

帝国の、それも貴族の家柄に生まれれば、それは避けられないことなのだろうか。

兄は戦死し、婚約者も戦場へ出向く。帝国兵として戦いに参じるというのは、レムにとって複雑な心境だ。──アベルは、敵に容赦などしないだろう。

それがたとえ、元は自分の臣下だったはずの兵士たちであっても、同じ。

「おかしいですね……」

そもそも、レムはアベルの理念に感化されたり、賛同しているわけではないのだ。

元々、帝国軍の陣地に囚《とら》われ、そこから連れ出すのにスバルがアベルやシュドラクの民の力を借りた。その借りを返すため、スバルは彼らに協力し──レムも、なし崩しに行動を共にしていたが、その義理はなかったはずだ。

そう、なかったはずと、もう過去形だった。

「ルイちゃんに、プリシラさん、ミゼルダさんたちやフロップさんたち……」

レムと関わり、互いに世話し、世話された間柄と言える人たち。

そんな人たちがアベルと道を同じくする。気付けば、レムの心もそこを離れ難《がた》かった。

だが、そんなことは敵対する帝国兵にも、カチュアにも関係ない。

もしも、カチュアがレムの立場の実際を知れば、レムを許すだろうか。

「――――」

とても、大切な兄を亡くして悲しむ彼女に、それを打ち明ける勇気はなかった。

「……あんた？」

「あ、いえ、何でもありません。もし、私が外の話を詳しく知ってるように見えるなら、それは最近、離れの方に集められた人たちが理由だと思います」

「離れ……ああ、あの連中」

レムの話を聞いて、カチュアの声が一段低くなり、目つきも険しさを増す。

そのカチュアの穏やかならぬ反応も無理はない。そもそも、カチュアは人見知りや人間不信の気があり、レムが歩み寄るのにもかなりの苦労を要した。

そんな彼女からすれば、屋敷にあとからあとから人が増えるのは歓迎できない。ましてやそれが、各地から集められた反逆の御旗とあっては。

「あんなに大勢いるけど、あんたは本当にいると思う？　あの中に、皇帝閣下の……」

「――隠し子」

「……もう、バレちゃってるんだから、隠れてないけど」

レムの返事に口を挟んで、カチュアが気まずい顔をする。

また余計な一言を、と彼女は思ったようだが、レムはそれを気に留めなかった。それ以上に、その言葉の持つ意味の方が心を捕らえて離さない。

ベルステッツ・フォンダルフォンの邸宅、そのレムたちも軟禁されている屋敷の離れには、帝国各地の戦場から大勢の少年が集められていた。

――いずれも、共通した特徴を持った十代の少年、『黒髪の皇太子』たちだ。

「閣下に御子《おこ》がいないのは変だって、そういう話は、まぁ、あったのよね……」

そう掠《かす》れ声で呟《つぶや》いたカチュアに、レムは屋敷に連れてこられた直後、ベルステッツと一対一で対面したときのことを思い出した。

アベルを玉座から追放し、その立場を奪った偽皇帝に与《くみ》するベルステッツ。彼は自分が謀反を起こした理由、それをアベルの皇帝としての役目の放棄にあると言った。

その放棄された役目こそが、世継ぎの不在にあったのだと。

「閣下は皇妃を取ってなかったし……これまでの、歴代の皇帝閣下はみんな、たくさん伴侶を作って、子どもも……それで、次の皇帝を決めるんだから」

「そうするのが決まり。なのに、アベルさん……いえ、ヴィンセント皇帝はそれを守ってこなかった。そこに、『黒髪の皇太子』の噂《うわさ》が」

「閣下に帝国は任せておけないとか、言ってるらしいわね。……馬鹿馬鹿しい」

「馬鹿馬鹿しい、ですか？」

俯《うつむ》いたまま、心底憎々しげに呟《つぶや》いたカチュアにレムは眉を上げる。

カチュアの反骨的な発言、それは戦争の起こった原因に対する苛立《いらだ》ちよりも、戦争を起こした相手に対する怒りが強いように思われた。

「カチュアさんは、皇帝閣下を評価して？」

「こ、皇帝閣下を評価なんて偉そうなことしないわよ！ ……でも、強い奴《やつ》が幅を利かせる帝国で、私みたいなのは居場所がない、から。……戦いがない間は、そこのところの差がないじゃない。だから、楽だった」

「楽、ですか……」

ごにょごにょと、たどたどしくも胸中を明かすカチュアにレムは目を伏せる。

あれでアベルの手腕は悪くなかったらしく、ベルステツも世継ぎの件さえなければ謀反など考えなかったと言っていた。実際、帝国は平和な時間が長く続いていて、カチュアのような意見を持ったものも少なからずいるのだろう。

戦いがない間は、命を危うくする人が少なくて済む。

戦いが始まった途端にカチュアの兄は死に、婚約者も戦場に引っ張り出されている。カチュアからすれば、戦争にいい印象を抱けという方が難しいだろう。

とはいえ――、

「あの離れに、本物の『皇太子』はいないと思います」

本当にアベルに子どもがいるのかはともかく、レムはそうした結論を持っていた。

そのレムの答えを聞いて、カチュアが「なんで」と低い声で聞いてくる。その上目遣いの眼差《まなざ》しに顎を引いて、レムは離れのある方を眺めながら、

「離れに囚《とら》われているのは、各地の反乱に参加した『皇太子』……少なくとも、そう名乗った人たちだそうです」

「そ、れは私も聞いてるけど……そ、それが？」

「皇帝閣下の子を名乗って反乱を扇動して、早々に囚われの身になるなんて状況、あまりに考えなしではないかと」

確信を持った言い方をカチュアにはしづらい。話せない事情、情報が多すぎる。

各地の戦場で捕虜《ほりよ》に取られ、事実確認のために生け捕りにされた『皇太子』。それが離れに集められ、沙汰のときを待っているものたちの立場だ。

アベルという、本物の皇帝の人物像をレムは知っているため、その子どもとなると見る目も厳しくなる。少なくとも、愚かであるとは思えなかった。

「じ、自信満々じゃない。……あんた、皇帝閣下の何なの？」

「――。お会いしたこともありませんよ。ご本人もそう言い張ると思います。ただ、離れの『皇太子』たちに対しては、私と同じ意見の人も少なくないのかなと」

「担がれて、騙《かた》ってるだけ？　そんな畏れ多いこと、何のために……」

「……体のいい、人手集めの口実でしょう」

皇帝の実の子となれば、玉座を狙う口実としてこれ以上ない宣伝文句になる。

聞いた話では、ヴォラキア帝国では簒奪《さんだつ》によって帝位が交代した例はないらしい。ただし、帝国の理屈は簒奪による帝位の奪取を禁じていない。

帝都を押さえ、玉座を奪い、皇帝の首を刎《は》ねればそのものが次の皇帝となる。

その野心を抱くものにとって、存在を公にされてこなかった『皇太子』は都合のいい御《み》輿《こし》なのだ。そう考えたものが殊の外多かった証拠が、離れに集められ、皇帝に逆らったことの報いを受けることになる大勢の『皇太子』たちということで――。

「利用して、されて、それで死んだり捕まったり……馬鹿な奴《やつ》ら」

「カチュアさん……」

「な、なに？　私、何か間違ったこと言った？　それとも、あんたも人質のくせに偉そうなこと言うなって？　私より、あっちの方が上等だっていうの⁉」

癇癪《かんしゃく》を起こしたように声を震わせ、カチュアの目が涙目になる。

殊更に偽悪的に、自分と離れの彼らとは違うと言い張るのは、逆に彼らと自分との間に共通点を見出《みいだ》してしまったからかもしれない。

カチュアがたびたび自分を不出来だと呪うのは、囚《とら》われの身である自覚と、それが自分の関係者――婚約者の負担になっている自責の念があるからだ。

「――――」

その気持ちがわかるから、レムは何を言えばいいのかわからなくなる。

違うと言えば欺瞞《ぎまん》と叫ばれ、わかると言えば傲慢《ごうまん》と罵られるだろう。カチュアの心を問答無用で解きほぐせるほど、お互いの距離を縮められた実感もない。

なんと言えばいいのかと、レムが悔しく杖《つえ》を握りしめる。

そこへ――、

「――ぴいぴいうるさいっちゃ、娘」

「――――」

と、ひどく冷たい声音が部屋に響いて、レムとカチュアは息を詰めた。――否《いな》、レムの方はそれで済んだが、カチュアの方はそれだけでは済まない。

愕然《がくぜん》と、目を見開いたカチュアの視線はレムの背後、中庭に面する部屋の窓の方へと向いていた。声が入ってきたのも窓の方で、つまり声の主がそこにいる。

カチュアはまともに、その相手と目を合わせ、完全に凍り付いてしまっていた。

「あ、う……」

「耳障りな声を出すな。目障りな真似《まね》をするな。竜の前で、不敬だ」

掠《かす》れた息を漏らし、目を見張ったカチュアを冷たい声が打つ。その声に全身を握りしめられたように、カチュアの喉はまともに返事もできないでいた。

その震え上がるカチュアの様子に、レムは唇を噛《か》み、背後に振り向く。

そこに――、

「――マデリンさん」

「癒者《いしゃ》の娘、こんなところで何をしてる。お前には務めがあるはずだぞ。竜の不在で、調子に乗ったのか？」

「そんなつもりは、ありません」

厳しい声の矛先を自分に向けられ、今度はレムの方が威圧感を味わう。が、背後のカチュアを視線から庇《かば》い、レムは真っ向から相手と向き合った。

部屋の窓の外、中庭に立つのは小柄な体に可愛《かわい》らしい服装、そして頭に生えた二本の黒い角が特徴的な少女――マデリン・エッシャルトだ。

『九神将』の一人であり、レムをこの邸宅へ連れてきた張本人。たびたび、ベルステツやヴィンセントの要請で屋敷を離れる彼女の帰参、その姿にレムは驚いた。

彼女が現れたことに、ではない。その、壮絶な姿にだ。

中庭に堂々と立ったマデリン、その姿はべったりと黒い血で汚れていたのだ。

「その、血は？　怪我《けが》をしているんですか？」

「話を逸《そ》らすな。竜は、お前にあの男の傷を治せと言ったはずだ」

「逸らしていません。フロップさんの傷は、ちゃんと段階を踏んでいます。それよりも答えてください。その血は……」

「――。竜の血じゃない。これは返り血だ」

煩わしげに顔をしかめて、マデリンがレムの質問に服を引っ張って答える。パリパリと音がするのは、すでに乾いた血で服が肌に張り付いていたからか。

おびただしい量の血で、それを返り血と言われたレムは息を呑《の》む。いったい、どんな方法で他者を傷付ければ、あるいは何人を傷付ければ、あの量の血を浴びるのか。

「戦ってきたんですか？」

「戦いは、対等と認めた相手とするものだ。竜と並び立つモノがいると思うか？　竜がしてきたのは狩りだ。面倒な縛りのある狩り」

「面倒な……」

「髪の黒いものは生かす。それ以外は殺す」

端的なマデリンの物言いに、レムは迂闊《うかつ》な言葉を返せない。

ただ、離れに囚《とら》われる『皇太子』たちを、各地の戦場から連れ帰る役目をマデリンが負っているのだと、それは理解できた。

『皇太子』の確保を命じているのは、やはりベルステツなのだろう。

謀反を起こしたそもそもの目的からして、もしも実際にアベルに隠し子がいたなら、その根本的な理由自体が消えてなくなってしまう。

それをベルステツは恐れるのか、あるいは歓迎するのか、レムにはわからない。

わからないが――、

「殺せではなく、捕まえろというなら」

本物の『皇太子』が見つかったなら、あの老人は満足して死にそうな気がする。

それが、レムの心胆を寒からしめる想像であった。

「では、戻ったのはまた別の『皇太子』を離れに入れるためですか？　それとも、私がフロップさんの治療を怠けていないか確かめに？」

「ぺちゃくちゃと、竜がお前とお喋《しゃべ》りしてやる理由があるか？　お前、調子に乗るんじゃないぞ。今さらお前がいなくても、癒者《いしゃ》なら帝都にいくらでも……」

「その癒者の人は口が堅いですか？　宰相さんが置いていないなら、そういう人を探すのはとても大変だということでは」

「――お前、調子に乗るんじゃないっちゃ」

　強気に出るつもりはなかったが、思わず返事に力の入るレム。その返答が気に障ったのか、マデリンが窓に歩み寄り、金色の瞳の瞳孔を細める。

　底冷えするような獰猛《どうもう》な気配に、レムは微《かす》かに身が縮こまる思いを味わい、

「ば、馬鹿！　余計なこと言うな！　ぜ、全然違うから！」

　と、そこへ車輪を軋《きし》ませて、大慌てでカチュアが進み出てくる。

　カチュアは青白い顔をより白くしながら、窓越しのマデリンと向き合い、その視線に喉を震わせつつも、

「こ、こいつの言うことなんか真に受けなくていいから……いいですから！　な、何にもわかってないだけ、全部忘れてるから、馬鹿なのっ」

「か、カチュアさん……」

「馬鹿だけど、いた方がマシだから、やめ、やめて……。あの、ちゃんと！　ちゃんと仕事させるから。あの金髪も、治させるから……っ」

必死で言葉を選んだカチュアに、レムは静かに息を呑《の》んだ。そのカチュアの勢いに、マデリンの方も目を細め、じっと彼女を見る。

そこに、とんでもなく危険な色が過《よぎ》ったらどうしようと、レムは体を張ってカチュアを守る準備をしながら、マデリンの次の行動を待った。

そして――、

「――お前みたいな、弱いモノが竜に逆らうな。次はない」

「ひぅ」

窓枠に手を置いたマデリンが、淡々とした言葉を述べながらそれを握り潰した。激しい音を立て、軽々と石材が押し潰されてカチュアの喉が鳴る。

しかし、カチュアの態度を度し難《がた》いと捉えながらも、マデリンはそれを見逃すことを決めたらしい。決めたらしいが――、

「カチュアさんを弱いモノというのは訂正してください。弱い人が、あなたにこうして意見するなんてことが……」

「や、やめろっ！　やめろ、馬鹿！　死ね！　馬鹿！　やめろ！」

「カチュアさん！　でも……」

「でもじゃない、やめろっ！　死ね！　やめろ！」

杖《つえ》をついて、マデリンに向き直ろうとしたレムにカチュアがぶつかってくる。弱々しい体当たりなので、レムでも簡単に押しとどめられたが、そのあと必死の形相で腕を伸ばし

てくるものだから、さすがにそれは振りほどけなかった。

　レムとしては、マデリンのあまりにカチュアを見下した発言を撤回させたかったが、あもカチュア本人に必死で止められては仕方ない。

　そうして直訴を断念するレムに、マデリンは鼻を鳴らし、背を向けた。

「口の利き方に気を付けろ、娘。本気で癒者《いしゃ》の替えを用意するぞ」

「待ってください。どちらに？」

「あの男のところだ。竜は、あの男と話がある」

「フロップさんのところにいくなら、血を洗い流して着替えてからにしてください。怪我《けが》人《にん》なんですから、気持ちもいたわらなくちゃダメです。考えてください」

「お前……」

　立ち去ろうとした背中に、レムは臆することなくそう告げる。そこにマデリンはまたしても不愉快そうな顔をして、カチュアが「死ね！」とレムの袖を引っ張った。

　だが、レムは死なないし、フロップを死なせるわけにもいかない。

　血を被《かぶ》ったままの姿なんて不潔で不衛生の極みだ。竜人《りゅうびと》や帝国の常識がどうだろうと、そこだけは譲るわけにはいかなかった。

「水浴びを」

「……わかった」

「服も着替えてください。ちゃんと可愛《かわい》い着替えがたくさんあるんですから……」

「わかったって言ってるっちゃ！　しつこい奴《やつ》っちゃ！」

牙を剥《む》いて声を荒げ、マデリンの裂帛《れっぱく》の威圧が風のようにレムと、ついでにカチュアを殴りつけ、息を詰めさせる。

それでも、レムの言いつけを無下にすべきではないと、マデリンもわかっているのだろう。そこはうまく、彼女を手懐《てなず》けたフロップの大手柄だ。

いつか、その調子でマデリンをこちらに寝返らせてくれないだろうか。

「不埒《ふらち》な目で竜を見るな、娘。――何を企《たくら》んでも無駄だ」

「無駄なんて、言い切れないと思います。何をするのであっても」

「そういう意味じゃないっちゃ。何かするには、その時間がないって言ってるっちゃ」

「時間がない？」

首を傾《かし》げ、レムは目を細めてマデリンの言葉の真意を探ろうとした。

だが、真意を探るまでもない。マデリンはレムを嫌っているはずだが、それでも竜人の誇りや生き様がそうなのか、嘘《うそ》をついたり、誤魔化《ごまか》すのを嫌った。

だから、言いかけた言葉の意味を、ちゃんと噛《か》み砕《くだ》いて伝えてくれる。

彼女は言った。

「皇帝に逆らう連中と、決する機会が近いっちゃ。そのために竜は呼び戻された。――お前の役割も、そこまでだっちゃ」と。

5

そうして、絶望的とも思える言葉を残し、マデリンは庭を立ち去った。

真っ直《ま す》ぐフロップの部屋の方には向かわなかったので、忠告通りに水浴びと着替えをして、それから彼の部屋を訪ねるのだろう。

それ自体はフロップも歓迎しているし、彼が害されないならレムも止める理由はない。

しかし――、

「――反乱軍との、決戦」

「ど、どこでとか、言ってなかったけど……」

「――」

爪を噛《か》んで、なおもいなくなったマデリンの動向を窓の外に気にしながら、カチュアがレムの抱いている危惧と同じものを抱いている。

彼女の持っている不安、それは帝国軍と反乱軍との決戦――その時機と場所だ。

遠からず、とマデリンの言葉は兆《きざ》しを予感させた。しかし、場所はどこになるのか。どこかに、全面対決を行うに相応《ふさわ》しい場所があるのか。

帝国各地で叛徒《はんと》が盛り上がり、戦場があちこちに点在する現状で、そんな相手を一網打尽にする準備ができるとするなら、それは――。

「……本当に、馬鹿ばっかり。あんたも、あんたもそうよ、大馬鹿っ」

「カチュアさん……」

「あ、相手は『九神将』で、話の通じない竜人《りゅうびと》でしょ!?　なのに、あんな真似《まね》、死ね！馬鹿な真似したいなら、勝手に死ね！　死ね、馬鹿！」

待ち受ける不安を目前の苛立《いらだ》ちにすり替えて、カチュアが涙声でレムを責める。

ある種、覚悟の決まっているレムと違い、彼女には無理をさせてしまった。

実際、あそこでカチュアが割り込んでいなかったら、命は奪われないまでも、マデリンの怒りがレムを傷付けた可能性は十分ありえる。

カチュアの必死さが、あの場でレムが動けなくなる可能性を防いでくれたのだ。

「ごめんなさい、ありがとうございます。でも、カチュアさんを悪く言われて、とても黙っていられなくて……」

「し、知るか！　私は、言われ慣れてんのよ！　なのに、あんな馬鹿……」

「言われ慣れるなんて、馬鹿げています。ですから、何度言われても、私はまた同じ場面で同じように反論すると思います」

「～～っ」

断固たるレムの答えを聞いて、カチュアは顔を真っ赤にして絶句する。

カチュアが自分を卑下するのは、聞いていていい気分ではない。それでも、卑下には相応の理由と熟慮がある。だが、他人の他人に向ける刃《やいば》は見るに堪えない。

――なんて、我が身を振り返って、なんと身勝手だろうとは思うが。

「そう思うからこそ、私は」

身勝手を承知の上で、声を絶やすことをしたくないのだ。

そんなレムの思いに、カチュアが目を何度も瞬かせ、口をパクパクさせる。

そして、彼女はキッと涙目でレムを睨《にら》み、爪を噛《か》んだ。

「も、もう知るか……あんたのことなんて、知るか！　や、やめる。やめてやる。友達じゃない。私の方から、やめてやる……！」

「いえ、やめるかどうかは私に選択権があるはずです。ダメですよ」

「そんな一方的な話、あるか！」

喉をひくつかせながら、カチュアがそう言い返してくるのにレムは微苦笑する。

そう、どこか落ち着いた気持ちを用意できる自分に少し驚いた。そこに目の前の、顔を赤くした涙目の友人の存在はきっと大きい。

そうして、胸の内にほんのわずかな温かみを宿しながら、同時にレムは思う。

――マデリンの言った決戦、それが間近に迫っているのなら。

「……私に、何ができるでしょうか」

何もない空っぽな己に、何を響かせることができるのか。

ただそれだけが、レムの心をひどくひどくざわめかせ続けるのだった。

第四章　『五つの頂点』

1

――『巨眼』のイズメイルは単眼族《たんがんぞく》の勇士であり、一族の希望だった。

その勇ましい顔の中央、大きく青い瞳は澄み渡り、未来を迷いなく見据えている。

単眼族とはその名が示す通り、多くの種が対で持つ目を一つしか持たない亜人族だ。その眼球を一つしか持たない代わりに、単眼族は様々な特異性を獲得しており、同じく目に特別な力を宿す魔眼族と比べ、屈強な肉体を有する分、優れた種族と言える。

戦士であれば、優れた『眼《め》』を持つことがどれだけ重要かは語るまでもあるまい。

故に単眼族とは、優秀な戦士を輩出する土壌の整った優越種であり、イズメイルはその単眼族の中にあっても傑出した存在だった。

美しく大きな青い瞳、生まれ落ちてすぐに凡庸と違う道を歩むと期待され、幼い日から『巨眼』の名で親しまれた彼は、一族の期待通りの少年に、青年に、戦士になった。

その名は本来、『巨眼』の異名と共にヴォラキア全土に轟《とどろ》き渡るはずだった。――当代の皇帝、ヴィンセント・ヴォラキアがぬるま湯の安寧など作り出さなければ。

「戦う機会さえあれば――」

この戦斧《せんぷ》で誰にも真似《まね》のできない戦果を挙げてみせる。

それがイズメイルの矜持《きょうじ》であり、一族の誰もが疑うことなく信じる約束された未来。帝国には『九神将』と呼ばれる武の頂点たるものたちがいるが、機会に恵まれた彼らと同じようにその機が巡れば、その全員の度肝を抜いてやれる。

故に、『巨眼』イズメイルが皇帝討つべしと声を上げたとき、彼の部族は誰一人反対しなかった。それこそが、帝国民は精強たれとしたヴォラキアの習わし――、

「――我こそが、このヴォラキア帝国に覇を唱えん!!」

高い高い石造りの城壁、その取っ掛かりに爪先をかけ、イズメイルが空へ上がる。

外の民にとっては手の届かぬ高みにあり、内の民にとってはあらゆる敵意を跳ね返す絶対の防備、そう思われていただろう壁を容易《たやす》く踏破し、戦斧を振るう。

「帝国の兵が、何たる無様！」

壁上に現れたイズメイルに混乱し、反応の遅れた兵の体が五つまとめて吹き飛ぶ。仲間の死への反応すら一拍遅れ、怯《おび》えを孕《はら》んだ声が上がり、イズメイルは怒りに震えた。

「臆病者は消え去れ！」

握りしめた戦斧に失望を込め、イズメイルは逃げる背中を、足を、命乞いをする顔面を叩《たた》き潰《つぶ》し、死と血を壁上に広げていく。

なんと浅ましく、醜い光景か。これが栄えある帝都を守護する兵の在り方か。

「なんだ、これは。ここは帝都、ヴォラキア帝国の皇帝閣下の膝元だろう！」

戦斧を城壁の内側、都市の最奥に見える美しき宮殿に向けてイズメイルは叫んだ。

如何《いか》なる敵にも落とされざる強国の象徴、世界で最も美しいとされる絢爛《けんらん》な水晶宮《すいしょうきゅう》、そこへ乗り込み、並み居る兵を打ち倒し、玉座に座る皇帝の首を取る。

そのためにイズメイルは帝都へ参じた。しかしそれは――、

「こんな弱卒を虐《しいた》げ、それで手に入るような安っぽい栄誉ではない！」

信じたものに裏切られ、張り裂けそうな怒声はまるで大願の断末魔だ。

失意と落胆で戦場を呪うイズメイル、彼に続いて同じ単眼族《たんがんぞく》の戦士が次々と壁上に到達し、彼らも逃げる兵を追い立て、打ち倒し、命を奪っていく。

それを、誇らしく思いたかった。単眼族ここにありと、そう示したかった。

「だが、貴様たちが相手ではそれも……」

「ま、待ってくれ！　やめ、やめて……っ」

悲嘆に暮れたイズメイルの目の前、そこに追われる男が倒れ込んだ。

戦士から逃げ惑い、最も出会ってはならない相手の前で転んだ男は、イズメイルの単眼に自らを映し、「ひいっ」と喉を震えさせ、後ずさった。

その惨めな姿に、イズメイルはもはや介錯の心地で斧《おの》を振り上げる。

「貴様も戦士なら、せめて最後は相応《ふさわ》しく――」

「ちが、違う！　戦士じゃ、兵士じゃやない！」

「なに？」

斧《おの》で相手の命を叩《たた》き割《わ》る寸前で、イズメイルの動きが止まった。そのイズメイルの反応に、男は必死で命拾いの可能性に縋《すが》り付《つ》く。

「俺たちは罪人だ！　ぶ、武器と鎧《よろい》は持たされた！　戦ったら恩赦が、釈放だって！」

「――まさか」

切羽詰まった男の顔に嘘《うそ》は見当たらず、イズメイルはとある可能性に思い当たった。

振り向いたイズメイルの視界、総崩れとなった壁上の帝国兵の錬度は低く、いくら何でも手応えがなさすぎる。帝都へ攻め上がる途中の守備兵の方が善戦したほどだ。

それが、彼らが正規兵でなく、装備を与えられただけの罪人だからだとしたら。――壁上にいるのは、イズメイルたち叛徒《はんと》と、死んでも構わない罪人たちだけだ。

つまり――、

「――まとめて焼く」

不意に、怒号と悲鳴が木霊する空から、静かな声がイズメイルの鼓膜を打った。

本来なら聞こえない声が、感じない視線が、伝わらない感情が、物理法則を無視して届くことが戦場では稀《まれ》にある。このときも、同じだった。

「――――」

その大きな単眼を見開いて、イズメイルは帝都の空を仰ぎ見た。

城壁の内側、堅牢《けんろう》な壁に守られ、整然と規律正しく建物の並んだ都の空に、その脚部を炎と化しながら浮かんだ褐色の肌の女がいる。

その片目を眼帯で覆い、血のように赤い瞳をこちらに向けた、女――。

「お、おお、おおおお――っ!!」

それが眼《め》に入った瞬間、イズメイルは雄叫《おたけ》びを上げ、城壁を蹴って飛んでいた。

戦斧《せんぷ》を大きく振りかぶり、空にある女へと猛然と襲いかかる。急所を捉えずとも、体の一部を掠《かす》めるだけで、その全身に痛打を走らせる強大な一撃だ。

壁上で臆病もの相手に振るったのとは桁違いの、全身全霊の一発――それを放たなくては、撃ち込まなくては勝てない相手と、そう全身の細胞が叫んでいた。

それは狙い過《あやま》たず、空に浮かんだ女の細い体に吸い込まれ――、

「消えて」

女の一声に続いて、視界を白く埋め尽くす光がイズメイルの世界を覆った。

それが単眼族《たんがんぞく》の英雄となるはずの男、『巨眼』イズメイルの最期だった。

2

「見た目通り、視野の狭い奴《やつ》らで助かった」

事前に立てた作戦通り、叛徒の先鋒《せんぽう》と罪人をまとめて焼いた城壁を眺めながら、灰燼《かいじん》に帰した単眼族の姿を思い浮かべてトッドは嘆息する。

高い実力の持ち主だったことも、種族まとめて脅威だったことも認めよう。まともにやり合えば相当な被害が出ただろうことも。――だから、策を講じた。

「大抵の場合、一番槍《やり》ってのは自信のある奴《やつ》が務めるからな」

こうした大勢の関わる戦では、先鋒《せんぽう》の役目を買って出るのは手柄欲しさに逸《はや》るものか、最初の一撃の重さを熟知した勇士のどちらか。前者であれば大局に影響はないが、後者は生かせば生かすほどあとが面倒になる。その点、策はうまく嵌《は》まったが。

「畏れ多くも、皇帝閣下を弑逆《しいぎやく》奉ろうって輩《やから》に事欠かない状況だ」

今や帝都は、帝国全土から集まった荒くれ共の博覧会だ。

単眼族《たんがんぞく》の他にも、手足や眼球の数、体の部位の大小、肌や血の色に言葉の違いと、対処を考えるだけで気が重くなる奴らが山ほど控えている。

もっとも――、

「相手がどれだけ妙な部族を揃《そろ》えても、大した影響があるとは思えん。なにせ……」

そう呟《つぶや》いたトッドの頭上を、全身に渦巻く風を纏《まと》ったアラキアが飛んでいく。

単眼族の精鋭の突撃、それに合わせる機会を逸した叛徒《はんと》たちを一掃する狙いだ。出遅れた連中にとっては、焼かれるのが早いか遅いかの違いでしかない。

加えて、帝都ルプガナの不落神話を支える星型の城壁――都市を囲った壁の五つの頂点の内、トッドたちの担当とは別の四ヶ所でも戦いが始まっていた。

――深緑色の茨《いばら》が荒れ狂い、押し寄せようとする半人半馬の人馬人《じんばびと》の大軍を薙《な》ぎ払《はら》う。

──巨大すぎる飛翼刃《ひよくじん》が空を切り裂き、体の一部を武器とする刃金人《はがねびと》を噛《か》み砕《くだ》く。

──大地から生える石塊《いしくれ》の人形の拳が、飛べぬ翼を生やした憐《あわ》れな翼人《つばさびと》を打ち倒す。

──殺戮《さつりく》の技を極めた異常者集団が、額に光り輝く石を埋め込む光人《ひかりびと》を鏖殺《おうさつ》する。

──そして、大自然と一体となり、足の止まった単眼族を真っ赤な炎で焼き尽くす。

「化け物具合なら、こっちもいい勝負だ」

いずれ劣らぬ怪物たちが、帝都を守護する星型の城壁の頂点に立つ。

五つの頂点に異なる怪物、勢いと功名心だけの叛徒にこれを越える術《すべ》があるものか。

「少なくとも、俺ならやれって言われても絶対に御免《ごめん》だ。とはいえ……」

どれほど万全を期したとしても、戦況というものは水物だ。

そもそも、こうして叛徒たちが帝都へ辿《たど》り着《つ》いて、この攻防が始まったことさえも、内乱が本格化する以前のトッドの想像を超えている。

「帝都に戻れたってのに、カチュアと会えない。……どれだけ邪魔すれば気が済むんだ」

誰がとも誰へとも言えない不満、強いて言うなら世界に対してそれをこぼしながら、トッドは死の香りの蔓延《まんえん》する空を仰いで、焼け野原の地面を蹴った。

まだまだ、まだまだ、まだまだまだまだ人は死ぬ。

いったい、あと何人死ねば、決定的な誰かが武器を下ろすことになるのか。

「──いい加減にしろ、戦いたがりの異常者共め」

3

反乱軍による帝都ルプガナの包囲戦——事実上、ヴォラキア帝国全土で起こった反乱の決戦となるであろうこの戦いは、各地から集まった叛徒《はんと》が協調し、皇帝ヴィンセント・ヴォラキアを討つべく、一丸となって始まった——わけではない。

確かに現在、帝都ルプガナの周囲には多数の叛徒が集結し、その兵数は帝都の有する帝国軍の正規兵を圧倒している。

大抵の場合において、戦いとは数で決まる。

その法則は戦いの規模が大きくなればなるほど決定的になり、単純な兵力比で倍以上の兵数を集められた反乱軍は、帝都攻撃において圧倒的な優位を獲得したと言える。

しかし——、

「——それも、集った兵力がまともな集団として機能すればの話だ」

帝都ルプガナの最奥、水晶宮《すいしょうきゅう》の玉座の間でヴィンセントは黒瞳を細める。

都を反乱軍に包囲され、圧倒的な兵力差で攻め込まれる状況下、帝国史においても類を見ない苦境に立たされながら、その冷たい魔貌に恐れや焦りの色は皆無だ。

それというのも、今しがた自身が口にした分析の要素が大きい。

「集まった叛徒らの目的は余の首で一致していようが、それを得るための手法に妥協の余地がない。元より、事が起こってから我先にと立ったもの共だ」

「出し抜かれまいと懸命になればなるほど、余所《よそ》と歩みを合わせる発想に至りづらい。思い出しますな、『選帝《せんてい》の儀』を」

「――――」

「次代の皇帝を決めるため、ヴォラキア皇族のご兄弟で帝位を奪い合う血の儀式……やはりあの折にも、他を拒む方々から盤上より除かれることになった。もっとも」

と、玉座の傍《かたわ》らに控えるベルステッツが言葉を切り、一拍を溜《た》める。その糸のように細い目の奥、老翁《ろうおう》の感情は読み取れなかったが、おおよそ察しはつく。

ベルステッツもまた、『選帝の儀』の血腥《ちなまぐさ》さを経験した一人なのだから。

「あのとき、最大の派閥を作られたバルトロイ閣下はその人柄を警戒され、やはり早々に取り除かれることになりましたが」

「よくも他人事《ひとごと》の如く語る。その兄上を除いたのは、他ならぬ貴様とラミアであろう」

「お恥ずかしながら、私奴《わたくしめ》などはラミア閣下の御判断《ごはんだん》に従ったまで。加えて、バルトロイ閣下の真の思惑を察せず、今も生き恥を晒《さら》している次第です」

「バルトロイ兄上の思惑、か」

「ええ。他ならぬ、ヴィンセント閣下とバルトロイ閣下とが結ばれた策謀です」

深く顎を引いて、そう答えるベルステッツの表情は変わらない。

出来事を考えれば恨み言の一つでも交えそうなものだが、そうした人間らしい雑多な感情と無縁の男だ。まして、ヴィンセントには言うだけ無駄と道理を弁《わきま》えている。

その行いは、ヴィンセント・ヴォラキア――否《いな》、まだ皇帝となる前の、ヴィンセント・アベルクスが動いた結果であり、

「本物の閣下は今頃は壁の外なんですから、嫌味《いやみ》の矛先に迷ってしまう宰相閣下のお気持ち、ぼかぁわかるなぁ」

「――――」

「んん？　お二人で揃《そろ》って険しい目……ぼかぁ、余計なことを言ってしまいましたか？」

そう言って、ヴィンセントとベルステッツという帝国の最上位の視線を向けられ、飄々《ひょうひょう》とした様子で肩をすくめる優男、それは位階と無関係に水晶宮《すいしょうきゅう》への出入りを許された異端の存在――『星詠み』のウビルクだ。

その特殊な役割上、ある程度の言動に目をつぶられているウビルクではあるが――、

「他に誰もいないとしても、気安く話すべき内容ではないかと」

「ああ、本物って余計な冠にお冠でしたか？　すみません。ただ、たまに発散しておかないとうっかり暴発してしまいそうで。――今まさに、帝都守護に命を懸ける兵の皆さんに聞かせられないでしょう？　ヴィンセント皇帝閣下が実は偽物だなんて」

「――――」

口元に手を当てて、窘《たしな》められたばかりの内容をいけしゃあしゃあと口にするウビルク。その能力故に重宝された男だが、振る舞いはまさしく道化そのものの軽薄さだ。ただ、

道化という職務が単なる悪ふざけの許可証と思われては困る。

時に愚者の如《ごと》く空気を乱し、時に賢者の如く助言するのが道化の務めだ。

「その役目を果たせてなお、貴様の重ねてきた無礼が帳消しになるわけではない。これまでのことが実を結べば、貴様は余が手ずから首を刎《は》ねてやろう」

「もちろん、承知しております。でも、閣下……いいえ、あなたは慎重な方だ。本当の本当に寸前まで、ぼかぁ、命を取られないものと思っていますよ」

玉座から視線で射抜いても、ウビルクはその眼差《まなざ》しを微笑で受け止める。そのまま、彼は「それよりも」と言葉を継いでベルステツの方を見やり、

「ぼかぁ、宰相閣下の方が怖いなぁ。その内に、地獄を秘めていらっしゃいそうで」

「私奴《わたくしめ》のようなものを恐れるなどと、『星詠み』らしくもない。それこそ、私奴など恐るるに足らぬことを星に伺ってみてはいかがです」

「申し訳ありません、宰相閣下。星は高い空から地上を見下ろすもので、眩《まばゆ》く己を主張するものでないと見てもらえないのですよ」

取るに足らないものは、『星詠み』の見る未来に映り込まない。

それが建前なのか本音なのか、ウビルクの言動から読み取ることは不可能。だが、平時の戯言《たわごと》はともかく、『星詠み』の役割に従うときのウビルクの言葉は無視できない。

ウビルクが『星詠み』として、このヴォラキア帝国に仕えるようになって八年――あるいはその実績は、このときのために積み上げられてきたと言える。

「――おっと」

ふと、沈黙が落ちた謁見の間に、遠い空からの轟音《ごうおん》が届いた。

わずかに足下を震動が伝い、水晶宮《すいしょうきゅう》の奥にいても激闘の空気が察せられる。さぞや帝都の民は生きた心地がしないだろうが、この場の三者の表情は小揺るぎもしなかった。

「大地の揺れに空の悲鳴、いずれも我が方のもたらしたものでしょうからな」

「叛徒《はんと》の方々も各部族、自分のところの英雄を投入してくるはずですが……」

「他ならぬ、貴様自身が語ったことだ」

揺れから外の戦いに意識が向き、首を傾《かし》げたウビルクにヴィンセントは言った。その言葉にウビルクが片目をつむると、ヴィンセントは片手で頬杖《ほおづえ》をついて、

「星は地上の眩《まばゆ》い光であれば目に留めると。ならば『星詠み』、この戦況を動かし得る綺《き》羅星《らぼし》について、天は事前に貴様に詠み聞かせたか？」

「残念ながら、ぼかぁそうした話は聞いていませんね」

問いかけに肩をすくめるウビルクに、ヴィンセントは黒瞳を細めて頷《うなず》いた。

確かに叛徒たちはいずれも、この玉座に座るヴィンセントの首を落としにくる。そのために各部族、各々の最強の戦士を送り出し、覇を唱えんとするだろう。

だが、その考えがそもそもの間違いであり、出だしから大勢が考え違いをしている。

当然だろう。――いったい、『九神将』をなんだと思っているのか。

「各部族の英雄などと、小さな物差しで測れば誤りもしよう。元より、余が如何《いか》なる基準

で一将を、『九神将』を選び出したと思っている」

ヴィンセント・ヴォラキアが集めたのは、ヴォラキア帝国で最強の存在だ。

帝国各地の、在野の英雄など比べ物にならない。もしもそうした地に眠れる獅子《しし》がいようものなら、ヴィンセントは決して見逃さなかった。

どうあろうと手元に置いて、その実力に相応《ふさわ》しい地位を与え、未来に備えた。

そのヴィンセントの目に適《かな》わなかった時点で、英雄は怪物に劣るのだ。

――神聖ヴォラキア帝国の皇帝は、英雄では太刀打ちできない『怪物』を揃《そろ》えた。

いずれ劣らぬ怪物たちは、集まった驕《おご》れる英雄たちを容赦なく打ち砕くだろう。その惨状を目にすることで、頭に血が上ったものたちも気付くはずだ。

自分たちが現実から目を背け、狂奔という夢を見ていたことを。

「しかし、叛徒の全てに行儀の良さを求めることも難しくありましょう」

「であろうな。ならばどうする」

「すでに主立った『将』が戦場を選んでいる最中、私奴《わたくしめ》のようなものが出る幕はないと承知していますが……閣下、モグロ一将の引き金に一案加えても？」

「――よい。追って指示は出すが、貴様の裁量に預ける」

「ほへえ、それは何とも。宰相閣下ともあろう御方《おかた》が血の気の多い」

提言を受け入れられ、恭しくヴィンセントに頭を垂《こうべ》れるベルステツ。その方針をウビルクがチクリと毒で刺すが、老宰相はその指摘を平然と受け止め、

「所詮、私奴《わたくしめ》もヴォラキアの人間ということです」

そう、笑みも見せずに言い残し、ベルステツは堂々たる歩みで謁見の間を出ていく。大扉が閉まり、一室に静寂が落ちると――、

「――時に、宰相閣下はご存知《ぞんじ》なんですか？」

何気ない仕草で振り向いたウビルク、その漠然たる問いがヴィンセントへ向く。

意図がわからぬ無礼な問いと、ヴィンセントは断固とした態度を見せてもよかった。しかし、ヴィンセントはそう答える代わりに沈黙を選ぶ。

それを受け、ウビルクは「やっぱりですか」と苦笑して、

「そんな予感がしましたので、危うく迂闊《うかつ》な発言は慎みましたが……ぼかぁ、宰相閣下がお可哀想《かわいそう》で、予想が当たっても嬉《うれ》しいやら悲しいやらですよ」

「悲しい？　貴様に、そんな人間らしい感情が理解できるのか？」

「ひどい言われようじゃありませんか。まるで、ぼかぁ人間じゃないと言われたみたいで傷付きますよ。それこそ、『壱《いち》』や『弐《に》』と比べてよほどまともだと思いますよ？」

「セシルスめを例に挙げれば、大抵の話題で彼奴《きやつ》の分が悪い。アラキアも、人より獣の理屈で生きる娘だが、飼い主を定めている分、始末はつく。だが」

そこで言葉を切り、ヴィンセントはその黒瞳でウビルクを射抜く。その、如何《いか》なる残酷な眼差《まなざ》しにも小揺るぎもしない存在、自分の命に頓着しない在り方を。

「貴様は人の形をし、人の肉で作られているだけの人形《ひとがた》だ」

「……傷付きますねえ」

ヴィンセントの言葉に、ウビルクが眉尻を下げ、苦い笑みを浮かべる。

そうすれば、悲しんだり辛《つら》がったりしているように見える。まるで、そう誰かに教わったような感情の真似事《まねごと》、少なくともヴィンセントの目にはそう映る。

その印象を違《たが》えない表情のまま、ウビルクは自分の胸に手を当て、

「あなたの理屈で言ったら、ぼくとおんなじ役割の……それこそ、天命に耳を貸した『星詠み』たちは全員、人形という扱いですか？」

「貴様以外の『星詠み』を知らぬ。答えようがない」

「またまた、そんな嘘《うそ》をつかずとも。ぼかぁ、そこまで自分が信用されてるだなんて思いませんよ。当然、国中の『星詠み』を探し出して拷問にかけたはずです」

「――――」

「ぼくだけを見て『星詠み』が何たるか決めつける。そんな思慮の浅いことはなさらないと、そう簡単にぼくを信じたりしないと、ぼかぁ信じてますよ」

ウビルクからの鎌かけに、ヴィンセントは表情を動かさない。

彼の指摘が事実とも間違いとも言わなかった。ただ、天命を授かる『星詠み』は一人残らず、その精神に異常を抱えているという確信だけは得ている。

それをどうやって得たか、わざわざ口にするつもりもないが。

「そうでなくば、自らの魔眼を潰すような蛮行、己の身の証《あかし》を立てるためだけに起こせる

ものではあるまい」

「ああ、あれは痛かった。喪失感も尋常じゃありませんでした。ですが、おかげで話を聞いてくださる気にはなったでしょう?」

言いながら、ウビルクが己の胸元に手をかけ、下げた襟から自分の素肌を見せつける。

その薄い胸の真ん中には、痛々しく刻まれた火傷《やけど》の痕がある。

かつて、ウビルクが自ら胸に焼き鏝《ごて》を当て、その胸にあった魔眼を焼き潰した痕だ。

魔眼族でありながら、自分の存在意義でもある魔眼を焼き潰す。――自分に危険はないと証明するための行いであり、止めなければ四肢さえ潰したかもしれない。

故に――、

「真っ当な受け答えなど貴様に求めぬ。ただ、心して答えよ」

「何なりと」

「貴様の耳に、新たな天命の囁《ささや》きはない。相違ないな」

「――ええ。ぼかぁ、嘘《うそ》は言いません。新たな天命は下っておりませんよ。元より、下った天命の時を迎えずして、次の天命が下った例《ため》しはありませんが……」

ゆるゆると首を横に振り、ウビルクは微笑《ほほえ》んだ。

喜びもへりくだりもない、実に無機質な笑みを湛《たた》えながら彼は続ける。

「あなたの作った盤面を、天の差配が崩すようなことはありません。――およそ、帝国のあらゆる人間はあなたの掌《てのひら》の上だ」

「――――」

「どうされました？」

断定的な言葉に望んだ効果が見込めず、ウビルクが不思議そうにする。その疑問に、ヴィンセントは「いや」と首を横に振った。

今のウビルクの発言に嘘があったとは思わない。皇帝への臣従よりも、得体の知れない星の囁きとやらを重視する男だが、その私心のなさは本物だった。

だから、その発言にもウビルク自身の思惑はないのだろう。

ただ――、

「――帝国の人間は余の掌、か」

その、あえて言わずともな装飾が、皇帝に扮《ふん》するものの胸に引っかかりを残していた。

4

――玉座の間で行われた、皇帝と宰相、そして道化の会談と同時刻。

「――残念だが、貴公らでは力不足だ！　ここより先へは決してゆかせん!!」

城壁の上に仁王立ちし、両腕を広げて全身を蠕動《ぜんどう》させる。

直後、カフマ・イルルクス二将の体内が脈動し、その腕から凄《すさ》まじい勢いで深緑色の茨《いばら》が放出、猛然と農地を駆けてくる人馬人《じんばびと》——上半身が人、下半身が馬の特徴を持ったそれの群れへと飛びかかり、その足下を薙《な》ぎ払《はら》い、胴体を貫き、大地へ沈める。

その茨《いばら》の攻撃を掻《か》い潜《くぐ》り、さらに城壁へ迫ってくる勇者が槍《やり》を振りかぶり、投じる。

馬の脚力と勢いが上半身へ伝い、投げつけられる投槍の威力は魔石砲に見劣りしない。

帝都を守護する防壁だ。地の魔法の防護を刻まれ、並大抵の攻撃で崩れはしないが、この威力の投槍が何百本と叩《たた》き付《つ》けられれば、被害を内へ通しかねない。

しかし——、

「自分の守護する頂点を選んだのが、貴公らの不運だ」

痛みと共に骨が軋《きし》む音がして、カフマの軽鎧《けいがい》を纏《まと》った胸部が内側から裂ける。体内から外に向かって開いた白い肋骨《ろっこつ》の奥、開放されるのは赤く脈動する未知の臓器。

駆けてくる人馬人の勇者たちが、そのカフマの姿勢に何事かと身構える。

だが、身構えたとしても無駄だ。

——直後、カフマの全身が激しく弾み、反動がその長身を後ろへ滑らせる。踏みしめた踵《かかと》が城壁を削り、カフマは体をつんざく痛みに耐えながら前を見た。

「————」

眼下、カフマの肋骨が照準したその射線上がごっそりと抉《えぐ》れ、その途上にいたはずの人馬人たちをまとめて呑《の》み込《こ》み、消滅させている。

それはこの決戦の前、魔都カオスフレームで相対した『大災』がもたらした惨状に酷似しており、カフマは自らの内で起こった皮肉な進化を実感する。

だが、心身を激しく消耗するこの諸刃《もろは》の剣《つるぎ》は、研ぎ澄ますだけの価値ある剣だ。

忌むべき力に頼り、忌むべき敵を討つ。そのために。

「閣下の、その手腕がもたらした安寧を容易《たやす》く踏《ふ》み躙《にじ》る叛徒《はんと》たちめ」

『将』の一人として、皇帝ヴィンセント・ヴォラキアの治世を間近で見てきた。

一人の、希少で疎まれるばかりの虫籠族《むしかごぞく》の男として、皇帝ヴィンセント・ヴォラキアの作った世で生きてきた。カフマ・イルルクスという一人の人間として、皇帝ヴィンセント・ヴォラキアの成し遂げてきた偉業の大きさを目の当たりにしてきた。

何故《なぜ》、ヴィンセント・ヴォラキアが刃《やいば》を向けられなくてはならない。

この帝国の在り方を変えようと、事実として変え続けている男と、それに匹敵するほどの覇業が他者に為《な》せるものか。

だから――、

「貴公らのようなものを、皇帝閣下の前へゆかせるわけにはいかない」

「――そりゃァ、大した覚悟じゃァねェか。嫌いじゃァねェよ」

茨も、世界を切り取る砲撃をも回避して、農地を蹴って城壁へと飛び上がった人影。その背丈の低い相手を見下ろしながら、カフマはその切れ長な目を細める。

新手であり、人馬人の勇者たちでは届かなかった城壁へ届くだけの実力者――元々、手を抜くのは得意ではない。手加減や、お遊びというのも苦手だ。

だがしかし、そんな余裕など欠片《かけら》もないだろう相手と、そうカフマは見定めた。

「ヴォラキア帝国二将、カフマ・イルルクスだ」

そう名乗ったカフマの背中、羽織ったマントを内側から破って、六枚の透明な翅《はね》が飛び出した。その臨戦態勢を見て――否《いな》、臨戦態勢よりも、名乗りを受けてだ。

戦士が戦士を相手に、名乗りを上げるのは当然の道理。無論、戦場でその流儀を守らない輩《やから》も少なからずいるのは事実だが――、

「――ガーフィール」

「――――」

「俺様ァ、『ゴージャス・タイガー』ガーフィール・ティンゼルだ。――本当は名乗るなって言われれッてんだが、しょうがねェときってのがあらァ」

そう、獰猛《どうもう》な笑みを浮かべた男――ガーフィールが胸の前で、その両腕に嵌《は》めた美しい手甲を合わせ、快音を奏でる。

帝都の城壁、五つの頂点の守護を任され、カフマは何日だろうと耐え抜く覚悟だった。

だが――、

「相手にとって、全力を出すに不足はない!!」

――開戦初日にして訪れたその大一番を、帝国二将最強の男は見誤らなかった。

第五章　『風穴』

1

――時は、帝都ルプガナの包囲戦から数日前へ遡る。


「――あの娘を連れ去ったのが『飛竜将』である以上、居所は竜人《りゅうびと》たるマデリン・エッシャルトの住処《すみか》か、あれの飼い主の屋敷であろうよ」

城郭都市《じょうかくとし》の都市庁舎、最上階の一室で広げた地図の前に陣取ったアベルは、その顔を覆った鬼の面に触れながらエミリアの問いにそう答えた。

そのアベルの答えを聞いて、エミリアは「マデリンの飼い主……」と呟《つぶや》く。

魔都に向かい、グァラルに戻るはずだったスバルと合流する当てが外れ、目覚めていたレムとも行き違ったエミリアたちは、ここからの方針に迷っていた。

魔都カオスフレームの崩壊後、行方が全くわからないスバルと、連れ去った相手の素性までわかっているレムと、どちらを優先した捜索をすべきか。

その判断材料を欲しがるエミリアにアベルが告げたのが、冒頭の言葉だった。

「あの気性の荒い竜人《りゅうびと》には聞かせられまいが、奴《やつ》は宰相のベルステッ・フォンダルフォンが推薦した一将だ。何事かあれば、帰参するのは奴の下となろう」

「――――」

「なんだ？　疑念でもあるのか？」

「ううん、そうじゃなくて……飼い主って言い方、すごーくよくないと思って」

マデリンと交わした言葉は少なく、むしろとても激しくやり合ったエミリアだが、今のアベルの言い方はマデリンが聞いたらすごく怒りそうな表現だと思った。

そのエミリアの指摘に黙り込み、アベルが仮面の奥の瞳を細める。自分の発言を振り返って、よくなかったと反省してくれるといいのだが。

ともあれ、エミリアたちの知らない帝国側の事情に明るいアベルの意見は助かる。

帝国のあちこちで反乱の空気が盛り上がり、空模様や空気の乾き具合まで悪くなっていく感覚は、なるべく物事をよく考えたいエミリアにもいい予感をもたらさなかった。

探し人と会える機会をことごとく空振りしているし、帝国ではとても間が悪い。

「でも、そのベルステッって人のところにマデリンが帰ったなら、レムも……」

「レムちゃんがいるなら、あんちゃんも！」

話の流れを辿《たど》るエミリア、そこに作戦机に取りつくミディアムが乗っかった。

小さな体を目一杯伸ばして訴えるミディアムと目が合い、エミリアは唇を緩める。彼女の大事な兄も、レムと一緒にマデリンに連れていかれてしまった一人。

きっとすごく不安で心配だろうに、ミディアムは弱った姿をちっとも見せない。

その気丈さ、エミリアも見習わなくてはと思わされる。

「宰相さん……ベルステツ・フォンダルフォン様って、とっても優秀で有能な、帝国の要なんて言われてる方ですよね」

と、ミディアムの健気《けなげ》さに打たれるエミリアの横で、そう口を挟んだのはペトラだ。

エミリアだけをいかせられないと、一緒についてきてくれたペトラ。自分の唇に指を当てて呟《つぶや》いた彼女は、鬼面越しに自分を見るアベルを見返し、

「皇帝閣下の大事な懐刀《ふところがたな》なら、宰相さんのお住まいがあるのは帝都で合ってますか？」

「疑問の余地のない道理であろう。必然、マデリン・エッシャルトの連れ去った両名……レムとフロップ・オコーネルも、帝都のベルステツめの下にいようよ」

「あ、そうなのね。じゃあ、レムとミディアムちゃんのお兄さんは帝都に――」

ペトラの問いとアベルの返答、それを受け、エミリアとミディアムが探し人の居場所がわかったと目を輝かせる。しかし――、

「……仕組まれてるみたいで、面白くないです」

同じ話を聞いたはずのペトラが、目に見えて不機嫌なため息をついた。

そのペトラの反応の意味がわからず、エミリアは目をぱちくりさせる。そんなエミリアの視線に、ペトラは酸っぱい顔をしたまま声の調子を落とすと、

「わたしたちは、この帝国で起こってる問題と無関係なんです。とっても大きな戦いにな

るのもわかるし、ミディアムちゃんとかウタカタちゃんのことは心配だけど……」

「──。うん、大丈夫よ。ちゃんと言いたいことはわかってる。私たちは、スバルとレムの二人を探しにきたんだもの」

言いづらそうなペトラの言葉を先回りし、エミリアは優しく言葉を選ぶ。

ペトラの不安や懸念もわかるのだ。エミリアだって、何もなければこのままずるずるとアベルたちと協力して、知り合ったみんなのために力を貸したいと思う。

でも、そうやって目先の問題ばかりについていっては、本来の目的であるスバルたちのところにとても辿《たど》り着《つ》けなくて──、

「あれ?」

そこまで考えたところで、エミリアは自分の頭に引っかかりを覚えた。

ペトラに言った通り、エミリアたちの目的はスバルとレムを無事連れ帰ること。そのために必要なら、辛《つら》くてもヴォラキアの事情は素通りしなくてはいけない。

なんて、そう思っていたのだけれど。

「でも今、レムは帝都にいるかもなのよね。それじゃ……」

「──わたしたちも、帝都にいかなくちゃいけないの」

エミリアの抱いた疑問が氷解し、氷の向こう側にいたペトラと目が合った。

その事実にいち早く気付いていたから、ペトラはとても苦い顔をしていたのだ。そのエミリアの驚きを裏付けるように、ペトラがアベルを睨《にら》みつけた。

「卑怯《ひきょう》です。わたしたちから言い出すまで、黙ってるなんて」

「筋道を立てれば自《おの》ずと一本に繋《つな》がる道理だ。貴様らの血の巡りの悪さを棚に上げ、俺を卑しいと罵るのは傲慢《ごうまん》というものであろう」

「だったら教えてください。『飛竜将』のマデリンさんの帰る場所、帝都の宰相さんのところともう一つあるって言ってましたよね。でも、帝都の話ばっかりして、そっちの方はエミリーが気付かないようにしてた」

「――――」

「相手の無知につけ込んで利用するのを、わたしの故郷では恥知らずって言うんです」

ピリピリと、アベルを責めるようにペトラが睨む。そのペトラの言いように、まんまと情報の抜け落ちを誤魔化《ごまか》されていたエミリアは眉尻を下げた。

アベル側でも、彼の隣で地図を覗《のぞ》き込《こ》んでいたミディアムが、「アベルちん……」とそのやり口を注意するように見上げている。

とても反省した。同時に、ペトラの怒る理由もエミリアはよくわかる。

隠し事はともかく、その手前のことはアベルの言う通り、エミリアもよくよく考えていれば気付けたこととはいえ、教えてくれてもよかっただろう。

もちろん、エミリアだってあらゆる問題で他人《ひと》頼みをするつもりはないけれど。

「アベルも、時間がないはずでしょう？　それはお互い様なのに、意地悪しないで」

「それも傲慢さが言わせる発言と言えよう。何故《なぜ》、俺がわざわざ貴様のために物の道理を懇切丁寧に語り聞かせる必要がある」

「――？　私たちの力が借りたいなら、お願いしますって言えなきゃダメじゃない」

「――。噛《か》み合《あ》わぬ女だ」

細い腕を組んで、アベルが長く重たい息を吐く。

しかし、彼の返事にエミリアは「そうかしら？」と全く違った意見を持った。噛み合っていないのではなく、アベルが噛み合うのを嫌がっているのだと。

「そうでしょ？　だって、これからヴォラキアで一番大変な戦いをしようとしてるんなら、私たちの手だって借りたいはずよ。私たち、すごーく力持ちだもの」

「エミリー、ちょっと言い方が気になるかも」

「私たち、すごーく頼もしいんだもの！」

「頼もしいんです。特にエミリーと、ガーフさん」

言い直したエミリアの隣で、ペトラもそう言って胸を張った。

エミリア一行――ガーフィールは文句なしに戦うのが強いし、エミリアもなかなかと自負している。オットーやペトラはとても賢く、フレデリカはいつも気遣いの達人だ。

スバルと再会するまで、無理のさせられないベアトリスはお休み中だが、彼女を守らなくてはと思うと力がモリモリ湧いてくる。

だから――、

「私たちがいた方が絶対、アベルの目的は叶《かな》いやすいでしょう？　それなのにこんな言い方しかできないのは、私たちにお願いしたって思われたくないから？」

「――――」

「そのやり方、いつかすごーくおっきなしっぺ返しされちゃう前にやめた方がいいと思う。ロズワールみたいに、ミディアムちゃんたちにぶたれる前に」

屋敷と『聖域』を巻き込む悪巧みをして、ロズワールはエミリアたちに引《ひ》っ叩《ぱた》かれた。同じような目に遭う前に、アベルも反省して、謝った方がきっといい。

そのエミリアの言葉に、アベルはじっと押し黙っていたが――、

「――今のエミリーの指摘、実に金言だと僕は思いましたよ」

ふと、背後から届いたその声が、エミリアの言動をそう褒める。振り向かなくても誰だかわかるその人物は、当然のようにエミリアの隣に並び立った。

ちらと、エミリアはその柔和で、でも頼もしい横顔を覗《のぞ》き見《み》ながら、

「よかった。オットーくん、一人じゃなかったのね。安心しちゃった」

「って、僕の顔を見て最初に言うのがそれですか!?」

「だって、オットーくん、一人で出歩いててさらわれちゃったばっかりだし……」

眉尻を下げたエミリアの答えに、隣に立ったオットーががっくり肩を落とす。返す言葉もないと項垂《うなだ》れるオットーは、その背後にガーフィールを連れていて。

「オットーくんといてくれて、ありがと、ガーフィール」

「ハッ、礼言われるッことじゃァねェよ。それッより、エミリーとペトラお嬢様の二人こ

そ、何話してッやがったんだ？」

「ええと、色々だけど……ペトラお嬢様のおかげで言いくるめられないで済んだの。言いくるめられてなかったわよね？」

「うん、大丈夫だよ、エミリー。とっても頼もしくてビックリしちゃった」

「ふふ、でしょう？」

オットーたちの前で、エミリアとペトラが互いの手を合わせる。そんな二人の様子に微笑し、しかしすぐに笑みを消したオットーが「アベルさん」と鬼面の相手と見合う。

作戦机を挟んで、オットーはどこか厳しい目をアベルに向けながら、

「おおよそ、エミリーたちと何を話していたのか想像はつきます。レムさんが『九神将』に連れ去られ、その行く先が帝都ルプガナなら、僕たちはすでに帝国と敵対する立場になったと、そういう話では？」

「——！　すごい！　オットーくん、こっそり聞いてたの？」

「いえ、ペトラお嬢様の態度から何となく、ですね。それと今さっきまで、外からこの街にきた方々の話を聞いて回っていたところでしたので」

そう答え、柔らかく頷《うなず》くオットー。——その態度に、ささやかに違和感を覚える。

何が、とははっきり言えない。ただ、いつも通り、物静かで賢くて頼りになるオットーなのに、彼の横顔にエミリアは感じたのだ。隠しても、隠し切れない怒りを。

「反乱の兆《きざ》しは日毎《ひごと》に強くなる一方、この町にも次々と志願者が集まってきています」

「事の起こりと、『飛竜将』を退けた一件があれば当然と言える。ヨルナ・ミシグレが魔都の住民を連れ、この地を拠点としていることもだ」

「ええ、そうでしょうね。――どこまで布石を？」

一拍、わずかに溜《た》められた問いかけは、エミリアの抱いた疑念を確信に至らせた。

オットーの問いかけにアベルは黙り込む。でも、それは答えを考えているのではなく、相手を焦《じ》らすための意地悪だ。だって、アベルの目つきは揺るがない。答えは決めているのに、聞かせるのをもったいぶっている人の態度だった。

「どこまで、あなたの思い通りなんでしょうね」

重ねて、オットーが言い方を変えながら同じことを聞いた。

それを根負けした証拠だとエミリアは思わない。勝ち負けの話はあまり好きではないが、もう勝ち負けは決まっていて、オットーが聞いているのは負けた理由なのだ。

そしてオットーの敗北は、自分たちの敗北でもあると、エミリアもわかっていて。

「――貴様らの存在は、この都市へ戻って初めて知った。そこまで策の内に含めるなら、それこそ星を詠むような真似《まね》をする必要があろうよ」

「では、ただの偶然だと？」

「偶然と片付けるつもりはない。所詮、運否天賦《うんぷてんぷ》は最後の一因に過ぎぬ」

一度だけ首を左右に振り、アベルは断定的にオットーの言葉を否定した。

その言葉にオットーの頬《ほお》が硬くなるのを見て、エミリアはたまらず彼の袖を引く。そして、彼の抱える敗北感、それを一人で抱えさせておくのを終わりにする。

「オットーくん、どういうことなの？」

「……ナツキさんが置かれた状況については報告がありましたね。だいぶ、馬鹿げた出来事とは思いましたが」

「ミディアムちゃんと同じで小さくなってる、だよね？」

オットーの話を聞いて、ペトラがちらとアベルの隣にいるミディアムを見る。

魔都で敵に攻撃され、大人から子どもにされてしまったと話したミディアム。彼女だけでなく、スバルも同じような状況に置かれていると。

そして、そんな不安な状態のスバルを守るために――、

「アベルは、黒い髪で黒い目をした男の子が皇帝の子どもだって、そういう噂《うわさ》を流したのよね。そうすれば、もしもスバルを悪く思う人たちに見つかっても……」

「事の真偽を確かめるため、命は取られない。僕も、その時点では妙案だと思いました。どうあれ、ナツキさんの危険度が下がるならと。ですが――」

「……そっか、そういうことなんだ」

眉を寄せるエミリアの横で、ペトラが何かに気付いた風に呟《つぶや》いた。それから彼女は丸い瞳を鋭くして、オットーと同じようにアベルを睨《にら》む。

「黒い髪で黒い目の男の子……皇帝の本物の隠し子かどうかはわからないけど、でも、兵士さんたちは迂闊《うかつ》に手は出せない」

「え、ええ、そうよね。だから、スバルは安全で……」

「でも、安全なのは、その男の子が本物かどうか確かめるまで。それで、その男の子はどこで本物かどうか確かめるの？」

「どこでって……ぁ」

考えを整理しながらペトラの話を聞いて、ようやくエミリアも要点に追いついた。

アベルが流した噂で、子どもになってしまったスバル——黒い髪と黒い目の男の子が探されて、見つかった子は本物かどうか確かめるために連行される。

その場所は、当たり前だけれど——、

「——皇帝のいる、帝都？」

「図らずも、貴様たちの探し物はどちらも帝都にある。手間が省けたな」

「白々しい……っ」

エミリアが結論に辿《たど》り着《つ》くと、待ち構えていたようにアベルが頷《うなず》く。途端、声を高くしたペトラがアベルを睨むが、彼はその怒りに細い肩をすくめて、

「言ったはずだ。貴様たちの存在は俺にとって予想の外だと。あくまで、叛徒《はんと》の存在を煽《あお》るために流した風聞がそうした働きを見せたに過ぎぬ」

「——っ」

「それとも、貴様はこうのたまうか？　わざわざナツキ・スバルを縮めて行方をくらまさせ、帝国全土を惑わすための噂を流し、もののついでに治癒術を使える鬼の娘を『九神

将』の一人にさらわせた。その全てが俺の仕組んだことと。──俺は多忙だな」

馬鹿にするみたいな言い方をされて、ペトラの表情が強張《こわば》った。

当然、ペトラをそんな風に扱われて、オットーもガーフィールも面白くない。だから、一番最初に動いたのがエミリアで、アベルはホッとするべきだ。

エミリアはペトラを庇《かば》うように前に出ると、腕を組んだアベルをじっと見つめる。

「そんな何でもかんでもわかってる人みたいに思ってないわ。変な言い方で、ペトラお嬢様をイジメないで。もし、また同じことをしたら……」

「同じことをすれば、なんだ？」

「さっき話したしっぺ返し、一番最初にするのは私になるんだから！」

きゅっと、握った拳を正面に突き出してエミリアはそう言い放つ。

エミリアもできたら何でも話し合いで解決すべきだと思っているが、どうしても耳を貸してくれなかったり、話の通じない相手には握り拳も致し方なしだ。

ましてや悪く言われたのがエミリアではなく、大事な身内ならなおのこと。

「──。腹芸の一つもない。貴様らの筆頭はいつもこうか？」

「ええ、言葉を選んでもらえなくて苦労することも多いですよ。でも──」

「そんな相手ッだからやり甲斐《がい》があらァ。理詰めで全ッ部何もかも、道塞いで縛れば同じ方に歩けると思ってッ野郎よりよっぽどなァ」

目を細めたアベルの言葉に、オットーとガーフィールがそれぞれそう応じる。

何となく、仮の代表のはずのペトラではなく、自分のことを話題にされている気がしてしまったが、エミリアはそこは深く突っ込まなかった。

今、ペトラのことをみんなで庇い、話さなくてはならないのは――、

「つまり、ここにゃァいねェ大将もレムも、どっちも帝都にいるかもしんねェって話だ」

「そして、正規軍と反乱軍との決戦の地が帝都になる可能性が高い以上、僕たちにそれを素通りする選択肢はありません」

「恥知らず……」

スバルもレムも、帝都ルプガナにいるかもしれない。

もしかしたら、レムは違う場所にいるかもしれないし、スバルも黒い髪の男の子たちと一緒に帝都に集められているか、とても期待させられてしまうだけかも。

だとしても、それが一番可能性の高いことならみんなの言う通りだ。

「決めたわ。私たちみんなで、帝都にいきましょう。スバルとレムを見つけなくちゃ」

「エミリー、決定権はペトラお嬢様に」

「あ、そうよね！　ええと、どうする、ペトラお嬢様。私の決めた通りでいい？」

「――。うん、大丈夫。本当は、全部あの人の思い通りになるみたいで嫌だけど」

じっと、ペトラがアベルの方を睨《にら》み、それでもすぐに表情を柔らかいものにする。

アベルに言いたい放題された不満を、スバルたちのために呑《の》んでくれたのだ。そのペトラの気遣いに甘えつつ、エミリアは「そうだ」とアベルに振り向いた。

「ねえ、アベル、ペトラお嬢様は全部あなたの思い通りって言ったけど……」

「言ったはずだ。全てを俺が仕組み、誘導することなど不可能だと。それとも、貴様もその娘と同じように俺を常外の存在とでもみなすか？」

「ううん、そんな風には思わないわ。アベルは頭がよくて、へんてこなお面を被《かぶ》ってる人で、それと……やっぱり、不器用な人なんじゃないかしら」

唇に指を当てて、エミリアはそう首を傾《かし》げながら答える。

面のことに触れたとき、アベルの手がそっと鬼面へと触れて、すぐ後ろでオットーとガーフィール、ペトラも小さく笑う声が聞こえた。

その三人の反応をよかったと思うエミリアに、アベルは「どういう評価だ」と聞く。

「聞き覚えのない評価だ。何ゆえに、俺をそう評する」

「不器用？　ええと、そう思った理由は……そう！　スバルのことよ」

「スバルの？　どういうこと？」

一瞬、自分の考えの辿《たど》った道を探したエミリアに、ペトラが目を丸くする。

アベルが悪巧みの達人に見えているペトラには、エミリアの言った意味がよくわからないのだろう。エミリアも、アベルが悪巧みの達人だとは思っているが――、

「アベルも言ってたでしょ？　私たちがいるのは、アベルにとって嬉《うれ》しい予想外だって」

「俺の言葉を勝手に装飾するな」

「私たちがいた方が助かるのはホントでしょ？　それをアベルは一回だって違いますって

言ってないもの。それで、話を戻すわね？」

「――――」

「私たちがいるのは予定外だけど、アベルがスバルのために黒い髪の男の子の噂《うわさ》を流したのは予定通り……それで、スバルが帝都にいるかもって可能性が高くなったなら、そのことはアベルの予定通りなんでしょ？」

　予定通りと予定外、何度も言っていて頭がこんがらがりそうになりながら、エミリアは丁寧に言葉を選び、整理してアベルの考えをちゃんとしてみる。

　エミリアたちがいなくても、アベルは同じ嘘《うそ》をついていたのだから――、

「だったら、アベルのついた嘘は、みんなで帝都で戦うとき、その場所にスバルがいる可能性をちょっとでも高くするための嘘……じゃない？」

「――ッ、そりゃァそォかもだが、なんだってこいつが大将を」

「そんなの決まってるじゃない。――スバルが、すごーく頼もしいから！」

　どれが何のためとか何がどんな目的でとか、色々な思惑が絡むのをエミリア一人で読み解くことは難しい。でも、ガーフィールの口にした疑問の答えは明白だ。

　アベルがしたたくさんの悪巧みは、スバルを決戦の場面に呼び寄せるための計画――そうしたくなる気持ちはわかる。スバルがいてくれたらとても心強いから。

　でも、それなら嘘をついたりなんかせずに――、

「ちゃんと手伝ってって言えたら、きっとスバルは話を聞いてくれたはずよ」

「――――」

じっと、そう言ったエミリアはアベルを見据え、彼からの答えを待つ。

鬼面の向こう側、黒瞳と紫紺の瞳をぶつけ合いながら、エミリアはふと気付いた。

アベルはその両目を、一緒に瞬《まばた》きすることが一度もない。どちらかの目を常に開け続けている。目が乾かないのだろうか。

――そんなに無理をして、心が乾かないのだろうかと。

「なんだ、何を待っている」

「え？」

「俺が貴様らのとりとめのない言葉に取り合い、あれこれと受け答えする道理がどこにある。いつまでも気紛《きまぐ》れが続くと思うな」

「アベルちん！」

沈黙を続けた果てに、話を終わらせにかかったアベル。その言い方にエミリアが目を見張ると、代わりに声を大きくしたのはミディアムだった。

黙って話を見守っていた彼女は、傍《かたわ》らのアベルの袖を引っ張りながら、

「今の、すっごいカッコ悪い！　あたしから見ても、アベルちんの負けだよ！」

「勝ち負けを競う場とした覚えはないぞ。袖を引くな。替えがない」

「服がなくなったら、また女の子の格好しなよ！　アベルちんにはお似合いだい！」

乱暴に、もう一度強く袖を引っ張って、それからミディアムがアベルに舌を出した。彼

女はたたっと作戦机を回り込み、エミリアたちの前にやってくると、

「あたしもむつかしいことはわかんないよ。でも、レムちゃんが帝都にいるんなら、きっとあんちゃんもそこにいる……あたし、また二人と会いたいの。スバルちんとも！　だから、だからね……」

たどたどしく誠意を尽くしながら、ミディアムがガバッと頭を下げた。長い金色の髪が放り投げられるみたいに頭を越えて、エミリアたちの足下に落ちる。

しかし、ミディアムはそんなことにも気付かず、

「お願い！　アベルちんはあんなだけど、エミリーちゃんたちも手伝って！」

一生懸命、そう声を震わせるミディアム。

彼女からのお願いに、エミリアは思わず目を細めた。それから、頭を下げているミディアム越しに、その向こうに立っているアベルを見る。

「アベル、こういうことだと思うの」

そうエミリアに言われ、頭を下げるミディアムの背中をアベルが見る。それから、彼は鬼面の向こうで何を思ったのか、その黒瞳には見せないまま、

「貴様たちも、帝都攻めに加わる。その意思表明と捉える」

「恥知らずっ！」

「アベルちん──！」

と、幼い二人の少女の怒声が、お願いしますの言えないアベルを叱りつけた。

2

――そんな一幕を挟んで、エミリア一行は帝都決戦へと参戦を決意した。

本音のところ、アベルがどこまで計算して盤面を作ったのかはわからない。

もしかしたらペトラに話していたみたいに、スバルのこともレムのことも全部まとめてアベルの計算通りなのかもしれないし、実は全部ただの偶然かもしれなかった。

「だから、アベルさんの発言に囚《とら》われすぎず、僕たちは僕たちの目的を果たしましょう」

「うん、わたしもオットーさんの言う通りがいいと思う。……ダドリーとは？」

「ひとまず、あちらも小目標だった知人……ドラクロイ上級伯と合流できているそうで、どうやら件《くだん》の上級伯は反乱に乗り気なんだとか」

「じゃあ、その上級伯とダドリー……ロズワールも帝都に？」

「そうなるようです。――ますます気が抜けませんね」

エミリアたちと別行動し、ヴォラキア帝国にいる知人を訪ねたロズワールも、そちらで成果と問題の板挟みにあっているようだった。

ただ、ロズワールとラムの二人も、どうやら帝都ルプガナへ向かうことになるらしい。

スバルとレムが本当に帝都にいるのだとしたら、全員が一挙に集まることになる。

「ただし、向かう先で待ち受けるのは帝国全土を巻き込む大乱の中心……正直なところ、最初に想定していた事態とすっかり事情は変わってしまいましたわ」

「んだァ、姉貴。まさか、今ッさらビビッてやがんのかよォ」

「怖気《おじけ》づきはしませんが、少なからず不安はありましてよ。他国の諍《いさか》いに干渉するのも問題ですし、戦場となれば……」

目を伏せたフレデリカが、表情を硬くしてその先の言葉を躊躇《ためら》う。

彼女が口にするのを嫌がった内容、それは周りの全員に想像がつくもの――向かう先が帝都の決戦となれば、彼我のどちらにも多大な被害が出るだろう。

避けられない大きなうねり、それは本来なら隣国の出来事となったはずのもの。

たくさんの人が傷付き、あるいは命を落としてしまうだろう戦い。そこには、エミリアたちが帝国で出会い、親しくなった人たちも大勢含まれている。

だから――、

「もしも帝国にいなかったら、私たちはこのことを隣の国で起こったことって、そうやって眉間に皺《しわ》を寄せるだけで聞き流してたかも。だけど」

「ッけど？」

「私たちはここにいて、戦いに参加する人たちとも知り合っちゃったから、もしもここから逃げられても、もう眉間に皺を寄せるだけじゃ済まないわ」

仮に潰《つい》える命が同じでも、見知った相手と知らない相手とでは感じ方が違う。

命はとても大切で、何かと比べられるものじゃない。だから命を比べられるとしたら、同じように命とだけなのだろう。――それもきっと、とても独善的な考え方だ。

だけど、勝手な考えを貫き通す覚悟なら、もうとっくに決めてある。

「私たちが参加したら、死んじゃう人が減らせると思う」

「エミリー……いえ、エミリア様。それはかなりの茨《いばら》の道ですよ」

胸に手を当てたエミリアの言葉に、オットーが呼び方を改めてそう返した。

身内以外の誰もいない場所でも、呼び間違えのないように頑《かたく》なに偽名を貫いてきたオットーだけに、そこには彼の本気が垣間《かいま》見える。

その本気に応えないことこそ失礼だから、エミリアも本気で頷《うなず》いた。

「ん、わかってる。ううん、もしかしたら、オットーくんは私が考えてるよりももっとずっと大変なことに気付いてるのかもしれないけど、それも何とかするわ」

「僕たちの目標はナツキさんとレムさんを連れ帰ること。もしも、この決戦で死人が二人しか出なくても、その二人がナツキさんとレムさんだったなら失敗です。逆を言えば、もしも帝国の人間が全滅しても、二人が無事なら僕たちの勝ちだ」

「オットー兄《あに》ィ、いくら何でもそいつァ……」

「今はエミリア様と話しています」

静かな声で言葉を連ねるオットーに、ガーフィールがたまらず口を挟もうとした。が、オットーはそれを切り捨て、エミリアにだけ答えを求める。

そのオットーの瞳を見返して、エミリアは紫紺の瞳を微《かす》かに揺らした。

そして——、

「ごめんね、オットーくん。帝国にきてから……ううん、帝国にくる前の、スバルたちを助けにいかなくちゃってなってから、ずっと一生懸命になってくれて」

「……それが僕の役目ですから。なので、僕がどうとかで考えを」

「ええ、わかってる。——私たちに必要なのは、全力だもの。それで、私たちの全力にはオットーくんが必要だから、スバルたちと会えるまで頑張ってもらう。もしもオットーくんが倒れても、無理やり負《お》ぶっていくから。だから」

「——」

「だから、スバルたちを助けるのも、できるだけ帝国の人を死なせないのも、私たちですごーく頑張って、どっちもやりましょう！」

すごく無茶《むちゃ》なことを言っている自覚はあるし、とても勝手なお願いなのも承知の上。それでもエミリアは、やりたいことをやり始める前から妥協するのはやめた。

みんなの顔を見渡して、その頼もしくて大切な仲間たちの目をしっかりと見る。みんながエミリアの言葉を待ってくれていて、何を言うかわかってくれていて。

それでも、ちゃんと言葉にして言わなくちゃいけないことだから。

そのために——、

「——私たちが、この戦いに風穴を開けましょう」

3

——時は、決戦の地、決戦の瞬間、決戦の渦中へと再び戻る。


猛烈な冷たい風が吹き荒れて、ヴォラキアの緑色の草原を白い空気が埋め尽くす。

下がる気温と冷え込む空気に揉《も》まれ、多くのものたちが足を止めた。

周囲、動きを止めて白い息を吐くのは、その体の一部に目を引く特徴を備えた人々だ。

男の人も女の人も、年齢も無関係な彼らは一様に共通して、体に武器を生やしている。

その腕が剣になっているものがいれば、足の全体が鉄製になっているものもいて、変形した頭部が金槌《かなづち》になっているものや、背中そのものが盾になっているものもいた。

ヴォラキアには多種多様な亜人がいると聞いていたが、さすが帝国の色んな場所からたくさんの人が集結しただけあって、驚きの絶えない戦場だった。

ただ、体が武器になっていても、それが目の前の問題を全部壊したり、それから全部守ってくれるわけではないと、傷付いて倒れた彼らが証明している。

なので、大きく息を吸い込むと、

「みんな！　ここから離れて！　ここは私がすご－く頑張るから！」

倒れている人々——刃金人《はがねびと》にそう言って、エミリアは大股で急いで前に出た。

これ以上の追い打ちが彼らにかけられないよう、自分に相手の注意を引き付けようとする。しかし、エミリアのその考えは不要だった。

通用しなかったわけではない。もう十分、相手の目はエミリアに引き付けられていた。何故《なぜ》なら、エミリアの向かった城壁の頂点で待っていたのは――、

「――また、お前だっちゃか」

刃金人を初めて見たと、そう感心したエミリアの感慨さえも浅く感じるほど、多様な人種の坩堝《るつぼ》であるヴォラキア帝国ですら個体数を見ない存在。

瞳を金色に輝かせ、頭部に鈍く光るのは二本の黒い角。投じた飛翼刃《ひよくじん》が戻ってくるのを小さな手で受け止めて、小柄な体格に見合わぬ威圧感を纏《まと》った少女だ。

そこに立っていた相手を見上げ、エミリアはビシッと指を差し、言った。

「ええ！　また私よ、マデリン！　通りすがりの精霊術師、エミリー！」

「腹立たしい娘だっちゃ。この間の戦いで、竜には勝てないと――」

強く歯を噛《か》んで、マデリンの形相が鬼気迫るものに変わっていく。

エミリアを敵とみなし、先日のグァラルでの戦いの雪辱を晴らそうと、そうマデリンが眼下のエミリアに飛翼刃を振り上げ――、

「――えい！」

次の瞬間、前回同様に都市庁舎よりも大きな氷塊がマデリンへと天墜し、エミリアとマデリンとの戦いが轟音《ごうおん》と共に開戦したのだった。

4

──その氷雪の天墜と同時刻。


「お、おおぉぉぉォォォ──ッ!!」

星型の城壁、その頂点の一つで雄叫《おたけ》びが上がり、猛然と一頭の虎が走る。

その両腕を銀色に輝く手甲で覆い、稲妻もかくやという速度で敵の懐《ふところ》へ踏み込む。恐ろしいほどの制圧力で人馬人《じんばびと》の一軍を撃砕した相手へ、我が身を届かせるために。

自分に課せられた期待と使命、陣営全員の願いを担い、ガーフィールが吶喊《とっかん》する。

だが──、

「確かに、多対一は自分の得意とするところだが──」

「──ッ」

「たとえ一騎打ちであろうと、技の冴《さ》えに陰りはない!!」

勇ましい声を迎撃に、相対するカフマ・イルルクスが両腕を構える。

その刺青《いれずみ》に覆われた腕が膨れ上がり、直後、莫大《ばくだい》な量の茨《いばら》がガーフィールの視界を埋め尽くした。無数の棘《とげ》を生やした茨は肉食獣の如《ごと》く、獲物を食い千切らんと猛然と迫る。

「しゃァらくせェッ!!」

　壁上を大波のように押し寄せる茨に逃げ道を塞がれ、ガーフィールは下手な回避行動よりも、その茨へと手甲を掲げて突っ込むことを選択した。

　手甲の強度と己の脚力を信用し、一直線に茨の嵐へ――、

「――ぐ」

「その覚悟は見事だが、判断は過《あやま》ちだ」

　そのカフマの呟《つぶや》きと、押し寄せる茨と接触したガーフィールの苦鳴は同時だった。

　出所がどうだろうと茨は茨と、威力を過少に見積もったガーフィールの全身が軋《きし》む。それはまるで、誇張なしに森が丸ごとぶつかってくるような衝撃だ。

　一人の人間が生み出す森、茨生い茂る大自然をぶつけられたと認識を改める。

「だったら、こォだ!!」

「なに!?」

　軋るほどに歯を噛《か》みしめ、茨の波濤《はとう》を受けるガーフィールが強く足を振り下ろす。叩《たた》き付《つ》けた靴裏を通じ、足場となる城壁の一部が隆起、茨の向こうでカフマの足場が傾いて、目を剥《む》く『将』の体勢が崩れる。

　ガーフィールの『地霊の加護』の効果だ。本来は大地からの力の供与、逆に干渉することを可能とする加護だが、大地の範囲は加護者の解釈に大きく依拠する。

　ガーフィールの場合は、自分の足がどっしりついている足場であれば、大地だ。

「空ッさえ飛んでなきゃァなァ！」

ヴォラキア帝国に名にし負う、飛竜に運ばせる飛竜船などでは話が違うだろうが、そうでなければガーフィールはそこを大地と思い込める。

カフマの足下の傾きは一度に留《とど》まらず、二度、三度と隆起する足場が彼を追い、飛びずさりながら虫籠族《むしかごぞく》の雄はそれに対処する。その間、正確さの乱れる茨《いばら》を捌《さば》いてガーフィールは前進、頬《ほお》や肩を棘《とげ》に裂かれながら、進む、進む、突き進む。

その負傷を厭《いと》わぬ果敢な前進が、彼我の距離を数メートルへ縮めた。

「ならば切り込む！」

即時、茨による中距離攻撃を捨て、下がりかけたカフマの背で翅《はね》が鳴動した。

刹那、その翅が視認困難なほどの速度ではためくと同時、城壁を蹴ったカフマの姿がガーフィールの真横に出現する。速さの撹乱《かくらん》ではない。緩急だ。

翅の使い方で意識の裏へ回り込む技量、実に見事と感嘆する。だが――、

「させッかよォ！」

回り込まれた意識の方角に無理やり振り返り、ガーフィールが吠《ほ》える。

放たれる裏拳が唸《うな》りを上げ、横に現れたカフマの顔面へ叩《たた》き込《こ》まれる。それを、カフマは跳ね上げた自らの両腕で防御――その両腕を、黒い甲殻が覆っていた。

ガーフィールの手甲と同じく、自らを守る防護だ。だが、茨に翅に肋骨《ろっこつ》、そして甲殻とすでに四種類目の異能。いったい、何体の『虫』を入れているのか。

「し――っ！」

一撃を受けられ、しかし両者の攻防はそこで止まらない。

超至近距離はガーフィールの間合いだ。裏拳を止められた位置から振り返る勢いで左の拳を振り抜き、受け流そうとする相手に頭突きを叩き込む。

衝撃と苦鳴が両者の間で破裂し、そこから急所を狙った猛烈な拳打が応酬される。

手甲と甲殻、双方が固めた拳を交換し合う。だが、直前の自負に嘘《うそ》はない。手の届く距離はガーフィールの間合い、ここで押し負けては話にならない。

「が、あああぁぁァァ!!」

打ち込まれる拳を回し受けし、代わりに相手の胸と胴に拳をぶち込む。たまらず下がる顎を下から反対の拳が打ち上げ、のけ反った胴体に膝を叩き込んだ。苦鳴、カフマが翅を羽ばたかせ、大きく下がる。

「いかッせるかァ！」

「――ぐっ」

その飛びのく足を掴《つか》み、強引に城壁へと背中から叩き落とす。そのままカフマの体を地面に押し付け、背の翅をもぎ取ってやらんと猛然と走り出す。

壁上、噴煙を上げながらガーフィールが走り、カフマの背が血を噴いて翅が一枚、二枚と千切れた。その勢いのまま、一気に――、

「――――」

――刹那、背中の翅を強引に羽ばたかせ、体を浮かせたカフマの胸部が開く。突き出し

た肋骨《ろっこつ》の向こう、胸の内にある赤い臓器と目が合った。

　全身の生存本能の訴えに従い、カフマの体を放棄して真横へ飛ぶ。それで正解だった。直前までガーフィールのいた位置、射線上が丸ごと消し飛び、城壁の上部が丸く抉《えぐ》られる。ガーフィールも産毛《うぶげ》を持っていかれ、背筋が凍った。

「――自分の見識不足を認めよう」

「あァ？」

　血の気が引く感覚を味わった直後、ガーフィールはその声に引き戻される。

　見れば、背の破れた翅《はね》を畳んで、壁上に膝をつくカフマが口の端の血を拭い、ガーフィールを見る。その眼差《まなざ》しには感嘆と、確かな敬意が含まれていた。

「貴公のような勇士の存在を知らずにいた。自分の不明を恥じるほどだ」

「はんッ、知らねェのを責めやァしねェ。知られてッ方がおっかねェかんなァ」

「――？　どういうことだ？」

　凛々《りり》しい眉を寄せ、カフマがガーフィールの言葉の真意を疑問視する。

　彼からすれば、この帝国の一大事に他国の人間、それも王国の人間が関《かか》わっているなんて考えもしていないことだろう。素性のバレる真似《まね》は慎めと言われたにも拘らず、すでに名乗り返してしまった。これ以上、叱責される理由は増やせない。

　まさかここで、帝国の内乱を王国も交えた大乱へ変えるわけにはいかないのだから。

「悪《わり》ィが、名前ッ以外は話すつもりァねェ。それもギリッギリだかんなァ。『見違えたクルルキアック』って話だぜ」

「――。どうあれ、貴公の実力に敬意を払う。それだけに自分も残念だ」

「……残念？」

ゆるゆると首を振り、声の調子を落としたカフマにガーフィールが眉を顰《ひそ》める。カフマの声音に嘘《うそ》はなく、挑発の意図もない無念が滲《にじ》んでいた。

しかしその無念は、カフマ自身に起因するものではなく――、

「このような状況下でなければ、貴公とは真っ向から渡り合い、語らいたかった」

「何を――ォ」

言っているのかと、その言葉の意味を問《と》い質《ただ》そうとした瞬間だった。

一歩、踏み出そうとした膝の力が抜け、ガーフィールがその場に膝をつく。「あ？」と掠《かす》れた息が漏れ、自分の胸を押さえながらガーフィールは目を血走らせた。

ドクドクと脈打つ心臓、その鼓動が大きく、危機的で。――凄《すさ》まじい本能の警鐘、命の危うさを訴えるそれを聞いて、ガーフィールは気付く。

――何かが、自分の体の中を這《は》い回《まわ》っている。

「手の届く距離で自分と戦うなら、被弾は避けるべきだった」

歯の根を震わせ、血涙を流すガーフィールに言って、カフマが自分の手を突き出す。そのカフマの曲げた五指の先端、見えるのは白く蠢《うごめ》く『虫』の管だ。

茨《いばら》で負った傷、そこに『虫』が管から卵を植え付けた。それがガーフィールの体内で孵《ふ》

化《か》し、その内側を這《は》い回《まわ》っているのだ。

「ぐ、あおおォォ……」

気付いた瞬間、ガーフィールは自分の体を抱いて治癒魔法を発動する。

強烈な癒《いや》しの波動がガーフィールの体を淡い光で包み、負った傷を強引に癒す。それを目の当たりにして、カフマは軽く眉を上げ、驚きを露《あら》わにした。

「治癒魔法とは、癒し手でもあるのか。その多芸さには目を見張る。だが」

「──ッ、ァ、おあ」

「貴公の体内を巡る『虫』の目的は傷を負わせることではなく、貴公の体を己の苗床とすることだ。──魔法に傷は治せても、変化は治せない」

カフマの残酷な宣言、その正しさを癒えぬ不調が証明する。

傷が癒え、かえって体内の『虫』の逃げ道を塞いでしまったと、ガーフィールは赤く染まる視界の中で自分を呪った。その姿に、カフマが痛ましげに首を横に振り、

「貴公の技と力量、このカフマ・イルルクスが確かに胸に刻もう。──勇ましく眠れ」

その右腕を黒い甲殻で覆ったカフマが、身動きのできないガーフィールの頭部へと一撃を叩《たた》き込《こ》む。頭蓋を打ち砕かれる血飛沫《ちしぶき》、激しくもんどりうって体が転がる。

転がり、転がり、そのまま城壁の端で弾んで、浮遊感に呑《の》まれ、落ちる。

「──ァ」

断末魔には、あまりにもか細いそれが喉から漏れ、為《な》す術《すべ》なく、ガーフィールの体は城

壁の下へ、無防備に落ちていった。

5

――『虫籠族《むしかごぞく》』との戦いにおいて、全ての初見殺しを避け切るのは不可能だ。

自分たちが体内に入れた『虫』という生き物は、おおよそ人間の想像の枠組みを超克《ちょうこく》した進化と成育を遂げており、発現する能力も千差万別と言える。

加えて、自らの体内で育った『虫』と共鳴し合い、技を磨くことでさらなる変化を促すこともできるとなれば、虫籠族同士でも同じ戦士は二人と生まれない。

まして、カフマ・イルルクスは虫籠族で生まれた異才だった。

自らの信念と哲学が理由で、打診された『九神将』への昇格を拒否したカフマ、その力量は皇帝閣下にも、一将と遜色ないと認められたもの。

ヴォラキアの戦士として、頂の一人に並ぶことを許された傑物であった。

当然、虫籠族に生まれついた以上、『虫』の力を借り、その能力を己の技として発揮することに躊躇《ためら》いも罪悪感もありはしない。

『虫』の力も含めて、それがカフマ・イルルクスという戦士の強さだった。

「――それでも、思うところがないではない」

必勝を期さなくてはならず、可能な限り、多くの敵の撃滅を求められるカフマは、たった一人の戦士と渡り合っている猶予などなかった。

故に、最速で相手を仕留めるための禁じ手を用い、敵を討った。

体内に『虫』を入れる儀式は、虫籠族《むしかごぞく》であっても入念な準備の果てに行うものだ。

生まれたばかりの赤子の頃から、将来『虫』を入れることを想定した肉体改造を行い、最低でも齢《よわい》十二まで儀式は行われず、器となる準備に費やされる。

その過程を省略して『虫』を植え付けられれば、対象の肉体は耐えられない。

故に——、

「貴公との決着、このような形で済ませるのは痛恨だ」

遺憾の意を表明し、カフマは目をつむると、打ち倒した相手に黙祷《もくとう》を捧《ささ》げる。だが、感傷に浸る時間は短く、カフマはすぐさま振り返り、改めて城壁の外を望んだ。

人馬人《じんばびと》の最初の攻撃を打ち払ったが、すぐに第二陣が攻めかけてくるだろう。何度でも飛び込んでくればいい。そのたびに全員打ち払って——そう、考えた直後だ。

「——ッ、なんだ⁉」

仁王立ちし、体内を巡る茨《いばら》の『虫』を呼び起こそうとしたカフマは、すぐ間近で発生した轟音《ごうおん》——爆音めいた凄《すさ》まじい衝撃に目を剥《む》いた。

一瞬、反乱軍が城壁を崩すため、何らかの兵器を持ち出したかと疑ったが、それが思い違いであることをすぐにカフマは理解する。

しかし、その理解は安堵《あんど》には繋《つな》がらなかった。

何故《なぜ》なら――、

「――ガーフィール・ティンゼル」

戦慄するカフマの視界、落ちた城壁を再び這《は》い上《あ》がったガーフィールが立っている。

その肥大化した猛獣の姿の、全身を燃え盛る炎で包んだ狂戦士が。

6

落ちた先が、野っ原の上だったのが不幸中の幸いだった。

背中をついたのが城壁の上だったら、立ち上がる力をもぎ取れなかったかもしれない。

土の上に落ちたおかげで、大地はガーフィールに味方した。

それでも、肉体が受けた被害は深刻で、割れた頭と体内を掻《か》き回《まわ》される感覚は刻一刻とガーフィールの命を死へと誘《いざな》っていた。

割れた頭は、治癒魔法で治せる。だが、治癒魔法を発動するには『虫』が邪魔で。その『虫』は攻撃ではないから、治癒魔法では取り除けなくて。そもそも治癒魔法を使うために時間がなくて『虫』が邪魔で頭が割れて血が血が血が血が血が――。

「が、お」

奥歯を噛《か》みしめ、危うい命を繋ぎ止めながら、頭を使うのをやめる。

元々割れた頭だ。頼りになるはずもない。必要なのは、生きるための本能、それに従って、強引に体を動かして、そして。

そして、壁上に用意された魔石砲、城壁の外から来たる敵の迎撃のために準備してあったそれを、その中に装填《そうてん》された魔石を呑《の》み込《こ》んで、腹の中で砕いた。

瞬間、溜《た》め込《こ》まれた灼熱《しゃくねつ》のマナがガーフィールの内側で膨れ上がり、『虫』を焼く。『虫』が焼かれれば、ガーフィールに残るのは壮絶な傷だけ。

――否《いな》、傷と、敵と、忘れてはいけない言葉だけ。


『いいですか、ガーフィール、よく覚えておいてください』

『僕たちがどこの何者なのか、それがわかると大変な外交問題に発展しかねません。ですから、迂闊《うかつ》に相手の挑発に乗って余計なことを言わないように』

『とは言っても、あなたのことですから、辛抱強さはそこまで期待しません。売り言葉に買い言葉、商人として売買するなとは言えませんから。だから――』

『だから、これだけはしっかり覚えておくように』

『もしも、言葉の売り買いをしたなら――』


「した、ならァ」

舌がもつれ、重傷を癒《いや》すための反射的な獣化で理性を薄れさせながら、ガーフィールの脳内に延々と聞こえるのは、どんな状況でも頼りになる兄貴分の言葉。

ゆらりと炎に焼かれながら振り向く先に、こちらと対峙《たいじ》する恐るべき敵がいる。

その、敵が必要だった。

兄貴分に言われたことを実行するためには、敵が。

だって、言っていた。——オットー・スーウェンは、ガーフィールに言った。


『——その相手は必ず、足腰が立たなくなるまでぶちのめすこと！』


「ぶっ潰してやらァ——ッ!!」

獣の咆哮《ほうこう》が再び上がり、猛獣と化したガーフィールが城壁を踏み砕いて飛ぶ。その勢いを目の当たりにしながら、眼前の敵——カフマが目を見開き、笑った。

笑い、カフマも両腕を振り上げ、前に飛び出す。

「こい、ガーフィール・ティンゼル!!」

「あああらぁぁぁぁアアア——!!」

牙を剥《む》き出《だ》して飛び込む金色の虎の猛撃と、視界を埋め尽くす波濤《はとう》の如《ごと》き深緑の茨《いばら》、それが真正面から激突し、星型の頂点がひび割れる。

それはまさしく、玉座の皇帝が抱いた引っかかりを、裏付けるかの如く——。

「————」

——動かし難《がた》い天墜を、帝国史に刻む亀裂の一矢であった。

第六章　『カフマ・イルルクス』

1

——多種多様な亜人族が生きる帝国の大地でも、『虫籠族《むしかごぞく》』は異端視される存在だ。

他の亜人族と比べ、虫籠族には外見上、人間族との大きな違いがない。

ならば、何が彼らを特異な目で見させるのか。——『虫』と共生する、その生態だ。

前述の通り、虫籠族は他の亜人族と比べ、人間族との外見的な差異が乏しい。もしも『虫』を入れなければ、人間族として生きていくことすら可能だろう。

だが、そうはしない。一族は体内に『虫』を入れ、その特徴を引き継ぐ。

それは言わば、後天的に亜人としての特性を獲得するということであり、生まれついた肉体を作り変える禁忌の術法——他の亜人族から遠巻きにされる最たる理由だ。

その在り方は、生まれながらに体の一部に金属化した部分を持ち、それを成長に合わせて自分の望みの武器に打ち直す刃金人《はがねびと》や、殺した相手の魂を取り込むことで、額に生えた輝石の輝きを増すと考えられている光人《ひかりびと》らとも一線を画する。

他と交わることがなく、住処《すみか》を離れない虫籠族の生態は多くが謎に包まれている。

そもそも、『虫』とはいったいなんであるのか、それを知るものは虫籠族にもいない。

ヴォラキア帝国の南方、虫籠族の暮らす集落の最奥に『虫』の住処があり、異形の生物や毒の空気が蔓延《まんえん》した洞穴を『奈落』と呼んでいる。そこに生息する『虫』は姿形も一種異様で、一般的に想起される虫とは根本から異なるものばかりだ。

いったい、誰がその正体不明の生き物を取り込もうと考え始めたのかはわからない。

おそらく、呪術師やシノビといった常外の理《ことわり》を求める異常者たちが、ありきたりな術法では得られない力を得るために見出《みいだ》した外法《げほう》、というのが一族の見解だ。

いずれにせよ、それらの存在からすれば、虫籠族の存在は副産物に過ぎない。

得体の知れない『虫』を体内に入れ、後天的に備わる力との共生を望んだモノこそが虫籠族の祖先であり、その凶気は現代まで脈々と受け継がれているわけだ。

話を戻そう。――虫籠族が初めて『虫』を入れる儀は、齢《よわい》十二を待つのが習わしだ。

それまでは『虫』を入れる適切な器となるよう心身を鍛え、実際の儀式に臨んでは『虫』の宿主に認められ、正しく孵化《ふか》の時を迎える。その後、共生した『虫』を完全に御したと認められることを羽化と呼び、初めて一人前の虫籠族を名乗ることが許される。

儀式を十二歳まで禁じるのは、『虫』を取り込むのが命懸けであるためだ。

虫籠族は赤子の内に『虫』を仕込まれる。――そんな誤った知識が偏見と共に広がっている事実はあるが、当事者である虫籠族からすれば失笑を禁じ得ない。

そもそも、体力気力が整わない赤子では、取り込もうとした『虫』に喰《く》い殺される。最短で十二歳から挑めるというだけで、器の準備が整わないうちは十五歳まで儀式の延長が許される。それまでに間に合わなければ、そのものは虫籠族《むしかごぞく》として迎えられる資格なしと『奈落』へ落とされ、『虫』たちの餌とされる決まりだ。

肝心の『虫』を取り込む儀式、その苦しみは筆舌に尽くし難《がた》い。

人の体に流れる血には種類があり、足りない血を他者の血で補おうとしたとき、異なる種類の血を取り込めば命の危機に瀕《ひん》する。『虫』を入れる儀式の苦しみはそれに近い。

自分の体を巡る血の全てが毒となり、内臓を腐らせ、脳を焼いていくような感覚。

取り込んだ『虫』は宿主が自らに相応《ふさわ》しいか試す蛹《さなぎ》となり、相手を器とするか、そのまま溶かして喰《く》らい尽くすかを三日三晩かけて決める。

蛹が破れたとき、人の形を保っていられれば儀式は成功、『虫』との共生の成立だ。

『虫』を体内に取り込み、蛹から孵化《ふか》した虫籠族には初めて肉体的な変化が生じる。

触角や翅《はね》の獲得、眼球が複眼となるものや多手多足を生やすものが現れ、それらの特徴が一般的な虫と似通っていることが、虫籠族が虫籠族と呼ばれる所以《ゆえん》だ。

無論、そうして姿形が変わろうと、そのものの中身が変わるわけではない。

しかし、後天的に自らを異形化する儀式を行う虫籠族を、『虫』の容《い》れ物《もの》になるのを望む異常者と、そう捉えるものがいるのも事実だった。

苦痛を味わった果てに待ち受ける偏見、それでも虫籠族の在り方は変わらない。

虫籠族としての羽化を認められるには、『虫』を一体取り込むことが条件だ。だが、取り込む『虫』の数が多ければ多いほど、戦士としての力は増す。

故に虫籠族の一流の戦士たちは、最低でも三体の『虫』を取り込んでいる。

ただし、取り込む『虫』の数が増えるほど体内で共食いする危険性は高くなり、宿主の命も危うくなる。そのため、共生する『虫』の数は戦士の質と直結する。

現在の虫籠族の族長は戦士の中の戦士と呼ばれ、その身に八体もの『虫』を取り込んだことで一族の英雄と畏れ、敬われる傑物である。


——そして、カフマ・イルルクスは三十二体の『虫』を取り込んだ怪物だった。


英雄の偉業さえも霞《かす》ませる怪物の誕生、それは始まりから虫籠族の掟《おきて》に反した。

器の生命を脅かす恐れから、十二の誕生日まで行われないはずの『虫』を入れる儀式だが、カフマが初めて『虫』を取り込んだのは生後数日のことだった。

族長の兄であり、優秀な弟に劣り続けた男の凶気、それは我が子へと向けられた。

物心ついて、自分の境遇を知ったカフマは父のことをそう聞かされた。

当時すでに父親は弟である族長の手で処刑されており、その本心はわからない。ただ、父は生後すぐに死んだと偽ってカフマを隔離し、『虫』を入れる儀を毎年行った。

皮肉にも、カフマの存在が露見し、初めて隠れ家から外に出されたのが十二歳——同胞が『虫』を入れる儀式に臨む年、カフマは十三体の『虫』と共生する怪物だった。

一族の想像を絶する存在、そのカフマの扱いに虫籠族《むしかごぞく》でも意見は割れた。

掟《おきて》を破り、我が子を呪ったと感情的に処刑された父親はすでに亡く、十以上の『虫』をカフマが取り込めた理由は全く不明――最終的に、族長である叔父がカフマの存在に責任を持つことを宣言し、生きることを許された。

これは嘘偽《うそ》りなく、カフマ・イルルクスは族長に感謝していた。

血縁上の叔父に当たる族長は、良くも悪くも一定の距離と節度を保ってカフマと接し、自分を特別扱いしようとしないでくれたことがありがたかった。

たとえ叔父がどう扱ってくれようと、一族の中でも自分が異常なのは事実だから。

まだ『虫』を入れる苦しみを知らない世代はカフマを遠巻きにし、すでに羽化を認められた世代は想像を絶する数を取り込んだカフマを恐れる。

他の種族から異端視される虫籠族、その中でさらに異端視される立場となったカフマ。

だが、他者と異なる育てられ方をしながらも、カフマの性根は高潔だった。

積極的に他者と交流し、族長である叔父から戦士の在り方を学んで、あらゆる世代と粘り強く接することで、自分が彼らと違わないことを示した。

そして虫籠族の戦士として尊敬されるため、新たな『虫』を入れる儀へ挑んだ。

このとき、カフマは前人未踏の十四体目の『虫』を取り込む無謀に挑み、血を吐く三日三晩という地獄の苦しみを乗り越えて、生還した。

そうしてカフマ・イルルクスはようやく、虫籠族の一員となる孵化《ふか》を果たしたのだ。

カフマはその特殊な出生と裏腹に高潔な精神を宿し、一族でも抜きん出た尊敬の念を勝ち取って、虫籠族の歴史上で最強の存在となった。

ヴォラキア帝国では強者こそが尊ばれ、栄光が与えられる。

一族の期待と希望を一身に負い、カフマもまたヴォラキアの『将』として立身し、虫籠族の種族としての強さを知らしめるために旅立った。

当然、口さがないものはどこにでもいる。虫籠族の誤った噂《うわさ》を鵜呑《うの》みにしたものから、心無い罵倒や嫌がらせを受けることもあった。だが、些細《ささい》なことだ。

外の世界に出たカフマにとっては些細なこと。そう、些細なことだった。


――カフマ・イルルクスは、虫籠族の歴史が生んだ『怪物』だった。

高潔な精神と、同胞たちへの仲間意識を持ち、率先して敵と戦い、一族を守った。

だが、どれだけ努力を重ねても、同胞たちはカフマとの間に一線を引き続けた。『虫』との共生の難しさを知る彼らだからこそ、カフマを同じモノと思えなかった。

故に、カフマ・イルルクスにとって、故郷を離れたのは希望だった。

同胞の、虫籠族のいない場所でこそ、カフマの求める光が見えると。

本来であれば、虫籠族の誰もが成長と共に迎えるはずだった孵化を、羽化を、自らが怪物ではなく、ただ一人の存在なのだと認めるための過程を、ようやく――。

2

「——ッツ!!」

正面、吠《ほ》え猛《たけ》り、飛び込んでくる金色の猛虎にカフマは強く奥歯を噛《か》みしめた。

その上半身を爆発的に肥大化させ、鋭い獣爪を振り上げる敵——ガーフィール・ティンゼルと名乗った戦士を、カフマは全力を以《もっ》て迎え撃つ。

「見くびったことを謝罪する！」

背の破れた翅《はね》を羽ばたかせ、カフマは突き出した両腕から深緑の茨《いばら》を放出する。

カフマが取り込んだ『虫』の中でも新参者だが、使い勝手の良さから多用する茨。だがその制圧力を以てしても、ガーフィールの勢いを止められない。

掬《すく》い上《あ》げるように振るわれる爪が、城壁の床ごと茨の頭を薙《な》ぎ払《はら》い、傷付けられる『虫』が体内で絶叫を上げる感覚がカフマの脳を揺さぶる。

際限なく溢《あふ》れるように見える茨も、カフマが取り込んだ『虫』の一部なのだ。

当然、傷付けられれば相応の反動がある。それを気力で抑え込み、全く応えていないように振る舞っているだけだ。

「があああァァ!!」

止まらない勢いのまま踏み込むガーフィール、打ち下ろされる獣爪を目の端に、カフマは翅の加速で城壁を滑り、猛虎の横をすり抜ける。

衝撃、轟音《ごうおん》がすぐ脇で鳴り響いて、カフマは余裕を持った回避がかろうじてのものと切り替えられたことに戦慄する。

先ほどまでの攻防、それよりもさらに速く、威力が増している。

戦いの中での成長、あるいは温存していた力を引き出したか。いずれも現実的ではない。

戦場で起こる戦力の変化は、ほとんど全てが力の低下だ。

当たり前だが、戦う前に整えた万全な状態というものは、戦いが始まれば一秒ごとに失われ、余力は尽き、最高の成果は発揮できなくなっていく。

ガーフィールもそのはずだ。――そのはずだから、道理に合わない。

獣化した経緯があるとはいえ、戦っている最中に力や速度が上昇することなど。

「ましてや貴公は、その重傷だろう――っ」

先刻のカフマの攻撃、それは奇襲か、毒を用いた暗殺の類《たぐい》と言い換えてもいい。

手段の好悪はあれど、カフマはその行為自体を忌避などしない。戦いにおいて、上品さに拘《こだわ》ることが生死を分かつなら、望みに適《かな》った手段を選ぶべきだ。

故に、ガーフィールの全身の負傷は見た目以上に深刻で、甚大なはずだった。

最大はカフマが打ち込んだ攻撃による頭部の外傷だが、その内側を押し込んだ『虫』に荒らされたのも相当響いている。しかし、同じ手段は通用しない。

火の魔石を呑《の》み込んだガーフィールの肉体は、今なおも赤々と燃え続けている。

全身に炎を纏《まと》った姿だが、体内はより手の付けられない炎上状態のはず。

『虫』を取り込むのは宿主となる側にも危険が伴うが、宿主を定めていない状態の『虫』もまた非常に脆弱《ぜいじゃく》で、少しでも厳しい環境に放り込めば容易《たやす》く死に絶える。

進行形で燃え続ける体で生きられる『虫』なんて、いるはずもなかった。

「恐るべきはその発想！」

治癒魔法を使えても、傷付けるのが目的ではない『虫』は殺せない。しかし、『虫』を排除しなくては魔法で傷を治せない。

その二律背反を突破する最善手だが、頭で考えてやったこととは思えなかった。

むしろ、頭で考えるよりも本能に従った結果だろう。

頭で考えていたら、魔石を呑《の》み込《こ》んで体を燃やすなどとても実行できない。

「――ッ」

から空きの脇へ滑り込んだ瞬間、カフマの両肩から赤い触角が砲弾のように放たれる。

肩の骨が変形した『虫』の角、その先端が鋼鉄のような腹筋を貫いて、苦鳴を上げるガーフィールの体を轟然《ごうぜん》と吹き飛ばし、城壁から弾《はじ》き落とす。

痛打、しかしカフマも無傷では済まなかった。

「ぐ」

二本の触角を根本から折られ、骨まで痺《しび》れる痛みにカフマの頬《ほお》が引きつる。痛みと引き換えの勝利、であればこのまま膝をつくこともできよう。

だが、ここで膝をつくほどカフマは愚かにはなれなかった。

「がァ！　おァ！　るるるるぁァァ！」

直後、吹き飛ばしたはずのガーフィールが、その爪を突き立てた城壁を這《は》い上《あ》がり、カフマの目の前で高々と跳躍していた。

触角が貫いたはずの脇腹、そこが赤い蒸気を噴いて傷が塞がる。治癒魔法の淡い光が暴力的に燐光《りんこう》しながら、急速に傷の癒えていく規格外にカフマは息を吐いた。

「は」

と、それが笑みの衝動だと気付いて、カフマは自分の口に手を当てる。

それから諦めたように手を下ろして、ゆるゆると首を横に振った。

「——快い」

認めよう。

カフマ・イルルクスは、ガーフィール・ティンゼルとの戦いを、満喫している。

「おおおォォォ!!」

吠《ほ》えるガーフィールが両腕を振り下ろし、縦回転する黄金の円盤となって落ちてくる。両腕を掲げ、それを止め切れないと判断したカフマは前進、ガーフィールの股下を抜けて背後へ回る判断、横目に見えるがら空きの背を狙う。

だが、振り向かずに放たれるカフマの翅《はね》による斬撃は、両者の間に割って入った跳ね上がる石材によって打ち払われる。股下を抜けたカフマの攻撃が届く寸前、伸ばした前足を床について、ガーフィールが己の加護を発動し、攻撃を防いだのだ。

硬い石材と打ち合わされ、音を立てて破れる翅《はね》——その向こう側、前足をついたガーフィールの後ろ足が猛然と放たれる。

「——ッ⁉」

互いに背中を向けたまま、強烈な一撃を受けたカフマの体が飛ぶ。

踏みとどまるために踏ん張ったのが災いし、伸び切った体が衝撃を散らせず、血を吐きながら床を弾んで、壁上をカフマの長身が跳ねていく。

一度、二度と高く弾み、転がる勢いの向こうに振り向くガーフィールの顔が見えた。

そこへ——、

「二度目だ——ッ！」

開いた胸部と広がった肋骨《ろっこつ》、その奥に収まった赤々とした臓器が鳴動し、そこから放たれる衝撃波がガーフィールへと真っ直《まっす》ぐに突っ込んでいく。

カフマにとっての切り札であるこれは、新たな『虫』を入れた成果ではなく、これまで入れた三十二体の『虫』が共存共生し、生み出された新たな器官だった。

複数の『虫』の機能が合わさり、放たれる衝撃波は途上のものを猛烈に細かな振動で呑《の》み込《こ》んで破壊し、粉々にすり潰す破壊的な一撃。

目に見えないそれを全身に浴びた瞬間、どんな戦士も血霧に変わる。

その確信は、ガーフィールの金毛が血で染まったことからも揺るがない。

どんな戦士も血霧に変わる。故に——、

「──怪物め」

転がる体を床に突き立てた腕で制動し、カフマが顔を上げる。

そこへ、血で染まる上半身を震わせながら、大口を開けたガーフィールが突っ込んでくる。真っ直ぐに、どんな戦士さえも息絶えさせる一撃を浴びた『怪物』が。

振るわれる巨大な拳がカフマの顔面を捉え、反射的に殴り返した拳が相手の顎を跳ね上げた。そのまま猛然と拳打が荒れ狂い、壁上で赤い血の花が咲き乱れる。

誰も割って入れない壮絶な戦い、それは怪物と怪物とのぶつかり合いだった。

「は」と息を吐き、痛みの向こうを覗《のぞ》きながらカフマは全霊を注ぎ込む。

特異な出自が生んだ稀代《きたい》の怪物、それがカフマ・イルルクスが同胞から遠ざけられた理由であり、己自身が呪った運命だった。

閉じた故郷を離れ、広い世界に踏み出すことでカフマは知ろうとした。

自分が怪物ではないと、そう胸を張れる根拠を。

だが、現実はそうではなかった。

外の世界にあっても、カフマの非凡な実力は規格外で異端視されるもの。正規兵として肩を並べた多くのものは、カフマの力量を恐れ、異形を遠ざけた。

どこでも怪物だと、所詮は逃れられない命運だと、そうカフマは思いかけた。

しかし──、

『──上がってこい、カフマ三将！　共に閣下の御為《おんため》に力を尽くそうぞ！　なに、そう考えすぎずとも、貴公と同じく、我らも怪物揃《ぞろ》いだ！』

声を大きく、そう雄々しく笑った大男の言葉はカフマにとって天恵だった。

怪物であることを否定したくて、カフマは同胞と迎合しようとした。その願いが叶《かな》わなくなれば、外にそれを求めようとし、やはり挫折した。

しかし、上を見ればどうだ。

怪物と恐れられたカフマ・イルルクスですら及ばぬ怪物が、ひしめき合っていた。

カフマは怪物ではないと、そう言われたかったのではない。

誰とも分かち合えず、わかり合えない孤独でありたくなかったのだ。

怪物であっても、世界はカフマを取り残さなかった。

「――貴公との戦いも、また」

超至近距離で放たれる触角の連弾、それをガーフィールが全身に浴びながら、負った端から傷を癒《いや》して強引に耐え忍ぶ。

尋常でない防御力と生命力、おそらくは加護の力も含めた超再生能力が、眼前の『怪物』のカラクリであり、カフマを熱くする原因だ。

右腕から放たれる茨《いばら》が猛虎の全身を巻き取るも、棘《とげ》に肌を切り裂かれながら強引に振りほどかれる。あらゆる斬撃を撥《は》ね除《の》ける甲殻で覆われた拳は、銀色に輝くガーフィールの手甲と真正面から衝突し、豪快に砕かれた。

左手の指弾が植え付ける『虫』の卵は炎に焼かれ、押し付けた膝が発する内臓を掻《か》き回《まわ》す衝撃波は、やはり回復力を追い抜けず、不発に終わる。

快い。ああ、なんと快いことか。

結局は武人、どれだけ気取ろうと怪物、自らの内にいる『虫』たちが喝采するのに合わせて、いつしかカフマの頬《ほお》からは笑みが張り付いて剥《は》がれない。

三十二体の『虫』たちが、己と一体化している家族より身近な存在が、その全霊を発揮する機会を得られたことを喜び、喚《わめ》き散らしている。

勝利をもぎ取らなくてはならない。

大義のため、帝国を導く皇帝閣下の御為《おんため》、自分をこの領域へ引き上げてくれた恩人に報いるため、虫籠族《むしかごぞく》の地位向上を願っている同胞たちのため――。

「――てめェ、どこッ見てやがる」

痛みと息苦しさと、加速する思考が脳を塗り潰していく中に声が聞こえる。

互いに猛烈な勢いで、相手が死んでもおかしくない威力を急所に叩《たた》き込《こ》むのに必死で、真っ当に言葉を交わしている余裕なんてどこにもないのに、聞こえる。

「俺様ァ、ここだ」

「――――」

「この瞬間だけァ、他の何にも割り込めやッしねェ」

刹那、世界の色が遠ざかり、風の音も耳鳴りも聞こえなくなって、目の前にいるその大きな敵だけが、カフマ・イルルクスの世界の全部になる。

なんと、無粋なことを言わせたのかと、カフマは己の行き届かなさを恥じた。

そして、その恥じる無粋をもすぐに投げ捨て、頷《うなず》く。

「——ああ、貴公と自分だけだ」

瞬間、交錯する拳と拳が互いの顔面にめり込み、時間が加速する。

開いた掌《てのひら》に顔面を鷲掴《わしづか》みにされ、カフマの頭蓋骨が常外の握力に悲鳴を上げた。だが、カフマも相手の口元に手を入れ、そこで茨《いばら》を相手の体内へと流し込む。

外から壊せないなら内側からと、溢《あふ》れ返る茨がガーフィールの内を荒れ狂う。その茨の暴威に抗《あらが》いながら、ガーフィールはカフマの体を振り上げ、城壁に叩《たた》き付《つ》けた。

「——ッ」

背中を城壁に埋められ、持ち上げられ、再び落とされる。上げ、落とす。上げ、落とす。上げて上げて上げて、落として落として落として落とし、踏みつける。

全身が埋まった城壁にひび割れが生じ、星型の頂点の先端が二つに割れる。視界が真っ赤に染まり、息の代わりに血が溢れた。

それでも、茨は力を失わず、ガーフィールの体内へ流れ込み続ける。

カフマが力尽きるまで、『虫』は勝利を求めて貪欲に。

「——が」

開いた大虎の口は、分厚く束ねた茨を噛《か》み切《き》ることができない。いくら爪を突き立てたとしても、うねる茨の層は厚い。どうあろうと逃がさない。

茨も有限、吐き出せる量には限度がある。

もしもここで吐き出し切ってしまえば、この城壁へと迫る他の反乱軍を退ける有効打をみすみす手放すことになる。だが、その価値がこの勝利にはあった。

──否《いな》、ガーフィール・ティンゼルという怪物には、そうする価値があった。

「あ、ああ、あああああああ──っ!!」

へし折られた体中の骨の痛みを無視し、カフマの喉が雄叫《おたけ》びを上げる。

溢れ返る茨はガーフィールの体内を埋め尽くして、行き場をなくした圧力が破裂を招くことで死へと至らしめる。如何《いか》なる抗いを試みようと、逃がしはしない。

体内の全ての『虫』の余力を結集し、カフマはガーフィールを押さえつけ、勝利をもぎ取らんと前のめりになり──信じ難《がた》いものを目にした。

「──な」

ガーフィールの鋭い爪が自らの腹部を横に引き裂いて、その傷口から茨が溢れ出す。

その恐ろしく破れかぶれの戦法は、死を間近に引き寄せる蛮行だった。生まれたその傷口に茨が殺到すれば、口が閉じられないのと同じ理屈で腹の傷を開かせられる。そうすれば体を二つに裂いて、決着だ。

そう、そんな死を招き寄せるだけの、愚かすぎる蛮行だった。

だが、その蛮行を目の当たりにした瞬間、カフマの頭に生まれた刹那の空白は、はち切れる寸前だったガーフィールに一呼吸の猶予を与えた。

顎が閉じる。茨《いばら》が引き千切られる音がして、大虎の大口が閉じた。

茨による決定打を喪失し、それをカフマが自覚するよりも早く、踏み込んだガーフィールの拳が、銀色の手甲の硬い衝撃がカフマの顔面をぶち抜く。

壁上に倒れたカフマの顔面、それを深々と打ち込む衝撃が城壁への決定打となる。

轟音《ごうおん》が鳴り響いて、鉄壁と謳《うた》われた帝都ルプガナの城壁、星の頂点の一角が崩れる。その崩壊の予兆を音と背中に感じながら、カフマは真正面、拳を引くガーフィールを見た。

ゆっくりと獣化が解かれ、元の人の姿を取り戻していく少年――そのガーフィールの自ら引き裂いた腹の傷が、血の煙を噴きながら塞がっていく。

致命的な傷が、恐ろしい速度でなかったことになっていく光景を見て、噴き出した。

なんと、馬鹿げた光景なのか。

「……怪物め」

そう、息を抜くように呟《つぶや》いた直後、崩落が完全に浸透し、城壁が崩れていく。

その崩落する城壁の瓦礫《がれき》にまじって落ちていきながら、カフマの意識はゆっくりと遠のいて、遠のいて、手繰り寄せる余力も残らず遠のいて――。

「閣下、申し訳ございません……」

そんな、最後の最後で忠臣ぶる自分をみっともなく思いながら、落ちる。

――生まれたときから聞こえ続けた『虫』の声も、やけに静かに思えた。

3

無防備に落ちていく男の体を強引に掴《つか》んで、瓦礫を蹴って崩落現場から逃れる。

踵《かかと》で地面を擦《こす》りながら勢いを殺して振り向くと、轟音を立てながら城壁が崩れ落ち、強固な要害に大きな穴が開いたのが目に飛び込んできた。

「開けッてやったぜ、風穴」

開戦前に言われた言葉、エミリアの号令を思い出しながら頬《ほお》を歪《ゆが》める。と、大きく裂けていた口の端がそれで痛んで、ガーフィールは「ぐォッ」と悲鳴を上げた。

慌てて傷に手を当てて、全霊の治癒魔法を発動する。

「あァ、クソ、痛《いて》ェ……ッけど」

裂けた口をざっくりと癒《いや》して、ガーフィールは自分の手をじっと見下ろす。

いきなりの激戦と、正直、死んでもおかしくないようなやられ具合——だが、全身のおびただしい傷も塞がり、じくじくとした痛みも余韻の感覚だ。

獣化しながらでも、ある程度の冷静さを維持しながら戦い続けられたとも思う。そのおかげで傷の回復が早かった。——本当に、それだけだろうか。

「……強く、なってんのか、俺様ァ」

開いた手を握りしめて、ガーフィールはそうこぼす。

実感はなかった。陣営にとっては幸いというべきなのだろうが、ここまでの旅路、ガーフィールが全力を出さなくてはならない相手とぶつかることがなかった。

それこそ、水門都市での『八《や》つ腕《うで》』のクルガンとの戦い以来、いずれもガーフィールにとって不完全燃焼の戦いが続いていた。

その枷《かせ》が外れ、改めて自分の全力で戦った結果、確かな感覚がある。

一枚、以前と比べて壁を破った。そしてそれを、この戦いで確かなものにしたと。

だから——、

「——怪物ッなんて評価、そっくりそのまま返してやるよォ」

そう、ガーフィールが右腕に下げたカフマの体を地面に下ろし、鼻を鳴らした。

わずかに胸を上下させ、息のあるカフマ。これが戦争で、真に勝利のためを思うなら相手を生かしておくべきでないと、そうわかっているが。

エミリアは、自分たちの手で死んでしまう人を減らそうと言った。

そしてオットーも、ガーフィールに足腰が立たなくなるまでぶちのめせ、と言った。

きっとエミリアは心から、オットーは気遣って、言ってくれた言葉。

それを、履行したい。

だからこの場は——、

「——俺様の、勝ちだ」

そう、星の頂点の一角を落とし、ガーフィールは拳を突き上げた。

第七章　『頂点決戦』

1

「――間違いありません！　正面、第一頂点『弐《に》』アラキア!!」

「第二頂点『玖《きゆう》』のマデリン・エッシャルトと推測！　飛竜の群れが上空を旋回！」

「第三頂点、守護者未確認！」

「同じく、第四頂点守護者確認できず！　確認できず！」

「第五頂点、派手な攻撃……一将じゃない！　二将だ！　カフマ・イルルクス！」


次々と飛び込んでくる戦況を報《しら》せる声は、悲鳴や怒号、断末魔に近い。

遠見の役割を与えられた兵は目を血走らせ、堅牢《けんろう》なる帝都ルプガナを攻略するべく一《ひと》欠片《かけら》でも多くの情報を得ようと奔走する。

帝都を取り囲むように展開した叛徒《はんと》、その後方に敷かれた本陣をひっきりなしに出入りする兵、彼らの報告が舞い込むたび、卓上の地図には現戦況が描き込まれていく。

そうして、地図に自ら筆を走らせながら、

「まさか、攻め手として帝都へ挑む日がやってこようとは思いもしませんでした」

卓上の地図を見下ろし、そうこぼしたのはズィクル・オスマンだ。

帝国の二将として『将』の役割を果たし、高い忠誠心を証明してきた彼からすれば、帝都の守りを頼もしく思えこそ、難敵とみなす日の到来など夢にも思わなかったろう。

「だが、事態は貴様の泣き言が収まるのを待とうとはせぬ。――否《いな》、貴様だけに限らぬ。誰であろうと、時だけは平等に過ぎてゆく」

「アベル殿……」

「戦況に話を戻せ。遠見に報告させよ。優先すべきは第三と第四の頂点……些細《ささい》なことでも構わぬ。そこから守護者を割り出す」

「は！　第三と第四の遠見を厚くせよ！　間違いなく、一将が出陣しているぞ！」

頷《うなず》いたズィクルが近々の部下に命じ、目まぐるしく空気が変動する。

戦場特有の渇いた空気を味わいながら、アベルは陣幕の彼方《かなた》に見える帝都を望む。その兵数では圧倒する反乱軍だが、戦況は決して優位とは言い難《がた》い。

城郭都市《じょうかくとし》グァラル攻略の際にも議題に上がったが、攻め手は守り手の三倍の兵数を必要とするという考えもある。帝都の防衛力がグァラルよりはるかに秀でていることを考えれば、その差はより顕著なものとなるだろう。

何より――、

「――決戦の地となった帝都に、いったい何人の『九神将』が呼び戻されているか」

焦点は、兵数の不利を容易《たやす》く覆し得る戦力である『九神将』——緊迫したズィクルの発言に顎を引いて、アベルもそれに賛同する。

「最低限、アラキアとマデリン・エッシャルト、モグロ・ハガネの参戦は疑えぬ。実力だけならカフマ・イルルクスも一将相当だ。オルバルト・ダンクルケンも、なくした腕を理由に招聘《しょうへい》を拒む可能性はあるが、望みは薄い」

「ゴズ一将やグルービー一将の参戦はない。そうお考えですね？」

「ゴズ・ラルフォンは生死に拘《かかわ》らず、グルービー・ガムレットは西部から呼び戻されているか次第だが、後者は動かしづらい。西側の動きの不透明さは、こちらとあちらのどちらが仕組んだものでもない。——臭いがな」

謀反の初手、命を狙われたアベルを逃がすために抗《あらが》ったゴズは、その後の消息が一切知れないままであり、死亡した可能性が高い。

その人柄と指揮官としての実績から、兵たちの異常な支持を集めるゴズだけに、アベルは彼の死を利用され、敵が死兵と化す可能性を最も恐れていた。

しかし、仮にその策を打つつもりがあったなら、開戦前こそが絶好の機だったはず。

「何故《なぜ》あえてその機を見送った？　士気を理由に戦力の増減する不確定要素を嫌ったか、あるいは状況を変える起爆剤のつもりか？　——奴《やつ》ならば、どう糸を張る」

仮面の縁に指を滑らせ、アベルは相手の思惑を探るために思考を走らせる。

読み合いならば大抵の相手に勝るが、此度《こたび》の敵はその『大抵』の枠から外れた相手。付け加えるなら、最もこちらの腹の色を知る難敵だ。

条件はこちらも同じと言いたいところだが、勝利条件が違えば辿《たど》る思考も変わる。

と、そうアベルが地図と睨《にら》み合《あ》う場に――、

「――アベルちん、アベルちん！」

軽やかな声が天幕の入口を潜《くぐ》り、すばしっこい動きで少女が飛び込んでくる。そのまま机に取りつく彼女は、膨大な感情で揺れる青い瞳をアベルに向け、

「やっぱりあたしもいきたい！　あの中にあんちゃんがいるんだよ？　我慢できない！」

「たわけ。不確定要素を増やすな。そも、貴様の兄が帝都にいる確証は――」

「マデリンって子がいたよ！　あんちゃんとレムちゃんを連れてった子！　あの子がいるんなら、二人もいるかも！　でしょ？」

「それも確証とは言えぬ。さらに言えば、この戦況において貴様の兄やあの娘の戦略的価値は低い。優先すべき事柄を履き違えるな」

「あたしにとって、あんちゃんと友達より大事なものがあるかー！」

バンバンと机を叩《たた》いて、アベルの言葉に少女――ミディアムが噛《か》みつく。

感情的でお話にならない。告げた通り、この戦況において連れ去られたフロップやレムを優先する理由は情以外になく、アベルにとっては無価値な判断基準だ。

「どれだけ望みを口にしようと、今の貴様では高望みと承知していよう。手綱《たづな》を振り切って戦場へ向かえば、その命、無為に散らすだけだ」

「ミディアム嬢、アベル殿は貴女《あなた》の身を案じておられるのです。それに私もアベル殿と同じ意見で、ただ貴女を行かせるようなことはできかねます」

「む！　そんなこと……」

見下ろす視線と見上げる視線、アベルとミディアムの睨《にら》み合《あ》いにズィクルが介入する。

数少ない『将』の一人であるズィクルも、この予断ならない戦況を把握している。にも拘《かかわ》らず、聞き分けのないミディアムの対処に追われるのは苦渋だろう。

そうした感情を横顔に一切滲《にじ》ませず、『女好き』と呼ばれた男はミディアムと見合い、

「こうしてはどうでしょう」と前置きすると、

「堅牢《けんろう》なあの城壁は、五つの頂点からなるもの。その頂点を無視して帝都の攻略はできません。せめて、相手の情報を解し、不明瞭を排してから改めてこの話を――」

「だーかーら！　あたしだってちゃんと考えてるってば！　本当はマデリンって子からあんちゃんのこと聞きたいけど、それが難しいから空っぽの場所から中に……」

「――待て」

穏当な説得を試みたズィクルを、ミディアムが感情的に押しのけようとした。が、そのミディアムの発言に引っかかりを覚え、アベルが引き止める。

その細い肩を掴《つか》んだアベルは、目を丸くするミディアムを振り向かせると、

「がらんどうと言ったな。それがいずれかの頂点のことなら、どこで情報を得た？」

「どこでって……あ！　そうだった！　ごめん、アベルちん！」

問いかけに顔色を変えて、ミディアムが肩に乗ったアベルの手を両手で握る。そのまま強い力で手を握りながら、彼女は再び青い瞳を感情的に揺らし、

「これ伝えなきゃいけなかったの！　えっと、三番目の頂点は人形ばっかりで、四番目の頂点は黒い影だけ……どっちも、ヨルナちゃんみたいな子はいないって！」

「――――」

「アベルちん？」

ミディアムの口から語られた情報に、アベルは微《かす》かに目を見張った。しかし、それは片目ずつの瞬《まばた》きで即座に打ち消され、静かな吐息となって消える。

告げられた言葉、その内容の精査は不要だ。意味はわかる。

問題は、その情報がもたらされた経緯――、

「誰が貴様に伝えさせた」

「え？」

「誰だ」

握られた手の反対、左手でミディアムの後頭部を押さえ、自分と向き合わせる。

その青い瞳を真っ向から見通され、ミディアムは息を呑《の》んだ。それから、彼女はその薄い桃色の唇を動かして、アベルの問いに答える。

その、問いの答えは――、

2

——膨大な、猛烈な、情報の渦に呑《の》み込《こ》まれながら、オットー・スーウェンは瞑目《めいもく》する。

飛び込んでくる声、声、声の嵐。

右から左から、上から下から、前から後ろから、とめどなく押し寄せる声の暴力。

それはかつて、物心つくかつかないかの頃を過ごした地獄の揺り籠《かご》の再臨であり、懐かしき故郷への凱旋《がいせん》とも言えた。

『言霊の加護』に連れ帰られた懐かしい地獄、そこでオットーは『声』を聞く。

オットーの有する『言霊の加護』は、おおよそ世界に存在する数多《あまた》の加護の中で、有数の『外れ』と言われる加護であった。

あらゆる生き物の言語を解し、言葉を交わすことが可能となるこの加護は、生まれついて持たされる剣として、およそ欠陥が多すぎる。

まず、生まれたての子どもには自我も自意識もなく、自分自身が曖昧だ。

確固たる自分を確立できない子どもにとって、自らを定義する方法は周囲の存在以外にないが、『言霊の加護』の持ち主にはその周囲の幅が広すぎた。

上下左右、奥行きがどうという話ではなく、文字通りあらゆる全てなのだ。

有体に言えば、『言霊の加護』を持った子どもには人の声と、動物の声と、虫の声と、風の音と、雨音と、耳鳴りの区別さえつかないのだ。

そんな、判断力・注意力共に散漫な生き物、生きていくこともままならない。

オットーが死なずにその時期を過ごせたのは、環境に恵まれた以外の理由がなかった。

裕福な暮らしと愛情深い両親、意思疎通もままならない兄弟を邪魔者と排除しなかった兄と弟、そうした献身的な家族の存在がオットーを生かしてくれた。

しかし、その最初の、生き物としての自分を確立したあとも、『言霊の加護』の加護者の受難は終わらない。むしろ、本番はここからだ。

『言霊の加護』の加護者は、周囲の全てと言葉を交わせる代償に、周囲の全てから孤立する危険性を孕《はら》んでいる。帰属意識の持てなさ、それが大いなる原因だ。

話し、触れ合い、絆《きずな》を培うことが営みの基礎だと仮定するなら、『言霊の加護』の持ち主はそれこそ、どんな生き物とでも関係性を築けた。

接する相手を人間に限る必要はない。

どんな動物とも、虫とも、魚とだってやり取りできる。生きとし生ける全てのものと繋《つな》がり合える加護。だから、容易に孤立《ろうごく》できる。

自分が何なのかという問いかけの牢獄で、永遠に孤独になれるのだ。

故に、『言霊の加護』の歴代の加護者はいずれも早逝してきた。

その加護の力を実感し、周囲に知らしめるどころか、自らの名前を口にすることさえ叶《かな》わずに死んだ加護者がどれだけいるか、オットーは考えたくもない。

やむことのない豪雨の中、途切れることのない暴風の中、理解されないとわかっている無力感の中、生きることに何の価値が見出《みいだ》せるだろうか。

実際、大成した『言霊の加護』の加護者の話なんて、聞いたこともなかった。

そしてそうなる気持ちも、オットーには十分以上によくわかる。

「――――」

通常、オットーは常時発動している自分の加護を調節し、効果を弱めている。

この効果の強弱を調節できず、自らの加護の重みに潰される加護者は多い。幸い、オットーは自身の加護を理解する機会と天稟《てんぴん》に恵まれ、潰されずに済んだ。

普段は雑多な『声』に自分の頭が埋め尽くされないよう、意図的に最弱に設定している加護――その強弱を、この瞬間は最大に引き上げていた。

「――――」

以前、スバルにせがまれて『言霊の加護』の話をしたとき、彼はこれを『チャンネル』と呼んだ。響きは悪くないと感じたそれに従えば、チャンネルを開いたのだ。

そうするオットーの耳に、脳に飛び込んでくる無数の『声』は、いずれもこの帝都を中心とした戦場と関わる、忌避や嫌悪、恐怖や怒りを伴ったモノ。

それが役に立つ立たないを聞き分けるべく、満遍なく、可能な限り、精査する。

「なにせ、ガーフィールにはずいぶんと無茶《むちゃ》を言いましたからね……」

帝都決戦に加わる決断をエミリアが下したとき、その選択で最も大変な役目を負うことになるのがガーフィールだと、そうオットーは確信していた。

その実力から、危険な敵に立ち向かう可能性の高いエミリアとガーフィール——だが、スバルとレムの回収以前に、エミリアの無事は陣営の大前提なのだ。

故に危うくなれば、たとえ何を言おうとエミリアは力ずくでも下がらせる。

そうなれば必然、一番血を流すことになるのはガーフィールに他ならない。

「嫌だな……」

ぽつりと呟《つぶや》くオットーは、ガーフィールの向ける無邪気な信頼の眼差《まなざ》しを思う。

どれだけ無謀な指示をしようと、それがオットーの言葉ならガーフィールは従う。オットーも、ガーフィールが頷《うなず》くとわかった上で危険な役割を任せている。

それを積み重ねた信頼の為《な》せる業と、そう嘯《うそぶ》くことをオットーは良しとできない。どこまでいっても、危険を負うのはガーフィールだ。オットーではない。

安全圏でぬくぬくと罪悪感に胸を痛め、それで事が済んだら、傷だらけのガーフィールに「さァすが、オットー兄《あに》ィだぜ！」と称賛されるのか。——冗談じゃない。

「負うなら自分も負え。責任から逃げるな、オットー・スーウェン」

口元に手を当てて、オットーは自らをそう戒める。

陣営の、今回の帝国の動乱に対する方針を最終的に決めたとき、オットーはエミリアに「茨《いばら》の道を行くことになる」と忠告した。

そのオットーの言葉に対して、エミリアは気丈に胸を張り、道を選んだ。

たぶん、馬鹿馬鹿しい考えで、愚かな道だ。もしもオットーが一人だけなら絶対に選ばない、危ないばかりで得られるものが少ない考え方。

でも、得られる少ないものの中に大切なものがあって、そして自分では絶対に選べない道をエミリアが選んでくれて、オットーは安心した。

内心で喜んでしまった。だから、部外者でいてはいけない。

いくつもあった可能性から、ここを選び取ったのはオットーなのだ。

そのために、血を流す必要があるのなら、流れる血を他人任せにするのは御免《ごめん》だ。

だから——、

『——オットーさんって、たまにとってもバカになりますよね』

不意に、意味を為《な》さない『声』が溢《あふ》れ返る中、明確な『声』が聞こえて目を瞬く。

瞬間、地獄の雨音も暴風も遠ざかり、チャンネルを絞って振り向くオットーの前、呆《あき》れた様子で眉尻を下げているペトラと目が合った。

「ペトラ、ちゃ……」

「ハンカチ、どうぞ。鼻血、いっぱい出ててちょっと怖いです」

「鼻……ぁ、気付きませんでした」

「みたいですね。……座ってください。立ってなくてもいいんでしょ？」

差し出されたハンカチを眺め、ボーっとしてしまうオットー。そのオットーの手をもどかしく引いて、ペトラがこちらを草原の上に座らせる。

そして彼女はされるがままのオットーの顔にハンカチを当て、血を拭った。

「加護、たくさん使うとそうなっちゃうんですか？」

「……ですね。聞く数と、距離を広げるとこんな調子で。あんまりやりたい手段じゃないんですが、非常時なので」

「ガーフさんに負けないぞーって？」

「――――」

「やっぱり。オットーさんって、たまにすごいバカ」

じと目でペトラに睨《にら》まれ、オットーは「参ったな」と頭を掻《か》いた。

微妙に言いたいことと違ってはいるが、ペトラの指摘は広い意味で正解だ。賢い彼女のことだから、オットーの本心をわかっていて言い換えたのかもしれない。

「オットーさんがいっぱい鼻血出しても、ガーフさんとおんなじになれないと思う」

「……さすがに、流す血の量を比べ合うわけじゃありませんよ。ガーフィールと違って、僕はもっとあっさり失血死しますから。ただ、身を切る覚悟はすべきです」

「オットーさんが、みんなにいけって言ったから？」

「ペトラちゃんには敵《かな》いませんね」

本当に敵わない。でも、その賢い彼女には、オットーの無茶《むちゃ》する価値がわかるはずだ。

「ペトラちゃんもわかるでしょう。こう言ってはなんですが、僕の加護はこういう状況だととても便利です。使わない手がありませんよ」

「――――」

「耳を澄ませて、情報を得るだけでも価値がある。今、ミディアムさんに伝言を頼みました。アベルさんが有効活用すれば、より有利に戦況を……ペトラちゃん？」

「はぁ～」

自分の行動の有用性を説き、ペトラの説得を試みるオットー。しかし、それに対する少女の反応は冷ややかかつ、より強さを増した呆《あき》れだった。

やれやれと、ペトラは自分の明るい茶髪に手をやり、オットーを丸い瞳で見つめると、

「わたし、オットーさんが思ってるほど、頭の悪い子じゃないと思います」

「いえ、あの、はい。僕はペトラちゃんのこと、とても頭の回転が速い子だと」

「それで、オットーさんは自分が思ってるより、頭がよくないと思います」

「それは……答えづらいですね」

自分が頭脳派で、誰も及ばない知略の持ち主だと自惚《うぬぼ》れるわけではない。

ここまでオットーがやってこられたのは、経験則と小技の多さ、それと危機管理能力に優れていたからというのが自己評価だ。

頭の良さを比べ始めると、あらゆることを見通す謀略家たちには遠く及ばない。

しかし、そんなオットーの考えはこの場においては的外れなようで。

「今、わたしが話してる頭のよさは、そういうことじゃないです。オットーさん、わたしはオットーさんが思ってるほど、使えない子じゃないつもりです」

「──。それは」

「ちゃんと役に立つと思います。例えば……」

そう言って、困惑するオットーの手を、ペトラがぎゅっと握りしめた。そして、その彼女の小さな手が白く発光し、それがオットーの方へと浸透してくる。

途端、オットーの頭に鳴り響いた耳鳴りが、わずかに和らいだ。

「これは……陽魔法？」

「旦那様から教わってる、魔法の一部です。まだ、初歩も初歩ですけど」

「────」

「オットーさん、わたしも今が無茶《むちゃ》のしどころなのはわかってます。でも、苦しい思いをした分だけ、偉いわけじゃないです」

身を切る覚悟の表れに、自分自身に多大な負荷をかけたオットーは息を詰める。そんなオットーをじっと見つめ、ペトラはため息をついた。

「こんなの、いつもオットーさんが言いそうなことなのに。みんなには言わないであげますけど、オットーさん、ずっと焦ってるでしょ」

「う……」

「もう、ず～っと怒ってるの。気持ちはわかるけど、声と態度がトゲトゲしすぎ」

そう言われ、オットーはぐうの音も出ないで項垂《うなだ》れた。ペトラの言う通り、普段のオットーならしそうもない判断違い、心得違いのドツボに嵌《は》まっていた気がする。

ペトラの小さな手を通して、彼女の言いたいことが伝わってくる気がした。

「……鼻血を流すのが偉いんじゃなく、やることやるのが偉い」

「です。オットーさん、どうしますか？」

嘆息したオットーの手を握ったまま、ペトラがその手を持ち上げて、

「わたしがいたら、もうちょっと効率よく頑張れます。それなのに、子どもは見ちゃダメってわたしのこと、後ろに下がらせますか？」

「言い方が悪い！」

「下がらせますか？」

にっこりと微笑《ほほえ》んだまま、ペトラがオットーに圧をかけてくる。その圧力に屈する。それも快く屈して、オットーは長く息を吐いた。

「――――」

今なお、チャンネルを開けば飛び込んでくる無数の『声』。押し流されてしまいそうな猛烈な勢いの中、しかし、ペトラの手は流されかけるオットーを繋《つな》ぎ止《と》める。

もう少し、遠くに、多くに、耳を傾けてもよさそうだと、そう思わせるように。

「あとで、フレデリカさんには一緒に怒られてもらいますよ」

「はいっ。オットーさんが一人で鼻血出してるより、一緒に鼻血出そうって言ってもらえた方が嬉《うれ》しいです。……鼻血は嫌ですけどっ」

そう晴れやかに笑い、オットーを手伝うと決めたペトラの姿に目をつむる。

オットーの手を握る小さな手、それがほんのわずかに震えているのを、この賢い少女が自覚できていないはずがない。

初めて見る戦争、大事な人が巻き込まれている戦場、送り出した仲間たちの安否も危ぶまれる中で、自分も何かしたいと願うのはペトラも同じなのだ。

その意を汲《く》もう。――使える手札は使えるときに使う。商人らしく。

「ペトラちゃん、手を貸してください。――この戦場のチャンネルは、僕が支配します」

「わたしたちが、支配しますっ」

勢いのあるペトラの返事、それにオットーは苦笑し、「じゃあ、それで」と答え、再び地獄の揺り籠《かご》へと飛び込むためにチャンネルを開く。

――懐かしき故郷へ帰るオットーは、しかしかつてほど孤独ではありえなかった。

3

纏《まと》った衣を脱ぎ捨てて、常日頃、淑《しと》やかを心掛ける手足を伸ばし、強く地を蹴る。

颯爽《さっそう》と金毛で風を切り、鼻腔《びこう》から滑り込む血の香りを堪能しながら、それによって昂揚《こうよう》感が沸き立つ自分自身をフレデリカは激しく嫌悪した。

「……嫌になりますわね」

多くの闘争心がぶつかり合い、戦場に無為に命が散っていく。

そうとわかっていて、胸の奥が弾んでしまう感覚につくづくフレデリカは思い知る。

——自分の内に血となって流れる獣性が、ひどく度し難《がた》い代物であることを。

「————」

切っても切り離せない自分の性《さが》と向き合い、フレデリカは獣化した四肢を唸《うな》らせる。

一心不乱に役割に没頭することで、この嫌悪も不安も、振り切ってしまいたい。そうすることでフレデリカは、獣でない部分の自分を肯定できる気がした。

「ただでさえわたくしは、ガーフやエミリア様のようには戦えず、ペトラやオットー様のようにも役立てないのですから」

ヴォラキア帝国へ乗り込み、皆が皆、自分の役割を果たさんとする中で、自分にできることはなんなのか、その答えは今もフレデリカの中で出ていない。

戦いへの介入を決断し、自らも全力で戦い抜くことをするエミリア。

武官としてこれ以上ない機会に剛腕を振るうガーフィール。

そして、自らの加護の限界へ挑むオットーと、それを支援する役目を帯びたペトラ。

そんな頼もしくも愛《いと》おしい仲間たちと並び立って、特別に秀でたところのない自分に何ができるのか、フレデリカは自問自答し——、

「——っ、見つけましたわ！」

刹那、視界に目当ての相手を見つけ、フレデリカが思考を中断してそちらへ向かう。

猛然と草を蹴り、戦場を駆け抜ける四足獣と化したフレデリカ。目当ての相手はその接

近に息を呑《の》み、とっさに弓をつがえかけるが――、

「――姉上？」

「待テ、タリッタ。味方ダ」

と、構えられる妹の弓を上から押さえ、フレデリカを救ったのはミゼルダだった。

滑り込むフレデリカの眼前、そこにいたのは『シュドラクの民』の一団だ。フレデリカは彼女らの代表、ミゼルダとタリッタの前に進み出ると頭を下げ、

「こんな姿で驚かせて申し訳ありません。わたくしはフレデリカですわ」

「なるほド、お前だったカ。――美しい獣化だナ。お前でなければバ、毛皮を剥《は》いで集落に飾っておきたいほどダ」

「……褒め言葉として受け取っておきますわね？　おほん、お伝えすべきことが。――本陣の、アベル様からのご指示です」

「アベルからノ……彼はなんト？」

ミゼルダの称賛に困惑するフレデリカだが、切り出した話題にタリッタが食いつく。

半獣人としての本能を嫌悪しながら、それでもフレデリカが獣化して戦場を駆け巡っていたのは、こうして伝令役として各所に指示を伝達するためだ。

――ペトラの補助に寄りかかり、後先を考えることを最低限にしたオットーの奮闘により、集められた戦場の進行形の情報が次々と本陣のアベルへ運び込まれる。

刻一刻と変化する戦況、それを誰よりも正確に把握することで、形勢はゆっくりと確実

に、反乱軍の有利へ傾いていた。

フレデリカが走るのは、その一助となるためだ。

「――攻め立てるべきは第三頂点、そこが最も突くべき穴であるとのことですわ」

星型の城壁、その頂点を守護する敵を警戒するのと、先んじて仕掛けた叛徒《はんと》たちとの乱戦を恐れ、攻めあぐねていたタリッタたちへ指示を伝える。

それを聞いた姉妹が目を向けたのは、姉妹が目を向けたのは、『穴』と指摘された城壁だ。

そこには――、

「――石ノ、人形《ひとがた》と戦っているようだナ」

「アベル様のお話では、『九神将』の一人であるモグロ・ハガネの手勢だと」

「『九神将』……」

その単語を耳に入れ、タリッタが美しい横顔の頬《ほお》を硬くする。

彼女の呟《つぶや》きに混じった不安の色、その理由はフレデリカにも痛いほどわかった。

帝都決戦へ参じる以上、『九神将』とぶつかる可能性はタリッタも覚悟したはずだ。しかし、覚悟は恐怖の免罪符にはならない。あって当然の心理だ。

「心配するナ、タリッタ」

「姉上……」

だが、そんな妹の気負う様子にミゼルダがニヤリと笑う。彼女はその目力の強い双眸《そうぼう》を爛々《らんらん》と光らせ、威勢よく妹の肩を叩《たた》くと、

「たとえ相手が『九神将』であろうト、もう二度と遅れは取らなイ。どうやラ、私の足を奪った『九神将』とは別物だガ、腹いせダ。問題があるカ、ン？」

肩をすくめ、ミゼルダは自分の右足——膝下を木の棒に代替したそれを見せ、タリッタへとそう問いかける。それが本心からの凶気の言葉なのか、あるいは妹を励ますための発言なのか、フレデリカには判断がつかなかったが——、

「——いいエ、問題ありませン」

大きく一度、二度と瞬《まばた》きをしたタリッタが頷《うなず》いて、次の瞬間、目にも止まらぬ速度で抜いた矢を弓につがえ、自分たちの真上に射出する。

直後、頭上で聞こえた苦鳴にフレデリカが顔を上げると、三人から少し離れた大地にくるくると回転しながら飛竜が落ちてきた。

その飛竜の顎下に命中した矢が、その頭部まで先端を達して絶命させている。その圧倒的な弓術にフレデリカが瞠目《どうもく》する傍《かたわ》ら、タリッタは息を吐くと、

「頃合いを見テ、私たちで壁を越えましょウ。城壁を抜けれバ、私たちの勝ちでス」

「それでこソ、シュドラクの長《おさ》ダ。——フレデリカ、お前はどうするル」

覚悟の決まった顔のタリッタに、満足げに頷いたミゼルダが振り向く。姉妹の空気に呑《の》まれかけたフレデリカは、その言葉に我に返り、

「うっかりご一緒しますと言いそうになりますが、わたくしの役割は伝令……今のお話を他の方々にも伝えてきますわ。聞く耳を持ってくださった方々が一ヶ所へ集えば」

「一穴が堤を崩ス、カ」

「ええ。——風穴が開きますわ」

それこそが、エミリア陣営の方針であり、フレデリカが為すべきことだ。

いまだ、自分が陣営の中で半端な立ち位置にいるとわかっているからこそ、せめて託された役割の範囲で、できるだけのことを果たしたい。

「タリッタ様、ミゼルダ様、どうかご武運を。決して、命をみだりに投げ出すようなことはなさいませんよう」

「はイ、フレデリカも気を付けテ」

「お前が死ねバ、お前の毛皮はシュドラクで代々継いでいク」

「生憎《あいにく》と、お渡しする予定はございませんわよ！」

ほんの少しの強張《こわば》りを解かれ、フレデリカは姉妹の見送りを受けて走り出した。

疾風の如《ごと》く草地を蹴り、駆け抜けた先へアベルの指示を伝える。ペトラとオットーの連携と頑張り、それを無駄にしないのが自分の務め。

ひいては、ガーフィールとエミリアの奮戦に、そして帝都にいるかもしれないスバルとレムの二人にも貢献できるよう。

「ただ、今はひたすらに走るのみですわ」

そう、自分自身に任じて走る足取りは、ほんの少しだけ獣性と無縁に軽やかだった。

4

揺れる草と残影にわずかな余韻を残し、獣化したフレデリカの姿が消えた。

金色の女豹《めひょう》、元の長身の美貌とは似ても似つかない、しかして狩猟民族としてはその美しさを褒《ほ》め称《たた》えなければならないほど、洗練された四足獣だった。

件《くだん》のフレデリカがもたらしてくれた情報、それに従い、タリッタたちはシュドラクを結集し、第三頂点の攻略へ臨む心持ちだ。

と、そう心を決めたところへ――、

「――ちっ、斬り込めねえ！　邪魔な連中が多すぎだ！」

粗野な声を上げながら、空から双剣を手にした眼帯の男が落ちてくる。

その両手の長剣を器用に扱い、飛竜の翼を斬り払った男が、一緒に落ちてきた竜の傍《かたわ》らへ飛び込み、噛《か》みついてこようとするその首を刎《は》ねる。

鮮やかな剣撃、それを放って振り向くのは――、

「……ジャマル、カ。お前の顔は見ても満たされなイ」

「わけわかんねえこと言ってんな！　クソ、じれってえ！　どうにか帝都に乗り込めねえと、カチュアの無事がわからねえ……トッドの野郎、ちゃんと守ってんだろうな」

ぐちぐちと悪態をこぼしながら、焦げ茶色の癖毛を掻《か》き毟《むし》ってジャマルが吠《ほ》える。

城郭都市《じょうかくとし》で捕虜《ほりょ》になった帝国兵であり、アベルの素性を知ってこちらについた稀有《けう》な立

場の人物だが、その立場に見劣りしない力量の持ち主——生憎《あいにく》と、その野卑な性根が表れた顔は、面食いのミゼルダのお気に召さなかったようだが。

ともあれ、帝都に家族を残しているらしい彼の慌ただしい心中はわからないではない。

「私たちはともかク、他の叛徒《はんと》は取れるところから取るでしょうかラ」

「わかってんだよ、んなことは！　だから、とっとと偽閣下の首をぶった斬って……」

「そのやる気のお前にいい報告があるゾ。私たちはこれからラ、第三頂点に向かウ。そこが狙い目だと話があっタ」

バタバタと足踏みするジャマルに、ミゼルダが先のフレデリカの伝言を明かす。それを聞いたジャマルは胡散臭《うさんくさ》そうに、「あにぃ？」と顔をしかめた。

「狙い目だぁ？　どこの誰がそんな話……」

「アベルだそうでス」

「それを早く言え！　おい！　お前ら、準備しろ！　第三頂点にいくぞ！」

切り替えの早いもので、ジャマルは荒々しくそう声を上げると、すぐに自分と同じ境遇の——城郭都市《じようかくとし》でこちらに加わった兵をまとめ始める。

声が大きく、意思が明白で、真っ当に腕っ節が立つ。案外、『将』の器だろうか。

そのジャマルの背を見て、遅れは取れないとタリッタも動く。

「姉上、私たちモ、クーナとホーリィを呼んで準備ヲ……ァ？」

そう声をかけたところで、タリッタは思わず息を詰めた。

目を丸くして、ちらちらと目の前を揺らいで落ちていくものに手を伸ばす。そっと伸ばしたタリッタの手の上、ほんの一秒ともたずに消えたのは白い何かだ。

それはゆっくりと、猛然と戦火が燃え盛る戦場の空を舞い踊る、白い光――否《いな》、冷たい氷の粒、雪の結晶だ。

「何故《なぜ》、こんナ」

「――。そうカ、お前は見ていなかったナ、タリッタ」

生まれて初めて目にする雪の存在に、唖然《あぜん》とするタリッタの横でミゼルダが頷《うなず》く。

訳知り顔のミゼルダは、どういうわけかタリッタと違い、この光景に心当たりが、それどころか見覚えがあるらしかった。

「エミリーダ」

ミゼルダの出した名前は、フレデリカと同じ陣営にいる銀髪の少女の名前だ。

自らがハーフエルフであると語ったのが記憶に新しい彼女が、この雪を降らせている張本人であると、想像の外の出来事の連続にタリッタは自分の肩を思わず抱いた。

「まったク、世界というのは広いものだナ。シュドラクの族長と元族長が揃《そろ》っテ、やられっ放しになることが多すぎル。この雪もそうダ。それニ」

雪の落ちてくる空を見上げていたミゼルダが、その視線を別の方へ向けた。それは先ほどまでフレデリカの踏んでいた草、そして彼女が消えた方角。

この広い戦場を息も切らさず、アベルからの生きた情報の鮮度を保ったまま縦横無尽に

運び続ける、とんでもない伝令役を思い――、

「――美しい獣が私たちを生かス。どこまでモ、狩人《かりうど》の冥利《みょうり》に尽きるものダ」

と、自らの過小評価が過ぎる相手を称《たた》えたのだった。

5

――白い雪がちらついて、ゆっくりと戦場の空気が凍り付いていく。

そうして環境の激変する世界の中心に佇《たたず》み、エミリアはじっと、正面を見据えていた。

帝都を取り囲んだ反乱軍と、帝都を守ろうとしている正規軍との戦いが始まり、エミリアの頭はかなりしっちゃかめっちゃかになってしまった。

できるだけ頑張って、みんなで死んでしまう人を減らそう。

それがエミリアの打ち立てた方針であり、難しいとわかっていながら、仲間たちが反対しないで受け入れてくれた目標だった。

なのに、いざエミリアたちが目的の帝都までやってくると、先に到着していた反乱軍たちがすでに戦いを始めてしまっていたのである。

「帝都から見れば同じ叛徒《はんと》だが、各部族には各自の思惑がある。足並みを揃《そろ》えて行儀よく始まる戦いではなかった。考えずともわかる道理だろう」

などと、焦るエミリアにアベルが意地悪なことを言っていたが、城郭都市《じょうかくとし》から参戦した

自分たちも陣地を確保し、遅ればせながら戦いに参加した。

とはいえ、その参戦も心置きなくと前向きにできたわけではなく――、

「帝都であるルプガナは星型の城壁に囲まれた都だ。守るに堅く、攻めるに難《かた》い都市だけに抜くのは容易《たやす》くない。攻略に必須なのが、五つの頂点を取ることだ」

「五つの頂点？」

「星型の城壁だ。この五つの頂点から、戦場を深く遠く把握できる。逆を言えば、ここを奪えば相手の戦力を大きく削《そ》げる。そのために」

「そのために？」

「先に当たった叛徒らから、敵の戦力配置を割り出す。奴《やつ》らが些少《さしょう》でも相手の余力を削ればしめたものだ」

「それじゃ、先に当たった人たちが危ないじゃない！　そんなの絶対ダメよ！」

勝つための作戦を考えるのがアベルの役目なのはわかっていても、そのやり方をエミリアは受け入れられなかった。

だから、大勢の犠牲が出る前に頂点を取るべく、自分が打って出るのを決めた。

正直、どこへ駆け付けるのが一番か、決め手が見つからなかったけれど。

「エミリー、どこへゆくべきかは僕が指示します。――当てがあるので」

飛び出しかけたエミリアに、オットーがそう言って力を貸してくれた。

そのときのオットーの様子が、なんだかエミリアにはとても無茶《むちゃ》しそうな顔に見えて、

なんて答えるべきか迷ってしまったが、

「大丈夫、エミリー。わたしに任せて」

そうペトラが言ってくれたから、エミリアはどんと信じて走り出せた。

「エミリー！　俺様ァ、こっちだ！　風穴、ぶち開けてッやろォぜ！」

威勢のいいガーフィールとお互いの健闘を誓い、途中で別れてそれぞれの頂点へ。

「エミリー……いえ、エミリア様、わたくしも役目へ走りますわ。どうかご武運を。スバル様のため、無茶《むちゃ》はしすぎませんように！」

並走するフレデリカが獣化して、目にも止まらぬ速さで戦場を駆けていく。

みんなみんな、自分の役目を果たすために必死で。

戦うしかできない自分がとてももどかしいが、役割分担はとても大事とエミリアは学んでいたので、そこは全部みんなの得意分野に任せることにした。

「私も、すごーく頑張らなくちゃ――！」

強い決意を胸に秘め、エミリアは自分のすべきことを為《な》しに頂点へ辿《たど》り着《つ》いた。

ぎゅっと目をつむり、自分の胸に当てた右手に左手を重ねる。戦いが始まる前、この場面に参加できないことを悔やむベアトリスが、この手を握って言ってくれた。

「悔しいけど、ベティーの代わりに頼むのよ。スバルのことで、ベティーの次に頑張れるのはエミリアかしら」と。

「ええ、ホントに、そうだって信じたい」

ベアトリスの託してくれた想《おも》いのおかげか、協力してくれるみんながいるからなのか、エミリアの心身はビックリするぐらい絶好調だった。

焦っていた心も、しっちゃかめっちゃかな頭も落ち着いて、とても冷静だ。

とても冷静に、エミリアは自分の役目と、やりたいこととを両立している。

エミリアが果たすべき役目は、頂点を守っているマデリンをやっつけること。

エミリアがやりたいことは、できるだけたくさんの人を死なせないこと。

マデリンとはこれから戦う。そして、たくさんの人を死なせないために。

だから――、

「みんなの、戦おうって気持ちはわかる。――でも、私が嫌なの」

先制攻撃に氷塊を降らせた腕を下ろし、エミリアはキリッと前を向いた。

強く歯を噛《か》んで自分の体の奥にあるゲートの存在を意識すると、溜《た》め込《こ》んでいるマナを一気に解放し、猛烈な勢いで周囲の気温を落としていく。

ヴォラキアは暖かい国なので、寒いのが苦手な人が多いとは勉強家なペトラの意見。空を飛んでいる飛竜も寒さには弱いと、動物好きのオットーからも聞いた。

そして、寒くなると丸くなりたくなるとは、ガーフィールとフレデリカの姉弟の意見。

その全部と、他でもない自分自身の経験と照らし合わせ、エミリアは気付いたのだ。

「すごーく寒いときって、みんな戦うどころじゃなくなっちゃうのよ」

かつて、燃えてしまう前のロズワール邸で、眠ってしまう前のパックがマナの発散不足の問題を起こしたとき、屋敷の周りがすっかり雪景色になったことがあった。

問題は近くにあったアーラム村にも波及したし、大変な騒ぎになったが、生まれてこの方寒い思いをしたことのないエミリアの、不思議な記憶として残ったのだ。

そのときの経験と知識が、しっかりと活《い》きた。

「みんなの意見とか戦いにかける気持ちとか、そういうのを簡単には曲げられないってわかってる。私も、できたらちゃんと話してわかり合いたいけど、時間がなくて」

だから、エミリアは決めたのだ。

力で——違う、寒さでみんなをねじ伏せることを。

指がかじかんで武器が取れなくなり、膝が震えて技なんか一個も使えなくて、歯の根が合わなくて視線が定まらず、息が白くてビックリする。

そうすればみんな、戦うどころではなくなるのだと。

そして、それでもまだ戦おうと、強い体と心で訴える人は——、

「——私が相手よ！」

「ふざけるのも、大概にするっちゃ——ぁ!!」

エミリアの決意の一声、それを塗り潰すような怒号が城壁に落ちた氷塊から轟《とどろ》く。

家より大きな氷の塊、それが直撃しても元気な声が返ってきたことに、周りは驚いてもエミリアは驚かない。数日前、グァラルでぶつかったときも同じだった。

あのときも、戦いの始まりは同じように氷の塊をぶつけるところからで。

「芸がない奴《やつ》っちゃ」

甲高い音が響き渡って、次の瞬間、巨大な氷が縦に真っ二つに割れる。

まき散らされる氷片の向こうから現れるのは、飛翼刃《ひよくじん》を頭上に掲げてピンピンしているマデリンだ。彼女は砕け散る氷が破片になり、粒子になり、マナに還元されるのを横目に、その金色の瞳の瞳孔を細める。

「あれだけ痛い目を見ても、何も変わらないか、半魔……」

「痛い目……最後のあれはビックリしたけど、私とプリシラがもうすぐ勝てそうだったはずよ！　嘘《うそ》言わないの！」

「──ッ、竜を侮るんじゃないっちゃ、半魔！」

エミリアの反論に目を怒らせ、マデリンが城壁から飛び降りようと膝を曲げる。その動作にエミリアは目を見張り、ちらと周囲を窺《うかが》ってから、

「えい！」

腕を振るい、さっきと同じように氷塊をマデリンへと降り注がせる。

当然、それは牽制《けんせい》にもならず、煩わしげに振り上げたマデリンの武器に弾《はじ》かれ、砕かれて効果を発揮できない。

しかし──、

「えい！　えいや！　まだまだ！　そや！」

「な」

次々と空に氷塊を生み出し、それを片っ端から城壁のマデリンへ落下させる。

途中から威力より速度を優先して作り出したため、氷の大きさは最初よりずっと小さく、せいぜいが一抱えぐらいの大きさだ。

それでも、頭に当たればものすごい痛みは避けられないそれが、エミリアの手で十や二十、五十や百と生み出され、城壁へと降り注ぐ。

氷の礫《つぶて》――ただし、礫なんてほど可愛《かわい》げのない氷の嵐だ。

「調子に！　乗るな――ッ」

その降り注ぐ氷の嵐に対し、狙われるマデリンは荒々しく対抗する。

寒さを物ともしない全身を駆使し、飛翼刃《ひよくじん》を投げるのではなく、振り回す武器として用いながら、彼女は落ちてくる氷塊の嵐をことごとく撃ち落とした。

衝撃と破砕音が連鎖し、城壁を駆け抜けるマデリンへ氷塊が殺到する。

それが砕かれ、躱《かわ》され、弾《はじ》かれ、よけられ、軽業師か踊り子のようなな足取りでくるくると回りながら、マデリンは氷の乱舞を避け切った。

その機動力も目を剥《む》くものだが、当てるのはエミリアの狙いではない。躱されること前提の攻撃、その目的は時間を稼ぐこと。

すなわち――、

「みんな、離れて！　私とマデリンが戦うと、周りが危ないから！」

氷の嵐を叩《たた》き込《こ》みながら、エミリアが周囲の叛徒《はんと》たちにそう呼びかける。

打ち砕かれた刃金人《はがねびと》たちは寄り添い合い、加勢する隙を窺《うかが》っているようだったが、寒さで震え、武器をなくしたものも多い彼らでは無茶《むちゃ》な話。

手足を動かすのが大変なのは、エミリアがしたことなのでとても悪いと思うが、その手足を頑張って動かして、仲間を連れて下がってほしい。

そうすれば――、

「お遊びは終わりっちゃ!!」

「――っ、いけない！」

物量を優先したエミリアの攻撃、単調になったそれの間を縫い、細かく砕かれた氷の霧を破ったマデリンの飛翼刃が放たれた。

猛然と唸《うな》り、風を殺しながら飛んでくるそれをエミリアはとっさに飛んでよけたが、旋回する飛翼刃は轟音《ごうおん》と共に戦場を巡り、恐ろしい精度で戻ってくる。

途上を薙《な》ぎ払《はら》う死の旋風は、エミリア以外のものも容赦なく刈り取る。故に、動きの鈍い刃金人が巻き添えにならぬよう、エミリアは走り出した。

「う、やぁ!!」

迫る死の旋風に体が追いつかず、よけられずにいた刃金人の正面に割り込む。

跳ね上げた足で飛翼刃の刃《やいば》を蹴り上げる。衝撃がエミリアの全身の骨を軋《きし》ませるも、歯を食い縛ってやせ我慢。渾身《こんしん》の力で打ち上げ、刃がエミリアの頭上を、刃金人たちの頭上を越えて背後へ抜ける。

「これで……」

「大丈夫とでも思ったたっちゃか」

安堵《あんど》する暇もなく、後ろで声がした。

たなびく自分の銀髪の向こう、エミリアは蹴り飛ばした飛翼刃《ひよくじん》を掴《つか》み取って、そのまま振りかぶったマデリンの姿を紫紺の瞳に捉える。

振り下ろされる一撃、避けたら周りのみんなが危ない。

「アイスブランド・アーツ!!」

受ける以外の選択肢がなく、エミリアはとっさに生んだ氷の剣を飛翼刃に合わせる。鍔《つば》迫《ぜ》り合《あ》い、にならない。相手の刃《やいば》と接した瞬間、氷剣は呆気《あっけ》なくひび割れ、砕ける。

だが、それは一本目だ。反対の手で二本目、一本目をなくした手で三本目を生み出し、砕かれながらも諦めず、エミリアの氷剣連撃が唸《うな》りを上げる。

大きく身を回し、飛翼刃の横腹を叩《たた》いて、叩いて、かろうじて受け流し、落ちる。

「——きゃあっ!?」

打ち落とした飛翼刃が大地を直撃し、刹那、衝撃波がエミリアの全身を打った。

同様の威力に揉《も》まれ、逃げ遅れた刃金人《はがねびと》たちも盛大に吹っ飛ばされる。竜人《りゅうびと》の腕力はとんでもなく、力持ちのエミリアよりもさらにさらに力持ちだ。

「それでも……」

転がった体を跳ね起こして、エミリアは頬《ほお》を叩くと前を向く。

地面から飛翼刃を引き抜くマデリンが不機嫌にこちらを睨《にら》み、まだピンピンしているエミリアと、それから周りを見渡した。

「お前だけだっちゃか。あの女はどうした」

「あの女？　……あ、プリシラのこと？」

「竜が人間の名前を覚えると思うか？　あの、赤い女のことっちゃ」

「それがプリシラよ。私がエミリー。プリシラは、会いたい相手がいるって」

陣地でアベルが作戦を練り、エミリアたちが戦場に飛び出してきた傍《かたわ》ら、プリシラやアルたちも同じ戦場の土を踏んでいる。

ただし、スバルとレムを連れ戻したいエミリアたちや、何とか皇帝をやっつけたいアベルたちと違い、プリシラの目的はよくわからない。

聞いても、ちゃんと答えてくれなかった。

「ヨルナとも、どんなお話したのか教えてくれないし……」

離れ離れの親子の対面だから、積もる話もあったのだと思う。

エミリアも首から下げた魔晶石《ましょうせき》の中、目覚めたパックといずれ再会する日がくることを思うと、どんな話をしたのか参考に聞かせてもらいたかった。

もちろん、単純にプリシラの嬉《うれ》しい話を聞いてみたいというのもあったが。

「会いたい相手……」

「ええ、この戦いのどこかにいるみたい。自分の問題だって言ってたから、私も私の騎士様を優先しちゃったけど……あ！　ええと、ペトラお嬢様の！　騎士、かも！」

「――――」

ヴォラキア帝国では身分を装っている必要があると、慌てて言い直したエミリアを、マデリンが不審そうな日で見てくる。

疑われている感じがするが、エミリアは嘘《うそ》が苦手だ。取り繕うと余計にボロが出る可能性が高く思われて、仕方なく肩を落とす。

「ううん、嘘。スバルは私の騎士なの。騙《だま》してごめんなさい」

「そもそも、そんな話聞いてもいないっちゃ！」

「そう、だっけ……？」

「お前みたいな小娘が何を考えても、竜には関係ない。――あの赤い女がいないのは腹立たしいっちゃが、それならそれで好都合っちゃ」

言いながら、マデリンの全身がゆっくりと湯気を立て始める。

冷え込んでいく空気の中、吐いた息が白く染まるように、熱を高め続ける肉体はただそこにいるだけで、その体から見える戦意を立ち上らせ始めた。

その、目に見える戦意を浴びせられ、エミリアはとっさに両手に双剣を生み出す。

それを構えて警戒するエミリア、その様子にマデリンは獰猛《どうもう》に笑い、

「一人ずつ、竜をコケにしたお前たちを血祭りに上げてやる」

爛々《らんらん》と金色の双眸《そうぼう》を光らせ、こちらへ突っ込んできた。

凍り始めた大地を爆発させる踏み込み、一息にお互いの距離を消して、飛翼刃《ひよくじん》を振り上げるマデリンにエミリアは身構える。

そして――、

「プリシラはいなくても、私は一人じゃないわ！」

「何を――」

言うのか、とマデリンが吠《ほ》えようとしたのだと思う。

しかし、それは不意の人影と、振り上げた飛翼刃を押さえる衝撃が言わせなかった。マデリンが何事かと目を剥《む》いて、飛翼刃に飛びついた人影を見る。

それは、体ごとぶつかって攻撃を邪魔する、氷でできたナツキ・スバル――、

「な……!?」

「えいやぁ!!」

瞬間、動きの止まったマデリンへと、エミリアの双剣の氷撃が叩《たた》き込《こ》まれた。

6

帝都を囲う星型の城壁、それぞれの頂点で戦いが始まり、戦争の質が変化する。
多勢が小勢――それも、ほとんど単体戦力によって駆逐される様は滑稽でもあり、この

ヴォラキア帝国という強者が尊ばれる土地の縮図のようでもあった。

弱者をどれだけ束ねても、強者の一振りは容易《たやす》く希望を摘み取る。

事実、帝都決戦などと意気込んで銘打った戦いも、放置しておけば叛徒《はんと》のことごとくが伐採され、闘争心を燻《くすぶ》らせるものたちは年単位で大人しくなるだろう。

あるいはそうした反乱分子のあぶり出しが、此度《こたび》の皇帝の目算かとも疑う。

もっとも——、

「——それも、ヴィンセント・ヴォラキア皇帝閣下が玉座を追われていなければ、の話でありんす」

煙管《きせる》を片手に戦場を俯瞰《ふかん》し、ヨルナ・ミシグレは紫煙まじりの言葉を吐いた。

あえて自ら小火《ぼや》を起こし、平穏で緩んだ思考の引き締めにかかる。いかにも皇帝のやりそうなことだが、自ら玉座を手放してまでしでかすことではないだろう。

もしも此度の真相を知らず、魔都に君臨する『九神将』の一人として招聘《しょうへい》されていたとしたら、果たして自分はどちらについたのか。

「などと、益体のない感傷に浸る暇はありんせん。——わっちの役目がありんす」

ありうべからざる可能性を捨てて、ヨルナは静かに前を向く。

真の皇帝たるヴィンセント・ヴォラキアは、この帝国に安寧を敷いてきた。それを追い落とした偽皇帝の治める未来、それがどこへ通ずるか、闇は色濃く深い。

なればと、ヨルナは考えるのだ。

「わっちの愛《いと》し子《ご》たちと、閣下の愛した帝国の地で生きる民」

愚かにも魔都を失い、示すべき威を示せなかった自分を慕い続ける愛し子たち。

かつて愛し合い、今もなお愛おしさの潰《つい》えることのない男が愛した帝国の人々。

そして他ならぬ、魂を分けた我が子が生きる世に、相応《ふさわ》しくあってくれるものをと。

それは──、

「──偽の皇帝の築く未来より、真の皇帝の維持する安らぎを望むでありんす」

言いながら、煙管を回したヨルナの周囲をゆっくりと、螺旋《らせん》を描きながら土塊《つちくれ》が渦巻き始める。『魂婚術《こんこんじゅつ》』を無機物に付与し、意のままにするヨルナの技法だ。

その魂の容量の問題で、他者には決して真似《まね》のできない技法──ただし、長く密に時を過ごし、想《おも》いを染み込ませた魔都と違い、帝都の土の動きは鈍い。

おそらくは、ヨルナ自身の帝国への複雑な想《おも》いも無関係ではなかろうが。

「万全の状態でなくて申し訳なくありんすが、主さんの相手はわっちでありんす」

正面、城壁の頂点を見上げるヨルナの視線、それが城壁よりさらに上へ向かう。

その理由は単純明白、視線で射抜くべき相手が城壁より高い位置、戦場の空を自由に飛んでいるからだ。

自らの膝下を炎へと変えて、その細い体に破滅を秘めた『精霊喰《ぐ》らい』──。

「──ヨルナ」

「アラキア一将、相変わらず派手な戦い方でありんす。遠くからでも、一目でそれとわかったでありんすよ」

片手に木の枝を手にし、左目を眼帯で覆った褐色肌の犬人――帝国第二位、アラキア。

眼下に現れたヨルナを警戒する彼女の敵意に肌を焙《あぶ》られ、ヨルナは周囲を見回し、焼け野原となった農地に目を細めた。

叛徒《はんと》たちの攻撃に対し、最も派手な迎撃があったのがこの第一頂点だ。

無論、それは彼女自身の有する力が強大であることも理由だが、おそらくは周囲に見せつける意味が大きい。――この頂点の守護者が、『弐《に》』のアラキアであると。

そう知らしめることで、叛徒たちの攻め手は確実に鈍らせることができる。

ただし、それはアラキア自身の狙いというより――、

「誰ぞの入れ知恵があったか、アラキア」

「――っ」

「主さん……」

背後、焼け焦げた黒い草原を踏みつけて、やってくる何者かの声が戦場を揺らした。

息を呑《の》み、目を見張ったのはアラキアと、そしてヨルナも同じだった。聞こえるはずのない声、それが堂々と現れたことにヨルナは眉を寄せる。

そして足音は、振り向くまでもなくヨルナの傍《かたわ》らに並んで、

「なんじゃ、母上。一度死んでなお、まだ子離れできぬままか？」

そう、手にした扇を音を立てて開き、紅の瞳をしたプリシラが残酷に笑う。

まさかの登場と、その後の言葉に虚を突かれ、ヨルナは吐息をこぼした。

「プリスカ、主さんがわっちを許せないのは当然でありんすが……」

「生憎《あいにく》、その名を冠した娘は死んだ。気掛かりなら墓でも参ってやればよい。妾《わらわ》はプリシラ・バーリエルである。努々《ゆめゆめ》、間違えるでない」

「――。この場はわっちに任せると、アベルが話していたはずでありんしょう」

「妾はアベルの言いなりにならぬと、それも同じ場で話したはずじゃ」

ああ言えばこう言うと容赦なく返され、ヨルナはプリシラの態度に閉口する。しかし、プリシラは「ふん」と鼻を鳴らし、その口元の笑みを消した。

そのまま彼女の紅の視線が、頭上のアラキアへと向けられる。

『九神将』の最強格であるアラキア、彼女の相手をヨルナが命じられたのは、他ならぬヨルナ以外では彼女の相手とならないと誰もわかっていたからだ。

にも拘《かかわ》らず、思慮深いプリシラがこの場所へ足を運んだのは、そうした戦力や戦術といった要素を抜きに、アラキアと対峙《たいじ》する理由があったから。

その証拠に――、

「姫、さま……」

そうこぼし、隻眼を見開くアラキアはプリシラの登場に明らかに動揺していた。

どこか浮世離れしたアラキア、ヨルナを前にしても崩れることのなかったその空気が、プリシラを目にした途端に崩壊する。

それは紛《まぎ》れもなく、プリシラとアラキアの間に特別な関係があった証左であり、

「アラキア、貴様の心は決まったか」

問いかけるプリシラの横顔は怜悧《れいり》で、視線は射抜いた相手を殺さんばかりに鋭い。しかし、その唇が紡いだ言葉だけはどこか穏やかで、慈悲深ささえ感じられた。

厳しく装飾された優しい問いかけ、それにアラキアは息を呑《の》み、頷《うなず》く。

動揺を消し、代わりに浮かび上がったのは強い、強い強い強い、決意だ。

「姫様を、取り戻す。――閣下を殺して、姫様が、本物の皇帝」

「『選帝《せんてい》の儀』の正式な決着を望むか。それもよかろう」

アラキアの答えを聞いて、プリシラが手にした扇を閉じる。それを自らの胸の谷間に仕《し》舞《ま》い込《こ》むと、彼女は空いた手を空に掲げ、空間から紅の宝剣を抜き放った。

刀身の周辺、空気が揺らいで見えるほどの熱を発するそれは、ヴォラキア皇帝のみが扱うことを許される『陽剣』――思わず、ヨルナも見惚《みほ》れる。

かつて、その真紅の宝剣を振るった愛《いと》しい男が、瞼《まぶた》の裏に蘇《よみがえ》った気がして。

「見惚れている場合ではないぞ、母上」

「――。一から十まで、勝手なことをつらつらと……育てていないとはいえ、どうしてそのような育ち方をしたでありんすか」

「さてな。妾《わらわ》が妾たるのに理由はない。それと、一つ教えそびれたことがあった」

陽剣を構えるプリシラを横目に、ヨルナも全身を緊張させ、臨戦態勢に入る。その姿勢

になったところで付け加えられ、ヨルナは胡乱《うろん》げな目を娘に向けた。

その視線に目を向けないまま、プリシラは陽剣の剣先でアラキアを指し示し、

「あれは妾の乳姉妹《ちきょうだい》じゃ。母上の亡きあと、妾と姉妹同然に育った。今は、妾を玉座に座らせるのが目的であるらしい」

「な」

「くるぞ」

明かされた事実にヨルナが目を丸くしたのと、無情な宣告はほとんど同時だ。

膨れ上がる炎が空を覆い尽くし、それが焼け野原と化した大地を焦土へと焼き変えるために、膨大な熱量となって落ちてくる。

その向こうで、世界を赤一色に染めるアラキアが叫んだ。

「姫様を取り戻す、わたしの力で!!　――そう、教えてもらった」

7

アラキアの繰り出す炎が大げさに世界を焼いていくのを遠目に、トッド・ファングは戦場の空気が風向きと共に変わりつつあるのを感じ取っていた。

「――最初の一手が効いたのは間違いないが」

攻め込んでくる叛徒《はんと》の鼻っ柱をへし折る大火力、一番槍《やり》を務める立場というのはいつだ

って実力を認められた存在だ。

それが為《な》す術《すべ》もなく焼かれ、士気を保てる群れなんて存在するはずもない。

それ故に、星型の城壁を守護する五つの頂点の中で、アラキアを有する白分が割り当てられた頂点が最も安全かつ、敵の攻撃が弱まる場所と読んだ。

実際、トッドの読みは的中し、乗り込んできた単眼族《たんがんぞく》が一掃されたあと、アラキアを恐れた叛徒《はんと》の攻撃は疎《まば》らとなり、ほとんど残当狩りも同然だった。

その空気が変わったのは、退けられた叛徒の第一陣に、遅れて到着した第二陣が加わったことが原因だ。

頭を叩《たた》かれ、戦力を失った第一陣はそのまま総崩れになるかと思われたが、あとからやってきた第二陣に吸収され、戦力の立て直しを図っている。

無論、負け犬がまとまったところで結果にさしたる影響はないはずだが、後続は士気がへし折れたはずの連中をまとめ上げ、被害を最小限にせき止めた。

よほど、目端の利く指揮官が第二陣にいるのだろうと、そこまで考えてトッドは恐ろしい可能性に身震いする。

「まさか、遅れて到着したのも策の内か？」

足並みが揃《そろ》わず、自己主張のままに突撃してくる頭空っぽの反乱軍。そんな連中ばかりの第一陣が痛い目を見て、そのまま戦いは正規軍の圧勝で終わるところだった。

しかし、実力者を失った第一陣は冷や水を浴びせられ、血が上った頭を冷まさせられた挙句に、話に耳を貸す機能を持たない邪魔者を根こそぎ喪失している。

そうなれば、挑んだ戦いで勝ちを拾うために、連中も勝算を積んだ相手の傘下に入り、おこぼれをもらうために必死で芸をするしかない。

「……馬鹿ばかりの先鋒《せんぽう》より、第二陣の方が本命か」

アラキア相手に戦いを挑んだのも、本命が用意した対抗策があればこそだろう。

まさか、アラキアが落とされるとは考えにくいが、これだけ計算できる相手が帝都の攻略のための策を持たずに手ぶらでくるとトッドは思わない。

アラキアのみならず、他の頂点の守護者に対しても何らかの用意はある。

付け加えれば、そうした頂点を守護するものたち以外、残党を狩るだけの役目だったはずの正規兵たちも、叛徒の動きに苦戦までいかずとも、時間をかけ始めた。

まるで、悪魔的な敵の頭脳に、遠くまで見通す目と耳と、小器用な手足までついてきているような、そんな厄介さを感じる。

強敵は、アラキアや守護者に任せればいい。

だが、真に戦争において厄介な敵は、もっと他にあるとトッドは考える。

故に――、

「――悪さを働いてる奴《やつ》を、片付けなきゃいけないいな」

第八章　『頂点楚歌』

1

目や鼻、耳のない頭部を矢が穿《うが》ち、石で造られた人形が大きくのけ反る。

だが、人間らしい部位のない頭部は人間らしい急所にもなり得ないのか、矢で射抜かれようと、頭の一部が欠けようと、進軍する敵の足取りは躊躇《ためら》いなしだ。

「頭潰すだけじゃ足りねーんなラ……ホーリィ！」

「わかってるノー！」

わらわらと、手を伸ばしながら押し寄せてくる石人形。

人間と変わらない大きさのそれが、非人間的な動きで迫ってくる姿には嫌悪感が沸き立つ。その抵抗感を弦を引き絞る指に込め、強弓が雷鳴のような音を立てた。

放たれる矢は同時に三本、それが石人形の胴体を直撃し、矢は突き立つでも穿つでもなく、その胴体を粉々に打ち砕いて人形の動きを停止させた。

五体がバラバラになれば、さしもの石人形も動き出しはしない。

しかし——、

「いちいチ、狙ってやれる数じゃねーゾ！」

目標の城壁、敵の布陣の穴だと言われた第三頂点だが、何とか辿《たど》り着《つ》こうと顔を上げるクーナは、配置された敵兵の数と性質に絶望的な気分になった。

第三頂点を守護しているのは、『九神将』の一人であるモグロ・ハガネという話だ。

幸いというべきか、そのモグロ当人の姿は城壁に見えない。まだ、モグロまで辿り着いていないからなのか、あるいはモグロ当人は別の場所にいるのか。

いずれにせよ――、

「まるで木の蜜に集まるありんこなノー！　こんなのとても倒し切れないノー！」

「泣き言ほざいてる場合かヨ！　撃て撃て撃ちまくレ！　いくらでも当たル！」

「わーン！　クーナったら厳しいノー！」

悲鳴みたいな声を上げながら、ホーリィがクーナの背負った矢筒から矢を抜いて、次々と強弓につがえてぶっ放す。一射ごとに二体から三体の石人形が破壊されるが、とても敵の数には追いつかない。

――それこそ、石人形の数は数百体から数千体、数え切れないほどいるからだ。

「チッ、どーすりゃいいんだヨ……！」

舌打ちしながら敵と距離を取り、クーナは指示を出したアベルを呪う。

噂《うわさ》でしか知らないが、モグロ・ハガネは『鋼人《はがねびと》』と呼ばれる特殊な亜人。体の一部を金属化している刃金人《はがねびと》とも違い、全身が鉱物でできていると聞く存在だ。

ならば、目の前にいる無数の石人形は皆、その鋼人《はがねびと》だとでもいうのか。

「みんなみんな、生きてるっぽくないノー！　本当にお人形みたいに見えるノー！」

「アタイもおんなじ意見ダ！　こいつラ、どういう仕掛けになってやがル!?」

適度に距離を保ちながら、周囲を睥睨《へいげい》して石人形の群れを見る。目が存在しないことも手伝って、石人形からは自意識らしいものが感じられない。

ただ近付くものを取り囲み、その硬い手足と怪力で殴りつけ、撲殺する。逃げ切れずに追いつかれ、数の暴力に晒《さら》されたものの死に方は悲惨だ。

この第三頂点に挑み、石人形の群れに踏み潰された叛徒《はんと》たちは、文字通りにその亡骸《なきがら》を踏み越えられ、隊列の向こうで原形をとどめていないだろう。そしてそれは、クーナたちにとっても他人事《ひとごと》と笑っていられる出来事ではない。

このままなら、数に任せた敵に踏み荒らされ、太刀打ちできなくなる。

そうなる前に――、

「やべーってなったラ、撤退しねーとだガ……」

「あ！　クーナ！　あれ、見るノー！」

「あァン？」

戦場となった農地の草を蹴り、逃げながらの射撃を余儀なくされる二人。そんな中でホーリィの上げた声にクーナが振り向けば、驚くべきものが視界に飛び込んだ。

戦場に立ち尽くした人影、そこに石人形が殺到し、石塊《いしくれ》でできた腕を叩《たた》きつける。あわ

や、一撃を浴びた相手は倒され、血溜《だ》まりに伏すかと思われるが——、

「——石でできた人形ガ、邪魔をするナ!!」

そう吠《ほ》えたのは、凶暴な美貌を怒りに歪《ゆが》めたミゼルダだ。

彼女は怒声を張り上げながら、その両腕に握った棍棒《こんぼう》を振り回し、飛びかかってきた石人形の頭を、上半身を、打ち砕いて返り討ちにしていく。

——否《いな》、石人形に対して、逃げるより攻めるを選択したのは彼女だけではない。

「邪魔だ邪魔だ邪魔だぁ！　仰ぐべき皇帝閣下の威光もわからねえ帝国の恥共が、オレに立ちはだかってんじゃねえ！」

だみ声と共に放たれる斬撃、それは鮮やかに石人形の首と胴を斬り離し、飛んだ頭部をさらに空中で縦に割る。足らなければ胴を斜めに斬り、腕を肩から斬り払って、動きが止まったと見れば蹴倒し、次へ向かう。

眼帯をした荒々しい外見の男もまた、ミゼルダと同じように石人形へ飛び込む。

白兵戦に容赦のない二人の攻撃力が、石人形の出鼻を挫《くじ》く。

しかし、真にクーナとホーリィを唖然《あぜん》とさせたのは、そのどちらでもなかった。

「————」

剛剣が唸《うな》りを上げ、薙《な》ぎ払《はら》われる石人形が轟然《ごうぜん》と吹き飛ばされる。

鮮やかとは言い難《がた》く、荒々しく暴力的な斬撃。だがそれは、足止めに破壊を必要とする石人形を相手にする上で、これ以上なく理に適《かな》った剣技と言えた。

それを振るい、押し寄せる石人形の群れを葬っていくのは赤毛の剣士――高慢で居丈高なプリシラ、彼女の従者であるとしか知らない男、ハインケルだった。

いつの間にか戦列に加わった亡霊のような風貌の男が、声なき石人形を次々と斬り捨てていく光景は、寝苦しい夜に見る悪夢のように現実味がない。

起きている出来事だけ見れば、クーナたちの歓迎すべき事態にも拘《かかわ》らず、それを喜んで迎え入れていいものなのかわからない、負の想念が渦巻いている。

きっと、その理由は剣を振るうハインケルの形相、顔つきにあった。

「とっても辛《つら》そうなノー」

同じものを見たホーリィの呟《つぶや》きに、クーナは賛同できなかった。

そう表現するホーリィの考えもわからなくはないが、クーナの目にはもっと直接的な、死にたがっている顔に見えた。

時々、死に場所を求めて戦場へ赴く戦士はいる。

シュドラクでも老い先が短くなったものが弓を持って、森の奥に潜んだ大物に挑むという体《てい》で最期を選ぶことがある。

クーナはたぶん選ばない終わり方だが、そうした考えには理解が示せた。

だが、ハインケルのそれは、死に場所を求める戦士のそれとは違っている。

死にたがっていながら死を恐れ、死に猛然と抗《あらが》っている姿には、ただただ痛々しさだけが募らされる。彼の存在が戦線を優位に支えているとわかっているのに、クーナは今すぐに彼に倒れ、死んでほしかった。

　周囲にそう思わせるぐらい、陰の気に包まれた剣を振るう男だった。

「クーナ！　ホーリィ！」

と、そんなクーナたちの心情を余所《よそ》に、なおも戦場の空気は動く。

二人の名前を呼び、草原を飛ぶように駆け抜けてきたのはタリッタだ。矢筒を背負い、シュドラクの民らしい装いに戻した彼女は二人の前にくると、

「足を止めるのは危険でス。姉上やジャマルが作った道ヲ」

「言われなくてもわかってんダ、族長。……ちっト、目を奪われてただけデ」

「ハインケルですカ」

　バツの悪いクーナのもやもやを、目を細めたタリッタがピタリと言い当てる。

　ミゼルダの妹であり、『シュドラクの民』の族長の座を継いだタリッタ。以前の彼女は引っ込み思案で決断力がなく、慎重というより臆病なところが目立つ娘だった。

　しかし、族長を継ぐための条件として、魔都カオスフレームの旅路に同行した経験が大きかったらしく、臆病さは鳴りを潜め、しなやかな強さを獲得するに至った。

　今の指摘も、それに付随するものだろう。

「族長は不気味に思わないノー？」

「不気味は直接的すぎると思いますガ……必死なのモ、戦力になるのも事実なラ、彼と戦うことに私は異存ありませン」

「堂々とした答えじゃねーカ。……アタイもそれでいいと思うゼ」

割り切れないものはありつつも、この瞬間に割り切る必要はない。

元々、日常ではともかく、狩猟の場面では心の切り替えがうまかったのがタリッタだ。

今はそれが族長として、どんな状況でもうまく切り替えられている。

そうクーナが評価すると、タリッタはこちらの背の矢筒を見やり、

「折を見テ、落ちている矢の回収ヲ。あまり一体に矢を使いすぎない方がいいでス」

「理屈はそうだろーガ」

「なかなか一発で死んでくれないノー！」

「一発で落とすのはコツがありまス。心臓を狙うんでス。——こうしテ」

難儀する二人の前で、タリッタが自分の弓に矢をつがえ、素早く三射。遠方でミゼルダの背中に迫った石人形、三体の背を、頭部を、腿《もも》を矢が貫き、石人形が倒れる。

一射一殺、宣言通りに石人形を射殺したタリッタにクーナは目を疑う。

「待て待て待テ！　なんで一発で死ぬんダ!?　心臓？」

「石のお人形なのに、心臓なんてどこにあるのかわかんないノー」

「ソ、そうですカ？　しっかり見れバ、重要そうな場所がわかると思いますガ……」

クーナとホーリィに詰め寄られ、タリッタが困り顔で眉尻を下げる。

その様子からして、本当にしっかり見る以上のことはしていないらしい。性格が対極でわかりづらいが、肌感覚で物事を決めるタリッタはさすがミゼルダの妹だ。

いっそ、シュドラクの民の一人として、族長姉妹の純度の高さが誇らしく思える。

「参考になんねーから、アタイらはアタイらのやり方でいくぜ。矢は拾ウ、足りなきゃ棍《こん》棒《ぼう》でも何でも使ウ。敵はぶっ殺ス」

「お人形遊びはおしまいにしてやるノー！」

「その意気でいいと思いまス。ただ、どこかで本命の『九神将』が出てくるはズ。……ヨルナがそうでしたガ、一将は規格外でス。十分に注意ヲ」

「それ、ミゼルダに言った方がいいんじゃねーノ」

深刻な顔をしたタリッタの意見に、クーナは最前線で暴れるミゼルダを顎でしゃくる。

片足を義足にした元族長は、立場を妹に譲って身軽な体で暴れ回っており、あの調子だともしも敵陣から『九神将』が現れれば、最初にぶつかること請け合いだ。

たとえ片足がなくとも、ミゼルダならどんな大物にも善戦を――、

「姉上、出すぎないでくださイ！　一人では死にまス！」

「――――」

ミゼルダの前方、道を塞いだ石人形の頭を一発で射抜いて、タリッタが叫ぶ。そのタリッタの声に、ミゼルダは大きく手を振り、心得ているとそう応じた。

そのタリッタの判断と発言に、クーナは本気で驚き、感じ入る。

本当にタリッタは、姉の背中に隠れ続けることをやめたのだと。

「マリウリのことがあったときなんテ、見ちゃいらんなかったガ……」

「タリッタが立派になって、私たちも嬉《うれ》しいノー」

「言ってる場合ですカ!?　二人モ、戦ってくださイ！」

周囲を取り囲んでくる石人形、それをホーリィが弓で殴り、クーナが短い手斧《ておの》で砕きながらの発言に、タリッタが声を鋭くして言い放つ。

その頼もしい族長の指示に、クーナとホーリィは頷《うなず》き合い、躊躇《ちゅうちょ》なく従う。

古い盟約、かつてのヴォラキア皇帝とシュドラクの民との間で交わされた、もはや現代を生きるクーナたちにとっては遠く、忘れたとて責められる謂《いわ》れのない約束。

それを果たすために始まった戦いは、しかし、今確かにクーナとホーリィにとっても、シュドラクの民として、勝ち取らなくてはならない戦いとなったのだ。

2

真《ま》っ直《す》ぐ、突っ込んでくる石塊《いしくれ》の人形。

顔もなければ敵意も、殺意もない。そんな相手に剣を振るい、無神経に人型を選んだ人形遣いを呪いながら、ハインケル・アストレアは戦場へ臨む。

何故《なぜ》、帝国の大地で自分は剣を振るっているのか。

何故、あれだけの恥を晒《さら》したあとで、まだ剣を握っていられるのか。

何故、役立っているところを見せなくてはいけない相手が不在の地で、自分は。

「──っ」

伸ばされる腕を肘のところで斬り上げ、斬撃の余波が相手の上半身を吹き飛ばす。

腰溜《だ》めに構えた剣を乱暴に振り抜くと、途上の石人形が面白いぐらいに派手に蹴散らされた。面白くない。面白いことなんて、何もない。

剣を振るのが楽しかったことなんて、思い出せない。

剣はいつだって自分にとって、見た目以上に重たい枷《かせ》でしかありえなかった。

「クソ」

悪罵を吐き捨てながら、剣の届く範囲に入った敵を一撃する。

頭の中を埋め尽くすのは「何故」と頭についた疑問ばかりで、視界を邪魔しかけるそれを吹き飛ばして、剣を振る。振る。振る振る振る振る振り回す──。

「クソが」

無心になれと、剣の修練ではよく教えられた。

集中力を高め、無心になり、剣と一体となることで技が研ぎ澄まされると。──何度言われても、何を言われてるのかわからない教えだった。

「クソが」

考えるなと言われ、それを実践しようとすれば、「考えない」ということを考えているから、無心になることなんてできるはずもない。

生きていれば腹が減る。呼吸だってする。体のどこかが痒《かゆ》いことも、眠気が襲ってくることもあるだろう。心配事は尽きないし、頭の片隅には常に家族のことがある。明日の不安どころか十秒後の不安も尽きず、十秒前どころか昨日の、それより前の失敗をいつまでもくよくよと気にしている。積み重なり、延々と、延々と、思考は尽きない。

無心なんて、どうすればなれるのか。

それら、人間の営みの中で生まれる当たり前の思考を完全に停止するなんて、それこそ人間業とは思えない。ならば、無心になれる剣士とは人間ではないのか。

だから自分は、剣士になんてなれなかったのか。

「クソがぁ！」

無限に溢《あふ》れてくる罵詈《ばり》雑言《ぞうごん》は、いくら垂れ流しても頭から消えてなくならない。

それをまとめて薙《な》ぎ払《はら》うように、ハインケルはがむしゃらに剣を振るい、立ちはだかる石塊《いしくれ》の人形たちを砂利の山へと変えていく。

こんな真似《まね》に、いくらの価値があるというのか。

すべき場面ですべきことをやり損ね、その尻拭いを機嫌を取りたい相手にやらせ、挙句に命を拾われて返し難《がた》い借りを他者に作って。

こんな真似を繰り返して、何にどれだけ報いれるというのか。

『生憎《あいにく》と、俺様にゃァ、オッサンが抱えてるッもんはわかりゃしねェ』

頭の中、自分の罵声に混じって聞こえたのは、誰か他人の声だった。

まだ若い、青いとさえ言える声を聞いたのは、物見台で酩酊《めいてい》していたときだったか。誰とも話したくないことの意思表示で閉じこもっているというのに、ずかずかと無粋に踏み込んでくる少年の声だ。

『しくじったッてのも、どのぐれェやらかしッたのか知りもしねェ。ッけどなァ、やらかした経験なら俺様にもあんだ』

一度、適当なことを言って追い払ったあとも、少年はたびたび顔を出した。

そして、自分自身も迷いを抱えている顔のくせに、一丁前にこちらの思い煩いに口を挟んでこようとするのだ。

それも、ひどく幼稚で安っぽい、鼻で笑いたくなる青臭い理想論を。

『てめェでしでかしたッことのケジメはてめェでしか付けられねェ。だァから、オッサンがやれるとすりゃァ――』

「うるせえんだよ、クソガキがぁ!!」

励ましか慰めか、憐憫《れんびん》か同情か、なんだろうとどうでもいい。

向けられる全部が煩わしくて、欲しいモノなんかありはしない。他人から欲しいモノなんて一個もない。欲しいモノはない。与えてほしい人がいるだけだ。

その相手からもらえることに価値がある。その相手からもらえるもの以外は全部、引きずって歩くだけの重石《おもし》なのだ。

「――ッ」

無言で忍び寄る不気味な石人形を、握りしめた『アストレア』の銘の剣で斬り倒す。

顔のない相手、仕込まれただけの動き、そういう手合いならいくらでも斬れる。息の続く限り、十でも二十でも持ってくれればいい。だが、何の意味がある。

こんな、見るべき相手に見せるでもない点数稼ぎに、何が――、

『――オッサンがやれるとすりゃァ、てめェの剣で挽回《ばんかい》だぜ』

「クソったれが……っ」

まだ、あるかないか消えかけの灯火《ともしび》に縋《すが》り付《つ》いているのが滑稽だ。

それを言い始めたら、どうしてまだ生きているのかなんて命題にまでぶつかってくる。

この剣で何を証明したいのか。何を手に入れたいのか。何を欲しているのか。

「――――」

主な脅威が物量となれば、周囲も続々とそれを攻略し始める。

突出するのはハインケルと、棍棒《こんぼう》を手にした狩猟民族の女、それに顔に似合わない流麗な剣技を使う眼帯の双剣使いだ。だが、主に弓を用いる狩猟民族は族長の指示もあって果敢に戦線を押し上げ、一度は退《ひ》いた他の叛徒《はんと》も各々が勢いを取り戻してくる。

敵の防衛網の穴と、そう指摘されただけのことはある。

他の四つの頂点と比べて、明らかにこの頂点だけ防衛力が低い。ハインケルが斬り込めているのがその証《あかし》だ。誰か一人、そう、誰か一人でも本物の強者が居座っていれば、ハインケルがこんな風に先頭を走ることなんてありえない。

「あの背を追え――！」

「赤毛の男に手柄を取らせるな！　我々も続くぞ！」

「悪くない剣技ダ。髭《ひげ》を剃《そ》れバ、もっと見られる顔になル」

先頭を走るハインケルに後れを取り、大勢のものが声を上げるなんてありえない。

一時のまやかしに心を奪われている暇など、ありはしないのだから。

「クソが……こい、もっとこい！　こんなんじゃ、点数稼ぎにも」

ならないと、目の前の事態をもっと厳しく、現実的に受け止めようと顔を上げる。

真正面に並んだ石人形、その隊列を横一線の斬撃で吹き飛ばして、目前に見えようとする城壁へ飛びかかるべく、膝に力を込める。

そのまま城壁に取りついて、壁上の敵を一掃すれば第三頂点の攻略――はっきりと、誰か敵将を討ち果たしたわけでなく、貢献したことになるのか。

それで、あの城郭都市《じょうかくとし》での失態の埋め合わせに、ハインケルがプリシラに望んでいることの、蜘蛛《くも》の糸が繋《つな》がることになるのか。

せめて少しでも、わずかでも――、

「――お前、一番私、殺した」

そう、がむしゃらに城壁に取りつこうとした瞬間、ハインケルを声が打った。

肺が竦《すく》む感覚があり、掠《かす》れた息が喉から漏れる。攻撃されたわけでも、あるいは攻撃を防がれたわけでもなく、ただ声をかけられただけ。

ただそれだけのことで、ハインケルの全身は竦み上がった。

寸前までの、無心がどうとか、自分の望みがどうとか、しくじったことの挽回《ばんかい》だとか、頭を過《よぎ》った色んな考えが、全部白く塗り潰され、見えなくなる。

わかるのは、出くわしてしまったこと。——手も足も出ない、脅威に。

それは——、

「一番、私、殺した。だから、私も殺す。お前を」

感情を窺《うかが》わせない声が響いて、ハインケルの眼前、高く分厚い城壁に変化が起こる。

壁上に居並んだ石人形たち、ではない。

城壁を守るように展開した石人形たち、でもない。

星型の城壁の頂点、第三頂点と呼ばれる分厚いその壁に、変化が生じる。

「——ぁ」

息が漏れたハインケルの視界、左右いっぱいに広がる城壁に無数の『光』が生まれる。

——否《いな》、それを『光』と呼ぶべきかどうか、意見が分かれるところだ。

城壁に生まれた『光』、それは拳大の明るく光り輝く緑色の球体で、一見して危険を感じない無害なものに思える。

しかし、それは元々城壁になかったのだ。

何もなかった壁に、突如として球状の『光』が無数に生える。それがハインケルには、まるで生き物の目のように見えた。その『光』と一斉に、目が合ったように思えた。

その『光』が一斉に、自分を睨《にら》んだように怯《おび》えた。

「ひ」

瞬間、ハインケルの全身が竦《すく》んで、剣を握る力が緩み——、

「吹き飛ぶ」

刹那、抑揚のない声と裏腹に、信じ難《がた》い轟音《ごうおん》と豪風を纏《まと》い、巨大な石製の拳が跳躍しているハインケルを捉え、打ち上げた。

「か」

頭から爪先まで満遍なく全身を打たれ、ハインケルが為《な》す術《すべ》なく空へ吹き飛ぶ。

先ほどまで、石人形相手に自分がしていたのと同様の、蹴散らしたという表現が相応《ふさわ》しいやられ方をして、血をばら撒《ま》きながら飛んでいくハインケルは見た。

回る視界の中、地上の様子が一変する。それは吹き飛ばされるハインケルの意識が朦朧《もうろう》とした結果ではなく、確かな、目を逸《そ》らし難い変化——、

「——九神将の『捌《はち》』、モグロ・ハガネ」

戦場における戦士の作法、自らの名を名乗っての堂々たる推参——だが、その規模があまりにも、通常と異なりすぎた。

「————」

攻略すべき星型の城壁、第三頂点そのものが動く。

それこそが『九神将』の一人、モグロ・ハガネを名乗った強大な存在であったのだ。

3

――遠雷のような轟音《ごうおん》が、瞼《まぶた》を閉じるベアトリスの意識を揺すぶっている。

「……嫌な音かしら」

ぽつりと呟《つぶや》く少女の脳裏、似た音を何度も聞いた記憶が蘇《よみがえ》る。

今は遠き四百年前、戦乱の絶えない『魔女』の時代には、各国がせめぎ合い、大勢の人間が武器を打ち合い、命を奪い合うことが珍しくなかった。

ベアトリスは戦場を深くは知らない。

生まれ、育ったのは母であるエキドナの館であり、それは人間たちの諍《いさか》いと無縁の地にあった。それでも、はるか眼下の戦いはうるさく感じられたものだ。

時が過ぎて、託された書を抱えながら四百年を消費し、その間、外の世界は騒がしくなることはあれど、あの頃の狂騒からは遠ざかっていた。

その、当時は遠目に見ていた狂騒に近しいものが、すぐ間近にある。

――それが、帝都を取り囲んだ無数の命のせめぎ合いだ。

「う～、心配であります。不安であります」

「シューの気持ちわかル。やっぱリ、ウーたちも出ル？」

「あう！　うあう！　あー、う！」

「そ、それはダメであります！　僕たちのお仕事は待機！　待機であります！」

目を閉じ、省エネに努めるベアトリスの耳に、そんなやり取りが飛び込んでくる。聞こえるのは、ここ数日ですっかり聞き慣れた子どもの声——シュルトとウタカタ、それにルイ・アルネブのものだった。

ベアトリス共々、本陣の後方に張られた陣幕で待機する幼童たち——小高い丘から戦場を俯瞰《ふかん》する本陣、その後背を守ると言えば聞こえはいいが、それが期待されていない建前に過ぎないと、少なくともベアトリスは弁《わきま》えている。

本来なら子どもは非戦闘員らしく、城郭都市《じょうかくとし》に置き去りにするのが賢明だ。

実際、ヨルナ・ミシグレと共に魔都から移り住んできた住民たちも、戦に耐えられない非戦闘員は前線を離れ、兵站《へいたん》に重きを置く形で協力している。

子どもらがそうならなかった理由は、それらの保護者の方に理由があった。

『小競り合いならまだしも、大舞台となれば遠ざける方が不憫《ふびん》であろう。戦場の端で構わぬ。どこであろうと、妾《わらわ》の輝きは見逃せぬであろうからな』

『ウタカタも我らシュドラクの一人ダ。戦場、狩り場に背を向ける臆病者ハ、シュドラクの民に相応《ふさわ》しくなイ。当然、戦場には連れていク』

とは、それぞれシュルトとウタカタの保護者の発言であり、当のシュルトとウタカタもやる気十分だったため、退けられなかった意見だ。

どちらも異なる倫理観や信念からの発言だろうが、ひとまず当事者が納得している以上はベアトリスも口出しする権利がない。

正直、大精霊であるベアトリス的には、この子どもたちと自分がワンセットで扱われている状況をよく思ってはいない。とはいえ、陣営の全員にそれぞれ役割があるため、行動制限の大きいベアトリスがここを任されるのも道理だ。

その、任された役割というのが——、

「うー、あう」

シュルトたちと同じく、陣幕での待機を命じられているルイの監視だ。

監視は当然だろう、大罪司教だ。たとえ、帝国で彼女と知り合ったものたちが口々に何を言ったところで、その危険性が薄れることは決してない。

だから、他の子どもたちと違い、ルイだけは置き去りにする選択肢がなかった。

『現状、一番の不安要素が彼女です。ベアトリスちゃん、あまり負担はかけたくありませんが、目を光らせていてください。このことはエミリア様やガーフィールには話せませんから、僕たちだけでも冷静でいましょう』

とは、本格的に大乱に介入する前のオットーの発言だ。

省エネを理由に待機するしかなく、役割のない無力感にベアトリスが凹《へこ》まないように注意したのかもしれないが、自分の足下が見えていなくて不安な発言でもあった。

あの面構えで冷静のつもりでいるのが不安だ。——同じ懸念はペトラやフレデリカも抱いていたので、たぶん、彼女たちがどうにかしてくれたと思うが。

ともあれ——、

「あんまりソワソワするんじゃないのよ。落ち着いているかしら」

「べー、起きタ？」

「ずっと起きてはいたのよ。……あと、その呼ばれ方は不愉快かしら。なんだか、あっかんべーってされてる気分になるのよ」

陣幕の中には寝そべるベッドも、借りるエミリアやペトラの膝もない。なので、簡易の椅子に座って目をつむっていたベアトリスに、ウタカタが唇を尖《とが》らせた。

その反応に薄目を開け、陣内で落ち着きのない三者の様子を眺める。

シュルトは不安げで、ウタカタは戦意を持て余し、ルイは何を考えているのか、もどかしそうに足踏みして戦いの音にいちいち肩を跳ねさせていた。

「――――」

その仕草だけ見れば、ルイの様子に不審な点は見当たらない。

単純に、周囲の変化に過敏に反応しているだけの子ども――他の、『暴食《ぼうしょく》』の脅威を知らない呑気《のんき》な連中と同じように、うっかり普通の子どもとみなしてしまいそうになる。

でも、ベアトリスはそういうわけにはいかなかった。

「エミリアたちが、スバルたちのために頑張っているかしら」

介入する義理のなかった大乱に介入し、命懸けの戦いにエミリアたちが挑むのは、そこにスバルとレムという仲間がいる可能性が高いから。

そして、彼女たちと並んで一緒に戦えないなら、せめてベアトリスは後顧の憂いを、ルイを監視しておくことで、気が逸《そ》れる余地を削っておかなくては。

と、そうベアトリスが浅い呼吸の中、気を引き締めていると──、

「うー？」

「……お前、何のつもりなのよ」

きゅっと唇を結んだベアトリス、その頭を小さな手が撫《な》でる。ちらと見れば、それをしているのは眉尻を下げ、こちらを窺《うかが》っているルイだった。

一瞬、ルイの手に触れられることの危険性に身を硬くするが、当のルイからは危うい雰囲気は感じられず、ベアトリスの『名前』を剥《は》ぎ取《と》る素振りもない。

もちろん、怪しいと見れば即座に動けるよう、神経は尖らせておくが──、

「べー、顔怖イ。ルーのコト、まだ嫌ってル？」

「ベティーの愛くるしい顔になんて言い草かしら。それに、ベティーはこの娘のことを嫌ってるんじゃないのよ。……憎たらしく思ってるかしら」

ルイを睨《にら》むベアトリスの様子に、ウタカタが自分の両目を指でつり上げる。そんな可愛《かわい》げのない顔つきはしていないと言いつつ、最後にベアトリスの本音が出た。

そう、自分はルイのことを憎たらしく思っている。

ルイだけでなく、『暴食』の大罪司教を。──スバルたちを苦しめる、何もかもを。

「痛恨なのよ」

エミリア陣営にとって、何よりもスバルにとって、『暴食』の最大の被害者は他ならぬ

レムだ。あの、ずっと眠り続ける少女のことで苦しむスバルを見ながら、ベアトリスは自分が彼と契約する前の、周りに無関心だった頃をずっと悔いている。

もしも、と思うのだ。

もしもベアトリスがもっと早く胸襟を開いて、スバルたちと協力する姿勢を見せていたなら結果は違ったと。白鯨《はくげい》だの魔女教だの、ああした連中に好き放題させず、眠り続けるレムの傍《そば》で、スバルが悲しい顔をし続けることにならずに済んだのだと。

だから、もう二度と、あんな風にスバルが苦しむことがないようにしようと決めて、ずっと傍にい続けると決めたのに、これだ。

スバルと離れ離れになった挙句、省エネを強いられるせいでエミリアたちに満足に力を貸すこともできない。──存在意義は、ボロボロだった。

「べ、ベアトリスちゃん、そんな言い方はルイ様が……」

「可哀想《かわいそう》、なんてベティーは思わないかしら。大体、お前も気安いのよ。なんで他の奴《やつ》は様付けなのに、ベティーのことはちゃん付けかしら。敬いが足らんのよ」

「うう……ごめんなさいであります、ベアトリスちゃん」

剣呑《けんのん》な空気を察して、口を挟んだシュルトをじろっと睨《にら》みつける。

怯《おび》えながらも態度の変わらないシュルトには、ベアトリスがどう見えているのか。まさか、ずっとお眠なせいで幼女とでも思われているのか。

「とにかく、ベティーを疲れさすんじゃないかしら。ここに残されてること自体、ベティーたちに余計なことをさせない目的なのよ。その通りにするのは癪《しゃく》でも……」

「うー」

「お前を野放しにするより、ずっとマシかしら」

頭に置かれたままのルイの手、それをベアトリスは自分の手で掴《つか》むと、目を丸くする少女をすぐ横の椅子に座らせる。

いっそこのままと、ルイの手を離さないまま掴んでおいて、

「お前たちもなのよ。シュルトはうろちょろしない。ウタカタも、することがないなら弓の手入れでもしておくかしら。それで……」

「――どうやら、私が口を挟むまでもなかったようですな」

「む……」

落ち着きのない子どもたちを相手していると、ふと陣幕に落ち着いた声。見れば、陣内を覗《のぞ》いているのは丸々とした癖毛の男、ズィクル・オスマンだった。

本陣でアベルと共に指揮を執っているはずの彼の登場に、ベアトリスは眉を顰《ひそ》める。

「ズー！　忙しいのにここにきタ！　ウーたちの出番ダ！」

「そんなわけないのよ！　……でも、何用かしら」

「ウタカタ嬢には申し訳ありませんが、あなた方の出番というわけでは。ただ、間もなく陣を動かす可能性がありますので、事前にお伝えしておこうかと」

「陣を動かす、でありますか？」

理知的な丸い目をしたズィクルの言葉に、シュルトがくりくり眼《まなこ》で首を傾《かし》げる。その反応に「ええ」と頷《うなず》いて、ズィクルは己の後ろの戦場を手で示し、

「現在、我々は城壁の突破に戦力を割いていますが、頂点が開けば帝都の水晶宮《すいしょうきゅう》へ乗り込むことになる。その際、指揮官も前線へ出なくてはなりません」

「アベルは戦えるように見えんのよ。後ろで指示に集中している方が安泰かしら」

「仰《おっしゃ》る通り……ですが、それでは兵がついてきません。仮に皇帝閣下をどかせられても、玉座に座ることを誰も認めない」

「——。厄介なお国柄なのよ」

帝国民は精強たれ、というのがヴォラキア帝国の基本原則だ。

しかしそれは、どうやら国盗《くにと》りにおいては指導者にすら適用されるらしい。てっぺんが強さを見せておかなくては、すぐに下克上されるのがオチというわけだ。

「ええ、厄介です。ですが、それが我らの祖国です故に」

ゆるゆると首を振り、ズィクルの口元に微苦笑が浮かんだ。

そこに交えられた感情が何なのか、ベアトリスには判別がつきづらい。快く受け入れているわけではないだろうが、一方でそれに否定的というようでもない。

「ズィクル様、もしかして出陣されるでありますか？」

「ズー？」

不意に、ズィクルの口元を眺めていたベアトリスの傍《かたわ》ら、シュルトがそう問いかけ、ウ

タカタが静かな声で彼のことを呼ぶ。

その子どもたちの眼差《まなざ》しに、ズィクルはわずかに眉を上げたあとで、

「お察しの通り、私も出ます。こちらが数で圧倒しているとはいえ、二将以下の『将』の数では不利ですから、状況を動かさなくては」

「……どうして、かしら」

「——？　なんです？」

「どうして、わざわざお前がきたのよ。お前の立場なら部下に命じればいいかしら。ベティーたちのところに顔を出す意味が読めないのよ」

「ああ、そのことですか」

出陣の直前となれば、なおさらに集中力を高めたいタイミングのはずだ。

にも拘《かかわ》らず、ズィクルは戦力にもならない、この戦場では捨て置かれている立場の子どもたちの陣幕に顔を出した。

その理由を問われ、ズィクルは照れ臭げに笑い、

「本陣は男所帯で、シュドラクの女性たちも前線におりますから。出陣前の声援をいただくなら、やはり女性の方が心が躍りますので」

「……は？」

「なるほどであります！　確かに、ここにはウタカタ様もルイ様も、ベアトリスちゃんもいるでありますから！」

予想の外側の答えを聞いて、ベアトリスは目を丸くする。が、固まるベアトリスと対照的にシュルトは納得の顔をし、ウタカタも短い腕を組んで頷《うなず》く。

それから、呆気《あっけ》に取られるベアトリスの方を振り向いて、

「諦めル。ズー、最初からこんな感ジ」

「ゆ、唯一まともな奴《やつ》だと思ったのが大間違いだったかしら……」

兆候はあった。『臆病者』と呼ばれても、言い返そうとしないどころか誇らしげにしていたりと。ただ、深く関わる理由がなかったので口を出さなかっただけで。

その結果、この土壇場でズィクルの変人的なところを見せつけられる羽目に——。

「それに、自分の背後に何があるか心得ておけば、迷わずに済むだろうという目算も」

「——。お前、家族はいるのよ?」

「母や多数の姉妹が。もっとも、私がこうしてこちら側に与《くみ》した時点で、立場は相当に悪くなっているものと。とんだ家族不孝者です」

元々、二将として帝国側の『将』だったズィクルだ。それが離反した以上、家族にも咎《とが》があるのは当然の流れと言える。

ズィクルはそのことを覚悟で、こちら側につく意義を見出《みいだ》した。それが、あのアベルでいいのかとベアトリスは思うが、理由は余人にはわからないことだ。

ただ、気になった。

「お前は、何のために戦うのかしら」

「──────」

「戦うために戦うような、そんな奴らとは違うはずなのよ。どうしてかしら」

　一兵士ならそれでいいかもしれないし、戦士の多くがそうした思想であるのがヴォラキア帝国の恐ろしいところだが、『将』は、ましてズィクルは違うだろう。

　そんなベアトリスの認識に、ズィクルはわずかに思案げに太い眉を寄せ、

「無論、私が信を置き、忠を捧《ささ》げるヴォラキア帝国の明日のために」

　そう意思の強い声で答えて、それから彼は「もっとも」と言葉を継ぎ、

「所詮は『臆病者』ですから、どこまで抗せたものか怪しいものです。ですから、いただけませんか、ベアトリス嬢」

「……何をなのよ」

「決まっています。──麗しの乙女の祝福を」

　言いながら、ズィクルが自らの腰の剣を抜いて、それをベアトリスへ渡してくる。

　目を細め、差し出されたそれを見下ろしたあと、ベアトリスはため息をついて、

「言っておくけど、作法なんてよく知らないかしら」

「こういうものは気持ちが大事なのですよ。与える側と受け取る側と、その心が通じていれば作法は重要ではありません」

「いつ心が通じたのよ。……まったく」

　呟《つぶや》いて、ベアトリスは剣を受け取った。そのベアトリスの前で、ズィクルが恭しく頭《こうべ》を

垂れて膝をつく。

その真剣な彼の様子に、ベアトリスはいつかの式典——スバルが、エミリアの手で騎士叙勲を受けたときのことを思い出し、それに倣った。

受け取った剣で、屈《かが》んでいるズィクルの左右の肩を、それぞれ一度ずつ叩《たた》いて、

「しっかりやってくるかしら。他ならぬ、お前自身の願いのために」

「御意《ぎょい》に」

ベアトリスの祝福を受け、ズィクルが厳かに応じて顔を上げる。彼はベアトリスから返された剣を鞘《さや》に納めると、傍《かたわ》らのウタカタたちの方を見た。

その視線にウタカタは「ズー」と彼を呼び、

「ウーはシュドラクの戦士、だからベーみたいなことはしなイ。戦士の流儀で送ル」

言いながら、ウタカタは自分の腰のナイフを抜いた。獣の牙で作られたナイフ、それを彼女は自分の掌《てのひら》に宛《あて》がい、薄く肌を切って血を流す。

シュルトが痛そうな顔をする横で、ウタカタは血で濡《ぬ》れた掌を、そっとズィクルの着ている鎧《よろい》に押し当て、手形を付けた。

「シュドラクの血、強い戦士の血ダ。ズーも強くあレ」

「ありがたく」

「え、ええと、僕はベアトリスちゃんやウタカタ様みたいなものが思いつかないので、応援するであります！　ふれー！　ふれー！　ズィクル様！　であります！」

ウタカタの行動を受け、シュルトもズィクルへと声を大にしてエールを送る。それを微笑で受け止め、ズィクルはその場に立ち上がった。

すると——、

「おっと」

「あう、うーう」

立ち上がったズィクルの腰に、するりとベアトリスの手を抜け、ルイが抱きつく。少女の抱擁にズィクルは驚き、それから眉尻を下げ、その肩を叩いた。

ベアトリスの目にも、ルイの行動はズィクルへのポジティブな感情の表れだ。とっさに彼女を制せなかったのも、不穏な気配がなかったから。

「ズィクル・オスマン、出陣してまいります。——どうぞ、達者で」

「ご武運を！　であります！」

ルイの抱擁を解いて、晴れ晴れしい顔でズィクルが陣幕を出ていく。その背中にシュルトが大きく手を振り、ウタカタも目を細め、見送る。

遠ざかる小さな背中を眺めながら、ベアトリスはズィクルが強い、そして決死の覚悟で戦場へ赴くのだと理解した。

——四百年前、ベアトリスにとって戦争は遠い場所の出来事だった。

しかし、母の館にはたびたび来客があり、彼らは一様に『魔女』の知識を、協力を求めてきた。いずれも、悪い状況をよくするための強い願いを抱いて。

だが、識者からどんな助言を受けようと、それを実現するのは自分自身だ。

母の助言に未来を見て、多くのものが館に背を向け、自分の未来へ向かった。――ズィクルの背は、そのときの彼らと同じに思えた。

「お前」

「う？」

出ていくズィクルを見送って、ベアトリスはルイに声をかける。

振り向いたルイはその幼い顔立ちの中、丸い目をもっと丸くしてベアトリスをじっと見返した。何も考えていない――否《いな》、それは間違いだ。

ただ、何も企《たくら》んでいないように見える顔を見ながら、問いかける。

「お前は、本当にどっちの立場なのよ」と。

4

「――ッ!?」

振り抜いた氷の双剣に胸を打たれ、目を見開いたマデリンが大きく後ろに飛ぶ。

それを追いかけて走りながら、エミリアはマデリンの動きを止めてくれた存在――氷でできたナツキ・スバルの氷像に「ありがと！」と声をかけた。

――七体の氷の兵隊と一緒に戦うのは、エミリアがプレアデス監視塔でボルカニカの

『試験』を受けたとき、苦肉の策で生み出した戦法だった。

一人だと手が足りないかもしれない。

そんな漠然とした不安と時間のなさ、そして「スバルのことならよく見てる！」という自信が結び付いた結果が、この氷の兵隊たちだった。

正式な名前は、ちゃんとスバルに披露したときに付けてもらうつもりだ。

「だから、今はただの兵隊さんで頑張りましょう！」

エミリアの言葉に返事はないが、七体の氷兵は代わる代わる拳を突き上げ、こちらの声援に応えてくれる。

それを心強く思いながら、エミリアと氷兵が吹っ飛んだマデリンに迫る。まるで、八人がかりで小さな女の子をイジメているような絵に見えるかもしれないが――。

「がぁぁぁ!!」

吠《ほ》えるマデリンの腕が振られ、二体の氷兵の上半身が吹き飛ぶのを見れば、そんな悠長な感想も飛び出してこないだろう。

飛翼刃《ひよくじん》でなしでも、マデリンの竜爪と怪力はとても怖い。

しっかり固めたエミリアの氷は、鉄ほどでなくても頑丈な大石くらいの硬度はある。迂《う》闊《かつ》に素手で叩《たた》いたら、手の方が壊れかねない硬さなのだ。

それを簡単に、マデリンは指を引っかけただけで壊してしまう。

「ごめんね」

スバルに似せた兵隊が壊され、エミリアの頭の中でベアトリスの悲鳴が聞こえる。

その頭の中のベアトリスに謝って、エミリアはマデリンの反撃を警戒。警戒しつつ、下がるのではなく、なおも前に踏み込むことを選んだ。

「えい！　やや！　てりゃぁ！」

氷の双剣を閃《ひらめ》かせ、初撃の勢いを殺せていないマデリンに追い打ちをかける。が、腕を開いたマデリンの両肩を打った双剣の方が砕ける。

強靭《きょうじん》な竜人《りゅうびと》の皮膚は、氷の剣撃にびくともしない。もっと、重たい攻撃でなきゃ。

「これで！」

砕けた双剣が氷片となり、代わりに作られるのが氷の大槌《おおつち》だ。

振りかぶるエミリアの目の前、跪《ひざまず》いた二体の氷兵が腕を組んで足場を作り、それを踏んだエミリアを上に跳ね上げる。そのまま加速を得て、エミリアは自分の体が縦回転するほどの勢いで、その氷槌《ひょうつい》をマデリンへと叩《たた》き込《こ》んだ。

「――ッ」

防御姿勢になかったマデリンが、エミリアの一撃を頭で受ける。衝撃に下を向いたマデリンの前に着地し、エミリアは反動を乗せた二撃目を放とうと力を込め――、

「え」

強く握った途端、氷槌の柄が砕ける。――違う、柄だけでなく、全体が壊れた。

マデリンの頭を叩いた氷槌、こっちの方が相手の硬さに耐えられなかった。そのことに

エミリアが目を見張るのと、マデリンの腕が動くのは同時だ。

「竜を、舐《な》めるなぁ!!」

「あうっ!?」

吠《ほ》えるマデリンが爪を振り上げる。生じる破壊の風、それが地面をめくり上げた。

とっさに後ろに飛んで爪を避けたが、遅れて起こった風を浴びて、エミリアの体がお返しとばかりに大きく弾《はじ》かれる。めくれ上がる大地の波動に呑《の》まれ、エミリアの体が地面を弾んで、弾んで、吹き飛ばされた。

「――るるるぅ!!」

そこに、竜や蛇《へび》とそっくりな目をしたマデリンが追いつき、飛翼刃《ひよくじん》を振り上げる。落ちてくるそれが、エミリアの腰のあたりを狙って加速。

一瞬、エミリアは頑張って耐えようとお腹《なか》に力を入れるが、すぐに当たってはいけないものだと判断――手を伸ばし、冷たくて硬い感触を握りしめた。

「――――」

ぐいと、力強く腕を引かれ、引き上げられるエミリアの体が飛翼刃の途上を逃れる。

それをしたのは吹き飛ばされるエミリアに全力疾走で追いついて、飛び込み前転しながら腕を引っ張ってくれた氷兵だ。

強引にエミリアを引き上げ、そのまま放り投げる氷兵。体が反転して飛ばされるエミリアの視界、躱《かわ》した飛翼刃の攻撃に呑まれ、氷兵が砕かれる――。

「スバル――!!」

スバルではないが、スバルがやられた気持ちでエミリアが叫ぶ。

さらにその飛ばされたままのエミリアを、砕かれた一体とは別の氷兵が追いついて、そのまま次の氷兵へと投げ渡し、受け取り、投げ渡し、竜人《りゅうびと》から逃がす。

「いい加減！　ふざけるんじゃないっちゃ!!」

怒号一閃《いっせん》、顔を赤くしたマデリンが踏み込んだ大地が砕け、踏ん張る彼女の手から飛翼《ひよく》刃《じん》が豪快に、猛烈な勢いで投げ放たれた。

凄《すさ》まじい速度で回転する飛翼刃は、あまりの回転速度に円盤にしか見えない。途上の何もかもを刈り尽くす死の円盤が、豪風を纏《まと》い、エミリアの下へ迫る。

「お願い！」

それが追いつく前に、エミリアの声を受けた氷兵たちが次々と飛び出す。

彼らはずらりと縦に並ぶと、飛んでくる円盤と飛んでいくエミリアとの間に割り込み、全員が手にした氷の武器で飛翼刃に立ち向かった。

――結果、高速で砕かれる氷の音が連鎖し、スバルの氷兵が全滅する。

しかし、どのスバルも砕かれる寸前、飛翼刃に可能な限りの一発を与えた。

常人には変化のわからない飛翼刃の危険さだが、その回転がほんのわずかに、気持ちだけ、ちょっぴり、弱まった。弱まった気がする。

「ううん！　弱まった!!」

大きい声で言い切ると、本当にそうなった風に見える。

氷のスバルたちが作ってくれた猶予を使い、エミリアはその両足に大きく厚底の氷のブーツを装備、飛んでいく体で両手を地面について、飛翼刃に両足を合わせる。

「えい、やぁ――っ!!」

強く強く歯を噛《か》みしめ、エミリアは力一杯に曲げた膝を伸ばす。

直撃した飛翼刃から凄まじい衝撃が全身に伝わり、エミリアの体中の骨がミシミシと音を立てる。それにぐっと耐えて、耐えて、耐えて、耐え抜く。

弾《はじ》かれかけた足が伸び切り、氷のブーツの全体に亀裂を生みながらも、エミリアの蹴りが飛翼刃を空へ打ち上げた。

「な!?」

止められるのは想定外だったのか、マデリンが驚きの声を上げる。それに合わせ、エミリアは起こした体で跳躍し、蹴り上げた飛翼刃に手を伸ばした。

ぎゅっと、飛翼刃の端を掴《つか》み、その腕にぐっと力を込める。

「今度は……お返し、に！」

飛翼刃は見た目よりもずっと重いが、エミリアも負けじと力持ちだ。

片腕では厳しいと、両腕に持ち替えて体をひねる。そこから渾身《こんしん》の力で、思いっ切りに飛翼刃を「えい！」と放り投げる。

「――ッ！」

放たれた飛翼刃《ひよくじん》を見て、マデリンが目を見張った。

ぐんぐんと、回転の勢いを受けて飛翼刃が飛ぶ。マデリンの投げたときと比べると見劣りするものの、それでも危険な武装は風を切りながら飛んだ。

飛んで、飛んで、飛んで——見当違いな方向に、すごい飛んでいってしまった。

「ええと」

「……お前は、何の、つもりだっちゃ」

「失敗しちゃった……」

やられたお返しをしようとしたが、全然うまく扱えなくて飛翼刃は飛んでいってしまった。それに怒ったマデリンの額に、見る見るうちに青筋が浮かぶ。

そのまま、マデリンは頬《ほお》を引きつらせ、飛んでいった飛翼刃を追おうと踏み出した。

しかし——、

「それはダメ！」

と、手を伸ばしたエミリアが、マデリンの進もうとした先に氷の壁を作り出す。

地面から起き上がった氷の壁は分厚く、横にもずらりと長めに作った。回り込むのも飛び越えるのも、ちょっと簡単にはこなさせない。

飛翼刃はうまく使えなかったが、マデリンにブンブン振り回されては危ない。

狙ったわけではなかったが、遠ざけてある現状が一番いいと考えた。

「悪いけど、あの武器は取り戻させない。続けるなら、あれなしでやりましょう」

「――――」

「もしも降参するなら、それはちゃんと受け入れます。ううん、そうしてくれた方がすごーく助かる。どうする？　続ける？」

氷の壁と向き合い、俯《うつむ》いているマデリンの背中にエミリアが問う。

武器をなくしたマデリンが降参してくれるなら、それが最善だ。マデリンが、自分の方が分が悪いと思ってくれるように、エミリアは自分の周りに、一度全滅した氷のナツキ・スバルを再び作り出し、腕組みして立たせる。

八対一、今度は武器もない状態で、マデリンの方がずっと不利なはず。

これならばと、エミリアがそう意気込む。

だが――、

「――どうして、竜がやめると思うっちゃ」

呟《つぶや》いて、マデリンの手がそっと、目の前の氷の壁に当てられる。

その仕草を眺めるエミリアは、思わず「あ」と息を呑《の》んだ。――ぴしりと、甲高い音が鳴り響いた瞬間、巨大な氷の壁の全体に蜘蛛《くも》の巣状の罅《ひび》が入ったのだ。

発生源はもちろん、マデリンの掌《てのひら》で、ひび割れは彼女を中心に氷の壁全体に及ぶ。

エミリアは、本気で氷の壁を作った。

氷の硬さや密度は前述の通りで、簡単に壊せるものじゃないのに。

「マデリン、あなた……」

「お前らニンゲンと話してると、竜の頭がおかしくなるっちゃ。お前も、あの癒者《いしゃ》も、老いぼれも竜の邪魔ばかり……ッ」

「――――」

背を向けたマデリン、俯《うつむ》いたままの彼女の顔は見えず、その震える声には複雑な感情が入り交じっている。怒りと、悲しみと、それ以外にも色々。

まるでマデリン自身、自分の感情の一番強いものがわからないでいるみたいに。

彼女が口にした、彼女の邪魔をしているモノ。

エミリアは、もちろん自分が彼女と対立する位置にいるのはわかっている。それ以外の癒者や老いぼれというのも、彼女の敵のことなのか。

竜人《りゅうびと》であり、帝国の味方であり、エミリアたちと敵対して大暴れするマデリン。

「マデリン、あなたは何のために戦うの？」

「――――」

問いかけに、ゆらりとマデリンが頭を傾けた。

黒い二本の角を斜めにして、金色の瞳がエミリアを見やる。ぞくりと、血の気の引くような感覚を覚えながら、エミリアは顔を背けない。

背けたくなる本能に抗《あらが》い、エミリアはマデリンを見つめた。

思えばもっと早く、最初からこうして話すべきだった。

前回も今回も、立ちはだかるマデリンがものすごく戦う気満々だったのにつられて、い

きなり攻撃を仕掛けてしまったが――、

「話し合えるなら、話し合うのが一番いいと思ってるのはホントなの。マデリン、あなたはなんで戦うの？　誰のために？」

「……お前に、なんで」

話さなくてはならないのか、とマデリンは続けようとしたのだと思う。

そう言い返されたら、エミリアはとても苦しい。マデリンがエミリアに話さなくてはいけない理由を、エミリアは悲しいことに用意できない。

彼女が対話を拒否するなら、そして拒否した結果として爪を振るうなら、エミリアもやっぱり氷の武器を持って、マデリンと向き合わなくてはならない。

そんな風に、エミリアが頰《ほお》を硬くしたところで、

「お前こそ、なんで逆らう。竜に逆らって、勝ち目なんてないっちゃ」

「――ぁ」

「なんで、お前は、お前たちは抗うっちゃ」

逆に問い返され、エミリアは自分の頭の悪さを戒めた。

何も言い返せないと思った。だが、そうではなかった。マデリンの言う通り、マデリンに語らせられないなら、自分の方が先に胸襟を開くべきだった。

何故《なぜ》、戦うのか。どうして、ここにいるのか。

その全部の答えは――、

「私の、大事な騎士様を迎えにきたの。……ううん、みんなの大事な騎士様」

そう言って、エミリアはすぐ傍《かたわ》らの氷兵――スバルに似せた、その一体の肩に触れる。

うまくできていると思う。髪型や『じゃあじ』もかなり上手に再現できた。

でも、どれだけうまく似せても、スバルの頼もしさは再現できない。

前向きな言葉も、頼もしい態度も、楽しませてくれる優しさも、何もかも。

思い浮かべるだけで、エミリアの胸をポカポカと温かくしてくれるナツキ・スバルのナツキ・スバルらしさは、本人しか持ち得ないから。

「すごーく大事な人なの。その人と、その人と一緒にいるはずの子と、たくさんの人が帰りを待ってるから、私はここにいる。そのために、うんと頑張れるの」

「――――」

「私が戦うのは、それが理由。マデリン、あなたの方は？」

誰か、守りたい人や、守りたいものがあるのかもしれない。

だとしたら、それを大事にするから、傷付けたりしないから、そういう約束をお互いに交わして、戦うのをやめられるんじゃないだろうか。

スバルとレムの、二人のところに辿《たど》り着《つ》くための道が開けるんじゃないだろうか。

そんな、エミリアの抱いた期待と願いは――、

「――バルロイ・テメグリフ」

「……その、名前は？」

「竜の、良人《おっと》になるはずだった男の名前。――竜の戦う理由の、全部だっちゃ」

――すでに失われたもののために戦うマデリンに、裏切られる。

その、感情の死んでしまった声を聞いて、エミリアは息を呑《の》んだ。

とっさに言ってあげられる言葉が見つからなくて、とっさに手を伸ばせる距離でもなかったせいで、エミリアは間に合わない。

だから――、

「――バルロイを殺した男を殺す。それが、竜の宿願」

激しい音を立てて、マデリンが氷の壁を握り潰した。

文字通り、握り潰したとしか言いようがない。壁に当てた手が握りしめられ、そこから発生した破砕が氷壁全体に行き渡って、それが一挙に砕け散る。

その向こうにある飛翼刃《ひよくじん》を取り、マデリンが再び向かってくる姿を幻視して、エミリアは苦い気持ちを噛《か》みしめながらも、氷兵と一緒にマデリンの方へ。

大切な誰かを失い、その胸に空いた穴を埋めようと必死な竜人《りゅうびと》の少女へ追《お》い縋《すが》ろうと踏み出して、その刹那だ。

「メゾレイアぁぁぁ――!!」

空を仰いだマデリンが、砕け散る氷の壁の破片を浴びながらそう叫んだ。

キラキラと煌《きら》めきながら舞い散る氷片を切り裂くように、高い声が空に木霊するのを聞いて、エミリアは目を見張り、空を見た。

そのマデリンの声の響きには、聞き覚えがあった。

前にも彼女の唇がその音を紡いで、それが紡がれたとき、あのときは。

「あのときは、すごーく大きな攻撃が」

降り注いだ白い光が、ほんの一息で城郭都市《じようかくとし》を薙《な》ぎ払《はら》い、地形を変えてしまった。

あのときはプリシラが一緒にいたから、エミリアと彼女とでどうにか防げた。もしも同じことが起こったら、エミリアが一人で太刀打ちできるだろうか。

それはとても難しい。そう焦るエミリアの頭上、同じことは起こらなかった。

でも、同じことが起こらなかったことを、大喜びすることもできなかった。

だって――、

『――我、メゾレイア。我が愛《いと》し子《ご》の声に従い、天空よりの風とならん』

白い両翼を羽ばたかせ、その大きな体に雲を纏《まと》った巨体――『雲龍《うんりゆう》』メゾレイアが、マデリン・エッシャルトに呼ばれ、帝都の空へ舞い降りたのだから。

5

その瞬間、白い雲を纏い、地上へ降臨した存在を戦場の誰もが眼《め》に捉えた。

あまりに雄大で勇壮、存在の根本から塵芥《じんかい》たる凡庸と異なる次元にある超越の生体――

誰もが一目で理解する。

「――あッれが、龍《りゅう》」

翠《みどり》の瞳を見開いて、崩落する城壁の傍《かたわ》らでガーフィールが呟《つぶや》く。

カフマ・イルルクスとの死闘を終え、肩で荒く息を吐きながら、自らの次なる役目を求めて戦場に目を巡らせた途端、それは起こった。

遠方、空が落ちてきたのかと錯覚するような巨大な存在感は、この帝国で最も多くの戦意が燃え上がる戦場を、白く凍《い》てつかせていく頂点決戦の一角に現れた。

「エミリア様……ッ」

馬鹿げた容量のゲートを有し、繊細さと無縁のマナ運用で世界から熱を奪い去っていくのは、間違いなく本気になっているエミリアの所業だ。

五つある城壁の頂点、その一角を守っている敵と戦っているなら、相手は『九神将』かそれに匹敵する存在であり、最低でもカフマと同格の相手になる。

それだけで十分、エミリアを戦わせたくない敵だというのに、そこに現れる追加戦力が神話の存在とは、それこそ馬鹿げたことだった。

「呼んだのァ『飛竜将』か？　クソ、今ッすぐ下がらせねェと……！」

牙を軋《きし》らせ、ガーフィールは戦場の交代を心に決める。

エミリアが戦えることと、エミリアを戦わせることとは単純に結ばれない。エミリア自身は反論するだろうが、彼女を戦わせるのは陣営にとって苦渋の決断なのだ。

本来、エミリアは傷付く心配のない場所で、全てを見届けるべき立場なのだから。

「――――」

目をつぶり、ガーフィールは静かに己の調子を確かめる。

カフマとの戦いで負った重傷、全身を切り刻まれ、体の内側を押し広げられ、巣食った『虫』を殺すために自分の体を燃やし、しかしガーフィールはまだ戦える。

「ピンピンしてるってなァ言いすぎだが……やれるッ」

全身の傷からおびただしい血の蒸気を上げ、まるで燃えるように熱い体を動かし、ガーフィールは遠く、龍へ臨む覚悟を決める。

「てめェら！　城壁は俺様が崩した！　とっととッ突っ込めやァ‼」

口を開け、ガーフィールが吠《ほ》えるのは遠目にこちらを見ていた叛徒《はんと》の群れだ。

ガーフィールより先にカフマに挑み、薙《な》ぎ払《はら》われた一団。負傷し、仲間に支えられるものも含め、相当数がまだ戦力として機能するはずだが、彼らは一様にガーフィールとカフマの戦場から離れ、決着後にも動かないままでいた。

それはガーフィールたちの戦いに圧倒されて、という向きもあるだろう。

しかし、それだけではない。

「城壁を抜いたのはお前だ！　なら、最初に抜けるべきはお前だ！」

「――――」

「勇壮なる戦士、我々はお前の武威を尊敬する！　何人《なんぴと》たりとも、それを冒すことなどあってはならない！」

半人半馬の男の一人が、ガーフィールの言葉にそう猛々《たけだけ》しく答えた。

カフマを打ち倒したガーフィールにこそ、最初に城壁を乗り越える資格がある。だから彼らは足を止め、こちらが城壁を跨《また》ぐのをまんじりともせず待っていたのだ。

それは彼一人の意見ではなく、直前の決闘を見た全員の意見であるらしい。身勝手な理由で戦いを起こしたものたちは、その内に秘めた戦士の誇りを至上とする。

その彼らのお眼鏡に、どうやらガーフィールの戦い方は眩《まぶ》しく映ったらしい。

彼らの心遣い、それ自体は胸を熱くするものがあるが――、

「悪《わり》ィが、俺ッ様ァいかなきゃならねェとこがあんだよ。『出戻ったウィップフロック』ってんじゃァねェ。――あいつだ」

顎をしゃくり、ガーフィールは遠い空に君臨する白い龍《りゅう》を示す。

プレアデス監視塔でも城郭都市《じょうかくとし》グァラルでも、出くわす機会はあった。それを間の悪さで逃し続けてきたガーフィールが、ようやく噛《か》みつける位置に龍がいる。

戦いたいのではない。戦わなくてはならない相手なのだ。

「――――」

ガーフィールの仕草を見て、叛徒《はんと》たちも白い龍の姿に息を呑《の》む。

当たり前だが、彼らも同じものの存在は意識していた。それに怯《おび》え、膝を屈して頭《こうべ》を垂れないのが帝国民の異常な心意気だが、挑むか否《いな》かはまた別だろう。

ガーフィールは、挑む。だから――、

「城壁越えは、てめェらに任せッてェ」

崩れた城壁を乗り越え、叛徒が帝都に雪崩《なだ》れ込《こ》めば状況が変わる。

五ヶ所の頂点、いずれの防衛に立つのも帝国の最高戦力であるなら、水晶宮《すいしょうきゅう》にいるだろうヴィンセント・ヴォラキア皇帝の周囲は守りが薄い可能性もある。

文字通りの決定打が、この城壁に空いた大穴から放たれる可能性だって。

「だァから――」

帝都攻めの先鋒《せんぽう》を叛徒たちに譲り、ガーフィールは白い脅威との戦いを始める。

そう、龍のいる頂点へ踏み出そうとしたところだった。

――ゾッと、ガーフィールの全身が総毛立ったのは。

「――ッ」

無心。無心だった。

躊躇《ちゅうちょ》なく、問答無用で、脳が訴える感覚に従い、渾身《こんしん》の一撃が放たれる。

岩をも砕く鋼鉄の裏拳、それが風を殴り殺し、本能の導く先へと叩《たた》き込《こ》まれ――、

「――おお、ワシの隠形《おんぎょう》見抜くかよ。ヤバくね？」

そんな、しゃがれ声が剛拳の向こうで聞こえた。

「か」

刹那、背後の影に裏拳が当たったはずだった。

間違いなく、手甲の表面に何かが触れた感覚があった。にも拘《かかわ》らず、苦鳴が漏れたのが

自分の口で、ガーフィールは思考を衝撃に打たれながら瞠目《どうもく》する。

衝撃が突き抜けたのは背中だ。ガーフィールの背中に、ちょんと誰かの小さい足が、爪先が当てられている。とんでもない蹴り——否《いな》、違う。

「丸々、お前さんの一発じゃぜ。ワシの体通して、戻しただけよ」

疑問に答える声があって、目を剥《む》くガーフィールの全身の骨が軋《きし》んだ。

嘘《うそ》か真《まこと》か、渾身《こんしん》の一撃に相当する威力に内臓と脳を揺すぶられ、ガーフィールの視界が大きくブレる。切り傷、打ち身、骨折や内臓破裂の類《たぐい》なら、即座に治せた。

治り切らなくても、強引に動かすまでは持ち込めた。

だが、体の芯に響く攻撃は、打ち消せない。

「——ッ」

全身の痺《しび》れに奥歯を噛《か》んで、ガーフィールの全身が追い打ちを警戒する。とっさの反応が遅れる手足を動かして、どうにか首と頭の急所を守った。

しかし、恐れた追い打ちはこない。

代わりに、追い打ちできた時間を使って行われたのは、牽制《けんせい》だった。

「実際、壁抜かれて中入られっと面倒じゃからよ」

ため息まじりの言葉には、十人単位の苦鳴が重なっていた。

崩れかける膝を叱咤《しった》し、上げた顔の視界に飛び込んでくるのは、ガーフィールの呼びかけを受け、帝都へ押し込もうと動きかけていた叛徒《はんと》の一団、その先頭の横列に並んでいたものたちが倒れる姿だった。

人馬人《じんばびと》や獣人、彼らはその額や胸に黒鉄《くろがね》の飛刃――クナイと呼ばれる投擲《とうてき》用の刃《やいば》を突き刺され、一瞬でその命を奪われている。

仮に駆け付け、治癒魔法をかけても間に合わない。刹那の深手だ。

彼らも戦士として、帝都へ挑むために相応の実力を備えていたはず。たとえカフマのような『将』に遠く及ばなかったとしても――、

「死んだら雑魚《ざこ》じゃぜ。戦士なんて関係あるかよ」

「――――」

「かかかっか！　気に入らねえって目ぇしとるんじゃぜ、若《わけ》ぇの。城壁ぶち抜いたのもお前さんじゃろ。次から次へと、やべえのが出てきて困ったもんじゃぜ、なぁ？」

口を開けて笑い、そう言いながら長い白眉を指でなぞる小柄な影。

ようやく動いた足で地面を蹴り、距離を取ったガーフィールの視界に収まったのは、矮《わい》躯《く》とされるガーフィールよりもさらに背の低い老人だった。

だが、小柄な老人なんて表現、とても似つかわしくない怪物だ。

「てめェ……ッ」

「おお、待て待て、お前さんの相手はちょっちあとじゃ。ええと、そら」

「あァ？」

敵意満面で睨《にら》みつけ、全身の毛を逆立てるガーフィール。しかし、老人はそのガーフィ

ールに手を、手首から先のない右手を突き出し、押しとどめる。

その腕の欠損にガーフィールが眉を寄せるのと、老人が足を振るのは同時だ。

瞬間、何をしたのかわからないが、横一線の蹴撃が大地に深々と一線を引いた。それもガーフィールと老人と、背後の叛徒《はんと》たちとの間を割るように。

そして、線の向こう側にいる叛徒たちへ向け、老人が告げる。

「その線跨《また》いでこっちきてみ。全員死ぬんじゃぜ」

「──っ」

「おうおう、聞き分けのいい奴《やつ》らで助かるわ。里の若ぇ奴《わけ》らにも見習わせてえのよ。このところ、ワシの言うことにいちいち逆らいよんのな。里長《さとおさ》じゃぜ、ワシ？」

細い肩をすくめて、老人が白い歯を見せながらにやりと笑う。

直前の、叛徒たちにかけた脅しのことなど一切気にかけていない態度。だが、その脅しが嘘《うそ》でも何でもないことは、この場の誰もが本能で理解させられた。

ガーフィールも、理解する。──目の前の老人が何者なのか。

「オルバルト・ダンクルケン……『悪辣翁《あくらつおう》』ッだな」

「その呼び名、言われるたんびに言っとるんじゃけど、好きじゃねえのよなぁ。ほぼ悪口じゃね、それ」

「──。何ッしに、ここにきやがった」

首を傾《かし》げた老人──オルバルトに、ガーフィールは低い声で問いかける。

のんべんだらりと、自然体に見えるオルバルトだが、だからこそガーフィールの警戒は微塵《みじん》も解けない。オルバルトは気配なく、ガーフィールの背後に立った。

この、見晴らしのいい平原のど真ん中でだ。

気配を消し、建物の陰に隠れ、密《ひそ》やかに近付いてきたならまだわかる。

それでも十分以上に脅威だが、それなら起こった出来事に納得できるのだ。しかし、この空間に気配なく割り込んでくる存在を、脅威以外のなんと捉えればいい。

そう、強い警戒の眼差《まなざ》しを向けられ、オルバルトは「ほ？」と片眉を上げると、

「何しにきたって、そんなもん決まってんじゃろ。逆賊共を中に入れねえのがワシらの仕事じゃってのに、カフマがしくじりよったから尻拭いよ」

そう言って、老人は欠損した方の手で地べたに横たわるカフマを示す。それから、「おっと」と右手を引っ込め、代わりに左手で正しく指差し、

「貧乏くじじゃぜ、まったく。だから、チシャを出すなり、グルービーを呼び戻すなりせんとやべえって言ったのに、案の定、負けよるからよ」

「案の定だァ？　ジジイ、てめェにこいつを笑う資格なんざねェぞ」

「ううん？」

片目をつむり、不満げにするオルバルト。その視線を遮るように、ガーフィールは老人とカフマとの間に割って入り、熱のこもった息を吐く。

カフマは敵だ。それは変わらないが、真正面から拳を交えたガーフィール以外に、カフ

マの戦いぶりに、その在り方に口出しする資格はない。

「こいッつァ強かった。それ以上に俺様が強かっただけだ」

「――？　いやまぁ、そりゃ見りゃわかるんじゃぜ？　ワシもそれは否定しとらんじゃろ。何が言いてえのよ、お前さん」

「てめェの態度が気に喰《く》わねェって言ってんだ！　それがおんなじ側の、それもおんなじ『将』相手にかけるッ言葉か!?　あァ!?」

大口を開け、ガーフィールが噛《か》みつくように吠《ほ》える。その獰猛《どうもう》な唸《うな》り声《ごえ》に、オルバルトは眉を寄せ、首を傾《かし》げた。

本気で怪訝《けげん》そうに、老人は「あのな？」と言葉を継いで、

「ワシは一将、カフマは二将。全然、おんなじでも何でもねえんじゃぜ」

「――ッ」

悪びれず、当然の事実を伝えるとばかりのオルバルトの発言。そこにわかり合えない断絶を感じて、ガーフィールの瞳孔が細くなった。

肉食獣が獲物を定めた瞬間の形相、それが尾を引いて老人へと飛びかかる。

カフマには、払うべき敬意を感じた。だが、目の前の敵にはそれがない。老人も、それを望んでも認めてもいない。それを是《ぜ》とする敵と認めて――、

「ぶっ潰すッ!!」

振り上げた両腕がオルバルトへ迫る。

手加減無用の剛腕、それは城壁を打ち砕いたのと変わらないか、あるいはそれを上回るほどの渾身《こんしん》、小柄な老躯《ろうく》などぶち抜いてお釣りがくるような破壊力が込められていた。

それが、余すことなく、オルバルトの頭部へとぶち込まれる。

ドン、と突き抜ける衝撃が大地を揺らし、砕かれる地面が爆発したような土煙を上げ、粉塵《ふんじん》がオルバルトに足止めされた叛徒《はんと》たちの頭上から降り注ぐ。

あるいは、バラバラになったオルバルトが降りかかっても不思議ではない火力だ。

しかし――、

「すげえじゃろ？　お前さんの攻撃の威力、そのまま地面に逃がしてんじゃぜ」

「な、ァ――」

「ま、地面が大爆発してんのはお前さんの腕力がやべえからじゃけどもよ」

ガーフィールの両の拳に頭を挟まれ、しかし、何の影響もない顔で老人が笑う。

直後、そのオルバルトの笑みが拳の間に残影を残し、下へ抜け――とっさにそれを目で追ったガーフィールの頭頂部を、謎の衝撃が打ち抜いた。

「ごァっ⁉」

オルバルトはしゃがんだはずなのに、何かに、上から、殴られた。

「下かと思ったら上、上かと思ったら下、基本よ、基本」

「が、あぁぁぁ――‼」

しゃがんだオルバルトの軽々な言葉に、ガーフィールが猛然と拳を振り下ろした。それがオルバルトの白髪の頭部へと突き刺さる。

瞬間、ガーフィールの後頭部を、背中を、臀部《でんぶ》を、鋭い衝撃が貫く。

ガーフィールの打ち下ろした拳は空振りし、地面に突き刺さった。

代わりに、一瞬で姿をくらましたオルバルトの声が、すぐ真上から聞こえて。

「じゃから、下かと思ったら上じゃって。学びのねえ奴《やつ》は置いてかれんぜ？」

身を捩《よじ》り、声に向かって腕を振り上げる。その指先が何かを引っかけた瞬間、ガーフィールはそれを強引に振り下ろし、地面に叩《たた》き付《つ》けようとする。

地面に叩き付けて、身動きを封じて、そこに渾身《こんしん》の一撃を叩き込む。足場がなければさっきのような曲芸はできないと――、

「――――」

その闘争本能の訴えが、指に引っかけたのがオルバルトではなく、老人がガーフィールの頭上に投げたカフマの体だったと気付いて、停止する。

地面に投げ落とす動きが停滞し、ガーフィールの唇がわななく。

刹那――、

「あのな、お前さん、なんで二将は五十人からいて、一将はたったの九人ぽっちしかいねえんじゃと思う？　――ワシらがクソ強いからじゃぜ」

声と衝撃が、ガーフィールの頭を左右から穿《うが》つように突き抜けていった。

6

——落ちてくる大質量の炎、それは世界を丸ごと焼き尽くさんとする天空の怒り。

その赤く染まる世界を目の当たりにし、ヨルナはそう錯覚する。

あるいはよほどの怒りを買えば、世界とはちっぽけな個人へここまでの怒りをぶつけてくるものなのかもしれないと。

すでに焦土と化した大地、同じ方法で焼かれた叛徒《はんと》と草木、それらと同じように内腑《ないふ》まで焦がされた死体と成り果てる壮絶な火力が降ってくる。

しかし、それに対してヨルナは身じろぎせず、

「——陽剣」

「何とも、娘使いの荒いものよ」

ヨルナの唇が紡いだ音、それを合図に真紅の宝剣が縦に振られる。

見るものの目を奪い、心を焼いて、魂さえ虜《とりこ》にするだろう美しい剣。その魔性は宝剣にとっては添え物に過ぎず、本来の存在理由の片鱗《へんりん》ですらない。

すなわち、本来の存在理由を果たすとき、その宝剣の輝きは一層強くなる。

「————」

下から上へ、大地から空へ、その剣先を振り上げられる『陽剣』が、まっしぐらに落ちてくる凄《すさ》まじい大火を迎撃する。

刹那、視界を埋め尽くした強大な炎が立ち消える。――断ち切られたのではない。文字通り、その存在がなかったかの如《ごと》く立ち消えたのだ。

「陽剣は妾《わらわ》の焼きたいものを焼き、斬りたいものを斬る」

あまりにも暴力的で、理不尽で、不条理な理《ことわり》の押し付け。

だが、その成立が眼前の光景であり、世界さえ滅ぼすように思えた業火の消失だ。

相応の力を注ぎ込み、こちらの先手を挫《くじ》くつもりで放たれた大火力、それが剣の一振りで掻《か》き消《け》される光景には、さしもの相手も平静ではいられまいと――、

「侮るでない、あれは『精霊喰《ぐ》らい』じゃ」

説明としても忠告としても不親切、その一言を置いてプリシラの姿が右へ飛ぶ。

同じく、飛んだプリシラとは反対の左へ飛んだヨルナ――その両者の間を、凄まじい勢いで突き抜けたのは大質量の鉄砲水だ。

「――っ」

まるで、井戸の中身を丸々放出したような水量を目の当たりにし、回避に成功しながらもヨルナは敵の――アラキアの実力を、以前の感触よりも上方修正する。

ヨルナとアラキアが戦うのは、これが初めてのことではない。

以前にも一度、ヨルナが起こした『謀反』の際に二人は矛を交えている。

もっとも、あのときと今とでは前提条件が様々違う。場所はヨルナが万全の状態で迎え撃てるカオスフレームではなく、アラキアの鬼気迫り方も比べるべくもない。

魔都の住人に手を出せばどうなるか、それを思い知らせるために起こした謀反、そこでぶつかった経験から、ヨルナはアラキアの本領は多対一に秀でた制圧力と考えていた。

しかし、その認識は誤りな上、甘かった。

「オルバルト翁を差し置いて『弐《に》』とは、こういうことでありんしたか」

吐息と共にそうこぼし、ヨルナはちらと背後——放たれた水の圧力で、その地平線まで縦に割られた大地を見やる。

「以前は火を使うばかりで、わっちの都を半分燃やしたこともありんしたが」

この日も、叛徒《はんと》を城壁ごと焼き尽くしたアラキアだ。得意な火攻めが帝都防衛の目的と相性がいい以上、今さら戦法を変えることもないと踏んでいたが——、

「これも誰ぞの入れ知恵、妾《わらわ》に向けねば可愛《かわい》げもあろうがな」

そうこぼし、地を蹴るプリシラがアラキアへと距離を詰める。

星型の城塞、その頂点の一角を守るように背後に置きながら、アラキアはその足の膝下を燃やして宙を飛んでいる。

ただ高空から、容赦のない火力が降り注ぐだけでも十分脅威だ。

まず、アラキアを手の届く場所へ引きずり下ろす必要がある。

「母上！」

「——ッ、わかっておりんす！」

駆け抜けていくプリシラの掛け声に、ヨルナの中に刹那の動揺が走る。

まだ、再会した娘との距離感はちゃんとしたものが掴《つか》めていない。むしろ、姿形の変わった母に対するプリシラの、あの堂々とした態度の方が疑問だ。

乳飲み子時代に別れた以上、プリシラの育ち方は知る由もなかったが。

「踊りなんし」

煙管《きせる》を口から離して、ヨルナはその先端を振りながら厚底の靴で地面を叩《たた》く。するると、前進するプリシラの正面、ゆっくりと震える大地が剝《は》がれ、それがプリシラの行く手を支えるための足場となるために浮かび上がった。

ヨルナの『魂婚術《こんこんじゅつ》』は、無機物にも作用する。

ただし、相応の思い入れと、過ごした時間とが効力の強さに比例する仕組み。それ故に不安はあった。——果たして、愛した男と過ごした大地を、どれだけ愛せるか。

だが、結果は御覧の通りだ。

「大義である」

母を母とも思わない発言を置いて、プリシラが正面の足場へ飛び乗った。

無論、足場はそれだけにとどまらず、次々と浮かび上がってアラキアへの道を作る。一本道では的にされると、複数の道を形作る配慮も押さえた。

枝分かれした選択肢、それでプリシラがアラキアを撹乱《かくらん》し——、

「——邪魔」

枝を持った腕をアラキアが振るうと、放たれる大風が浮遊した大地を根こそぎに吹き飛

ばして全ての道を薙《な》ぎ払《はら》った。

大風の威力は暴風どころか、巨大な掌《てのひら》に殴られたに等しく、直撃されればプリシラさえも全身が潰される可能性のあったものだ。

「それを容赦なく妾《わらわ》へ打ち込むとは、妾の美貌が惜しくないか？」

「決めたの。手足がなくなっても、姫様は姫様」

「決めてもらった、の方が正しかろうよ」

目を細め、高々と空から落ちてくるプリシラがアラキアへ言葉をぶつける。

大風が足場を薙ぎ払う寸前、それより早くプリシラは空へ逃れた。かろうじて風の一撃は躱《かわ》した勘の良さは大したものだが、二撃目に無防備なことは変わらない。

事実、その瞳から迷いを消しているアラキアは、為《な》す術《すべ》なく落ちてくるプリシラの手足に狙いを定め、容赦なく戦闘力を奪おうと腕を上げた。

そこへ――、

「わっちを忘れてもらっては困りなんす」

頭上のプリシラを見上げたアラキアへと、真下から飛んだヨルナの蹴りが届く。

長い足を蹴り上げたヨルナの足、履物の厚底は大層気に入って、丹念な手入れと修繕を重ねて時を積み上げてきた大事な逸品、まさしく精魂込めた一撃だ。

「年甲斐《としがい》もなく、妾より目立とうとはな」

そのヨルナの蹴撃に合わせ、プリシラも掲げた『陽剣』を真《ま》っ直《す》ぐに振り下ろす。上下から、親子二代の攻撃に挟まれるアラキア。

息の合った連携と、自賛したくなるような惚《ほ》れ惚《ぼ》れする二撃、それが打ち合う。――そう、打ち合った。

「――っ!?」

アラキアを捉えたはずの一撃、それが命中の反応を遅らせ、想定と刹那だけズレた衝撃は硬い音を響かせた。見れば、ヨルナの蹴り上げた厚底とぶつかったのは、他ならぬプリシラが打ち下ろした陽剣の刀身だ。

挟み込むはずの攻撃が肝心の相手を外して、互い同士で打ち合う驚天動地。

もっと驚くべきは、そのヨルナとプリシラの攻撃がぶつかり合ったのが、揺らめいて見えるアラキアの体の中だということだった。

「透過で、ありんすと？」

「小癪《こしゃく》」

ヨルナの驚愕《きょうがく》とプリシラの苛立《いらだ》ち、それが同時にこぼれた直後、攻撃を体内に収めたアラキアの体が白く発光し、反撃が放たれる。

アラキアの全身が爆《は》ぜたかの如《ごと》く――否《いな》、事実として爆ぜた。

白い光の破片となって飛び散ったアラキアの体、それが恐ろしい拡散力を伴った散弾となって八方へ散らばり、水飛沫《みずしぶき》のようにヨルナとプリシラを襲う。

「く……っ！」

とっさに、ヨルナは先ほどの大風に薙《な》ぎ払《はら》われ、細かな土の破片となった大地をかき集めて、粉塵《ふんじん》のように自分とプリシラの周囲に纏《まと》わせた。

纏う、と言っても体に張り付けて衣とするのではなく、その周囲を高速で巡らせて攻撃を弾《はじ》くよう仕向ける小技だ。

アラキアの散弾が見た目相応の火力しかなければ、十分威力を軽減できると。

だが――、

「――っ!!」

纏った土の衣を容易《たやす》く貫いて、アラキアの破片はヨルナとプリシラを穿《うが》った。

衝撃に吹き飛ばされ、苦鳴を上げながらヨルナは地上へ落ちる。とっさに伸ばした足先を地に付けて、無様に転がるような真似《まね》だけは全力で回避。

倒れるわけにはいかない。ましてや、背を付けて惨めに転がるような真似は御免《ごめん》被る。

「わっちを、愛したものたちが惑うでありんす……っ」

ヨルナの抱える魂の重みは、彼女を愛するものたちの存在によって維持される。

なればヨルナは全力で、その愛情に応えなくてはならない。愛に応えるということは生半可なことではないのだ。

その所作、言動、情動までも含めて、相応《ふさわ》しくあろうとしなければならない。

それは日常であろうと、閨《ねや》であろうと、戦いの最中であろうと、同じだ。

――パン、と軽い音を立てて、ヨルナの結った髪に挿している簪《かんざし》が砕け散る。その簪に吊《つ》るしてある、幾重にも鱗《うろこ》を重ねて作った髪飾りごと。

「誰ぞの贈り物か？　母上」

「――。妾《わらわ》の愛《いと》し子《ご》たちからの贈り物でありんす」

砕け、塵《ちり》と化した髪飾りの破片を指に受け、ヨルナはそっと目を伏せる。

ヨルナの身に着けた品々、その大半は贈り物だ。キモノも履物も、そして髪飾りの類《たぐい》でさえも、魔都で暮らす住人たちが己の手で織り、象《かたど》り、あるいは身を削って作り出した逸品であり、魂のこもったもの。

ヨルナの愛を受け、そしてヨルナを守るために代わりに砕ける資格を持つもの。

「主さんも？」

「生憎《あいにく》と、妾は母上ほど節操なしではない。元より持ち合わせたものと、すでに亡き夫からの貢物といったところよ」

言いながら、プリシラが自分の耳をそっと見せる。すると、そこにあったはずの翠《みどり》の宝石を付けた耳飾りがなくなっている。

彼女もまた、自らの命の代償を、己を愛するものへと移し、永らえたのだ。

「夫でありんすか。プリシラ、主さんも――」

「神妙な顔をしたものよな。消えた耳飾りは、確か四人目の夫からもらったものじゃ」

「よ……っ」

「妾は八度、夫を得た。もっとも、母上には及ぶまいが」

淡々と述べるプリシラ、その想定外の答えにヨルナは開いた口が塞がらない衝撃を覚える。が、その衝撃も、プリシラが握り直した陽剣の輝きに打ち消される。

先ほどの、あの奇妙な現象は。

「プリシラ、陽剣であればどんな相手にも届くはずでありんしょう。それこそ、魂へ届かせる命剣以外に断ち切れぬ相手でなければ……」

「母上に言われずとも、その認識に相違ない。じゃが、思い違いがあろう」

「思い違い？」

「妾《わらわ》の陽剣は焼きたいものを焼き、斬りたいものを斬る」

そう言って、プリシラがゆっくりと陽剣の剣先を掲げる。

それをヨルナが視線で辿《たど》れば、陽剣の剣先の向こうに浮かび上がるのは、飛び散った白い光が寄り集まり、少しずつ形を成していくアラキアだ。

喰《く》らった精霊の性質を反映し、その肉体に力を宿すとされる『精霊喰《ぐ》らい』――実態の知れない希少な力ではあったが、その機能の拡張性には目を見張る。

今も、その肉体が如何《いか》なる原理で光と化したのか――と、そこまで考えて気付く。

陽剣は斬りたいものを斬る、万物へ届き得る宝剣だが――、

「――それは炎か、水か、はたまた風か？　あるいは光とも影ともつかぬとなれば、届かせるのにさぞ難儀しようよ」

紅の瞳を細めたプリシラが、同じ瞳の色をしたアラキアと視線を交錯させる。

万物へと届き得る陽剣の所有者と、万物へ変じる能を有する超越者の対峙《たいじ》――。

「なるほど、厄介な相手に育ったものでありんす」

ここがカオスフレームであれば、ヨルナにも真っ当にぶつかってアラキアを削り切る見込みがあったかもしれない。

しかし、ここはカオスフレームではなく、ヨルナの力も十全とは言えない。

故に、決定打を有しているのはヨルナではなく――、

「――いつなりとでも、舞台の中心は妾ということよな」

そう、置かれた苦境すらも自らの糧とする、太陽の如《ごと》き紅の娘が嫣然《えんぜん》と微笑《ほほえ》む。

その微笑の眩《まばゆ》さに、並び立つヨルナさえも思う。

プリシラの眩さに焼かれ、なおも燃え尽きぬ存在だけが彼女の傍《そば》にあれるなら、こうしてアラキアが立ちはだかる状況は、なんと皮肉な巡り合わせであるのかと。

7

「――オットーさん！」

すぐ間近で大きな声がして、同時に渇いた衝撃が『声』の渦を打ち壊す。

まるで、水を溜《た》め込《こ》んだ水槽が壊され、中の水が外へ溢《あふ》れ出《だ》すみたいに、砂場からすくい上げた砂粒が指の隙間を零《こぼ》れ落《お》ちるみたいに、『声』が逃げていく。

それを、もったいなく、未練がましく感じる自分がいる一方で――。

「あ、っぶない……た、助かりました、ペトラちゃん……」

「今、またすごい顔色になってました。鼻血、拭いてください」

「あー、助かります。……なんか、戦ってなくても同じくらい出血してる気が」

すでに血塗《ちまみ》れのハンカチを鼻に押し当て、オットーは消耗した声で自嘲する。

限度を超えた加護の使用、その負荷の重さを思えば、流れた血の量も冗句では済まなそうだ。さすがに、プリステラで足を刻まれたときには及ばないにしても。

「遠くまで深く潜ろうとすると、かなりきますすね……」

「わたし、役立ってませんか？」

「いえ、ペトラちゃんの支援がなかったら、たぶんもっとひどいことになってます。頭の中身の消耗……脳疲労とでも言いますかね。それが、かなり重たいので」

加護の影響は、その効果と同じように加護者同士であっても違い、わかり合えない。

例えば、地竜の有する『風除《かぜよ》けの加護』は、展開時とそうでないときとの落差が激しいことを除けば、ほとんど欠点のない完璧な加護の一種だ。

ガーフィールの『地霊の加護』も、大地に足を付けている間の好影響に与《あずか》るものだが、一方で肉体に常に好調を維持するための高負荷がかかり続ける代物だ。

たまたま、ガーフィールの肉体が頑丈だから悪さを働いていないだけで、普通の人間であれば過剰な負荷に耐え切れず、衰弱する健康体という矛盾を抱えかねない。

そして、オットーの『言霊の加護』の負荷は脳に一極集中している。

耳から入った生き物の『声』を脳が変換して、オットーの理解できる声として出力しているのだから、そこに負荷が集中するのは自然なこと。

この、普段はチャンネルを閉じて取り込まないようにしている部分の『声』を拾い、聞こえる全部を掌握しようとしているのが現状のオットーだ。

そのために、ペトラには覚えたての陽魔法を用いて、オットーの身体的な強化——熟達した戦士であれば、自然に行っているとされるマナによる肉体強化、それを外部干渉する形で、頭部の働きに全振りしてもらっている状況だった。

もちろん、頭部の働きを陽魔法で強化したところで、突然にエミリアがラムばりに察しがよくなったりはしない。

ペトラの陽魔法が果たすのは脳の働きの向上ではなく、持続力の向上だ。

心肺能力の強化が水に長く潜ることを可能とするように、脳機能の強化でオットーも長くチャンネルを開放したままでいられる。

ペトラの協力がなければ、お世辞抜きに成果はこの半分以下になっていただろう。

「その分、深追いしようと欲を掻《か》きそうになる場面も多いですが……」

「何となく危なそうだなって思ったら、思いっ切り引《ひ》っ叩《ぱた》いていいんですもんね？」

びゅん、と平手打ちの素振りをしながら、心強い気構えでいてくれるペトラにオットーは苦笑する。

実際、オットーが危なくなった場合、ペトラに引き戻してもらうのが得策だ。そのときは力ずくで、無理やりチャンネルの接続を切るのが確実で最速。

聞こえる『声』を深追いしていると、自分自身の最初の立ち位置を見失いかける。

もちろん、オットーが当たり前のようにペトラと話している『声』が正解なのだが、この正解を見失った場合、オットーはおそらく言語を喪失するだろう。

最も身近な『声』がわからなくなれば、オットーは誰かと会話するために永遠にチャンネルを開けていなくてはならなくなる。――そうなれば、いずれはただの風の音や衣擦《きぬず》れの音さえも『声』と錯覚し、正気を逸する未来が容易に見て取れた。

「そうなると、僕も数多《あまた》の同じ加護の持ち主と同じ、自分の加護が原因で命を落とした人間の仲間入りってことですか……」

運よく、死なずに幼少期を乗り越えられたにも拘《かかわ》らず、今度は自分の意思でチャンネルを開放したのが原因で確立した自己を見失う。

何とも、加護者の生き方には落とし穴が多い。

ただ、困難な道を進まされる分だけ、相応の見返りがあるとも言えて――。

「それで、どうでしたか?」

「……第一と第二は、もうダメですね。僕が声を聞けそうな相手が残ってません。第一は焼き払われて、第二は……これ、エミリア様だな」

「あー、エミリア姉様……」

鼻にハンカチを当てたままのオットーの呟《つぶや》きに、ペトラが複雑な顔をする。

第一頂点を守護しているのは、『九神将』でも最上位の実力者であるアラキア一将だ。

彼女の精霊を用いた力が一面を焼け野原にしてしまったせいで、オットーが『声』を聞くための生き物、それが根こそぎにされてしまっている。

鳥や小動物、あるいは虫の類《たぐい》が生き延びていなければ、オットーがいくらチャンネルを開放しても、そもそも拾える『声』が発されない。

「焼け野原なら、土の中は平気なんじゃ？」

「生き延びていても、地中の生き物は会話しないことが多いので。それに、ペトラちゃんには言いましたが、『言霊の加護』は……」

「聞こえる生き物の話がわかるだけで、耳がよくなってるわけじゃない」

「です」

前のめりになったペトラの言葉に、オットーは力なく頷《うなず》く。

今しがたペトラが言ってくれた通りで、オットーの『言霊の加護』はあくまで、聞こえた『声』を理解できるようになり、会話できない相手と言語を合わせる加護だ。

つまり、実際に『声』が聞こえる場所でなければ、加護は発揮されようがない。

ペトラの陽魔法の効果で、頭部を強化してもらっているというのがここにもかかる。

聴力、聞く力の機能を高めることで、普段よりも広く、『声』を拾えているのだ。

ただし――、

「第一と第二の頂点は望みが消えました。アラキア一将に燃やされたのと、エミリア様が全部氷漬けにしてしまったので」

「え、エミリア姉様に悪気は存在しないからっ」

「わかってますよ。それにエミリア様がしでかさなくても、元々、第二頂点の反応はかなり悪かった。──竜人《りゅうびと》に、生き物が怯《おび》えるからでしょう」

悪気がないではなく、存在しないというペトラの言い方は言い得て妙だ。

エミリアに悪気は存在しないので、悪意を発揮しようがない。ともあれ、そんな共通見解はさておき、ペトラへの擁護も偽りない事実だった。

第二頂点の守護者はマデリン・エッシャルトであり、城郭都市《じょうかくとし》を半壊状態へ陥らせた彼女は竜人──実在を疑われるほど、存在の希少な亜人族だ。

あらゆる存在の頂点に立つ龍《りゅう》、その龍に通ずるとされる竜人には、その大小に拘《かかわ》らず動物たちは恐れをなし、逃げるしかなくなる。

エミリアが一帯の気温を極低温に下げたのは、最後のひと押しくらいの印象だ。

ともあれ──、

「──第五頂点は、ガーフィールがうまくやるはずです。第四頂点は、光人《ひかりびと》の一団が絶えず攻撃を仕掛けている。指示通り、そこに刃金人《はがねびと》と単眼族《たんがんぞく》の生き残りが合流」

「第三は、シュドラクの人たちが先にいた人たちと一緒に石人形と戦ってる。探ってみるって話してた、頂点以外の道はどうでした？」

「本来、第一頂点から城に直通の道があるみたいなんですが、どうやら先に埋め立てられてるみたいですね。アベルさんの推測通りで嫌になる」

「でも、誰かが見にいかなくて済む分、次の手が早く打てますから」

頭の中で『声』の頒布図を整理し、それをペトラが手元で広げる地図と照合する。

すでにいくつもの文字が書き込まれた地図に、オットーは得たばかりの情報を追加し、それをさらにペトラが矢印などを書き加えて補足してくれる。

脳疲労で、頭の中に温水が溜《た》まっているような妙な重たさすら感じる中、視覚で共有できていない図面を一緒に引いてくれるペトラの存在が本気で貴重だ。

エミリア陣営にとって、最大の拾い物は彼女の存在かもしれない。少なくとも、オットーは今、ここにペトラがいることをスバル最大の功績としたい。

「もっとも、僕らがこうしてる理由がナツキさんなので、差し引きゼロですが……っ」

と、感謝と憤怒《ふんど》と、複雑な感情をオットーが絞り出したところに――、

「――オットーちゃん！　ペトラちゃん！」

「あ、ミディアムちゃんっ」

大きく手を振りながら、草原の二人のところに駆けてくる小柄な影。

長い金髪を躍らせるのは、戦場を落ち着きなく駆け回る少女、ミディアムだ。彼女はその健脚で一直線にオットーたちの下へやってくると、

「すごい役立ってるよ、オットーちゃん！　アベルちんが次の報告ちょうだいって！」

「絶対にそんな可愛《かわい》げのある言い方してないと思いますが……役立ててもらえるなら幸いです。物の価値がわからない相手に渡しても、得るものがないので」

「オットーさん、辛辣。気持ちはわかるけど」

目を輝かせたミディアムの報告に、オットーとペトラは微苦笑する。

意図せずして、間にミディアムが入ったことで柔らかく仲立ちしてくれている形になっている指揮系統――オットーも情報収集に集中し、その情報の運用はアベルたちに一任すればいい状態なのはやりやすくて助かる。

これも、ミディアムがいなければ成立しなかっただろう図式だ。

「やれてても、もっとぎくしゃくしてたよね、絶対」

「でしょうね。特に、僕とペトラちゃ……ペトラお嬢様は、アベルさんに厳しい立場を取らざるを得ない側ですから」

「――？　あたし、褒められてる？　やった！」

オットーとペトラのやり取りに、両手を上げたミディアムが大喜びする。

その彼女に遅れ、本陣との連絡のための兵が四人、オットーたちのところへ。アベルがオットーのもたらす情報の価値を重要視した結果だろう。

本来であれば、アベルもオットーが本陣にいた方がやりやすいのだろうが。

「オットーちんはふらふら出歩いてないと、『声』が聞こえないんでしょ？」

「オットーさんは、そこまで耳が大きくありませんからね」

「どっちも違う意味で言い方！」

ミディアムは悪気なく、ペトラは揶揄《やゆ》する意味合いで、それぞれ引っかかる言い方をしてくれた。おおよそ、事実なので否定もできないが。

ともあれ、伝令たちに今しがた書き込んだばかりの地図を引き渡し、代わりに新しい地図を受け取って、現在進行形で変わっていく戦況に対応する形だ。

「これ、うまく使ってください。多少、字の乱れがありますが、お嬢様が加えてくれた矢印などで記号的にわかるはずです」

「承知しました。分析官殿も、斥候《せっこう》十分にご注意を」

「分析官……」

交換した地図と一緒に渡された肩書きに、オットーは苦い顔をする。

行商人に内政官、続いて武闘派内政官と呼ばれた挙句に今度は分析官だ。果たして、王選が決着するまでの間にいくつの職を渡り歩く羽目になるのか。

あるいは、王選が決着したあとも、この悩みは尽きないのか。

「そんな幸せな悩みは、後回しにすべきでしょうね」

少なくとも、目の前のことを完璧にやり遂げない限り、オットーが思い浮かべた明日というものも巡ってこない。明日は、オットーが一人で迎えても仕方のないものだ。

「だから、まだまだここからですよ、オットーさん」

「やれやれ、一休みする時間もくれませんか、お嬢様は」

「普段から、わたしが休んでって言ってもちっとも休まない人が何言ってるの。全部片付いたら、倒れるまでお酒飲んでいいから頑張ってっ」

「それだとまるで、僕がとんでもない呑兵衛《のんべえ》みたいに聞こえるんですけどねえ!?」

風評被害だとオットーが声を上げると、ペトラが舌を出して誤魔化《ごまか》してくる。

そうやって、深刻になりすぎないよう配慮されているのを感じながら、オットーは自分の頬《ほお》を手で叩《たた》き、集中力を取り戻す。

いったい、ペトラにもガーフィールにも、どれだけ自分の顔がおっかなく、余裕がないように見えていたのか、聞きたいような聞きたくないようなだ。

その全部を、この場にいないスバルの責任だと投げつけて、

「勝利特典は、せっかくですからもらいますよ。そのためにも――」

さらなる情報の確度を、とオットーがチャンネルを開いた直後だ。

大きな雑音が、オットーの脳を揺さぶった。

「――オットーさん?」

と、オットーの横顔が強張《こわば》ったのを見て取り、ペトラが名前を呼んでくる。

しかし、ペトラの口にした呼びかけが、オットーの耳には届かない。それが塗り潰されるような勢いで、世界が悲鳴を上げていたからだ。

「う、ぁ……!?」

一瞬で脳が煮立つような感覚に襲われ、オットーが衝撃に頭を抱える。が、危うく吹き

飛びかけた意識の襟首を掴《つか》んで、オットーは寸前で踏みとどまった。

凄《すさ》まじい悲鳴はなおも、世界を遍《あまね》く呑《の》み込《こ》んでいる。

その理由は――、

「――ぁ」

突然の衝撃に打たれたオットーの傍《かたわ》ら、ペトラとミディアム、少女二人が空を見て、その口をぽかんと開けてしまう。

その少女たちの視界、空から地上へまっしぐらに落ち、その墜落の寸前で翼を開いた巨大な威容――遠目にも、世界が悲鳴を上げた理由がありありと伝わってくる存在感。

世界が、あらゆる生き物が悲鳴を上げるのも当然だ。

「龍《りゅう》……」

そう口にしたのが、ペトラだったかミディアムだったか、はたまた伝令の兵のいずれかだったのか、定かではない。自分ではなかった、それだけは確実だとオットーは言える。

「――っ」

現れた白い龍に戦場の全てのものが囚《とら》われた瞬間、その存在に意識を奪われなかったものがたった二人だけ――その内の一人であるオットーは、とっさにペトラの手を掴み、反対の手でミディアムの肩を突き飛ばしていたからだ。

「――きゃあ！」

悲鳴を上げたペトラが、強引に後ろに倒れたオットーの胸の中に倒れ込む。視界の下の方では突き飛ばされたミディアムが尻餅をつく。

そこまでが、この瞬間にオットーができた、せめてもの回避行動だった。

――倒れ込むオットーとペトラ、そして尻餅をつくミディアムの頭上を、赤々と燃ゆる炎の塊が大気を焦がしながら通り抜けていく。

「〰〰っ！」

引き倒されたときに続いて、ペトラの細い喉が悲鳴を上げた。

だが、悲鳴を上げられるのはある種の無事の信号だ。それよりもとんでもない状況になれば、悲鳴を上げる暇さえ与えられない。

事実、オットーの手が届かなかった伝令の兵たちがそうだった。

オットーたちの頭上を抜けた炎塊、それが地図を持った伝令の兵へ命中する。

次の瞬間、赤と黒を基調とした軍服を纏《まと》った兵が、その全身を一気に焼き尽くされる。

手にした地図ごと、止める暇もない。

そして、その惨状を目に留めて、驚愕《きょうがく》の声を上げることも許されなかった。

「――っ、危ない！」

少女の高い声がした直後、鋼と鋼の打ち合う音が響き渡る。

声を上げたのは、オットーに突き飛ばされたはずのミディアムだ。彼女は尻餅をついた姿勢から子どもながらに長い足を伸ばし、低い姿勢で腰の裏の蛮刀を抜いていた。

それでもって、オットーへと振り下ろされた凶刃を力一杯に跳ね返したのだ。

「立って、オットーさん！」

腕を引かれ、ペトラに起こされたオットーが前につんのめる。

踏みとどまって背後を見れば、小柄な体には大きすぎる蛮刀を両手で握ったミディアムが、その襲撃者と真っ向から対峙《たいじ》し、睨《にら》み合《あ》っていた。

そして――、

「――失敗失敗、今のでいっぺんにやっちまうつもりだったんだが」

言いながら、ミディアムと向き合う男――白い龍《りゅう》が戦場に現れた異常事態で、オットーとは別に唯一、龍の存在感を意識的に無視した存在がそうぼやく。

それは、頭にバンダナを巻いた帝国兵だ。手には片手でも扱える長柄の斧《おの》を手にしており、腕章からして位の高い相手でもない。

一般兵だ。問題があるとすれば、何故《なぜ》、その男がここにいるのか、だ。

チャンネルは絞っていたが、それでも警戒は怠っていなかった。

どうやって、この男はオットーの、『声』による索敵を回避してきたのか。

可能な限り、最大限の警戒をしながら、オットーは背後のペトラを腕で庇《かば》い、ミディアムと並んで男を睨みつける。

「女子どもも容赦なく、ですか？　ずいぶんと野蛮じゃありませんか」

「戦場にいるのに女も子どもも、って答えるのは簡単だが、それだと帝都の住民がとばっちりすぎる話だな。それに、その言い分はちょっと都合よすぎるだろ」

「都合？」

「戦場に取り残されただけの非戦闘員なら、お前さんの今の理屈も通るだろうさ。だが、戦場で仕事してる奴《やつ》を非戦闘員とは認めんよ」

容赦なく奇襲し、こちらの命を狙った手合いだ。

最初から穏当な交渉が通じる可能性は低かったが、その徹底した姿勢の前で完全に希望は断たれたと言えるだろう。――それにしても、腑《ふ》に落ちない。

いったい、この帝国兵はどうやってオットーたちを捕捉したのか。

「僕やこの子たちが仕事を？　陣から離れたここで、何の仕事をしてるっていうんです」

「さあな。ただ、俺の勘が言ってる。お前さんたちが、この戦争で悪さを働いてる一番の根っこだ。それと、俺の勘はこうも言ってる」

「……なんて？」

淡々と、値踏みするようにオットーたちを眺め、男がそこで言葉を切った。

その一瞬の空白に嫌な予感を覚えたのは、オットーの背中にしがみつくペトラも同じだったらしい。自分とペトラの直感、その両方が言っている。

目の前の帝国兵が、自分たちにとって恐ろしく凶悪な手合いであると。

それを証明するように――、

「――お前さんたちも、時間をやらない方がいい奴らだってな」

宣告と共に振りかぶられる斧《おの》が、容赦なくオットーたち三人の命を奪いに閃《ひらめ》いた。

第九章　『深愛で描く』

1

――『九神将』の一人である、『鋼人《はがねびと》』モグロ・ハガネ。

彼が、本当は鋼人でないことを知るものは、ヴォラキア帝国でも一部に限られる。

本来の鋼人は、その肉体を鉱物や金属といった無機物で構成した、人と物の狭間《はざま》のような存在として生まれる。肉体の一部に金属部位を持つ刃金人《はがねびと》は、その鋼人から派生した種族と考えられていて、その異質な生態には不明な部分が多い。

種としての希少性はさすがに竜人《りゅうびと》には劣るものの、外見のみならず精神性まで人族と一線を画する鋼人は、意思疎通の困難さという意味では竜人すら圧倒する。

ある種、素養さえあれば会話できる精霊よりも接触の困難な存在、それが鋼人だ。

それ故に、帝国一将の座に上り詰め、あまつさえ問題の多い他の『九神将』と比べて接しやすいとすら言われるモグロは、鋼人の中の異端者と認知されている。

しかし、実態はそうではなく、モグロは自らの外見と、他者と関わり合わない鋼人の種族的な特性に便乗し、鋼人を自称しているだけの存在だ。

そして、そのモグロ・ハガネの正体故に、アベルは確実視していた。

――モグロこそが、帝都攻略を目的としたこの決戦における、最大の障害であると。


だが、自分が生きていると脳が理解したと同時に――、
その事実を認識し、困惑が頭の中を占めた。何故《なぜ》、どうして、何があってと。

途切れた意識が戻り、最初に感じたのは背中を支える硬く大きな感触――地面だ。空に打ち上げられ、空で飛び散るはずだった体が地べたの上にある。

極限まで萎《しぼ》んだ肺が膨らみ、その痛みがハインケルの意識を覚醒させる。

「かふ――っ」

「剣が……」

痛みを訴える体、その空いた手に剣の柄《つか》の感触がない。とっさに反対の手を腰に伸ばすも、そこに下げた鞘《さや》にも重みがなかった。

首を巡らせ、うるさすぎる耳鳴りが脳みそをガンガンと揺らしてくる視界、ハインケルは自分から離れた場所で、斜めに地面に突き刺さった剣を見つけ、息が漏れる。

消えたかと、なくしたかと、とんでもない焦燥感に全身が心臓になったみたいにうるさく跳ね回る感覚を味わって――、

「――クソ」

それらを全部やり過ごしてから、剣をなくした心配をした自分が嫌になった。

その一瞬の心の動きが、そのまま中途半端な自分を象徴しているみたいに思えて。

「なんで、生きて……」

あの瞬間ハインケルは、自らを『九神将』と名乗る存在と目が合い、確かな殺意を向けられたのだ。——殺すと、そうはっきりと宣言された。

事実、宙に打ち上げられたハインケルは、そこに一撃を加えられるだけで為《な》す術《すべ》なく四散し、命を散らしたはずだ。

何故《なぜ》そうならなかったのか。その答えを求め、視線を巡らし——、

「——あ?」

思わず、呆気《あっけ》に取られた声が漏れる。

だが、それも当然だろう。そのぐらい、ハインケルの見たものは馬鹿げていた。あまりにも、あまりにも、あまりにもあまりにもあまりにも、現実離れしていて。

——世界が、ハインケルを中心に二つに割れ、違った地獄を描き出している。

右の空は、赤々とした炎で作られた分厚い雲が灼熱《しゃくねつ》の世界を包み込む。

左の空は、白雲を纏《まと》った巨大な威容が翼を広げ、凍《い》てつく大地を睥睨《へいげい》する。

「燃える空と、白い龍《りゅう》……」

あってはならない光景に瞠目《どうもく》し、ハインケルは呆然《ぼうぜん》とそう呟《つぶや》いた。

あるいは、死んでいないとそう感じたことは間違いだったのかもしれない。すでにハインケルは死んでいて、だからこんなこの世のものとは思えない光景を。

「──っ」

受け入れの限度を超えた世界に、現実逃避を望んだ思考がかき乱される。

ハインケルにそうさせたのは、上体を起こして地べたに横たわるその全身を、不意に黒い影に覆われたからだ。

まさか、二体目の龍が真上を横切ったなんて考えたくもなかったが──、

「う、ぁ──っ!?」

空を見上げ、影の正体を目にしたハインケルの喉が悲鳴を上げる。

凄《すさ》まじい勢いで頭上を通過し、空を回転しながら飛んでいくのは、まるで家と見紛《みまが》うような巨大な大岩──それも、一つや二つではない。

次から次へと、規模感を間違えた投石が頭上を通り抜け、ハインケルの頭側から爪先方向へ向けて、恐ろしい豪風を纏いながら飛んでいくのだ。

そして、それが向かった先にあったのは──、

「──」

ドン、と激突の衝撃が世界を轟《とどろ》かせ、ハインケルは地面が咳込《せきこ》んだのかと思うような揺れに尻を浮かされた。

それが立て続けに連発して響き渡り、慌ててその場に起き上がる。

次々と投げ込まれた巨大な岩石、それが連続して命中したのは、これもまた規模感を間違えた凄まじく大きな人影──立ち上がった、城壁そのものだった。

「……モグロ・ハガネ」

それが、この帝国で最も恐れられる九人の一人であることを、ハインケルは視覚情報を通じて、全身全霊で以《もっ》て味わう羽目になった。

意識が飛ぶ寸前に目の当たりにしたモノ、それが目の錯覚か、恐怖に竦《すく》んだ性根が見せた幻覚だったと思いたかったが、どちらでもなかった。

——数十メートル、あるいはそれ以上の巨体となったモグロが、本来ならハインケルたちが攻略すべきだった第三頂点として文字通り、立ちはだかっている。

文字通り、そう文字通りだ。

これほど文字通りという言葉が適切な事態が、この世に存在するだろうか。

その場に膝立ちするように起き上がった人型《がた》の城壁は、引《ひ》き剥《は》がされた農地を、舗装された街路を自らの腕や胴体として用い、信じ難い防衛行動を行っている。

巨体の足下には、ハインケルが躍起になって斬り倒した石人形が群れを成しており、それらの頭を飛び越えて打ち下ろされる巨体の拳は、まるで町が落ちてくるようだ。

「————」

その巨体に目掛けて、先ほどから何度となく激突する大岩。

それは決戦の地である帝都へと駆け付ける道中の石切り場や、切り立った山間の崖を崩して用意された攻城用の岩石群。そして、それを巨大なモグロに向かって投げ続けているのは、本陣で出撃の機会を窺《うかが》っていたはずの——、

「――ヨルナ・ミシグレの部下」

正しくは、ヨルナの支配していた魔都カオスフレームの住民たち。

有角人種や蜥蜴人《とかげびと》、獣人に多脚族と統一感のない混成部隊、隊列を組んでいる彼らは唯一、はっきりとした共通点で結ばれている。

――その全員が片目に赤い炎を灯《とも》し、高い士気を保っているという共通点が。

こちらも文字通り、戦意に瞳を燃やした集団が、複数人がかりとはいえ信じられないほど大きな岩を担ぎ上げ、とんでもない距離の投擲《とうてき》を投げ込んでいく。

だが、その大岩の直撃を受けるモグロが被害を被っているかと言えば、それも怪しいというのがハインケルの見立てだ。

無論、大岩の直撃により、モグロを構成する城壁や農地は崩れ、壊れる。しかし、その壊れた部分を補修するように、激突した大岩自体がモグロの次なる巨体を形成するための材料とされ、攻撃は正しく相殺されていくのだ。

それでもなお、彼らがその投擲《はんと》をやめない理由は単純明快。――彼らの攻撃がモグロの巨体を押しとどめる間、他の叛徒たちが猛然と攻め込んでいくからだ。

「……馬鹿げてる」

ハインケルも耳にした。この第三頂点が、他の頂点と比べて最も防備が脆《もろ》いと。

だが、それもああしてモグロ・ハガネが起き上がり、その巨体の全部を使って道を阻み始める前のことのはずだ。にも拘《かかわ》らず、作戦が更新されていないのか、他の戦場で撤退を選んだ叛徒《はんと》たちも合流し、なおも戦力は膨らみ続ける。

その中には、ハインケルと共に戦っていた『シュドラクの民』の姿もあるようだ。

「馬鹿げてる」

さっきよりも、よりはっきりとした音でハインケルの感慨が漏れた。

馬鹿げてる。馬鹿げてるとしか言いようがない。この、右を見ても左を見ても、上を見ても下を見ても、前を見ても後ろを見ても地獄しかない場所で他に何が言える。

「どうか、どうかしてやがる……お前ら！　全員！　どうかしてんだよぉ!!」

気付けば、ハインケルは縋《すが》るように、地に突き立つ自分の剣に飛びついていた。

地面に突き刺さる剣の柄《つか》に体重を預け、震える膝を叱咤《しった》して歯を食い縛る。全員、どうかしている。その精神性が、理解できない。

やっぱり、無理だった。無理で無理で無理で、無理しかなかった。

「どうか、してんだよぉ……」

力なく、剣にもたれかかりながらハインケルの喉が弱々しく震える。

ぐったりと頭が下がるハインケルの周囲で、炎が、龍《りゅう》が、巨兵が、世界を震撼《しんかん》させる。

これに立ち向かえないことが、そんなに罪だと言われるのか。

だとしたら――、

「俺は……」

そう、ハインケルが漏らした直後だった。

軽快な蹄《ひづめ》の音が響いて、地を蹴る栗毛《くりげ》の疾風馬《はやうま》がハインケルの横を抜ける。その疾風馬が起こした風に赤い髪をなびかされ、ハインケルは顔を上げた。

そして——、

「——」

一瞬、疾風馬に跨《またが》った丸い髪型をした男と、ハインケルの視線が交錯する。

ズィクル・オスマンだ。本陣で、叛徒を指揮するアベルの右腕として働き、自身もヴォラキア帝国の『将』でありながら、国に反旗を翻《ひるがえ》した叛逆《はんぎゃく》の存在。

自ら剣を持って、戦う能に劣ると発言し、実際、ハインケルの目から見ても個人戦力としては数え難《がた》い力量のはずの人物が、ハインケルを追い越していった。

——通り過ぎる瞬間、ここで膝を屈するハインケルを軽蔑する眼差《まなざ》しを残して。

「俺には……」

膝を屈するハインケルを通り越して、疾風馬が戦場を駆け抜けていく。

そのズィクルの雄姿を追うように、各戦地から集まってくる叛徒たちが前へ向かう。モグロ・ハガネの城壁へと、突っ込んでいく。

それらを見ながら、ハインケルはなおも剣にもたれかかったまま、動けない。

動けないまま——、

「……やっぱり、俺には無理だよ、ルアンナ」

2

戦場に膝を屈し、戦意を挫《くじ》かれるように項垂《うなだ》れた赤毛の剣士を追い越したとき、ズィクル・オスマンの胸中を過《よぎ》ったのは、当然の命の理《ことわり》に従ったのだという同情だった。

プリシラ・バーリエルと名乗り、この反乱に堂々と与《くみ》する紅の女傑。彼女の従者の一人として参戦する剣士は、おそらくヴォラキアの人間ですらない。

そんな彼に、帝国民は精強たれとする帝国の在り方を強いるのはあまりに酷だ。

「私自身、その在り方に従えているとは言い切れない」

剣を手にし、愛馬であるレイディィの背に揺られながら、ズィクルは自嘲する。

こうして勇ましさを装っているが、ズィクルが『将』の座に収まっているのは、オスマン家の先代たちが積み上げてきた威光に相乗りした経緯が大きい。

もしも、ズィクルが軍人の家系でなく、他の兵たちと同じように兵卒からの叩《たた》き上《あ》げだったとしたら、剣才のない自分に身を立てることはできなかっただろう。

それを嘆くわけではない。無論、ズィクルとて帝国の男だ。

事によっては自ら前線で剣を振るい、そのひと振りで戦況を変えてしまう『九神将』ばりの在り方に憧れる心はある。

しかし、誰もズィクルの立場に取って代わることができないように、ズィクルもまたその憧れを我が事として現実に装わせることはできないのだ。

だから――、

「――私は帝国二将、『臆病者』のズィクル・オスマンだ!!」

そう、高らかに声を張り上げて、凄《すさ》まじい変容を遂げる戦場を愛馬と駆ける。

ほとんどの場合、遠征や散策のための穏やかな疾走に付き合わせるばかりのレイディ、しかしこのときはズィクルの意を汲《く》んで、生涯最高の走りを見せた。

怯《おび》えや不安と一切無縁の勇ましい走りをする愛馬に、ズィクルはただただ惚《ほ》れ直す。

そのレイディのあまりに見事な走りは、ズィクルの慣れない戦口上など無視して、多くの叛徒《はんと》たちの心に火を付け、この疾走に続かせていた。

「右翼は光人《ひかりびと》！　左翼は刃金人《はがねびと》！　各自、指示通りに動け！　あとのものは、この私に続け！　『鋼人《はがねびと》』モグロ・ハガネを、我らが討つ！」

「おお――っ!!」

ズィクルの指令を聞いて、集まる戦力が咆哮《ほうこう》と共にモグロへと突撃する。その頭上を飛び越していく巨大な投石は、ヨルナを慕った志願兵たちの援護投擲《とうてき》だ。

それがモグロの気を引いて、石塊《いしくれ》の人形たちの統率に少しでも乱れが生じれば、何よりもズィクルたちのこの突撃が足下へ届けば、狙いは完遂される。

「射ロ――!!」

勇ましい掛け声が遠くから聞こえ、放たれる矢の雨が正面に立ちはだかる石人形たちを貫き、大地に縫い付けていく。仕掛けたのは遠方、ズィクルの指示で距離を開け、その弓術による圧倒的な攻撃力を発揮する『シュドラクの民』と、弓を得意とする叛徒《はんと》たち。

麗しく、気高い彼女らの援護を受け、ズィクルは突き進む。

彼女らの配置、それだけは自分の意図を潜ませた。出来過ぎだと思われる在り方で、おそらくはアベルの叱責を免れないだろうが――、

「なに、出来過ぎという話をするならば、あの祝福こそ」

握りしめた剣、その白刃に目をやり、ズィクルはわずかに口の端を緩めた。

出陣する直前、訪れた陣幕でズィクルを祝福したのは、可憐《かれん》でありながら、どこか畏敬の念を抱かせる風格を瞳に宿した少女――まるで、ズィクルの想像もつかない年月を過ごしたようなその眼差《まなざ》しに、畏れ多くも自分は縋《すが》ったのだ。

「ズィクル二将！　お下がりください！　ここは我らが十分に!!」

「馬鹿を言うな！　退路はない！　下がる余地もない！　私も往《ゆ》くぞ!!」

「――ッ」

疾風馬《はやうま》に跨《また》がり、並走した兵の訴えに首を振り、ズィクルは役目を手放さない。

一瞬、部下は何事か言いかけたが、それ以上、ズィクルの決意を邪魔しなかった。その心遣いに感謝しながら、手綱《たづな》を強く、強く握る。

「はっ！　『女好き』のズィクル・オスマン二将が、前線へ出張っておいでとは！」

と、並走する部下と反対側を、疾走する疾風馬と同等の速度で走る人影が追いつく。見ればそれは、片目を眼帯で覆った双剣の兵――ジャマル・オーレリーだ。

城郭都市《じょうかくとし》陥落の際に捕虜《ほりょ》になり、その後、ヴィンセント・ヴォラキア皇帝閣下への強い忠誠心から、ズィクルが旗下に引き入れた叩《たた》き上《あ》げの剣士。

「ジャマル上等兵、手応えは？」

「上々！　右見ても左見ても、正面見ても敵だらけ！　楽しくなってきやがりました！」

「ああ、実に素晴らしいな。帝国兵の誉れだ。私はこれから、モグロ一将に『捌《はち》』の座からどいてもらうつもりだが、ついてくるかね！」

「命令とあらば！　何なら、道を作っておこうじゃねえですか！」

野性味のある笑みを浮かべ、そう言ったジャマルが加速し、レイディの速度を軽々と追い越して、正面の石人形の一団へと突っ込んでいく。

その背を追いかけながら、ズィクルは勇ましさを頼もしく思う反面、付き合わせることを申し訳なくも思う。——だが、その躊躇《ちゅうちょ》は即座に切り捨てられた。

必要な場面で、必要な役割を果たす。

それが求められ、それに応えることを他ならぬズィクル自身が望んだのだから。

あとは——、

「——閣下、どうぞご随意に」

そう、ズィクルが祈りを捧《ささ》げたのと、ほとんど同時だった。

——帝都ルプガナの水晶宮《すいしょうきゅう》、その頂上にある魔晶石《ましょうせき》が瞬いたのは。

3

――この帝都決戦において、アベルの描いた絵を塗り替えたものがいくつかある。

一つは、ヨルナ・ミシグレが向かった第一頂点、そこに参戦したプリシラの存在。

一つは、自らの加護を用い、戦況の詳細な情報を拾い集める能を示したオットー。

一つは、カフマ・イルルクスとの膠着《こうちゃく》ではなく、撃破を成し遂げたガーフィール。

一つは、想定よりマデリン・エッシャルトを怒らせ、『雲龍《うんりゅう》』を呼ばせたエミリア。


だがしかし、それらはアベルの描いた絵の彩りに多少の変化を加えても、完成形自体を大きく変えるような出来事ではなかった。帝都を守護する星型の城壁、五つある頂点のいずれか一ヶ所を抜けば、他の頂点が膠着状態であろうとも勝利を奪う算段はある。

そう絵を描く一方で、どうあろうとも揺るがせなかった要因がモグロ・ハガネ――否《いな》、ヴォラキア帝国の中枢たる水晶宮《すいしょうきゅう》、それを司《つかさど》る『ミーティア』だった。

世界屈指の美しさを誇る水晶宮、その宮殿を構築する水晶部分は、魔石の中でも特に純度の高い魔晶石《ましょうせき》でできており、宮殿自体が外敵を討つための兵器となっている。

宮殿に貯蔵されたマナ、それは建物の各所にある魔晶石を通じて増幅され、水晶宮の最上層に設置された『魔晶砲』より放出される。

その威力は、大都市を丸々消し飛ばすほどの破壊をもたらすとされ、過去、使用されたのは数百年前――『大災』相手であったと言い伝えられている。

以来、水晶宮の魔晶砲は存在だけが言い伝えられてきたが、実物があると知れてからは皇帝の指示で運用可能なよう整備され、その脅威を取り戻した。

皮肉にも、その魔晶砲はアベル自身へ向けられる牙となったわけだが、この魔晶砲がある限り、帝都決戦の戦況は容易《たやす》く覆される可能性が高い。

故に、この魔晶砲をどうしても撃たせる必要があった。

それも戦況を変えさせるための決定打ではなく、織り込み済みの被害の一環として。

そのために――、

「――離脱はせなんだか、ズィクル・オスマン」


疾風馬《はやうま》に跨《またが》り、戦場である第三頂点へ向かったズィクルに、アベルはそうこぼす。

ズィクルには選択肢があった。他の頂点の戦いから退いて、第三頂点に合流することを選んだ叛徒《はんと》たちを束ね、士気を燃やし、立ちはだかるモグロの巨体へ向かわせ、自分はその戦線から離脱するという選択肢が。

しかし、それを選ばないだろうという予感も、アベルにはあった。

それがズィクルの、わずかでも目的の叶《かな》わぬ可能性を恐れた『臆病者』の慎重さが理由なのか、あるいは勇敢であることを是《ぜ》とする帝国兵の一人であるからなのか。

いずれであるのか、ズィクルではないアベルには測りかねる。

ただ、それがどんな理由による決心であろうと、アベルは挫《くじ》こうとはしない。

ズィクルの生死もまた、アベルの描いた絵に最終的な影響を与えないものだ。

大がかりなことを言えば、その絵には究極、アベルの生死すらも——。

「——物見より報告！　水晶宮《すいしょうきゅう》の魔晶砲に、兆《きざ》しあり！」

「——」

「照準、第三頂点!!」

本陣に怒号のように響く声が、アベルの狙いが成ったことを証明する。

魔晶砲が放たれる。それが第三頂点——すなわち、城壁そのものと化したモグロの戦場を薙《な》ぎ払《はら》い、一挙に叛徒《はんと》たちを消し飛ばすだろう。

たとえそれをしても、モグロの本体である水晶宮が健在である限り、『鋼人《はがねびと》』モグロ・ハガネを撃破することも、第三頂点の突破も叶《かな》わない。

だが、如何《いか》なる戦況をも覆し得る魔晶砲、その火力を帝都は喪失する。

全てはそのために、描かれた絵図であるのだから。

だから——、

「——魔晶砲、射線上に異変あり!!」

「……なに？」

——策が成った瞬間の報告は、完全にアベルの想定の外の出来事だった。

4

モグロ・ハガネの巨体の彼方《かなた》、懐かしの帝都の最奥にそびえる権威の象徴、水晶宮。

その美しき宮殿の頂上、それが兵器である事実さえ一部のものしか知らず、事実、アベルの口から聞かされるまで『将』ですら存在を知らなかった魔晶砲。

放たれれば地平を薙ぎ払い、戦況を完全に打ち壊すとさえされた決戦兵器、その貴重な一発を空振りさせることに、ズィクル・オスマンは命を懸けた。

自ら最前線を愛馬でひた走り、勝機は我らにありと声高に訴え、叛徒たちを狂奔させながら存在を訴え、その魔晶砲の照準を自分たちに合わさせた。

全ては、この戦況を決定的に変えるのに最善の機だと、そう誤認させるために。

故に、水晶宮の頂点が輝いた瞬間、ズィクルは成し遂げたと確信した。

脳裏を過《よぎ》ったのは母であり、姉であり、妹でありと、自分自身を形成する上で欠かせぬ女性たちであり、どこまでも自分らしいと笑みさえ生まれたほどだった。

抱えて死ぬには美しすぎる祈り、穏やかに迎えるはずだった終焉《しゅうえん》、それがしかし、見開かれたズィクルの眼前で驚愕《きょうがく》へと塗り替わる。

何故《なぜ》なら――、

「――ベアトリス嬢？」

5

「こんなことだろうと思ったのよ」

自由落下に身を任せ、ドレスと長い巻き髪をなびかせながらベアトリスは呟《つぶや》く。

戦士としての祝福を求め、ベアトリスたちの陣幕にやってきたズィクルと対峙《たいじ》したとき、ベアトリスは彼が死ぬつもりであることを直感した。

四百年前、あの戦乱の絶えなかった時代では、同じ目をしたものが大勢いた。

あの頃、ベアトリスは彼らに手を差し伸べられたわけではなかった。差し伸べられることを望まなかったものもいたし、差し伸べ方がわからなかったのもある。

たぶん、もう一度、あの時代を繰り返したとしても、ベアトリスは彼らに対してもっといいアプローチができたとは考えられない。

きっと、また同じような無力感を味わい、彼らが死へ向かうのを見過ごしてしまう。

でもそれは——、

「——今日ここで、同じことをする理由にはならないかしら」

「あー、う!」

特徴的な紋様の浮かんだ目を正面に向けるベアトリス。そのベアトリスの細い両肩を、後ろからぎゅっと被《かぶ》さるように抱いている少女の腕がある。

その、金色の髪に青い瞳をした少女を、ベアトリスは許したわけではない。

彼女が自覚なくしでかした行いが、多くのものを不幸にしたのは事実なのだ。

だが、それでも、この瞬間だけは、思った。

この瞬間だけは、ナツキ・スバルの、『甘さ』以外の気持ちを信じることを。


「――――」


ベアトリスと少女――ルイがいるのは、城壁よりもさらに高い高い空の上。

如何《いか》なる方法でか短距離の『転移』を繰り返して、ルイは自らの立ち位置を証明するかの如《ごと》く、ベアトリスをこの場所へと連れてきた。

先んじて、ルイが証明したのだ。――次は、ベアトリスが応える番だった。

「みんなの怒る顔が目に浮かぶのよ」

怒るというか、心配するというか、やっぱり怒るというか。

そんな仲間たちの愛《いと》おしい顔が目に浮かんで、ベアトリスは唇をふっと緩めた。

でも、やらない選択肢はない。だってベアトリスは――、

「ベティーは、スバルのパートナーかしら」

そう呟いた瞬間、遠目に見える美しい宮殿の全体が眩《まばゆ》く光り輝き、世界の形を変えることを許されたほどの光が、一直線に地上を突き進む叛徒《はんと》たちへ向かう。

その先頭をひた走るズィクルたちを呑《の》み込んで、余りある破壊を成し遂げる一撃――その射線上にルイと割り込み、ベアトリスは胸の前で手を合わせた。

そして――、

「――アル・シャマク」

――その、世界を変える光さえ呑《の》み込《こ》む別世界への穴が、開かれ、閉じた。

6

その刹那の出来事を正しく把握できたものが、どれほどいたものか。

実際に、それがアベルの描いた絵の通りに実現していたとすれば、予測範囲に収まったとて被害は甚大な上、他の頂点で戦うものたちへの影響も計り知れなかった。

しかし、魔晶砲によってもたらされるはずの被害はもたらされず、死を覚悟したズィクル・オスマンは勢いのままに石人形の群れとの戦いを開始する。

『雲龍《うんりゅう》』メゾレイアの降臨と、それを引き連れたマデリンとのエミリアの戦いは続き、『悪辣翁《あくらつおう》』オルバルトの老練さがガーフィールを追い詰める。

『極彩色《ごくさいしき》』ヨルナとプリシラの母子は、自らの目的のために全てを振り切ることを決めた『精霊喰《ぐ》らい』アラキアとの激戦を余儀なくされ、戦場の支配を目論《もくろ》み、事実として半ばまで実現するオットーとペトラは、ミディアムと共に凶気と対峙《たいじ》する。

それらの戦況に、大きな影響はない。

ただ、それらの戦況が大きく劣勢に傾く可能性は、失われた。

その多大な功績と引き換えに――、

「うあ！　あーう！　あうう!!」

ぎゅっと、中空を舞い落ちるルイの腕の中、抱きすくめられる少女の存在が薄れる。

それは文字通り、少女の姿かたちが徐々に希薄になっていく光景だ。それを拒むように
ルイは少女を、ベアトリスを掻《か》き抱《いだ》くが、それは意味を為《な》さない。

まるでこぼれ落ちるように、ベアトリスの体は光へ変じようとしていた。

「あー！　あー、あーあー！」

悲鳴のように叫びながら、ルイは懸命に目の前の状況を否定しようとする。

だが、どんなに嘆いて喚《わめ》いても、ベアトリスの存在の崩壊は止まらない。

放たれた破壊の光を、大勢の命を救うため、彼女は彼方《かなた》へと消し飛ばした。

その大きすぎる力の代償に、散り散りになっていくベアトリスの存在。剥離《はくり》するように
欠ける光に指を伸ばしても、すり抜けるそれは留《とど》まらない。

「あー……っ!!」

ボロボロと、見開いた青い瞳から涙が零《こぼ》れて、ルイは叫んだ。

叫んで、叫んで、叫んでもどうにもならないのに、必死に叫んだ。

それ以外にできることが、それ以上にできることが見つからなくて、叫んで。

そうして、必死に叫んで、喚き散らして――。

「――ぁ？」

ポロッと、大粒の涙が宙に散ったとき、ルイはその顔を彼方に向けた。

腕の中のベアトリスを抱き寄せ、消えゆこうとするその少女ではなく、白く染まった空でも、赤く染まった空でも、大勢が怒号を張り上げる地上でもなく、この瞬間だけは、その戦場を形作る全部を忘れ、彼方に、目を向けた。

そして、その彼方に向けて、跳んだ。

「う――っ」

中空、一度に跳べる距離は十メートル前後で、何度も連続で跳べば跳ぶほど、少女の内臓に絞られるような痛みと負荷がかかった。

重なる痛苦に、身も心も削られる感覚を味わい、しかし少女は躊躇《ためら》わなかった。

腕の中、消えてしまいかけるベアトリスを掻き抱いて、その負担の全部も引き受ける覚悟で歯を噛《か》みしめ、ルイは跳んだ。

跳んで、跳んで、跳んで跳んで跳んで、跳んで跳んでそして――、

「――――」

辿《たど》り着《つ》いた地べたの上、つんのめるように前に倒れ込む。全身のけだるさも無視し、ルイは腕に抱いた、信じられないぐらい軽い少女を正面に掲げる。

その、存在の希薄となるベアトリスを、正面へ。

そして――、

「うあう……」

「――わかってる。お前たち、どっちも無茶《むちゃ》しすぎなんだよ」

そんな、苦笑いみたいな吐息が聞こえて、伸ばした腕から少女が奪われる。——否《いな》、奪われたんじゃない。優しく、抱き上げられたのだ。

「本当に、お前は天使の羽みたいに軽いな」

そして、膝をついたルイの目の前で、ベアトリスの体が抱きしめられる。


辿り着いた先にいた、黒髪の少年の腕で、優しく、大切に、ぎゅっと。


その、見るからに愛《いと》おしさの溢《あふ》れる抱擁を受け、大役を成し遂げた少女の、長い睫毛《まつげ》に縁取られた瞼《まぶた》が震え、ゆっくりと瞳が開く。

そうして、その特徴的な紋様の浮かんだ瞳が瞬いて——、

「——心配、かけすぎなのよ」

「ああ、俺も愛してる」


囁《ささや》くような親愛に、誇らしげな深愛で応じて、繋《つな》がれるべき手が繋がれる。

それを一番の最前列で見届けて、小さく吐息をこぼすルイの前で、少年が笑う。

悪い顔で笑って、言い放った。


「じゃあ、始めるとするか。——運命様、上等だ」

7

——世界を揺るがす地響きが、空を染める白い光が、彼方《かなた》に見える灼熱《しゃくねつ》の地獄が、その天変地異めいた出来事が次々起こるに至って、レムは決断した。

「動くなら、今しかありません」

帝都決戦が始まったとき、レムは変わらず、ベルステツの邸宅に囚《とら》われたままだった。

日に日に焦げ臭さを増していく戦況と合わせ、帝都の空気は濁り、悪くなる。

結局、あれから一度もベルステツとは顔を合わせなかったため、ヴォラキア全土を包み込む空気をあの老人がどう思っていたのか、レムには知る由もない。

ただ、仮に話し合う時間があったとしても、彼とわかり合うことはできなかったろう。

「私とベルステツさんとでは、立っている側が違いますから」

究極、自分の足場を不確かにしか持たないレムにとって、誰かと相対するということは常にそういうこと。——ひたすらに、立ち位置の違いでしかない。

同じ側に立てれば味方にもなれ、反対側に立たれれば敵として見るしかない。

ベルステツにも、マデリンにも、レムは敵意を抱いていない。それこそ、アベルの言葉足らずさや、プリシラの無茶《むちゃ》ぶりの方がよっぽど難儀する。

だから、これからレムがしようとしていることも、敵意や叛意《はんい》が理由ではなかった。

「——」

戦いが始まり、ベルステツの邸宅にも厳戒態勢が敷かれている。

一応、捕虜《ほりょ》か人質の立場にあるレムも、宛《あて》がわれた部屋で待機するよう命じられ、軟禁状態から監禁状態へ移行し、屋敷の衛士に見張られている立場だ。

とはいえ、衛士から見てレムは足の悪い娘に過ぎず、部屋の前に見張りを立てれば、延々と監視し続けなければならない相手というわけでもない。

――その衛士の油断に乗じて、レムはひっそりと部屋から抜け出した。

息を潜め、部屋の天窓から外へ抜け出したレム。しかし、それを衛士の手抜かりと責めるのは酷だろう。彼らも、杖《つえ》をつく娘がこんな方法で抜け出すなど思わなかったのだ。

そう、レムが本当に、杖がなければ歩けない娘であったなら。

「もしかしたらと、備えていたつもりでしたが……」

足の自由が利かず、歩くのに杖が必要だったのは嘘《うそ》ではない。

しかし、レムに不自由を強いた足の痺《しび》れも日に日に和らいで、杖がなくとも歩けるだろうと確信できたところで、ふと思ったのだ。

このまま足が悪いふりをしていれば、どこかで役立つときがくるかもしれないと。

もちろん、迂闊《うかつ》さで隠し事を台無しにして、立場を悪くする可能性もあったが、こうして衛士の目を誤魔化《ごまか》せたのだから、賭けに勝ったと言えるだろう。

そんな賭けに出たこと自体、誰の悪影響なのか、レムは考えないようにしていた。

ともあれ――、

「――離れまで、見つからずにいければ」

部屋を抜け出したレム、その目的は邸宅からの脱出――ではない。

それができればとは思うが、屋敷の周囲は高い壁に囲まれ、出入りするためには正門を抜ける必要がある。さすがに、そこを通り抜ける手立てはなかった。

何より、フロップとカチュアを残し、一人で屋敷を離れるという選択がレムにはできない。

そこで次善策としてレムが考えたのが、離れに囚《とら》われた『皇太子』との接触だ。彼らを逃がすまでいかずとも、協調することで光明が見えるかもしれない。

皇帝に反旗を翻《ひるがえ》すと決めたものたちだ。場合によっては、この邸宅の衛士たちを制圧して、レムとカチュアの安全を確保した上で事態を打開できるかもしれない。

慎重に、抜けた天窓から屋根伝いに回り込み、離れに近い場所へ足を進める。

もしも衛士に見つかれば、その時点で全ての計画はご破算。最悪、その場で手打ちになる可能性すらある危険な行為――それでも、じっとしていられなかった。

その、無謀に打って出たのが、功を奏したと言えるのだろうか。

「――？　ここは……？」

遠目に見るばかりだった離れへ向かう途中、降り立った通路の奥――そこに、離れとは全く別物の、隠された扉があることにレムは気付いた。

「隠し、扉……？　いったい、何が」

このとき、レムの中には目の前の扉と背後の離れ、行く先に二つの選択肢があった。

しかし、逡巡《しゅんじゅん》は一瞬のことで、レムの直感は選択肢に迷わず、扉を選んだ。

「――――」

扉に鍵がかかっていなかったのは、本来、そこが招かれざる客が辿《たど》り着《つ》くはずのない場所であったからだろうか。だとしたら、レムが辿り着けたのは何故《なぜ》なのか。

それこそ、まるで導かれたか、招かれたようであったと、そうレムは感じていた。

扉の奥には地下へ続く階段があり、ひんやりと冷たい空気と薄暗い空間が待ち構えていた。微《かす》かに息を呑《の》み、階段に足をかけ、壁に手をつきながらゆっくりと下る。

何か、途轍《とてつ》もなく恐ろしいものが待っている可能性もあった。ベルステツが封じ込めたおぞましきものが待ち受けている可能性も。

ただ――、

「――誰か、いるんですか？」

ある種の、謎の確信があって、レムは暗がりの中、辿り着いた地下に問いかける。

明かりのない暗い空間、それほど広くない地下室、ぼんやりとしか見渡せないそこに誰かがいる。その誰かは鎖に繋《つな》がれ、囚われていた。

そして――、

「閣下を……ヴィンセント・ヴォラキア皇帝閣下を、『大災』からお守りしなくては」

そう、傷だらけの顔を苦しげに歪《ゆが》めながら、囚われの大男は獅子《しし》の如《ごと》く唸《うな》っていた。

《了》

あとがき

この分厚い一冊の最終局面、あとがきへご到着の読者の皆様、お疲れ様です！　作者であり、凶悪な一冊の書き手である長月達平《ながつきたっぺい》にして鼠色猫《ねずみいろねこ》です！

まず最初に言い訳をさせてください。こんなに分厚くなる予定じゃなかった！

さくっとキャラクターたちの感情と立場、状況のセットアップを済ませ、リゼロ史上最大規模の戦いが繰り広げられる決戦へ――！　というのがプロットを書いていたときの心構えだったのですが、これがあれよあれよと拡大する拡大する。

七章はこれまでで最も登場人物の数が多い章でありますが、前巻から本格的に介入してきたエミリアたちが加わることで、語ることが増える増える。書いてみて思いましたが、やっぱり馴染《なじ》みのある子たちは動かしやすい！　書きたかったんだね、作者も。

そんなわけで、30巻で反省していたはずなのに、この分厚い32巻でまたしても主人公の登場場面が1ページ以下というとんでも事態が引き起こされたのです。

とはいえ、これも長い物語を丁寧に描かせていただけているおかげなので、幸せなことです。どうしても、自分は語りたいことは可能な限り作中で語らせておきたいタイプの作家なので、キャラクターの心情はできるだけ描写したい。

なので、今後もこれに懲りず、キャラクターたちの心情変化も踏まえて、物語のジェットコースターに付き合ってもらえれば幸いです。大事なのは緩急！　弁《わきま》えてます。

さて、今回は珍しくあとがきの尺があるので、作家らしい近況ありの雑談など。

直前で長尺の話に触れていますが、自分は映画が好きです。インプットの量は作家の生命線と思っているのもありますが、純粋に物語に触れるのが好きなもので、結構映画は見ている方かなと。そんな中で思うのですが、ここ数年で上映時間が著しく長い映画がたびたび登場するのが、個人的にはとてもいい傾向だなと思っています。

尺の長い短いは一番シンプルに目につく部分かと思いますが、長い物語はそれだけ多くを語れるし、その世界に深く浸っていられる。もちろん、短くまとまった物語にも優れた点はありますが、自分は好きな物語の世界には長く深く触れていたいタイプ。

さらに言えば、長い物語が許容されるということは、それまで描けなかった物語の描き方が可能になるということでもあります。三時間かけなければ辿《たど》り着《つ》けなかった感動は、二時間映画しか許されない世界では体験できない感動というもの。

長い上映時間の映画が比較的多くなってきたのも、映画を見るという物語体験が、それだけ多くの人にとって受け入れられる感覚になってきたのかなと。長い物語に付き合ってもらっている側の作家としても、とても前向きに受け入れているというお話。

ただ、トイレの時間だけはね。本と違って、なかなか自由に中断できないので！

なんて、本気で雑談で紙幅を潰せる幸せを味わいつつ、恒例の謝辞へ移ります。

担当のI様、「作ったことない」という分厚い一冊への挑戦、ゴーサインと実行力含めて大変お世話になりました。本棚に並べたときの重厚感、実に今から楽しみです。

イラストの大塚《おおつか》先生、「帝都決戦です！」と銘打って、カバーイラストから口絵イラストまで、とにかく迫力の対峙《たいじ》場面で物語を彩っていただき、感無量です！　大塚先生からいただくインスピレーション凄《すさ》まじく、帝都の星型アイディア、ありがとうございました！

デザインの草野《くさの》先生、今回は短編集との同時敢行で普段の倍のお仕事、ありがとうございました！　片や決戦、片や旅と、違った魅力を醸し出す手腕、お見事です！

花鶏《あとり》先生＆相川《あいかわ》先生の描く、四章コミカライズは月刊コミックアライブにて連載中。みんな大好き『ありうべ』にも突入し、渾身《こんしん》の画力に毎月目が離せません！

そして、MF文庫J編集部の皆様、校閲様や各書店の担当者様、営業様と多くの方々のご協力あって、今回の刊行と相成りました。いつも本当にありがとうございます！

最後は読者の皆様、いつも本当に応援ありがとう。皆様なしではこの物語もキャラクターたちも、もちろん作者の今もありえません。今後とも、よろしくお願いします！

ではまた、次の33巻にてお会いしましょう！　燃え上がり盛り上がり続ける帝都決戦の決着へ向け、皆さんのページをめくる手が止まらぬよう描くのみ――！

２０２２年11月《22年で最も分厚い仕事を終えて、23年への助走を始めながら》

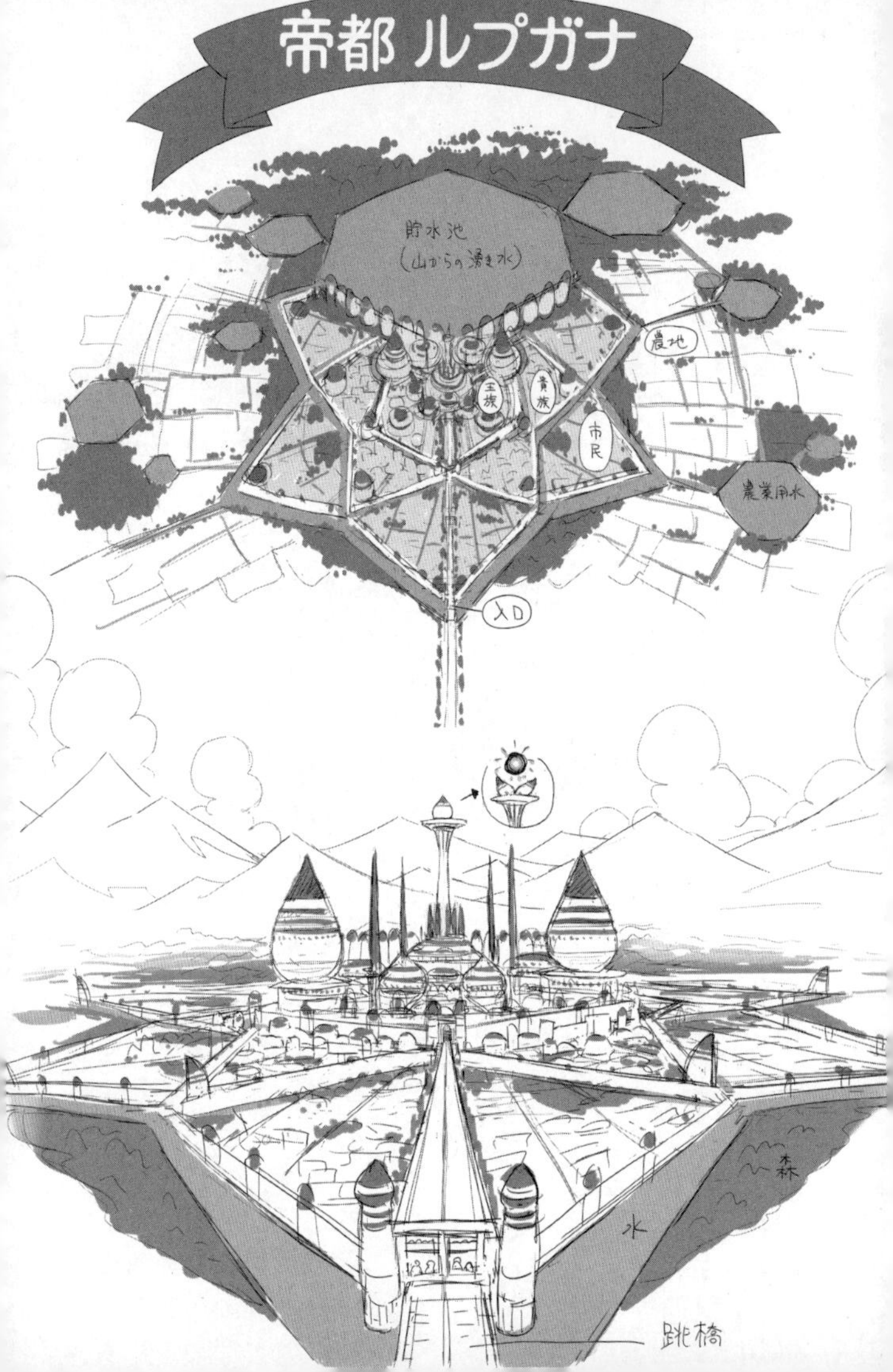
帝都 ルプガナ
貯水池
（山からの湧き水）
農地
王族
貴族
市民
農業用水
入口
森
水
跳橋

「大変、大変！　もう、すごーく大変！」

「エミリア姉様？　どうしたんですか？　そんなに大慌てで」

「あ、ペトラちゃん、大変なの！　今回のお話、一冊がすごーく分厚くて、しかもあっちこっちで大騒ぎが起こってて……」

「エミリア様がお慌てになるのも当然ですわね。わたくしも、このような目まぐるしい状況は初めてで、うまく動けているかどうか」

「フレデリカでもそうなの？　もう、どうしたらいいのかしら……」

「はいっ、それなら問題を単純化して、一個ずつ片付けちゃうのがいいと思いますっ」

「単純化して一個ずつ……つまり、どういうこと？」

「帝国も大変ですけど、まず目の前のお知らせから片付けようってことです」

「あ、それってすごーくわかりやすいかも。……じゃあ、それをしましょう！」

「こういうとき、ペトラには敵いませんわね。では、さっそく始めてまいりましょう」

「はいっ。ええと、じゃあ最初のお知らせは次の本編33巻のことですね」

「ええ。みんながすごーく大変な状況だけど、この続きは来年の三月に発売予定みたい。しっちゃかめっちゃか

で、みんなの無事が気掛かりなんだけど……」

「どうやら、状況を大きく動かす一手が最後に満を持していらしたようです。この点、ラムの言う通り、間のよろしい方ですわね……」

「間がいいって言えば、リゼロもたくさん登場人物がいるし、色んな用語も出てくるしでてんやわんやになっちゃいますよね」

「――！　すごい、ペトラちゃん、なんでわかったの？」

「エミリア姉様のこと、いつもちゃんと見てますから！」

「そんなエミリア様や読者の皆様に朗報なのが、リゼロの情報が様々まとまった一冊、『Re:zeropedia2』も三月の発売を予定しておりますの」

「これがあったら、みんなのこともっとよくわかるのね。すごーく助かっちゃう」

「ですよね。もうすぐ、まだお話ししたことのないレム姉様とも会えるはずですから、それまでにちゃんと知っておいてあげたいです」

「ペトラちゃん……」

「そのペトラの気持ちに応えるようですけれど、２０２３年も『ラムとレムの誕生日イベント』が開催されるそうですわ。再会に備えて、わたくしたちも心の準備を」

「はいっ、そうしたいです！」

「さあ、これでお知らせはおしまい。あとは目の前の問題に全力で、ですわね」

MF文庫J

Re:ゼロから始める異世界生活32

2022 年 12 月 25 日　初版発行
2023 年 4 月 25 日　3 版発行

著者　長月達平

発行者　山下直久

発行　株式会社 KADOKAWA
〒 102-8177 東京都千代田区富士見 2-13-3
0570-002-301（ナビダイヤル）

印刷　株式会社広済堂ネクスト

製本　株式会社広済堂ネクスト

©Tappei Nagatsuki 2022

Printed in Japan　ISBN 978-4-04-682041-9 C0193

◎本書の無断複製（コピー、スキャン、デジタル化等）並びに無断複製物の譲渡および配信は、著作権法上での例外を除き禁じられています。また、本書を代行業者等の第三者に依頼して複製する行為は、たとえ個人や家庭内での利用であっても一切認められておりません。
◎定価はカバーに表示してあります。

●お問い合わせ
https://www.kadokawa.co.jp/（「お問い合わせ」へお進みください）
※内容によっては、お答えできない場合があります。
※サポートは日本国内のみとさせていただきます。
※Japanese text only

◇◇◇

【 ファンレター、作品のご感想をお待ちしています 】
〒102-0071 東京都千代田区富士見2-13-12
株式会社KADOKAWA　MF文庫J編集部気付「長月達平先生」係　「大塚真一郎先生」係

読者アンケートにご協力ください!

アンケートにご回答いただいた方から毎月抽選で10名様に「オリジナルQUOカード1000円分」をプレゼント!! さらにご回答者全員に、QUOカードに使用している画像の無料壁紙をプレゼントいたします!

■ 二次元コードまたはURLよりアクセスし、本書専用のパスワードを入力してご回答ください。

http://kdq.jp/mfj/　パスワード　wtr3w

●当選者の発表は商品の発送をもって代えさせていただきます。●アンケートプレゼントにご応募いただける期間は、対象商品の初版発行日より12ヶ月間です。●アンケートプレゼントは、都合により予告なく中止または内容が変更されることがあります。●サイトにアクセスする際や、登録・メール送信時にかかる通信費はお客様のご負担になります。●一部対応していない機種があります。●中学生以下の方は、保護者の方の了承を得てから回答してください。